Sobo Swobodnik

ALLES IST ANDERS

Roman

TROPEN

MIX
Papier aus verantwortungsvollen Quellen
FSC® C083411
www.fsc.org

Tropen
www.tropen.de

Printed in Germany
Cover: Zero-Media.net, München
unter Verwendung eines Fotos von © PxHere.com
Gesetzt von C.H.Beck.Media.Solutions, Nördlingen
Gedruckt und gebunden von CPI – Clausen & Bosse, Leck
ISBN 978-3-608-50416-3

Die Wetter schlagen um:
Sie werden kälter.
Wer vorgestern noch Aufstand rief,
ist heute zwei Tage älter.

Thomas Brasch

DER REIZ DES VERBOTENEN

Es ist, als wäre ich außer mir. Als stünde ich abseits an der Tür und schaute mir über die Schulter hinweg zu. Als hinge ich an der Decke, den Lüster mit beiden Beinen umklammernd, und blickte auf mich selbst hinunter, schwankend zwischen Verwunderung und Abscheu.

Ich liege nackt auf einem großen Bett. Das Zimmer könnte in einem Hotel der gehobenen Preisklasse sein: Vorhänge aus schwerem Brokatstoff, bordeauxrot, auf dem Blumen zu sehen sind und winzige Drachen, Kinderköpfen gleich. Die Vorhänge sind bis auf einen Spalt zugezogen. In diesem Spalt ist ein Streifen beleuchteter Nacht zu sehen. Schwarz, nur in der Ferne ein paar funkelnde Punkte. Blinkende Signale, die verschwörerische Zeichen senden, die ich nicht verstehe. An der Wand ein Bild, fünfzig auf siebzig oder siebzig auf neunzig. Eine billige Reproduktion eines Modigliani, Portrait of Jeanne Hébuterne. Der lange, wächserne Hals, der schief geneigte, linkische Kopf, die roten Haare, der arrogant-mitleidvolle Blick aus blauen Augen, die spöttisch auf das hinunterschauen, was sich ihnen in seiner Nacktheit darbietet.

Kleider liegen achtlos hingesaut auf dem Fußboden. Hose, Socken, T-Shirt. Rock, Bluse, Slip.

Das Plumeau: ein aufgetürmter Haufen zwischen Bett und Tisch. Daneben: die Tagesdecke. Ebenfalls aus Brokat, bordeauxrot, von feinen Goldfäden durchwirkt und mit ähnlichen Mustern. Drachen, Blumen, lächelnde Kinderköpfe, getaucht in fernöstliches Geheimnis. Auf dem kleinen Tisch an der Wand eine Handtasche. Schlangenleder, gefärbt, grün. Daneben langstielige Gläser. Edel, kostbar, hauchdünn. Auch eine Flasche Wein. Teuer, halbleer.

Der Fernseher läuft. Auf dem Plasmabildschirm: Dreißig Jahre deutscher Herbst. Eine Talkrunde zum Thema Vergangenheit.

Ein ehemaliger Innenminister, ergraut.

Ein Historiker, kahlköpfig.

Ein damaliger Gefängniswärter, ergraut.

Der Sohn eines Opfers, mit Tonsur.

Ein geläuterter Terrorist, wächsern.

Der damalige Bundeskanzler, weißhaarig.

Ein Moderator, jung, fragt.

Tief betroffene Mienen, tief betroffene Antworten. Der Ex-Bundeskanzler raucht Mentholzigaretten. Der Aschenbecher quillt über. Die Kippen sind aneinandergereiht wie Leichen in einem offenen Massengrab.

Liane sitzt auf mir, nackt. Wippt rhythmisch vor und zurück. Stöhnt dabei im gleichen Rhythmus. Ihre Brüste hüpfen auf und nieder. Sie sehen aus wie halbvolle Gefriertüten. Auf der Haut kleine weiße Pigmentflecken. Unter dem Mikroskop würden sie wie Tiere aussehen, wie Käfer, kleine weiße Käfer, die an den Brustwarzenhöfen entlangkriechen und den Verfall wie winzige Rucksäcke mit sich tragen. Als Vesper gibt es Fettgewebe, Muskeln, Blutgefäße. Als Hauptspeise: der alternde Körper, zum Verzehr freigegeben. Die Käfer scheinen viel älter zu sein als Liane, so alt wie das Leben selbst, vor Milliarden Jahren aus der Ursuppe gekrochen und nicht totzukriegen. Hässliche kleine Biester, die die Brüste punktieren und ihnen den Stempel des Niedergangs aufdrücken. Weiße Flecken mit Beinchen und Ärmchen und einem Kopf, aus deren Mündern Worte quellen, die mir, auf dem Lüster sitzend, unverständlich erscheinen. Worte, die mehr zu sich selbst sprechen, nach innen horchend, nichts Gutes erahnen lassen, unweigerlich an den schwarzen Punkt inmitten der weißen Flecken erinnern, um dessen Ränder sich eine rote, auslaufende Schlinge gelegt hat. Vermutlich maligne, fortgeschrittenes Stadium, von jahrzehntlanger ungeschützter Sonneneinstrahlung herrührend, eine Folge grenzenloser Eitelkeit.

Lianes Brüste sehen viel älter aus als sie selbst. So, als wären ein halbes Dutzend Kinder daran gesäugt worden. Dabei ist sie kinderlos. Ihrem Körper sieht man das Alter nicht an. Nicht den Beinen, nicht dem Bauch, den Armen, dem Gesicht. Den Brüsten schon. Deshalb lässt sie normalerweise ihren BH an, versteckt die Käfer darunter, den schwarzen Fleck und die faltige Gefriertütenhaut. Dieses Mal nicht. Dieses Mal habe ich ihr den BH ausgezogen. Schnell, gewandt, mit geübtem Griff. Jetzt liegt er achtlos am Boden, auf Lianes Rock, und erinnert an ein lächerliches, plattgedrücktes schwarzes Kamel. Ich mag ihre Brüste. Ich mag sie wegen der Käfer, dem schwarzen Fleck und der faltigen Haut. Alles andere an ihr mag ich weniger. Immer weniger. Ihr perfekt geschminktes Gesicht gar nicht mehr. Die gefärbten Haare, die solariumgebräunten Arme, Beine, Bauch. Ich mag den ganzen Körper nicht. Ich streiche mit der verschwitzten Hand über ihre Wange und merke, wie unangenehm es ihr ist. Ihre Augenlider zucken, ihr Mund verzieht sich zu einem gekünstelten Lächeln. Auf ihrer Stirn bilden sich horizontale Falten; es sieht aus, als hätte sich der Degen einer schlagenden Verbindung an ihr schadhaft gehalten. Sie beißt mich in die Hand. Ich stecke meine Finger in ihren Mund. Sie saugt daran, saugt und stöhnt lauter. Noch immer rhythmisch, regelmäßig. Während auf dem Bildschirm tote Terroristen zu sehen sind, präsentiert wie Trophäen nach einer siegreichen Schlacht. Schwarz-weiß, die Gesichter fleckig weiß wie die Filter im Aschenbecher.

Erschossen, erhängt, verhungert.

Mit vollem Haar, nicht kahl, nicht grau.

Der Exkanzler sagt: »Nein, sie waren größenwahnsinnig. Größenwahnsinnige Verbrecher.«

Alle nicken. Auch der geläuterte Terrorist.

»Sie wollten die Demokratie zerstören«, sagt der gealterte Kanzler und bläst den Rauch in die Kamera. Es riecht nicht nach Menthol, nicht mal nach Rauch, sondern nach Körperflüssigkeiten, nach Schweiß, Haut, verflüssigtem weiblichem Geschlecht. Und nach Lianes teurem Parfum. Herb, würzig, nach frisch geschnittenem Gras und einem frühlingshaften Morgen. Das Parfum kostet mehr, als ich an einem Tag verdiene. Ich rieche es gern. Es erinnert mich an die weißen, hässlichen Käfer. An die Toten in einem Massengrab. An deutsche Geschichte, die ablenkt von meiner eigenen.

Geschichte.

Familie.

Vergangenheit.

An den Fingern ihrer rechten Hand, aufgestützt auf meine Brust, trägt sie einen sündhaft teuren Ehering aus Gold, mit einem Brillanten, der aussieht wie ein ausgeschlagener Eckzahn. Ich hasse diesen Ring. Er erinnert mich an ihren Mann. Der mich an die deutsche Geschichte erinnert, an Massengräber und die Sozialdemokratie: Wer hat uns verraten?

Das Hotelzimmer kostet hundertachtzig Euro die Nacht. Sie

zahlt bar und geht meistens nach drei Stunden. Ich bleibe bis zum Morgen, frühstücke auf dem Zimmer, trinke die Weinreste aus und onaniere ins Laken. Gelegentlich lasse ich noch die Spirituosen aus der Minibar mitgehen. Auch schon mal ein Handtuch, einen Waschlappen. Einmal einen Bademantel.

Sie stöhnt heftiger. Keucht. »Ich komme gleich, ich komme gleich.«

Ich nicht.

Ich könnte gehen. Jetzt. Für immer. Ich könnte mich von ihr trennen. Ich liebe sie nicht mehr. Ich glaube, ich habe sie nie wirklich geliebt. Es ist eine Affäre, eine kleine, billige Affäre, die sie teuer zu stehen kommen könnte. Nicht mehr, nicht weniger.

Es ist der Reiz des Verbotenen.

Ich lache.

Sie stöhnt.

Der Exkanzler raucht.

Der Terrorist nickt.

Ian Curtis spielt. Mein Handy vibriert dazu rhythmisch im Kleiderberg. Die Melodie des Untergangs.

»Ich komme gleich, ich komme gleich!«, schreit sie zügellos und lauter als der Situation angemessen, während mich ihre unlängst gebleichten weißen Zähne anstrahlen. Ihre Halsschlagader pulsiert. Schweiß auf ihrer Stirn zeugt von der körperlichen Anstrengung, gepaart mit Lust. Das Verbotene betört sie, der heimliche Ehebruch macht sie noch geiler.

»Ich komme gleich!«

Mir egal, denke ich, schäle mich unter ihr hervor, hänge meinen Oberkörper einer Bogenlampe gleich aus dem Bett und taste mich an mein Handy heran. Es dudelt und vibriert noch immer auf dem Boden, nicht weit von dem schwarzen Kamel entfernt. Die Kinderköpfe der Brokatdecke zwinkern mir zu. Ich ziehe das

Mobiltelefon aus der Hosentasche, sage »Ja?« und verstumme, während Liane im Hintergrund leise seufzt, als wäre ihr mein mittlerweile erschlaffter Schwanz für immer entglitten.

Schwester Ana vom Seniorenheim auf der Schwäbischen Alb ist am anderen Ende. Mit jedem Wort ihrer erotischen Stimme richtet mein Schwanz sich wieder ein Stück weiter auf. Ich schließe die Augen und sehe sie vor mir, ihr junges Gesicht, wie auf einem Gemälde von Modigliani, ihre löschblattblauen Augen, den schmalen, zusammengekniffenen Mund, der mich an den Kondensstreifen eines Flugzeugs denken lässt. Dieser Mund bewegt sich nun, das Flugzeug gerät in Turbulenzen.

Meiner Großmutter gehe es nicht gut, sagt sie. Ich solle kommen. Schnell. Ich verstehe nicht, vermute dahinter eine von Omas immer wieder gern aufgeführten Harlekinaden.

Die Schwester wird deutlicher, sagt, sie solle ausrichten, wenn ihr Enkel sofort käme, würde sie es sich noch einmal mit dem Sterben überlegen.

Das Flugzeug ist abgestürzt, der Kondensstreifen verschüttetes Mehl. Ich öffne die Augen und stelle das Handy ab. Noch immer unklar, ob es sich bei dem Anruf erneut um eine von Omas Inszenierungen handelt, um mich, wie so oft, zu sich zu lotsen. Oder ob dahinter tatsächlich Omas naher Tod steht.

Während ich mich anziehe, liegt Liane auf dem Bett und schaut mir zu, gafft mir zwischen die Beine, auffällig, provokativ, und trauert dem nach, was zumindest für heute, vielleicht für immer, vergangen scheint. Sie raucht, trinkt einen Schluck vom teuren Wein, als wäre es Apfelsaft. Sie seufzt.

»Was ist los?«, fragt sie seltsam mutlos, den Blick noch immer zwischen meinen Beinen, als redete sie mit meinem Schwanz.

»Ich muss weg.«

»Was denn, jetzt?« Enttäuscht, verärgert.

»Ja. Familienangelegenheiten.« Ich mache die Hose zu und streife mir das T-Shirt über.

Sie lacht, eine Spur zu verächtlich.

»Wusste gar nicht, dass du Familie hast.«

»Meine Großmutter liegt im Sterben.«

Sie sagt nichts. Selbst der Rauch, den sie ausbläst, ist nicht mehr zu hören.

Auf dem Bildschirm meldet sich der bekehrte Terrorist zu Wort. Er spricht mit belegter Stimme von den Hoffnungen und Fehlern der Vergangenheit. Er spricht, als müsste er sich für alles entschuldigen, auch für die Taten, die er selbst gar nicht begangen hat, gar nicht hätte begehen können. Der Exkanzler nickt mit geschlossenen Augenlidern, während Asche von seiner Zigarette auf seine Hose rieselt. Der Exinnenminister nickt ebenfalls.

»Kann ich mir dein Auto leihen?«

Liane schaut mich an, als wollte ich ihre rechte Hand mit dem teuren Ring amputieren. Sie verzieht das Gesicht zu einem Ausdruck zwischen Mitleid und Zorn, schwankt zwischen Liebe und Misstrauen. Jeanne Hébuterne lächelt linkisch von der Wand herunter.

»Die Schlüssel sind in der Handtasche.«

Ich krame sie hervor, lege die Tasche zurück auf den Tisch und lasse ihren Stringtanga in der Hand verschwinden.

Ich gehe zur Tür. »Danke«, sage ich und muss gestehen, dass der Tanga sich gut anfühlt, so verborgen in der Hand.

»Wann bist du zurück?«, ruft sie mir hinterher. »Magnus!«

»Bald.«

Auf dem Bildschirm ist Lianes Mann zu sehen. Er blickt staatsmännisch ins Zimmer, als ahne er etwas. »Eine Begnadigung ehemaliger Terroristen sei unverantwortlich«, sagt er, wobei ihn die Schweißperlen auf seiner hohen Stirn wenig staatsmännisch aussehen lassen, während Lianes schmeichelnder Stringtanga in meiner geschlossenen Faust in der Hosentasche verschwindet.

»Ich liebe dich. Magnus«, ruft sie hinter mir her.

Es klingt kraftlos, verzweifelt.

Auf dem Bildschirm ist Werbepause. Eine Katze mit gelben Augen schleicht somnambul durch eine unwirkliche Gegend. Eine ebenso somnambule Frauenstimme erklingt, begleitet von esoterischer Musik. Das Besondere ist kostbar, weil es vergänglich ist wie die Empfehlung der Saison: Zartes Huhn in delikater Soße. Frikassee mit erlesenem Gemüse. Nur für kurze Zeit. Jetzt ist die Zeit zum Verwöhnen.

Ich ziehe die Tür lautlos hinter mir zu.

FELDPOST

Abs. Matrose Anton Schmidle 1/2 M. E. A.
Gruppe 763 Wilhelmshaven Jachmannkaserne

Wilhelmshaven den 14.4.44

Liebe Terese!
Will Dir schnell ein Brieflein schreiben. Wir werden dieser Tage untersucht u. angekleidet, dann kommen wir weg von hier, wohin weiß ich noch nicht. Einige die vor uns hier waren kamen nach Frankreich, die anderen nach Holland noch andere nach Cuxhaven. Zu was für einer Waffen-Gattung ich komme Infanterie oder Artillerie weiß ich nicht. Wir sind jetzt in Gruppen eingeteilt. Wir müssen eine 8 Wöchige Ausbildung machen u. dann können wir wieder zurück nach Wilhelmshaven.

Ich bin noch immer nicht darüber hinweg, daß sie mich jetzt doch noch eingezogen haben. Wie gern wäre ich doch bei euch geblieben, dir und dem Kindlein.

Wenn Du mir schreiben willst mußt Du es sofort machen denn wir können auch schon in 8 Tagen weg kommen.

Es grüßt Euch alle Anton.

SO SCHNELL STIRBT MAN NICHT

»Ist sie schon tot?«, fragte er fast lautlos, als müsste er die Worte tief aus sich herausholen, herauslocken wie ein schüchternes Kind. Dabei sah er aus, als würde er selbst jeden Augenblick sterben. Sie schüttelte den Kopf. Er meinte, sogar ein Lächeln bei ihr zu entdecken, mehr aus Verlegenheit denn aus Freude.

Sie drückte die Klinke nach unten, behutsam, leise.

»Kommen Sie.«

Sie öffnete die Tür und ging voraus. Er sah ihren Hinterkopf, die gewellten Haare, den weißen Rücken, ihren kleinen, prallen Hintern. Zum Anfassen schön. Die nackten Beine, die in bequemen, an den Fersen offenen Schuhen mündeten, wie Fließe auf dem Weg ins Meer. Unter dem Schwesternkittel zeichnete sich der Slip ab: ein Strich, zwei Nähte, ein zarter Schatten, der selbst dem Ahnungslosesten den Weg wies.

»Kommen Sie.«

Sie ging voraus, lautlos gleitend. Als wollte sie andeuten: Ich will ein Kind, demnächst, egal von wem, wenn es sein muss, auch von dir. Er folgte ihr verwirrt. Dieser Frau würde er bis ans Ende der Welt hinterherlaufen, dem Strich, den Nähten, dem Schatten. Bei diesem Gedanken legte sich ein roter Schimmer auf seine Wangen. Von nun an glänzte sein Gesicht im stumpfen Schein der Neonlampen. Am Ende des Flurs flackerte nervös eine Birne im kalten Licht. Als könnte sie sich nicht entscheiden, ob sie etwas verbergen soll.

Sie stiegen die Treppen hinauf. Es hallte auf den Bodenkacheln und roch nach Essen. Angebrannt. Blumenkohl, Kartoffelbrei. Auch ein bisschen nach Alter. Tod. Nach schmutziger Bettwäsche. Im Mund hatte er den Geschmack von Schnabeltassen, dritten Zähnen und die Bitterkeit von Schlafmitteln.

»Wie lange waren Sie unterwegs?« Schwester Ana fragte es, wie man sagt: »Haben Sie schon gefrühstückt?«

»Die ganze Nacht.«

Vor den zugezogenen, fast durchsichtigen Vorhängen im Flur ging gerade die Sonne auf. Orange. Es war das Orange aus Filmen. Die Wärme des Lichts ließ ihn für einen kurzen Moment frösteln. Selten, dass die Natur ihn berührte. Jetzt war so ein Augenblick.

»Ist es doch so weit?« Schwester Ana meinte es mehr als Feststellung denn als Frage. Magnus nickte, wollte etwas sagen, wusste aber nicht was. So ging es ihm fast immer: In entscheidenden Momenten fiel ihm nichts ein. War der Moment vorbei, ärgerte er sich darüber, legte sich Formulierungen zurecht, Wortkombinationen, ganze Sätze, für das nächste Mal. Nur gab es kein nächstes Mal. Nie. Es war immer anders, und dann war es vorbei. Schwester Ana lächelte, jetzt weniger aus Verlegenheit, vielmehr so, als wüsste sie Bescheid. Worüber auch immer. Es war ein offenes, beinahe kokettes Lächeln, provozierend, als könnte sie sich gut vorstellen, mit ihm zwar nicht das Bett, so doch immerhin das Frühstück zu teilen. Aber nur nach einer nicht gemeinsam verbrachten Nacht. Mehr noch. Als könnte sie sich vorstellen, sich mit ihm zusammenzuschließen, wie man sich zusammentut, um Fahrgemeinschaften zu bilden. Am Morgen zur Arbeit, nach Feierabend wieder zurück. Oder für den nächsten Tangokurs, vielleicht. Sie tanzte seit Monaten leidenschaftlich. Immer mittwochs in Stuttgart, der Landeshauptstadt, und am Freitag im Tangoclub Piazzolla. Mit wechselnden

Partnern, weil sich der eine, regelmäßige noch nicht gefunden hatte. Alle bisherigen Tanzpartner signalisierten größtes Interesse an ihr – als Frau, angehende Mutter, Sexualpartnerin –, verloren aber schnell die Lust am Tango, mit oder ohne sie. Die blauen Flecken an ihren Zehen ließen sie realistisch werden. Auch in Bezug auf das Kind.

Sie hatte einen großen Mund und wulstige Lippen. Mit rosafarbenem Lippenstift raffiniert betont, sahen sie wie eine geschlossene Blüte im Morgentau aus, bei aufgehender Sonne hinter dünnen Vorhängen. Die Wärme des Lichts hatte bei ihm ein weiteres Mal Gänsehaut zur Folge. Und schöne weiße Zähne hatte sie. Fast ein bisschen unwirklich. Ein Mund, aus dem jedes Wort nach Wahrheit klang, auch wenn dahinter womöglich nichts als Lügen lauerten.

»Kommen Sie.«

Sie öffnete die Tür, wieder behutsam, beinahe zärtlich. Sie ging voraus, betrat das Zimmer mit der weiß aufgemalten Zahl Zwölf, ohne anzuklopfen.

Sie war bereits am Bett, während er noch immer tippelnd an der Türschwelle stand, unsicher, ob er eintreten oder kehrtmachen und ohne Erklärung einfach wieder verschwinden sollte.

»Na, kommen Sie schon.«

Es klang versöhnlich. Das Zimmer sah aus wie alle anderen hier. Hier, auf der Schwäbischen Alb und in allen anderen Seniorenheimen dieses Landes. Spartanisch, abwaschbar und billig, als wäre das Leben nur vorübergehend und der Tod säße schon ungeduldig und Grimassen schneidend im Schrank.

Schwester Ana machte einen Schritt zur Seite, gab den Blick auf das Bett frei. In dem Bett lag eine alte Frau, die Bettdecke hochgezogen bis zum Hals, die Augen geschlossen, das Gesicht gelb, die Haare zu einem Knoten zusammengesteckt, den man früher Dutt nannte oder Halleluja-Zwiebel. Langsam, als liefe von nun an das Leben in Zeitlupe ab, ging Magnus auf das Bett zu, den Blick hin und her pendelnd zwischen dem Gesicht der Großmutter und dem strahlenden Antlitz der Altenpflegerin.

»Oma?«

»Anton!«

Die Großmutter schlug die Augen auf, als hätte sie nie geschlafen. Als könnte sie schon lange nicht mehr. Magnus erschrak – diese Stimme, die Augen, der Blick. Wie Messerklingen, scharf geschliffen, treffsicher. Der Name. Anton.

»Da bist du ja endlich.«

»Großmutter«, sagte Magnus, »ich bin nicht Anton, ich bin nicht dein Mann. Ich bin dein Enkel. Magnus. Du kennst mich doch noch?«

Sie lächelte. Es war ein Lächeln, das keine Gewissheit brauchte.

»Magnus.« Sie sagte es mit der Inbrunst einer Offenbarung, nachgeschlagen im Buch der Bücher, festgeschrieben für die Ewigkeit. Ein Medikament, das jeden noch so hartnäckigen Schmerz bekämpft. Und den Tod im Schrank zur Weißglut trieb.

»Du siehst aus wie Anton«, eskortiert von einem verschmitzten Lächeln. »Genauso wie Anton. Anton.«

»Anton ist tot, Oma. Seit 1944. Das weißt du doch genau.« Es wirkte wie ein Vorwurf, unbedacht und gemein. Es tat ihm leid.

»Nein«, widersprach die Großmutter, schwach, unsicher. Das Buch der Bücher verbrannt, die Ewigkeit dahin – der Tod im Schrank atmete auf –, nur aufrechterhalten vom Altersstarrsinn der Halleluja-Zwiebel.

»Doch«, kam von Magnus. »Oma.«

Er setzte an, holte aus, wollte auf einen der vorgefertigten

Sätze, der einstudierten Formulierungen zurückgreifen. Noch ehe er zu Wort kam, ging die Großmutter dazwischen, behauptete, gar nicht sterbenskrank, sondern quietschfidel, Anton würde vermisst. Ob er tot sei, wisse niemand. Es hörte sich vorlaut an, frech, als vermutete sie hinter Magnus einen greisen Lehrer und hinter sich selbst das Mädchen an der Tafel mit der Kreide in der schweißigen Hand, der Dutt zwei Zöpfe, der Großvater eine mathematische Gleichung.

»Doch.« Magnus wischte mit der Hand durch die Luft. Das Plus wurde ein Minus, die Gleichung war dahin. Ermattet kehrte das Mädchen zurück an ihren Platz, setzte sich auf die Bank, die sich unter ihrem Hintern, in den Augen des Lehrers, in ein Krankenbett verwandelte, mit einem Galgen zum Hochziehen, der von der Decke baumelte. Gleichzeitig alterte das vertikale Mädchen, wurde horizontal zur Großmutter und fragte fast lautlos: »Was?«

Die Stimme. Der Klang. Die Enttäuschung. Magnus räusperte sich, suchte wieder nach Worten und fand Schwester Ana.

»Schwester Ana hat es herausgefunden.« Magnus sagte es ähnlich lautlos, als wäre die Schuldige gefunden, ohne die Großmutter dabei anzusehen.

Schwester Ana fühlte sich ertappt, schaute weg, zum Fenster hinaus. Draußen war es fast hell. Ein Baum zeigte seine verästelten Zweige wie Arme, Hände, Finger, als wollten sie nach ihnen greifen. Vögel zwitscherten. Zankten sich.

»Schwester Ana hat mir vor zwei Wochen einen Brief geschrieben, zusammen mit dem Formular, in dem stand, dass der DRK-Suchdienst Anton gefunden hat.«

In den Augen der Großmutter schien für einen Moment die Welt stillzustehen. Der Tod im Schrank hielt die Luft an. Aber dann war es auch schon wieder vorbei. Noch gab die Alte sich nicht geschlagen. Trotzig hob sie den Kopf, streckte das Kinn nach vorne. »Nein, das glaube ich nicht.« Mehr Angst als Widerspruch. Magnus schlug einen versöhnlichen Ton an, sagte, er habe es schriftlich, mit Brief und Siegel, schwarz auf weiß. »Frag Schwester Ana, Oma.«

Die Schwester war noch immer bei den Vögeln. Auf der Oberlippe hatten sich Schweißtröpfchen gebildet, die wie Juwelen funkelten.

»Zeig her«, verlangte die Großmutter. Sie streckte den Arm mit der alten Hand nach ihm aus, eine Hand, die übersät war mit Altersflecken und an ein Panoramabild im alten Diercke Weltatlas erinnerte, zum Beispiel Oberharz und Harzvorland, von ganz weit oben, vom Weltraum aus gesehen, Maßstab eins zu unendlich. Sie spreizte die Finger wie der Baum vor dem Fenster seine Äste.

»Ich habe es nicht hier, Schwester Ana, ich ...«

Die Großmutter lachte, bitter, beschwörend, sich der eigenen Hoffnungslosigkeit bewusst. Sie ballte die Hand zur Faust. Oberharz und Harzvorland wurde zum Fels, zum Findling. Sie legte den Findling zurück auf die Bettdecke, jederzeit bereit, ihn wieder ins Spiel zu bringen.

Schwester Ana sah noch immer verlegen aus, nickte immerhin, um Magnus halbherzig zu unterstützen. Magnus räusperte sich. »Oma, wir müssen den Tatsachen in die Augen sehen.«

»Wo liegt er?«

Magnus dachte nach, blickte zur Schwester, um sich rückzuversichern. Die Schwester schien noch immer mit sich selbst beschäftigt, zeigte bis auf das jetzt dämlich wirkende Nicken keine Reaktion.

»In Narva«, sagte er, »in Estland, an der russischen Grenze. In einem Soldatengrab.«

Auf der Stirn der Großmutter entstanden Falten und Klüfte, die an eine Moränenlandschaft erinnerten. Sie lächelte wieder.

»Du hast recht.« Sie sagte es gefasst, beinahe ein wenig zu beherrscht. »Wir müssen den Tatsachen ins Auge sehen.«

Die Großmutter hatte keine Zähne mehr. Der Mund war ein schwarzes Loch, einschüchternd, beängstigend, wie ein direkter Zugang zur dunklen Vergangenheit. Das Gebiss lag auf dem Nachttisch in einem Glas und grinste im Wasser vor sich hin. Er sah es erst jetzt.

»Ich werde bald sterben«, fügte sie noch hinzu. Der Tod im Schrank horchte auf.

»Nein, Oma, so schnell stirbt man nicht.«

»Oh, doch.«

Das Trotzige kehrte in ihre Miene zurück. Das Kinn wurde wieder spitz. »Bring mich zu Anton.« Die Augen wurden erneut zu Messerspitzen.

Magnus zuckte zusammen. Ein Vogel krächzte. Dreimal. Der Tod im Schrank hielt sich die Ohren zu.

»Wie denn? Bis nach Estland sind es Tausende Kilo…«

»Mit dem Auto«, warf Schwester Ana ein, mit beiden Beinen und den bequemen Schuhen dribbelflink und fintenreich wieder im Spiel.

Magnus: »Mit was für einem Auto denn?«

»Mit dem du hierhergekommen bist.« Die Großmutter tat sich mit der Schwester zu einem eingespielten Team zusammen. Pass, Flanke, Tor. »Du bist doch mit dem Auto hierhergekommen?«

»Ja«, kam von Magnus, ohne dass er sich der Tragweite seiner Antwort bewusst wurde.

»Na also. Gehen wir.«

Die Großmutter warf die Bettdecke mit Schwung von sich.

Darunter war sie angezogen. Grauer Rock, beige Jacke, farbige Bluse. Selbst die Schuhe hatte sie schon an. Turnschuhe, die mit den drei Streifen, rot und nagelneu.

»Oma«, sagte Magnus, überrumpelt und wenig überzeugend. Er war sich unsicher, schwankte, ob er diesen Auftritt der Oma ernst nehmen oder doch eher ihrem schauspielerischen Talent zurechnen sollte. Die Szene kam ihm zumindest ein Stück weit unglaubwürdig vor. Er witterte wieder eine von seiner Großmutter ausgedachte Inszenierung, um ihn wie so oft für ihre Zwecke einzuspannen. Fast schon hilflos sagte er: »Oma, das erlauben die Ärzte nicht. Die Schwestern. Schwester Ana.«

Magnus wich einen Schritt zurück, sah die Schwester Hilfe suchend, dann fragend an. Die Schwester zuckte mit den Schultern. Jetzt war die Moränenlandschaft auf ihrer Stirn. Die Brauen waren gezackte Linien, die Augen hässliche Schlitze.

»Niemand wird dir erlauben, dass du einfach so gehst.«

Die Großmutter saß auf dem Bett, die Beine in den Strumpfhosen baumelnd. Sie öffnete die Schublade des Nachtkästchens, als fände sich darin die Lösung, ein Argument, die alles erklärende Legitimation. Sie holte ein zerfleddertes Postsparbuch heraus, hielt es hoch, wedelte damit.

»Was soll ich damit?« Magnus starrte auf das abgegriffene Heft.

»Nimm es. Mach es auf.«

Magnus nahm das Sparbuch an sich und schlug es auf.

»Siebenundneunzigtausend!« Er schluckte, ließ das Unaussprechliche unausgesprochen.

»Dreihundertvierundzwanzig Euro und zweiundzwanzig Cents«, fuhr Oma fort, als wäre es Mückenschiss, das Normalste von der Welt.

»Aber wo hast du das viele …« Magnus rang um Verständnis und wurde in seinem Ringen jäh unterbrochen.

»Rente.«

»Aber …«

»Frag nicht, heb es ab. Für die Reise.«

»Welche Reise?«

»Narva.« Schwester Ana mischte sich aus dem Hinterhalt ein, eilte der Großmutter geschwind mit einem Tangoschritt zu Hilfe.

Magnus wunderte sich über die Schwester, die Großmutter, das Sparbuch und den sich ständig verändernden Verlauf seines Besuchs.

»Aber Oma.«

»Sag nicht immer Oma zu mir. Das klingt grauenvoll.« Sie verdrehte die Augen, hob die Schultern, furchte die Stirn: Die Moränenlandschaft war wieder bei ihr.

»Was übrig bleibt, kriegst du, wenn wir zurück sind. Als Erbschaft.«

Sie stand vom Bett auf, griff nach dem Gebiss im Glas und stopfte es sich wie ein Laugenbrötchen in den Mund. Schwester Ana ging zum Schrank, öffnete ihn. Es saß aber nicht der Tod darin. Da wartete bloß ein Koffer, fix und fertig gepackt, kariert, rot-schwarz, aus strapazierfähigem Plastik mit einem durchsichtigen Schild, auf dem Großmutters Name und die Adresse des Seniorenheims in Prägebuchstaben standen.

»Gehen wir.« Großmutter wartete mit ihrer hellblauen Handtasche unterm Arm an der Tür.

»Und Pavel?«, fragte Schwester Ana.

»Kommt mit.« Die Großmutter ging zurück zum Fenster, griff nach dem Vogelkäfig auf dem Fenstersims, nahm ihn unter den Arm und eilte zur Tür. Die neuen Turnschuhe knarzten auf dem Linoleumboden, als könnten sie sprechen. »Kommt schon.«

Großmutter ging voraus, dahinter Magnus, der die wundersame Genesung der Großmutter nun tatsächlich einzig und allein ihrer darstellerischen Begabung zuschrieb. Dann kam die Schwester. Der Papagei im schaukelnden Käfig krächzte unentwegt: »Narva! Narva!«

»Pssst«, machte die Großmutter, als sollte niemand sie bemerken. »Pssst.«

KEINE STILLE NACH DEM SCHUSS

Der Kofferraum schnappt zu. Du hast die Waffe noch in der Hand. Zuvor fielen schon zwei Schüsse. Aus derselben Pistole. Dabei drangen zwei Projektile in den Körper ein. Eines davon hat ihn getötet, denkst du. Oder beide.

Ist es Mord, in eine Leiche zu schießen? Nein, sagst du dir. Er war schon tot, als ihn deine Kugel traf. Er hat nicht mehr gewimmert. Nichts mehr gesagt. Sich nicht mehr bewegt. Er war tot.

Schieß doch, haben sie gesagt. Und du hast geschossen. Als Letzter. In den reglos daliegenden Körper vor deinen Füßen. Deine Kugel war die Überflüssige, die sich zu den Todbringenden hinzugesellte. Aus Solidarität.

Es ist egal, wer schießt, Hauptsache er ist tot.

Du schüttelst den Kopf.

»Was ist?«, fragen die anderen beiden. »Landolf?«

»Nichts«, sagst du und dann, leise, wie für dich: »Endlich ist er tot, das Schwein.«

Der Kofferraum schnappt zu. Zwischen dir und ihm ist nur noch ein Stück Blech. Und Welten. Tod und Leben. Die Vision von einem besseren Dasein. Dafür lohnt es sich zu töten, dachtest du. Bevor du mitgegangen bist, um zu töten. Jetzt weißt du nicht mehr, was du denken sollst. Also denkst du an Marietta, daran, wie sie gesagt hat, dass man etwas riskieren muss, wenn man etwas verändern will. Du denkst an ihren Mund, aus dem alle Worte wie Kristallkugeln klangen. Kristallkugeln, die in Schwingung gerieten.

Seien wir Realisten, wagen wir das Unmögliche.

Du denkst an ihre kleinen Brüste, die wie harte Gummibälle unter ihrem T-Shirt auf –und niederhüpften, wenn sie zusammen mit dir durch die Straßen rannte. Auf der Flucht vor den Knüppeln. Vor den Wasserwerfern. Im Schutz der Molotowcocktails. Der Pflastersteine.

Du denkst an ihren reglosen Körper auf nassem Asphalt. Überrollt von einem Polizeifahrzeug. In einer Herbstnacht, deren langer Schatten dich bis heute verfolgt. Aus dem alles andere hervorkriecht wie eine unheilbare Krankheit, die den Körper auffrisst. Den Geist auf die Folter spannt. Dich und dein Leben radikal verändert. Aus dir einen anderen macht, einen ohne Marietta.

Die Zeitungen berichten in einer Randnotiz von einem Unfall und der Schuld des Opfers, Marietta M., Studentin. Du liest es immer wieder. Willst es nicht glauben. Mord wird zum Unfall, Unschuld zu Schuld. Die Wahrheit bleibt auf der Strecke, auf der Straße. Niedergeknüppelt und überrollt wie der Leichnam Mariettas. Die Lüge erobert den Boulevard. Du denkst an ihre blutende Stirn. An das Blut, das wie ein Faden aus ihrem Mund rann, fein, zerbrechlich, als unbedeutende Bleistiftnotiz.

Bis später, Liebling.

An den verdrehten rechten Arm, das überkreuzte Bein. Ihre toten Augen. Deine Tränen.

Das erste Mal empfindest du keine Wut mehr, keinen Wunsch nach Rache. Nur Trauer. Und Leere. Schwarz.

Schwarz.

Eine Schwärze, in deren Schutz du zusammengekrümmt im Hinterhalt hockst, wie ein Tier, sprungbereit, zu allem entschlossen und bereit, dich selbst zu opfern.

Wofür? Egal.

Du weißt es nicht. Musst es nicht wissen. Seit Mariettas Tod spielt das Wozu keine Rolle mehr. Seit Mariettas Tod ist deine Rolle zu Ende, das Spiel aus. Alles, was von nun an kommt, ist ein weiterer Schritt hin zum ersehnten Vergessen.

»Fahren wir«, sagen sie, und ihr steigt ein.

Ihr fahrt mit der Leiche im Kofferraum über einen Feldweg aus Schotter, mit Schlaglöchern, holpernd, rumpelnd auf die Hauptstraße zurück. Bei aufgehender Sonne. Niemand sagt etwas. Für Worte ist es zu spät, seitdem die Kugeln gesprochen haben. Alle rauchen. Der Rauch dringt tief in deine Lunge, füllt sie aus. Dir wird schummrig. Deine Hand zittert. Du spürst den Schweiß auf dem Gesicht. Riechst dich selbst; du riechst nicht gut. Du riechst nach Angst, nach Ungewissheit. Nach Schwarz. Nach Schatten. Ein wenig nach Marietta. Nach der Erinnerung an sie.

Du schließt die Augen und hoffst, dass alles vorbei ist, wenn du sie wieder öffnest.

Das Geräusch des zuschnappenden Kofferraums hat sich in deinen Gehörschnecken eingenistet. Immer wieder schnappt der Kofferraum zu.

Und zu.

Zu.

Mit dem immer gleichen Geräusch. Die Nervenimpulse bringen dich aus dem Gleichgewicht. Du schwankst, taumelst. Weißt nicht mehr, was oben und unten ist, richtig und falsch.

Es gibt kein richtiges Leben im falschen.

Deine Neurotransmitter stellen alles in Frage. Den Tod Mariettas. Die Rache. Die Wut. Dich. Die Leere. Das Schwarz.

Dein Leben ist eine Überlegung, die nicht mehr in deinen Kopf zu passen scheint. In keinen Kopf passt.

Ihr stellt den Wagen am Straßenrand ab. Es ist kühl, ruhig, eine typische Morgenstimmung. Ihr bleibt noch einen Augenblick sitzen. Unauffällig, bewegungslos wie Statuen in einem Garten bei Sonnenaufgang.

»Gehen wir«, sagen sie.

Ihr steigt schweigend aus, als wärt ihr drei Freunde, die einem Bekannten, der in der Straße wohnt, einen Besuch abstatten wollen. Oder die am Morgen unterwegs zur Arbeit sind. Ihr habt das eure getan. Eure Arbeit ist beendet.

Feierabend.

Ihr geht die Straße entlang, langsam, ohne Eile. Ihr redet nicht, biegt ab, ohne euch umzusehen. Zurück bleibt der Wagen mit der Leiche, euer vorheriges Leben. Abgestellt am Straßenrand.

Die Stille ein See voll Wasser.

Es ist vorbei.

Und fängt erst an.

Ihr fahrt durch die Nacht. Am Himmel ein Meer von Sternen. Der Große Wagen, der Kleine Wagen. Irgendwo dazwischen eine Sternschnuppe. Du wünschst dir nichts. Es geht ja ohnehin nicht in Erfüllung. Nie. So viele Sternschnuppen gibt es gar nicht. Du schließt die Augen auf der Rückbank des Wagens. In Gedanken bist du ganz bei deiner Kugel, die in seinem Kopf steckt. Ein Indiz. Ein Fremdkörper. Wie er in dir. Vom Augenblick seines Todes an beginnt er zu leben. In dir.

Bis heute.

»Lasst mich aussteigen.«

Drei Worte, die dein weiteres Schicksal besiegeln. Ein Satz, der dir den Weg weist. In die Wüste, in die Diaspora.

»Wo willst du hin? Landolf?«

»Weiß nicht. Irgendwohin. Halt an!«

»Geht nicht«, sagen sie.

»Halt an!«

Er hält an. Auf der Autobahn, am Seitenstreifen. Irgendwo in der deutschen Provinz. Im Bergischen Land. Du steigst aus. Du gehst querfeldein durch die Nacht. Die leuchtenden Rücklichter des Wagens sind bald verschwunden. Am Himmel noch immer die Sterne, die auf dich herunterschauen wie Augen. Böse Augen. Entzündete Augen. Es ist kühl. Feucht. Es riecht nach Oktober. Nach Herbst. Nach Deutschland. Nach immer kürzeren Tagen, immer längeren Nächten. Nach Unentschlossenheit. Notstandsgesetzen. Angst.

Sie werden dich suchen. Immer. Überall. Du weißt, du wirst keine ruhige Minute mehr haben. Nie mehr. Nirgends.

FELDPOST

Abs. Matrose Ant. Schmidle 1/2 M. A.G
Gruppe 765 Wilhelmshaven

Wilhelmshaven den 20.4.44.

Liebe Frau,
wie kommst Du denn mit unserm Kind der Johanna zurecht? Hat die blinde Kuh gut gekalbt? Wie weit seid ihr mit der Saat? Hast Du die Futtermesser abgeholt u. die Schrauben am Wagen beim Schmied?

Wir sind jetzt soweit eingekleidet. Soweit hab ich's noch gebracht, daß ich zur Marine Artillerie komm. Von hier wegzukommen war gar keine Rede nicht, die nehmen alle die den Kopf nicht unterm Arm bringen.

Vielleicht erklärt das auch, warum sie mich eingezogen haben, trotz der Sache mit der Lunge und dem Alter. Und daß ich zu Hause mehr gebraucht werde, als irgendwo woanders auf der Welt. Sonst macht das doch gar keinen Sinn nicht. Oder?

Nun wie geht es Euch allein? Ich hoffe gut was ich auch von mir berichten kann. Was ich hier bis jetzt geschafft u. getan habe hätte ich in 2 Tagen machen können. Aber das hilft ja alles nichts. Schreiben darfst Du mir nicht mehr bevor ich Dir von meinem neuen Standort nicht Nachricht gebe. Wir können alle Tage wegkommen, wohin weiß noch keiner. Alle Tage fassen in der Jachmannkaserne 5000 Personen Essen. Ich kann ein paar Stunden anstehen, bis ich was zu Essen bekomm. Es sind im Kasernenhof 2 Bunker wo je 2000 Mann fassen, eingerichtet aufs feinste u. Hundert Prozentig gebaut.

Wieviel Eier hat die Gans gelegt?
Nun will ich für heute enden,
Viele Grüße sendet Dir Dein Mann Anton

FOR EVER

Keiner vermisst dich. Niemand stellt Fragen. Du bist hier, als wärst du nie woanders gewesen. Auf der Suche nach Gott gibt es nur Zukunft, keine Vergangenheit. Es zählen nur der Glaube und das Gebet. Und die Arbeit. Das Benediktinische Dogma.

Ora et labora.

Beides ist dir fremd. Aber niemand merkt es. Misstrauen hat in diesen Mauern keine Heimat. Zweifel kein Obdach. Das ideale Versteck für einen wie dich. Obwohl du noch immer daran zweifelst, wirklich etwas getan zu haben. Es ist einfacher, an etwas anderes zu glauben. Am einfachsten an Gott. An Vergebung.

Wer ohne Schuld ist, der werfe den ersten Stein.

Sünde. Beichte. Und noch einmal Vergebung. Das christliche Mantra.

Aus Flucht wird Zuflucht. Aus dir wird ein anderer. Mit jedem Tag, den du hier bist, verlieren die Tage, an denen du woanders gewesen bist, an Bedeutung.

Nur Marietta bleibt. In Gedanken. Und sagt: Wenn das alles vorbei ist, gehen wir weg. Weit weg.

Du fragst: Wohin?

Sie lacht. Dahin, wo es besser ist, sagt sie und küsst dich ausdauernd auf den Mund. Deine Lippen schmecken noch lange nach ihr.

Erst jetzt lässt der Geschmack ein wenig nach. Du ärgerst dich darüber. Noch mehr, dass das schlechte Gewissen bleibt. Wegen

Marietta. Obwohl du dir immer wieder einredest, beteuerst, schwörst, nichts dafür zu können.

Was hätte ich denn tun sollen?, fragst du und willst keine Antwort wissen. Beschützen!, schreit es tief aus dir heraus. Du hättest sie beschützen müssen. Du hast es nicht einmal versucht. Du hättest sie zur Seite zerren können, hättest rufen können, Vorsicht!, Halt!, hättest sie mit einem Sprung vom Feldweg bugsieren können.

Du hast doch das Polizeiauto kommen sehen!

Oder etwa nicht?

Du schüttelst den Kopf und weißt ganz genau, dass das nicht stimmt. Du kannst die anderen belügen, dich selbst nicht mehr.

Du hast es gesehen, das Auto, wie es den Weg entlangfuhr. Langsam zuerst, als würde es sich anschleichen, dann schneller, zuletzt wie die Flugbahn einer Kugel, direkt auf Marietta zu. Du hättest handeln können, handeln müssen. Zeit war genug. Wie angewurzelt hast du dagestanden, unfähig, etwas zu tun. Deplatziert und hilflos. Zum lächerlichen Zuschauer degradiert. In dieser neblig-kalten Nacht unweit von diesem Kaff in Schleswig Holstein.

Du hast mit angesehen, wie der Wagen Marietta von hinten erfasste. Sie zu Boden schleuderte, überrollte. Deshalb das schlechte Gewissen. Du hättest sie daran hindern müssen, überhaupt zu dieser Demonstration zu fahren, zu der Bauplatzbesetzung im Westen. Genau genommen warst du es, der sie erst auf die Idee brachte. Du hast das zerknitterte, zur Größe einer Zigarettenschachtel zusammengefaltete Flugblatt achtlos aus der Hosentasche gezogen, morgens, im Bett, auf der Suche nach Zigaretten. Sie lag neben dir, noch ganz ummantelt vom Schlaf.

Was machst du? Ihre belegten Worte suchten Halt.

Nichts.

Was ist das?

Weiß nicht.

Sie griff nach dem Papier, faltete es auf, strich es glatt. Gähnte. Fing an zu lesen, stumm zuerst, richtete sich auf, wischte sich mit einer fahrigen Handbewegung die Haare aus dem Gesicht. Sie war jetzt hellwach und las laut: Weltweite soziale Gerechtigkeit, Gleichheit und Menschenwürde statt Ausbeutung.

Naturrecht auf Widerstand.

Markt und Straßen stehen verlassen, still und einsam jedes Haus, morgens prangt in allen Gassen: SPRINGER REIN – AMIS RAUS!

Ja, sagte sie.

Wir sagen natürlich, die Bullen sind Schweine. Wir sagen, der Typ in Uniform ist ein Schwein, kein Mensch. Entsprechend haben wir uns mit ihnen auseinanderzusetzen. Das heißt, wir haben nicht mit ihm zu reden; es ist falsch, überhaupt mit diesen Leuten zu reden. Und natürlich kann geschossen werden.

Ich weiß nicht, sagtest du.

Sie haben sie kaltgemacht, sagte sie. Umgebracht.

Meinst du?

Sicher!

Sie sprang aus dem Bett. Wütend, traurig. Diese Schweine!

Sie zog sich an.

Du hast das Flugblatt umgedreht. Da stand: Bauplatzbesetzung in Brokdorf.

Komm, gehen wir.

Wohin?

Deshalb das schlechte Gewissen.

Und wegen dem, was du getan hast. Du hättest nichts getan, wenn sie Marietta nicht getötet hätten.

Auge um Auge, Zahn um Zahn.

Hängt nicht alles mit allem zusammen?, fragst du dich. Du weißt, das schlechte Gewissen bleibt. Wie die Tätowierung auf dem linken Oberarm, *For ever M.*, versteckt unter einem Pflaster. Für niemanden sichtbar. Nur spürbar, für dich, jederzeit.

For ever.

Und: *Verändere die Welt* – ebenso eintätowiert auf deinem Oberschenkel.

Auf ihrem: *Sie braucht es.*

Das war ihre Idee. *Die Maßnahme,* Bertolt Brecht.

Feigling, sagte sie und lachte.

In der Tätowierstube in der Oranienstraße roch es nach Katzenpisse. Der Tätowierer, ein Zweimetermann aus Waiblingen mit schwäbischem Akzent – I ben Alex! – und Trägerunterhemd. Übersät von Tattoos. Auch im Gesicht. Das auffälligste war eine Kalaschnikow, AK-74, farbig. Mit allem Drum und Dran, in Miniatur auf der Schulter. Als Patronen abgefeuerte rote Sterne, überall, sogar am Hals und auf der Wange. Einer sah aus wie eine Träne unter dem rechten Auge.

Alex roch aus dem Mund. Nach Bier, Zigaretten. Auch säuerlich, nach Vergorenem. Du hattest Angst. Vor der Nadel, vor den Schmerzen. Auch ein wenig vor Alex. Seiner Kalaschnikow.

Aber es musste sein, als Liebesbeweis. Marietta hatte keine Angst. Sie streckte das Bein aus, schien es gar nicht erwarten zu können, dass die Nadel die Farbe in ihren Schenkel spritzt. Sie schaute ihr dabei zu. Der Nadel, der Farbe. Alex. Dem Liebesbeweis. Du hast weggeschaut. Die Augen geschlossen, die Zähne zusammengebissen, Schweißperlen auf Stirn und Oberlippe, die sie dir wegküsste, hernach. Alle.

Schmeckt salzig, sagte sie. Nach Liebe, Angst und dir.

Du lächelst auf der Pritsche in der dunklen Zelle. An der Wand das Kreuz. Daneben ein Bild vom heiligen Benedikt von Nursia, ein Detail aus der Kreuzigungsdarstellung auf einem Fresko in San Marco, Florenz. Kahler Schädel, langer Bart, mitleidvoller Blick. Ein Blick, der alles durchschaut. Vor allem dich und dein schlechtes Gewissen. Dein schlechtes Gewissen als ständiges Magengrummeln. Ein lebenslanger Schluckauf ist die Folge. Und Gewissensbisse, die wuchern wie ein Geschwür, das alle Organe befällt wie eine nässende Gangrän.

Deine Trauer ist ein totes Tier, das über dem Türrahmen hängt und verrottet. Gegen den Gestank hilft kein Weihrauch, keine Stoßgebete. Keine Meditation. Nicht Gott, kein Heiliger Geist. Auch nicht Benedikt.

Der Atem kommt, der Atem geht.

Die Trauer bleibt.

Und mit ihr dein falsches Leben mit der gefälschten Identität und dem Bart, den du dir hast wachsen lassen, schwarz und dicht, als glaubtest du, dich dahinter verstecken zu können. Dich und deine Angst.

»Könnte es sein, dass es Ihnen nicht gut geht?«, fragt Pater Bernhard.

Er sieht besorgt aus. Er will wissen, ob du irgendwelche Schwierigkeiten hättest. Du erfindest welche, um von den eigentlichen Problemen abzulenken. Du sagst, dass dir das Klosterleben manchmal schwerfiele, dass es ungewohnt und voller Einschränkungen sei.

Er beruhigt dich. »Das legt sich mit der Zeit«, sagt er, »Sie gewöhnen sich daran.« Das noch empfundene Vakuum würde immer mehr gefüllt werden. Der Glaube nähme zu und die Zweifel ab. Mit der Zeit.

Du nickst, bedankst dich für den Zuspruch und weißt, er hat keine Ahnung. Von dir und deiner Vergangenheit.

Du lächelst.

Pater Bernhard lächelt zurück.

Das Kloster als Rückzugsgebiet für ehemalige Terroristen? Welch absurder Gedanke, denkst du und fragst dich, wie es weitergehen soll. Du weißt nur: so. So wie bisher. Die Entbehrungen sind die Strafe. Die Strafe, der Alltag. Der Alltag, ein Kampf um das Vergessen, der täglich verloren wird. Vor allem in der Nacht.

Hier im Kloster. In der Zelle. Am Michaelsberg. Bei den Benediktinern in Siegburg.

ALLE HUNDE FLIEGEN HOCH

»Wow, ist das nicht ein Phaeton?« Schwester Ana fragte es, als sie den Wagen vor dem Seniorenheim stehen sah, bei aufgehender Sonne. Im Hintergrund die Hofeinfahrt aus Schotter, eskortiert von Stiefmütterchen, blau, gelb. Links und rechts daneben der gestutzte englische Rasen, darauf Liegestühle aus Plastik, die um diese Zeit in den Baumärkten als Schnäppchen verhökert wurden. Drei für zwei. Am Gartenende der rustikale Holzzaun, erst vor ein paar Tagen mit Xyladecor-Holzschutz-Lasur neu gestrichen, deren Geruch sich unter den der Stiefmütterchen mischte. Dann die asphaltierte Zufahrtsstraße. Dahinter der Waldrand. Dahinter das Schwäbische. Dann endlich die Welt, die weite, große, von der Schwester Ana womöglich träumte, so wie vom Tangotänzer, von der Schwangerschaft, vom Kind und der Zukunft.

»Das ist kein Phaeton, das ist ein Audi«, sagte Magnus mit dem Rollstuhl der Großmutter am Auto angekommen, als wäre ihm der große Wagen ein wenig peinlich.

»Was ist das denn?«, Schwester Ana fragte es in einer Mischung aus Verwunderung und Abscheu und blickte auf die Rückbank des Wagens. In der einen Hand den Vogelkäfig, in der anderen Großmutters Koffer, trat sie ganz von selbst einen Schritt zurück.

Was soll das schon sein?, sinnierte Magnus.

»Ein Hund.« Die Großmutter sagte es, während sie ihr vom Alter runzliges Gesicht nahe an die Scheibe drückte. Der Hund schleckte mit seiner Zunge von innen das Glas ab, als könne er auf diese Weise Großmutters Haut straffen.

»Das ist Artur.« Magnus wurden der Hund, die Schleckerei und jetzt auch die Großmutter unangenehm. Er tippte mit den Fingerspitzen gegen das Fenster der Beifahrerseite. Zuerst liebevoll leise, dann pochte er energisch laut mit der Faust dagegen.

»Na komm, mach Platz, Artur, komm hierher.« Artur, der von der Statur an einen Bernhardiner erinnerte – die Schnauze stammte eindeutig von einem Boxer –, dachte nicht im Traum daran, auf den Beifahrersitz zu springen. Schon gar nicht, dort Platz zu nehmen.

Nachdem er der Großmutter die Falten aus dem Gesicht geschleckt hatte, hüpfte er auf der Rückbank herum, wedelte dabei mit dem Schwanz, während die Zunge noch immer weit aus dem Maul hing.

»Sie können doch nicht mit diesem Hund …« Schwester Ana betrachtete den aufgedrehten Artur nach wie vor mit respektablem Abstand aus der Ferne. Sie sprach mit einer Stimme, die Magnus völlig neu war und die er so noch nie bei ihr gehört hatte. Dazu machte sie ein besorgtes, geradezu hässliches Gesicht. Trostlos, öde. Dagegen war die Moränenlandschaft ein blühendes Paradies.

Dieser Gesichtsausdruck steht ihr nicht, dachte Magnus, er verändert sie ganz und gar, und nicht zu ihren Gunsten. Der zuvor noch begehrenswerten Altenpflegerin, mit der er durch dick und dünn gehen wollte, bis ans Ende der Welt, würde er jetzt nicht einmal seine abgetragene Kunstlederjacke anvertrauen. Von Heirat, Kind und Tangokurs ganz zu schweigen.

Enttäuscht blies Magnus die Luft aus, damit Anas Skepsis und ihre Miene für immer davongeweht würden. Er öffnete die Heckklappe, um den Rollstuhl in den Kofferraum zu laden. Was mit einiger Anstrengung gelang.

»Ohne Hund wäre mir lieber«, sagte die Großmutter. »Aber wir können ihn ja schlecht hierlassen.«

Der großmütterliche Gedanke inspirierte Magnus zu einer Idee, die er bereitwillig allen zur Verfügung stellte, ohne lange darüber nachzudenken.

»Wenn Schwester Ana sich für die Zeit, in der wir unterwegs sind, um Artur kümmern könnte«, schlug Magnus vor, »dann schon.« Ein Kribbeln in der Nase machte sich bemerkbar. Das Xyladecor? Pollen? Allergie?

»Ich?« Der Gesichtsausdruck der Schwester war nun wieder im Bereich des Erträglichen, die Bedenken blieben. Eingeschüchtert deutete Magnus mit einer Kopfbewegung an, dass der Vorschlag ernst gemeint war. Dann nieste er.

»Gesundheit«, sagte die Schwester. »Aber ich – ich kann doch nicht diesen Hund …«

»Gesundheit«, sagte auch die Großmutter und fragte: »Warum nicht?«

»Danke«, sagte Magnus und fügte hinzu: »Der ist lieb.« Er sang den Satz mehr, als er ihn sprach, um Arturs guten Charakter allein schon klanglich zu unterstreichen.

Er öffnete die Beifahrertür. Artur stürzte aus dem Wagen und sprang zuerst an Schwester Ana hoch. Dann an der Großmutter. An Magnus nicht.

»Aus, aua, nicht!« Schwester Ana kreischte es, der Koffer fiel auf den Schotter. Den Vogelkäfig hielt die Schwester weit von sich, hob ihn hoch in die Luft, um ihn Arturs nasser Schnauze zu entziehen.

»Aus, Artur! Lass das!« Magnus versuchte den Hund zu beruhigen, stellte sich breitbeinig zwischen ihn und Schwester Ana.

»Der tut nichts.« Er gab sich Mühe, die Schwester gleichzeitig zu besänftigen. Was ihm nicht gelang.

»Und der Vogel?« Die Großmutter mischte sich nun ein.

»Artur mag Vögel«, behauptete Magnus, was Artur sogleich verdeutlichte. Er sprang geschwind um Magnus herum und erneut an Schwester Ana hoch, um Papagei und Käfig möglichst nahe zu kommen. Der Papagei legte keinen Wert auf Freundschaft und speziell nicht auf die eines Hundes namens Artur. »Verpiss dich!«, krächzte er. »Verpiss dich!«

»Aufhören! Nein! Bitte nicht!« Bei Schwester Ana spielte noch immer dieselbe Platte das gleiche Lied, hysterisch, kratzend und der Situation ganz und gar nicht angemessen.

Magnus stimmte opportunistisch in das Gekrächze mit ein: »Aus! Artur! Aus!«

Artur hörte nicht auf Magnus. Hatte er noch nie. Erst als die Großmutter »Schluss jetzt!« bellte, verharrte Artur, blickte unterwürfig zur Großmutter, winselte und ließ sich auf alle viere vor ihr nieder. Als gehörte er jetzt zu ihr.

»Braver Hund.« Die Großmutter zischte es durch die künstlichen Zähne, während Artur nun tatsächlich der von Magnus angekündigten Charaktereigenschaft verfiel und ein Gesicht machte, was nicht nur bei Hundefreunden unter »Ach wie niedlich!« verbucht wird.

»Der gehört nicht mir.« Magnus bemühte sich, Arturs vorheriges Verhalten zu entschuldigen.

»Wem gehört er denn?«, wollte die Großmutter wissen.

»Paul, meinem Mitbewohner, aber der ist in Teneriffa und …«

»Ungezogen ist er trotzdem.« Schwester Ana glättete ihren weißen Kittel, auf dem Artur Spuren seiner Ungezogenheit hinterlassen hatte.

»Normalerweise nicht.«

»Sie meinen, der will nur spielen?«

»Kann sein.«

»Ich aber nicht.«

»Ich weiß. Sie wollen nur tanzen. Tango.«

»Woher wissen Sie das?«

»Schluss jetzt.« Die Großmutter ging dazwischen, und beide verstummten.

Sie stiegen ins Auto. Die Großmutter setzte sich auf die Rückbank und schien in dem geräumigen Wageninnern zu versinken. Ihre Bluse hob sich leuchtend von den schwarzen Ledersitzen ab und sah von außerhalb des Wagens wie ein Flickenteppich aus. Der Papagei im Käfig wurde neben die Großmutter platziert. Der Hund ließ sich widerwillig auf dem Beifahrersitz nieder. Auch er wäre gerne zur Oma auf die Rückbank.

Magnus ließ den Motor an und trat zweimal entschlossen auf das Gaspedal, dass die Stiefmütterchen an der Hofeinfahrt zitterten.

»Moment! Jetzt hätte ich es beinahe vergessen.«

Die Schwester machte auf dem Absatz kehrt, rannte zurück in Richtung Seniorenheim. Erst jetzt kommt ihre sportliche Erscheinung voll zur Geltung, dachte Magnus, und das mit den Schlappen! Er betrachtete sie im Außenspiegel. Elektrisch justierte er Neigung und Winkel und verfolgte ihren Lauf den Schotterweg entlang zurück zum Haus.

»Fahr schon.« Die Großmutter sagte es zwischen den Vordersitzen hindurch, ungeduldig, drängend, mit nörgelndem Ton.

»Aber Schwester …« Der Außenspiegel fing sie wieder ein. Leise surrend begleitete Magnus sie per Spiegel auf ihrem dynamischen Lauf vom Haus zurück zum Auto.

»Fahr doch!«

Zu spät. Die Schwester war zurück. Außer Atem und mit erhitztem Kopf. Ihre Wangen glänzten wie die Haut eines Pfirsichs, zart und rosa. Die Erschöpfung steht ihr gut, dachte Magnus und betrachtete den Schweiß auf ihrer Stirn.

»Ihre Medikamente.« Schwester Ana hielt mehrere Pillenpackungen in der Hand. Was die Großmutter mit einer wegwerfenden Handbewegung kommentierte.

»Achten Sie darauf, dass sie sie nimmt.«

»Aber …«

»Steht alles auf den Packungen, zwei Mal zwei, ein Mal vier und ein Mal drei.«

Ganz nahe am Schwesternkittel roch er einen betörenden Duft. Es roch nach feiner Gemüsesuppe, nach ausrasierten Achseln, Parfum, nach Meer und nach einem Streifen verschwitzter Haut zwischen den Brüsten am Dekolleté.

»Gute Fahrt.«

»Und Sie? Wollen Sie nicht mit?« Magnus fragte es vom Duft verleitet, ließ dabei den Oberarm lässig aus dem Seitenfenster hängen. Es klang eine Spur zu sentimental, was ihn ärgerte, kaum dass er die Worte gesagt hatte. Schwester Ana lachte, herzhaft, kokett, unnötig, auch nur ein Wort darüber zu verlieren. Als wüsste Magnus ohnehin Bescheid.

Nun, damit könnte ich mich arrangieren, dachte Magnus und träumte sich auf der Schwesternkittelwolke weg, hin zu einer gemeinsamen Zukunft, am Meer, im Sommer, glänzend im Schweiß ihrer Körper, die Nasen eingebettet in die Achselhöhlen.

Magnus ließ die Seitenscheiben automatisch und lautlos nach oben gleiten und fuhr endlich los. Er tippte auf dem Navigationsgerät Narva ein und gab Gas, während das Gerät wie blöd suchte. Der Hund bellte, der Papagei krächzte, und die Großmutter hob die Hand zum Abschied.

EIN LEBEN, MEHRERE BAUSTELLEN

Ich hasse Bauarbeiter. Und Bauarbeiten. Baustellen. Alles, was mit Bau zu tun hat. Bauen. Baumarkt. Bausparvertrag. Bausparkasse. Baustoff. Baumhaus. Baum. Bauern. Bautzen.

Ich hasse es, wenn die Bauarbeiter morgens um sieben ihre Presslufthämmer durch mein Zimmer bugsieren, als wären es Handstaubsauger, und dabei meinen Schlaf perforieren. In den Löchern nisten sich dann fadenscheinige Wesen ein, balancierend zwischen Tag und Nacht, krummbeinige, kahlköpfige Kreaturen, die die Vergangenheit wie eine Stechkarte mit sich führen. Pfannengesichtige Ungeheuer, langnasige Monster, schlappohrige Scheusale, die aussehen wie – genau! Heinrich Braun-Broich! Der Onkel meiner Mutter, mein Großonkel sozusagen, mit den stechend blauen Augen und dem vernarbten Gesicht, das einen zittern macht, wenn man hineinschaut, Stiche in Herz- und Magengegend, Schweißausbrüche an Händen, Stirn und Brust. Ein unheimliches Gesicht, das Angst macht. Kinderangst. Ein Gesicht, das sich quer und längs und hin und her durch die Kindheit schlängelt, als wäre es ein Springseil, an dem jedes Hochhüpfen scheitern muss. Man stolpert, fällt und landet auf dem Arsch. Mit dem Gesicht im Schlamm und Schlamassel. Ein hanebüchenes Großonkelgesicht mit verkniffenem Mund. Das Gesicht eines Mannes, der mit seiner schweißnassen Hand über den Kopf streicht, als wäre es der Rücken seines deutschen Schäferhundes, Rolfi, der in der Hundehütte vor dem Haus sitzt, eine Villa in Zellingen, am Rand des Dorfes, nahe der

Fabrik, und vom wattierten Arm des Angreifers träumt, in den er endlich wieder seine spitzen Zähne graben kann, das stinkende Gebiss im großspurigen Hundemaul.

Warum?

In erster Linie, um seinem Herrchen zu imponieren, um seinem submissiven, kläglichen Schäferhunddasein ein bisschen mehr Sinn zu geben, um dem Fabrikbesitzer, dem Großonkel Heinrich Braun-Broich, Ehrenvorsitzender des Schäferhundzuchtvereins Zellingen, zu zeigen, dass er, der Dreckskӧter, immer zu Diensten und bei Fuß ist. In zweiter Linie, um dem kleinen rotznasigen Magnus zittrige Knie zu bescheren und ihm die Träume zu versauen, seit dreißig Jahren, bis zum heutigen Tag, so wie die Presslufthämmer der Bauarbeiter vor den Fenstern in Berlin Friedrichshain.

Löchrig ist der Tag darauf, das nächste Jahr, das ganze Leben. Mit dem ersten Augenaufschlag am Morgen nisten sich Wut, Zorn und abgrundtiefer Hass in die ausgestanzten Löcher.

Scheiße!

Immer wenn ich die Presslufthämmer höre, muss ich an die Verwandtschaft denken, an die Kindheit, mütterlicherseits, an die Schwäbische Alb, an Zellingen. Dann an die DDR, Verwandtschaft väterlicherseits, und an Sachsen, Alt-Schönweide.

Das soll mal einer zusammenbringen.

Ich liege noch immer im Bett, drehe und wende mich, als wäre der Presslufthammerlärm die Begleitmusik für eine gymnastische Übung im Turnunterricht in der Grundschule Zellingen oder in der polytechnischen Oberschule nahe Alt-Schönweide.

Der Morgen ist lange vorbei, Mittag auch, es geht gedreht und gewendet, von links nach rechts und wieder zurück auf den Abend zu. Bis mein geräderter Körper endlich für längere Zeit auf dem Rücken zu liegen kommt.

Manchmal überfällt mich eine Lethargie, hinterrücks, einer Prophezeiung aus einer üblen Welt gleich, die mich hindert, etwas zu tun, was auch immer.

Aufzustehen, zum Beispiel.

Ich liege noch immer im Bett, als das Telefon klingelt. Es ist Liane. Sie sagt, sie wäre total geil auf mich, sie müsse mich jetzt treffen, jetzt sofort, weil ihr Mann gerade bei einer Talkshow sei und ich deswegen meinen hübschen Arsch augenblicklich in Bewegung setzen solle, um es endlich mal in ihrem Ehebett mit ihr zu treiben, was ja schon immer – nicht wahr? – mein Wunsch gewesen wäre, glaubt sie.

»Hotel ginge auch«, sagt sie. Es wäre ihr, ehrlich gestanden, im Moment sogar lieber, aber heute könne ich sie vögeln, wo ich wolle, heute sei alles möglich. Liebling!

Und dann verlangt sie, ich solle ihr etwas Dreckiges sagen, etwas total Schweinisches, jetzt am Telefon, sofort, auf der Stelle, weil sie das noch geiler machen würde.

Ich überlege und sage ziemlich gelangweilt, dass ich sie gleich in den Arsch ficken werde. Sie stöhnt am Telefon und sagt, ich solle jetzt schnell, im Moment, ganz schnell, bei ihr vorbeikommen, sofort, weil sie jetzt noch geiler auf mich sei. »Ich fick dich und leck dich, ich piss dich an, du Opfer«, sage ich ein wenig engagierter.

Sie stöhnt nicht mehr. Sagt, das wäre jetzt aber doch ein bisschen heftig und …

»Ach ja?«, unterbreche ich sie. »Ich dachte, du hättest es jetzt genau so am liebsten.«

Und dann sagt sie: »Bis gleich.«

Ich lege auf.

PAPIERENE GESICHTER

Du bist nicht drauf. Kein Konterfei von dir, nirgends.

Und doch trifft dich der Anblick des Plakats wie ein Dolchstoß. Es hängt neben der Tür, im Schalterraum der Post. Du siehst es, bleibst stehen und spürst einen Stich.

Im Herz, im Magen, im Kopf. Überall.

Von draußen, weit weg, hörst du Krähen schreien.

»Was ist?«, fragt der Schalterbeamte und sieht durch die von Fingerabdrücken verschmierte Glasscheibe des Schalters herüber. Du schüttelst den Kopf, kannst nichts sagen, nur schauen. Das Plakat hängt auf Augenhöhe, rot umrandet. Zwölf Kästchen, zwölf Gesichter, schwarz-weiß, vier quer, drei längs.

Du bist nicht dabei.

»Mörder!«, sagt der Schalterbeamte. »Alles Mörder!« Er zeigt auf die papierenen Gesichter. Manche sind durchgestrichen, mit einem blauen Kugelschreiberkreuz. Andere nicht. Sie blicken finster drein. Junge Männer, junge Frauen. So alt wie du selbst. Manche kennst du. Vom Gesicht her. Andere vom Namen. Mit ein paar wenigen warst du befreundet. Du selbst bist nicht auf dem Fahndungsplakat.

»Verzeihen Sie, Frater«, sagt der Schalterbeamte, »aber denen ist der Strick zu wünschen.«

Frater, denkst du. Du hast dich noch immer nicht an den Ausdruck, die Anrede gewöhnt. Du schüttelst den Kopf, willst etwas sagen, kannst es nicht.

»Auf der Flucht erschießen«, sagt der Schalterbeamte. »Alle.

Kurzer Prozess.« Er haut mit der Faust auf das Schalterbrett. Die Stempel zittern, das Schwämmchen für die Briefmarken hüpft hoch.

»Wenn man die schnappt, sitzen die mit Fernseher und allem Drum und Dran im Kittchen, erste Klasse. Und bei guter Führung sind sie nach paar Jahren wieder draußen. Nein, nein, Rübe ab und Schluss!« Wieder schlägt er mit der Faust auf das Schalterbrett. Die Mundwinkel zeigen zu Boden; der Schnauzbart ist hässlich verbogen.

»Was kann ich für Sie tun, Frater?«, fragt der Schalterbeamte, während der Bart wieder in die Ausgangsposition zurückrutscht, als wäre er dort nur auf Besuch.

Du weißt es nicht. Dir fällt nichts ein, jetzt im Moment, vor dem Schalter. Mit den Fingerabdrücken auf der Scheibe, die aussehen, als wären es deine eigenen und wollten dich überführen.

»Die Postkarte?«, fragt der Schalterbeamte. Es klingt in deinen Ohren wie Mord, Ende, aus.

Er zeigt mit der Hand auf die Karte, wie mit einer Pistole aus Fingern. Du reißt erschrocken die Arme hoch, machst ein betroffenes Gesicht. Der Schalterbeamte hält den Schreck für einen Witz, eine ausgebuffte Inszenierung. Er lacht.

»Ein Frater mit Humor. Ha, ha, ha …«

Der Oberlippenbart hüpft.

»Das ist gut«, sagt er, »ha, ha, ha«, immer wieder, mit Tränen in den Augen. »Das ist gut, ha, ha, ha …«

Du nickst, legst die Karte auf das Schalterbrett und blickst den Beamten an. Seine Mundwinkel schnellen nach oben, sehen eine Spur versöhnlicher aus.

Er erwidert den Blick, die Augen zusammengekniffen, Falten auf der hohen Stirn.

»Fünfzig Pfennig«, sagt er und schaut dabei, als würde er deine

Vergangenheit kennen. Der Stift zwischen Daumen und Zeigefinger wackelt nervös, als warte er darauf, auch dich durchzustreichen, zu exekutieren, mit dem Kugelschreiber als Skalpell: Rübe ab!

Du schüttelst den Kopf, um dich zu vergewissern: Rübe noch dran.

»Für die Postkarte«, ergänzt er, fünfzig Pfennig. Er hält die Karte hoch. Wedelt in der Luft. Du siehst das Kloster im Winter, über der Stadt, erhaben, erhöht, dem Himmel ganz nah. Es ist schön, verschneit, idyllisch. Es ist auf der Postkarte nicht anders als in Wirklichkeit.

»Und wo geht sie hin?« Der Schalterbeamte fragt es und liest. Die Adresse. In Gedanken liest du mit. Den Text.

3. Januar 78.
Ich habe nach langer Suche endlich den Ort gefunden, an dem ich mich aufgehoben fühle. Der mir Glauben schenkt, mich beschützt und eine Perspektive bietet. Verzeih mir, dass ich mich so lange nicht gemeldet habe. Mach dir keine Sorgen. Mir geht es gut. Schönes neues Jahr.
Landolf

Eindeutig zweideutig.

Der Schalterbeamte glaubt zu verstehen, bestätigt mit einer Kopfbewegung.

»Ah, an die Mutter«, sagt er und lächelt.

Du lächelst nicht.

»Da war ich vor drei Jahren mal im Urlaub«, meint er, »Schwabenland.«

Du schüttelst den Kopf, sagst »Tante«.

»Schöne Gegend, nur der Dialekt.« Der Schalterbeamte lacht.

Er zeigt die gelben Zähne unter dem Schnauzbart; sie sehen hässlich aus.

Du wendest den Blick ab, schaust auf das Plakat an der Scheibe neben dem Schalter. Es ist dasselbe wie das an der Tür. Wieder zwölf Kästchen, zwölf Gesichter. Ein paar Kugelschreiberkreuze.

Sachdienliche Hinweise, steht da, 10 000 Mark Belohnung.

»Was könnte man damit alles machen«, sagt der Schalterbeamte und malt sich mit Kugelschreibermine die Zukunft aus.

Hellblau, kratzend, zitternd.

»Weltreise«, sagt er, »Kreuzfahrt, Queen Elisabeth.« Beim th spritzen Speicheltropfen an die Scheibe. »Oder 'nen neuen Wagen vielleicht.«

Du denkst an die zwei aus dem Auto mit dem Toten, jetzt mit Kreuzen über dem Gesicht.

»Wir kriegen sie schon, diese Schweine«, sagt der Schalterbeamte und deutet mit einer Kopfbewegung zum Plakat, als wäre es ein Zeichen für den Henker. Dann stempelt er die Postkarte ab. Es kracht wie ein Schuss.

FELDPOST

Absender: (fehlt)

Bremen den 24.4.44

Liebe Frau mit Kind,
will Euch auf der Durchreise ein paar Zeilen schreiben. Es ist soeben morgens 4 Uhr und wir sind gerade beim Essen. Um 6 Uhr fährt unser Zug weiter nach Wilhelmshaven. Wir fahren Tag und die ganze Nacht immer hindurch. Wir kamen in Gmünd um 8 Uhr an u. um 9 Uhr gings weiter nach Stuttgart. Da standen wir dann auf dem Geisterbahnhof bis abends um 9 Uhr. Es durfte aber keiner weg sonst wäre ich zu unseren Verwandten zu Adeles Schwester gefahren. Um 9 Uhr wurden wir mit 5 Personenwagen einem Güterzug angeschlossen dann ging das bummeln los. Kornwestheim Bruchsal Heidelberg Mannheim von Mannheim dann über die Lüneburger Heide und jetzt sind wir in Bremen. Ich hätt doch nicht im Traum daran gedacht daß ich so mal das Land kennenlern. Heute Mittag Donnerstag um 11 Uhr werden wir in Wilhelmshaven ankommen dann werden wir untersucht u. ausgemustert so wie der Oberleutnant von der Marine sagte. Er sagte wir kämen alle vorerst zur Marine.

Ich hab in der Kaserne einen getroffen, der auch so alt ist wie ich. Die anderen sind ja alle jünger, viel jünger. Der hat auch was mit der Lunge, irgendwas ist da kaputt. Trotzdem haben die den eingezogen. Ähnlich wie bei mir. Der sagt, das ist nicht mit rechten Dingen. Weil normalerweise ist das ein Fall für das Spital und nicht für die Front.

Aber was ist schon normal? Das gibt mir schon zu denken, wie so was zugehen kann.

So wie ich meine genaue Anschrift u. Adresse habe werde ich schreiben bis dahin alles Gute wir müssen jetzt weiter.

Es grüßt Dich sowie mein Kind Johanna

Anton

Viele Grüße an die anderen.

BIS STUTTGART UND WEITER

Zuerst fuhren sie über die Alb nach Stuttgart. Eine Stadt wie eine große Straßenkreuzung. Auferstanden aus Beton. Eine Stadt, in der das Auto das Regiment führt, ein kleiner Diktator auf vier Rädern. Straßen sind die Wegweiser der bürgerlichen Existenz; Straßen haben Vorfahrt und Priorität. Ampeln scheinen nicht nur den Verkehr zu regeln, sondern auch den Gefühlshaushalt der Wagenlenker. Kein Wunder bei den vielen Autobauern. Rotebühlplatz, Österreichischer Platz, Müllerplatz, Wilhelmsplatz. Charlottenplatz. Zufahrt-, Abfahrt- und sonstige Straßen, Doppel-, Dreifach- und Vierfachspuren, Unterführung, Überführung und alles zusammen im zweistelligen Straßenbereich an nur einer einzigen Kreuzung. Stuttgart, keine Stadt, eine Haltestelle für Straßen. Ein Sammelplatz für Verkehrsschilder, Exil aller Tankstellen, die Luft erfüllt von Benzin- und Abgasgeruch.

Nachdem Magnus den Audi durch die Verkehrsordnung gewürgt hatte, steuerten sie die Postbank am Königsplatz an.

»Mensch, pass doch auf.« Magnus fluchte, nachdem er einem 500er Mercedes die Vorfahrt genommen hatte. »Arschloch!« Der Mercedes hupte, der Fahrer warf ihm rotgesichtig einen Schwarm Vögel hinterher. Der Vogel auf der Rückbank fühlte sich angesprochen und antwortete mit »Wichser«. Wobei offen bleibt, ob Magnus oder der Mercedesfahrer gemeint war.

»Hast du eigentlich einen Führerschein?« Eingeschüchtert fragte die Großmutter es zwischen den Sitzen hindurch.

»Hast *du* einen?«, kam postwendend zurück.

Damit war Ruhe.

Nach anfänglicher Irritation, Verwunderung und Skepsis der völlig überforderten Schalterangestellten – »Ha noi, des goat et« – ließ sich schließlich der herbeizitierte dynamische Filialleiter von der resoluten Großmutter unter Zuhilfenahme von Reisepass, Rentennachweis, Schwüren und angesichts von Magnus' vielsagender Drohung »Wollen Sie meine Omi berauben?« doch noch überzeugen, das Geld, knapp die Hälfte der Sparbuchsumme, herauszurücken.

Einen Teil des Geldes bunkerte die Großmutter in ihrer Handtasche, eingewickelt in Zeitungspapier. Den anderen, wesentlich größeren Teil versteckte sie im doppelten Boden des Vogelkäfigs. Ebenfalls in Zeitungspapier eingewickelt.

Zurück am Auto schlug die Stadt in Gestalt ihrer Ordnungshüter gnadenlos zu. Eine Politesse steckte einen Strafzettel unter den Scheibenwischer.

»Warten Sie bitte.« Magnus versuchte zu intervenieren und seinen Charme in die Waagschale zu werfen. »Es tut mir leid, wird nicht mehr vorkommen, aber Sie müssen verstehen, ich *musste* hier parken.«

»Behindertenparkplatz«, schoss es aus der Politesse wie aus einem Sturmgewehr hervor. Der Behindertenparkplatz verkam zu einem Truppenübungsplatz. Magnus überdachte seine Strategie und entschloss sich für das Gefährt mit den Stahlketten und dem extra langen Rohr.

»Ja, eben, sicher. Meine Großmutter ist behindert, müssen Sie wissen.«

»Was?«, kam es von der Großmutter, sie schnappte sich den Strafzettel, griff in die Handtasche und stopfte der Politesse das

Knöllchen mitsamt einem Hunderter ins Kostüm. »Der Rest ist Trinkgeld.« Sie stieg in den Wagen. »Los, fahren wir.«

Völlig perplex, mit halb offenem Mund stand die Repräsentanz des Stuttgarter Ordnungsamts am Straßenrand, als wären ihr gerade zwei Abgesandte des heiligen Christophorus erschienen oder der Vorstandsvorsitzende vom Daimler in Frauenkleidern.

Hupend, einen Gruß als üble Ausscheidung zurücklassend, fuhr Magnus davon. Ade Stuttgart, Stadt der Wagenlenker, Stadt der Wagenbauer, Stadt der Politessen. Ade.

Der Audi ließ Stuttgart hinter sich und rollte auf der Autobahn Richtung Nordwesten. Die Großmutter dämmerte im Fond vor sich hin. Magnus konzentrierte sich auf den Verkehr und behielt im Innenspiegel die Rückbank mit der Großmutter im Auge. Der Vogel beobachtete Magnus unentwegt, ohne ein Wort von sich zu geben, was Magnus noch mehr verunsicherte. Das Schweigen war ihm unangenehmer als das Gekrächze. Artur legte den Kopf auf die Armatur und äugte auf die Straße. Manchmal schreckte die Großmutter hoch: »Sind wir schon da?« Magnus lächelte in den Innenspiegel und antwortete: »Bald«, was sich anhörte wie: »Schlaf weiter.«

Das Radio meldete Stau in beiden Richtungen auf der A7 nach einem Unfall. Das Navi schien mit der Situation überfordert und mahnte zur Umkehr. »Bitte wenden Sie.«

Wie soll ich denn hier wenden, mitten auf der Autobahn?, dachte Magnus und drehte der mechanischen Stimme, die ihn von Anfang an an eine bekannte Fernsehmoderatorin erinnerte, den Saft ab.

»Bitte wen…«

Die Stimme wollte sich nicht geschlagen geben und zog zur Unterstützung ein akustisches Signal hinzu. Es klingelte. Die Melodie erinnerte an Joy Division, *Love Will Tear Us Apart*. Artur knurrte, der Papagei krächzte irgendetwas Unverständliches.

»Was ist das?« Scheinbar wieder hellwach, fragte es die Großmutter, als wollte sie wissen: »Wo kommt der Lärm denn her?«

»Nichts.«

»Dafür ist es aber ganz schön laut.« Ian Curtis pfiff sich in Magnus' Kunstlederjacke warm.

»Das ist doch ein Mobiltelefon, nicht?«

Magnus nickte zaghaft in den Innenspiegel.

»Und warum gehst du nicht ran?«

»Keine Lust.«

Die Großmutter lachte. Der Papagei krächzte wieder; dieses Mal klang es verächtlich.

»Du willst nicht mit ihr reden, stimmt's?« Großmutter griff in die Handtasche, holte ein Päckchen Zigaretten heraus und steckte sich eine Filterlose zwischen die Lippen.

»Oma!«

»Sag nicht immer Oma zu mir«, ging die Großmutter dazwischen, wobei die Zigarette im Mund wippte, als kämen die Worte von ihr.

»Hier ist Rauchverbot.« Magnus war erleichtert, nicht weiter über das Mobiltelefon reden zu müssen. Worauf das Gerät verstummte, als wäre es eingeschnappt.

»Ach was.« Die Zigarette glühte auf und qualmte vor sich hin. Die Großmutter nahm einen Zug, blies den Rauch zwischen den Sitzen hindurch nach vorne zu Magnus und seiner nun lautlosen Kunstlederjacke.

»Der Wagen …« Magnus rang mit den Worten. »Der Wagen

gehört mir nicht.« Als würde dies nicht nur das Rauchverbot, sondern auch alles andere erklären. Womöglich auch das Handy.

»Wem denn?« Das Handy setzte erneut ein und klingelte in der Jacke. »Deiner Frau?«

»Nein.«

»Hast du keine Frau?«

»Doch, nein, ich meine ...«

»Bist du schwul?«, fragte die Großmutter.

»Oma!«

»Sag nicht immer Oma zu mir.«

»Ich bin – wie soll ich sagen –«, Magnus rang erneut mit sich und den Worten, während draußen immer wieder ein Auto hupte, als wollte es ihn an irgendwas erinnern. Vielleicht an die nicht ausgeschaltete Herdplatte, den Geburtstag Lianes, die seit Jahren ausstehenden Steuererklärungen oder die Blumen auf Pauls Fenstersims, die jetzt tagelang nicht gegossen wurden.

»Hast du eine Freundin?«

»Ja.«

»Na also, geht doch.«

»Was geht?«

»Ist sie das?« Die Großmutter deutete auf die Jackentasche, in der es noch immer klingelte.

»Ja.«

»Na also.«

»Was heißt hier ›na also‹?« Schon wieder fuhr ein Auto laut hupend an ihnen vorbei. »Arschloch«, gab Magnus dem Fahrer mit auf den Weg, wobei ihm einfiel, dass er auch die Tage zuvor die Blumen auf Pauls Fenstersims nicht gegossen hatte. »Scheiße.«

»Die raucht doch auch.«

»Wer?«

»Deine Frau.«

»Woher willst du das wissen?«

»Riecht man.« Die Großmutter blies erneut den Rauch nach vorne.

Magnus zog demonstrativ die Luft durch die Nase ein. »Wusstest du, dass Vögel an Rauch sterben können?«

Die Großmutter warf einen mitleidvollen Blick zum Papagei. »Aber nur, wenn sie mehr als zwei Schachteln am Tag rauchen.« Sie nahm wieder einen Zug, blies den Qualm direkt in den Vogelkäfig. »Pupilek raucht weniger.« Der Vogel verzog keine Miene.

»Pupilek?«

»Ja.«

»Ich dachte, dein Papagei heißt Pavel.«

»Offiziell. Pupilek inoffiziell. Undercover quasi, verstehst du?«

»Und was heißt das?«

Das Mobiltelefon verstummte endlich. Magnus griff in die Jackentasche und holte es heraus. Es blinkte jetzt blau.

»Pupilek macht das nichts aus.« Die Großmutter pustete den Rauch erneut in den Vogelkäfig. Wieder keine Reaktion von Pupilek aka Pavel.

»Aber mir.« Magnus legte das Handy aufs Armaturenbrett, wo Artur es voller Interesse beäugte, unschlüssig, ob er es auffressen oder zurückrufen sollte.

»Tja, jetzt hast du Zeit, dich daran zu gewöhnen. Bis Narva ist es noch weit, stimmt's?«

Magnus wurde erst jetzt bewusst, dass er mit seiner Großmutter tagelang im winzigen Innenraum des Audis eingesperrt sein würde.

»Wie weit ist es eigentlich noch?«, kam zwischen den Sitzen hindurch, was Magnus zu einem mittelprächtigen Wutausbruch verhalf.

»Oma! Wir sind kaum losgefahren.«

»War doch nur ein Witz.«

»Ha, ha. Außerdem wartet ein riesiger Stau auf uns.«

»Na und? Den umfahren wir großräumig.« Die Großmutter beugte sich nach vorne und blies den Rauch Richtung Navigationsgerät.

»Gib mal Siegburg ein.«

»Siegburg? Wo ist das denn?«

»Frag nicht, mach.«

Das Navigationsgerät schien zufrieden zu sein. Die Fernsehmoderatorin klang erfreut, eines späten Sieges gewiss, auch weniger metallisch. »In drei Kilometern rechts.«

Die Stimme des Navis lotste weiter. Die Großmutter dämmerte wieder vor sich hin, der Vogel beobachtete und Magnus fuhr, während das Wetter nicht mit Sonne geizte und die Klimaanlage auf Hochtouren arbeitete. Artur hatte den Kopf wieder auf dem Armaturenbrett abgelegt. Jetzt neben dem Handy. Trotz Klimaanlage roch es im Wagen zunehmend nach Hund. Nach nassem Hund. Nach nassem rauchendem Hund. Magnus schlug der Geruch auf den Magen; ihm wurde übel. Um sich abzulenken, versuchte er, an etwas Schönes zu denken. Er dachte an die kleinen weißen Tierchen auf Lianes Haut, an Tereses Postsparbuch und was sich damit alles anfangen ließe. Er dachte an die Zukunft und an Schwester Ana.

»Erzähl mir was von dir.« Die Großmutter unterbrach seine Gedanken, als er gerade dabei war, auf der tausendvierhundert Kilometer langen A1 Island zu umkreisen. Natürlich mit Schwester Ana auf dem Beifahrersitz.

»Was soll ich dir denn erzählen?«

Die Großmutter zog ein petrolfarbenes Wollknäuel und eine

Nadel aus der Handtasche, wickelte den Faden um die linke Hand und fing an zu häkeln.

»Weiß nicht. Alles. Wie du lebst, vielleicht.«

Natürlich hätte er jetzt von seiner Lebenssituation erzählen können, von seiner Schwierigkeit mit dem anderen Geschlecht, von seinen Wünschen und Träumen, vom überzogenen Dispo-Kredit, von Frau Dr. Siemens-Kauf, seinem abgebrochenen Studium, seinem Job als Kameraassistent und als Fahrradkurier, der ihn am Leben hielt, aber nicht befriedigte, weder intellektuell noch emotional.

»Normal.«

»Normal?« Die Großmutter lachte.

»Warum lachst du?«

»Was heißt normal?«

»Ich bin wie alle anderen.«

»Stimmt nicht.«

»Woher willst du das wissen?«

»Ich kenne dich.«

Magnus stieß einen Schwall Luft aus, dass die Lippen schnalzten. »Wir haben uns seit einem Jahr nicht mehr gesehen. Davor noch mal ein Jahr nicht. Und davor wieder ein Jahr nicht. Und so weiter.«

Die Großmutter wischte die Einwände weg wie die eines einfallslosen Kindes, das seine schlechte Schulnote mit den schlechten Noten der anderen erklärt.

»Na und? Man muss den Menschen nicht ständig auf die Pelle rücken, um sie zu durchschauen.«

Wieder blies Magnus die Luft an seinen Lippen vorbei, noch lauter, noch heftiger, sodass sie erneut dieses hässliche Geräusch von sich gaben. »Und du durchschaust mich, ja?«

»Ja.«

Er lachte, mehr aus Wut als aus Freude. Draußen hupte wieder jemand. Der Fahrer eines entgegenkommenden Wagens spielte mit der Lichthupe. Magnus ließ sich davon nicht beirren.

»Das ist ziemlich überheblich von dir, Oma. Das weißt du, oder?«

»Na und?«

»Es ist, als würde ich behaupten, ich würde dich kennen.«

»Ausgeschlossen.«

»Siehste.«

Beide schienen über den kleinen Schlagabtausch nachzudenken, wobei Terese nach wie vor häkelte, eher automatisch als konzentriert. Selbst Artur war ganz bei den beiden. Immer wieder äugte er abwechselnd zur Großmutter, dann zu Magnus, als pendelte ein unsichtbarer Ball zwischen den beiden hin und her.

»Wenn du mir nichts erzählst, bleibt mir nichts anderes übrig, als mir meine eigenen Gedanken zu machen.«

»Was für Gedanken?«

»Über dich.«

»Oma, du brauchst dir keine Gedanken über mich zu machen.«

»Und deine Freundin.«

Wieder fuhr ein hupendes Auto an ihnen vorbei, was beide zum Anlass nahmen, zu schweigen. Arturs Kopf pendelte wieder.

»Was macht sie eigentlich?«, fragte die Großmutter.

»Nichts.«

»Dafür fährt sie aber einen ganz schön protzigen Schlitten.« Sie steckte sich noch eine Zigarette an. Magnus öffnete demonstrativ das Fenster einen Spalt breit. Der Vogel krächzte.

»Erzähl du doch«, sagte Magnus.

»Was willst du wissen?«

»Alles.«

»Das ist nicht gerade wenig.«

»Die Reise ist lang.«

Wieder wurde ihm die Existenz dieses rollenden Käfigs bewusst, diese unfreiwillige, unvorteilhafte Symbiose mit der Großmutter, die ihn die nächsten Tage begleiten würde, was ihn nachdenklich, auch ängstlich stimmte und ihm für einen Augenblick die Konzentration raubte.

»Du hast seine Augen«, kam es von hinten.

»Wessen Augen?« Magnus versuchte sich wieder auf das Gespräch zu konzentrieren.

»Großvaters. Und die Nase deiner Mutter.«

»Und den Mund meines Vaters«, ergänzte Magnus.

»Nein, den nicht.«

»Warum willst du nicht über ihn reden?«, fragte der Mund, der an den des Vaters erinnerte. Noch ehe die Großmutter etwas sagen konnte, mahnte die Fernsehmoderatorin in Gestalt der elektronischen Stimme des Navigationsgeräts zum Tanken, begleitet von mehreren rot blinkenden Lichtern. Pupilek krächzte wieder. Artur hob den Kopf vom Armaturenbrett und gähnte.

»Du musst tanken«, sagte die Großmutter.

»In dreihundert Metern rechts«, fügte die Fernsehmoderatorin hinzu.

»Ich weiß.«

Magnus bog ab, hielt an einer Autobahnraststätte, genau neben einer der Zapfsäulen. Bevor er ausstieg, blickte er auf die Rückbank zu Terese. »Was tust du da eigentlich?«

»Häkeln.«

»Und was?«

»Mal sehen, was es wird.«

Magnus stieg aus. Während er tankte, beobachtete die Großmutter ihn. Auch Artur. Und Pupilek. Magnus konnte es nicht leiden, beobachtet zu werden. Er erwiderte die Blicke hartnäckig, ausdauernd, als wäre es das alte Kinderspiel: Wer zuerst wegschaut, hat verloren. Ganz auf die Blicke konzentriert, bemerkte er nicht, dass auch ein großer Tank wie der eines Audi A6 irgendwann voll war. Das Benzin schwappte über. Ein Schwall traf seine Cowboystiefel. »Scheiße.«

Die Großmutter lachte im Auto, als wollte sie sagen: »Gewonnen.« Artur sah ebenfalls vergnügt aus, und Pupilek krächzte wieder.

Von nun an roch es im Auto nach Benzin, was Großmutter mehrmals zum Anlass nahm, die Nase zu rümpfen. Als sie dann auch noch zu hüsteln begann, hielt Magnus, kaum dass er losgefahren war, an einer der Haltebuchten hinter der Tankstelle der Raststätte.

»Oma, du musst deine Tabletten nehmen.« Er konnte die Genugtuung nicht verbergen.

»Ich muss gar nichts.«

»Doch. Die Schwester sagte, du musst jeden Tag deine Tabletten nehmen.«

»Die Schwester kann mich am Arsch lecken.«

»Oma. Und der Arzt?«

»Der auch.«

»Oma!«

»Sag nicht immer Oma zu mir.«

Magnus drehte sich zu seiner Großmutter um. Er schlug einen ernsten Tonfall an. »Hör zu, Terese. So geht das nicht. Bis Estland ist es noch weit.« Er hörte sich an wie der Erziehungsberechtigte eines störrischen Kindes.

»Wie weit?«

»Ist doch egal. Auf jeden Fall kommen wir da nur an, wenn wir uns an gewisse Regeln halten.«

Terese schüttelte den Kopf.

»Regeln, die auch für dich verbindlich sind und …«

»Und wer macht die Regeln?« Terese unterbrach ihn, was Magnus aus dem Konzept zu bringen schien.

»Die … die sind einfach da, sonst kann man nicht zusammen verreisen.«

»Das heißt aber noch lange nicht, dass sie richtig sind.«

Die Rollen vertauschten sich. Magnus schlüpfte in die des Kindes und behauptete trotzig: »Es ist richtig, dass du deine Arznei nimmst.«

»Klar, damit ich ruhig bin, viel schlafe und die Klappe halte, was?«

»Nein. Damit es dir besser geht.«

»Mir geht es gut.«

»Aber wenn du die Tabletten nicht nimmst, wird es dir bald nicht mehr so gut gehen.«

»Woher willst du das wissen?«

»Ich weiß es.« Magnus rief es zu laut und der Situation völlig unangemessen. Die gerade an der Windschutzscheibe vorübergehenden Passanten schauten neugierig in das Auto, als spielten sich dort Szenen ab, die ihnen spätestens im Abendprogramm medial verpackt frei Haus geliefert werden würden. Großmutter streckte ihnen die Zunge raus, was die Passanten in ihrer vermuteten Dramatik nur bestätigte.

Nachdem die Schaulustigen sich entfernt hatten, diskutierend und Finger zeigend mit einem Sicherheitsabstand an der Toilettenanlage standen, sagte die Großmutter nüchtern, als Zusammenfassung des kleinen Disputs: »Also gut. Gib her.«

Magnus öffnete die Arzneischachteln und drückte der Großmutter die Pillen in die Hand. »Na, mach schon.« Terese nahm die Tabletten in den Mund. »Schlucken.«

Terese schluckte. Magnus lächelte erleichtert: »Na siehst du, geht doch.«

Er ließ den Motor an, legte den ersten Gang ein und fuhr los.

Nachdem Magnus' Augen aus dem Innenspiegel verschwunden waren, spuckte Terese die Tabletten in den Käfig. Pupilek pickte danach.

»Stopp!«

Magnus trat auf die Bremse, noch immer beobachtet von den Schaulustigen an der Toilettenanlage.

»Was ist?« Er drehte sich zur Großmutter um.

»Artur.«

Erst jetzt fiel Magnus auf, dass der Beifahrersitz leer war. »Wo ist er?«

»Draußen.«

»Draußen?«

»Oder siehst du ihn hier irgendwo?«

»Was macht Artur draußen?«

»Pipi.«

»Pipi?«

»Oder Kaka.«

»Kaka?«

»Kaka.«

»Du hast ihn …«

»Was hätte ich denn machen sollen?«

Magnus stieg bei laufendem Motor aus und rannte zur Tankstelle zurück. Einige der Schaulustigen befürchteten Schlimmes und flüchteten in die Toilettenanlage. Die anderen entschieden sich fürs Gaffen, auch auf die Gefahr hin, dadurch selbst in Mitleidenschaft gezogen zu werden.

»Artur!«, schrie Magnus, wie man »Hilfe« schreit.

»Ist das Ihr Hund?« Ein Mann in rotem Overall hielt Artur nahe der Zapfsäulen an seinem Halsband fest.

»Ja, das ist Artur.« Artur machte keine Anstalten, diese Aussage zu bestätigen. Im Gegenteil, er sah aus, als würde er zu dem Mann gehören wie der Mann zu seinem Overall.

»Artur?«

Magnus nickte.

»Komischer Name für einen Hund.«

»Finden Sie?«

Er las das Namensschild auf dem Overall. Benno Baumann, stand in weißen Buchstaben neben einer gelben Muschel. Magnus lächelte. Benno Baumann wirkte verunsichert, als wollte er sich entschuldigen.

»Keine Ursache«, sagte Magnus.

Benno Baumann wedelte mit einer Hand vor dem Gesicht hin und her. Also nichts mit Entschuldigung. Mit der anderen hielt er Artur noch immer fest und wartete. Die Schaulustigen rückten jetzt doch ein wenig näher und warteten ebenfalls. Auch die Gaffer aus der Toilettenanlage waren zurück. Bis die Großmutter plötzlich »Artur!« schrie, dass es aus dem Wagen über den Parkplatz hinweg zu den Zapfsäulen hallte. Benno Baumann in seinem roten Overall machte große Augen. Die Schaulustigen zuckten zusammen. Die Feigen traten wieder den Rückzug in die Toiletten an. Artur riss sich von Baumann los und flitzte Richtung Audi. Magnus rannte hinterdrein. Der Overall blieb kopfschüttelnd zurück. Einige Schaulustige verbargen sich ängstlich, während die Tapferen oder ganz besonders Dreisten ihre Hände spontan auf die Münder legten.

Sie fuhren weiter auf der A3 Richtung Siegburg. Die Großmutter häkelte und rauchte abwechselnd. Im Wagen klingelte erneut das Mobiltelefon auf der Armatur. Artur erschrak. Magnus konnte auf dem Display Schwester Ana lesen. Er ließ es noch zweimal klingeln, hielt dann das Handy an sein Ohr: »Ja?«

Ohne sich mit ihrem Namen zu melden, als wüsste sie längst, dass er ihre Nummer eingespeichert hatte, fragte sie: »Hat sie die Tabletten genommen?«

Magnus blickte in den Innenspiegel. »Glaub schon.«

»Gut. Ich melde mich wieder.«

»Ja.«

Er legte auf, dachte an ihren kleinen Hintern und den großen Mund.

»Kontrolle, was?« Die Großmutter rief es von hinten. »Vertrauen ist was für Totengräber.«

»Ist doch schön, wenn sich jemand Sorgen macht.«

Er dachte an Anas stramme Fesseln, an den Slip, wie er sich unter dem weißen Kittel abzeichnete, an ihre Lippen, ihr Lachen und daran, wie sie »Ist es doch so weit?« gesagt hatte.

»Da vorne rechts«, sagte die Großmutter.

Er dachte an die ausrasierten Achselhöhlen, den Strich, die zwei Nähte, den zarten Schatten, an …

»Jetzt links. Dann hier hoch.«

Ganz in Gedanken ließ Magnus sich einen steilen Hügelhang hinauflotsen. Oben angekommen, an dicken Wehrmauern, die Straße schien nicht weiterzugehen, fragte er: »Und jetzt?«

»Wir sind da. Du kannst den Wagen hier abstellen.« Die Großmutter zeigte auf einen Parkplatz. Dem blauen Schild mit weißen Buchstaben nach zu urteilen schien er wie für sie geschaffen.

»Was soll das heißen, wir sind da?«

»Überraschung.«

Magnus hielt und stellte den Motor ab. Die Großmutter packte Garn und Nadel zurück in ihre Handtasche und stieg so schnell aus, als könnte sie es kaum erwarten. Sie hielt eine zerknitterte, abgegriffene Postkarte in der Hand und verglich das Foto mit der Wirklichkeit.

»Es ist noch immer, wie es war.« Artur bellte. Auch er wäre jetzt gerne ausgestiegen. »Nur ohne Schnee.«

Magnus stand neben ihr und betrachtete ebenfalls die Postkarte, still, verwundert, nachdenklich. Wie man vielleicht einen Blechschaden betrachtet oder eine Jugendsünde.

»Von wem ist die?« Als er nach der Karte greifen wollte, zog die Großmutter sie weg.

»Wart's ab!«

FELDPOST

Abs. Matrose Anton Schmidle Bergen op Zoom
3./16. S. St. A. Niederlande

Bergen op Zoom den 7.5.44

Meine liebe Frau mit Kind!
Deinen Brief vom 25.4. hab ich gestern mit Dank erhalten, der Brief ist von Wilhelmshaven hierher geschickt worden. Gestern waren wir beim Impfen, heute früh waren wir in der Kirche.

Liebe Terese,
Du hättest nur sehen sollen wie es nach der Kirche zuging mit dem ganzen waschen ich selbst hab auch große Wäsche gehabt. Bitte schick mir mein andres Unterhemd und ein Päckchen Tabak Feinschnitt u. Blättla dazu. Und schicke mir auch Kopfwehpillen 6 Waschklammern 2 Stück Seife etwas Verbands-Zeug. Hab eine Wasserblase am Fuß, ist nicht schlimm.

Wie sind Deine Bilder geworden? Schicke mir auch eins u. ein Hochzeitsbild wo ich u. Du drauf bin.

Heut waren wir mit Sack und Pack im Gelände anderthalb Stund von hier weg in der Heide. Da wächst nur Heidekraut. Sonst geht es mir gut, was ich auch von Euch hoffe.

Das mit der Sau mußt du mir ausführlich schreiben. Du schreibst die Sau hat 11 gebracht 3 hat der Tierarzt geholt 3 leben noch.

Wir sind gestern Nacht nach 8 Tagen das erste Mal wieder in der Kaserne. Schlafen konnte ich überhaupt nicht gut. Wenn ich einge-

schlafen bin hab ich schlecht geträumt. Ich hab träumt daß ich wie eine Sau am Haken gehangen hab, kopfüber. Und sie mich mit einem Kübel übergossen haben. Alles war schwarz aus dem Kübel. Ich weiß nicht was das alles soll. Schweißgebadet bin ich aufgewacht.

Liebe Terese schreib mir bitte sofort ob was passiert ist. Habe gar keine Ruhe. Und schick mir kein Rauchfleisch mehr, ich hab noch genug hier.

Für heute glaub ich soweit alles geschrieben zu haben. In der Hoffnung auf ein gesundes Wiedersehen grüßt Dich sowie Johanna Anton.

AM TAG ALS MARIETTA STARB

Du dringst in sie ein, von hinten. Sie liegt auf der Seite, du schräg dahinter. Du hältst ihr den Mund zu, damit ihr Stöhnen in deiner Hand erstickt. Das Fenster ist offen, es ist schwülwarm. Im Hinterhof spielen Kinder: »Ich sehe was, was du nicht siehst«-Geschrei. Sie setzt sich auf dich, bewegt sich immer schneller, stöhnt lauter, schreit, beißt dir in die Hand.

Du kommst in ihr.

Ihr liegt noch lange so da. Dann dreht sie sich zur Seite, und du dämmerst vor dich hin. Die Kinder sind verstummt, ab und zu bellt ein Hund. Irgendwo spielt leise ein Radio: *Am Abend ging sie aus mit mir, wir hielten Händchen, schön war's mit ihr, doch auf dem Heimweg hab' ich Verdacht geschöpft, dies Mädchen blieb bei Mondenschein genauso zugeknöpft, da dacht' ich mir, wer kann, der kann, und bracht' meinen alten Spruch noch einmal an.*

Als es draußen vor den Fenstern dunkel wird, sagt sie: »Könnte sein, dass ich schwanger bin.«

Du lachst, hältst es für einen Witz. »Wie soll das denn gehen, so schnell?«, fragst du.

»Ich weiß nicht. Ich weiß auch nicht, ob ich das Kind will.«

»Was?«

»Ich weiß nicht, ob wir das Kind kriegen sollen.«

»Warum nicht?«

»Warum nicht?«, wiederholt sie. Es klingt wie: Kapierst du denn nicht?

Sie richtet sich auf, schaut aus dem Fenster, als sähe sie etwas, was du nicht siehst.

Das Radio spielt noch immer.

Ich möcht' der Knopf an deiner Bluse sein,
Dann könnt' ich nah, nah, nah an deinem Herzen sein,
Und legst du nachts die Bluse hin,
Bin ich froh, dass ich in deinem Zimmer bin.

»Gibt es nichts Wichtigeres, als Kinder zu erziehen? Kinder in diese Welt zu setzen?«

Sie sieht nachdenklich aus. Und verärgert. Falten auf der Stirn, Ränder um die Augen. Sie weint. Du legst die Hand auf ihre Schulter. Sie schlägt sie weg.

Sie sitzt auf dem Bett, die Beine angezogen. Sie raucht. Vor dem Fenster gehen die Lichter der Wohnungen gegenüber an.

»Man muss etwas riskieren, um etwas zu verändern«, sagt sie und zieht an der Zigarette. »Verdammt.«

Du liebst sie und verstehst sie doch nicht. Du möchtest eure Liebe bewahren, ein Leben lang mit ihr zusammen sein, nichts verändern, nichts riskieren, bis dass der Tod euch scheidet. Du möchtest am liebsten mit ihr aufs Land ziehen, eine Familie gründen, leben, ohne sich ständig mit der Ungerechtigkeit der Welt auseinanderzusetzen.

Sie zieht sich an. Du schaust ihr zu.

»Mir ist schlecht«, sagt sie und rennt zum Klo, übergibt sich. Du hörst sie würgen, leidest mit und hältst dir die Ohren zu.

»Geht schon wieder«, sagt sie, als sie zurück ist.

»Wievielter Monat?«, fragst du.

»Weiß nicht. Wenn, dann erster.«

»Ich will das Kind«, sagst du, und sie sagt: »Warten wir's ab.«

»Wenn ja, soll es Ulrike heißen. Zum Gedenken.«

Sie lacht. Im Hof bellt wieder ein Hund, im Radio läuft der Wetterbericht.

»Und wenn es ein Junge ist?«

Sie wedelt mit der Hand vor dem Gesicht, tippt sich an die Stirn.

»Na komm, zieh dich an.«

»Gehen wir?«

»Gehen wir.«

Die Sonne scheint, als du in Berlin ankommst. Alles ist groß: der Bahnhof, die Straßen, die Bürgersteige, die Plätze, die Häuser. Eine Stadt wie aus deinen Träumen, deiner Sehnsucht entsprungen, deiner Phantasie. Der Gegenentwurf zu Zellingen.

Es ist warm. Alles ist in sattes, intensives Licht getaucht. Dir geht das Herz auf beim Anblick der Stadt. Es ist, als läge da vor dir eine neue Welt, ein ganzes Universum. Die Zukunft. Du mittendrin, du und dein Leben.

Alles fällt von dir ab, der Druck, die Erwartung, die Angst, Zellingen. Du bist ein anderer.

Du bist überwältigt. Von der Stadt, den Menschen. Auch die Menschen scheinen größer zu sein als die in Zellingen.

Zellingen, denkst du und ermahnst dich: Vergiss Zellingen. Du schwörst dir, nie mehr daran zu denken.

Auf dem Bahnhofsvorplatz am Zoo lauter Tauben. Fett, zerzaust, ganz anders als in Zellingen. Verdammt, denkst du, schon wieder Zellingen, immer wieder Zellingen, dieses verdammte Zellingen, das lässt mich nicht los.

Du mietest dich in einer Wohngemeinschaft ein, in Kreuzberg, Waldemarstraße. Du fängst an zu studieren, an der Freien Universität, Otto-Suhr-Institut. Lernst Kommilitonen kennen, viele aus der Provinz, aus Bayern, der Pfalz, aus dem Schwäbischen wie du, endlich weg, endlich hier, endlich befreit – ja!

Dann Marietta. Sie verteilt Flugblätter vor der Uni. Du siehst sie und bleibst stehen, intuitiv, als wäre es ein Zeichen, unerklärlich, eindrucksvoll, überzeugend. Es ist nicht nur, weil sie dir gefällt; sie hat auch Ähnlichkeit mit Audrey Hepburn, ohne Kleid, Kette und hochgesteckte Haare. Und mit Johanna.

»Du bist doch auch dagegen«, sagt sie und du nickst, schüchtern, wirst sogar ein bisschen rot dabei. Verdammst dich dafür, beißt dir aufs Wangenfleisch.

Sie lächelt, als könnte sie deine Gedanken lesen. Ihr Lächeln ist nicht herablassend, eher herzlich, so wie man lächelt, wenn man sich zu kennen glaubt.

»Komm doch mal vorbei«, sagt sie und drückt dir ein Flugblatt in die Hand. »Jeden Donnerstag zwanzig Uhr in der Eiche, Adresse steht drauf.«

Du nickst wieder, steckst den Zettel ein und gehst. Von da an geht sie dir nicht mehr aus dem Kopf.

Du kannst den Donnerstag kaum erwarten, bist viel zu früh in der Eiche, am Kottbusser Tor, in Kreuzberg, eine halbe Stunde vor dem Termin. Bis auf den Barmann ist der Gastraum leer.

»Na, wo sind deine Mitstreiter?«, fragt er. »Oder wird die Revolution heute mal verschoben?« Er lacht, spannt die Muskeln an. Sein T-Shirt ist straff. Du bestellst ein Bier und wartest.

»Ich bin Micha«, sagt der Barmann. »Und du, bist du schwul?«

Du schüttelst den Kopf, schweigst.

»Verstehe«, sagt Micha, hebt sein Glas. »Na dann, auf die Revolution.« Ihr stoßt an.

»Lass dich von dem nicht anquatschen«, sagt Marietta, als sie zwanzig Minuten später zur Tür hereinkommt. Micha lacht, hebt die Faust und wirft eine Kusshand durch die Luft, als wär's ein Ball.

»Wartest du schon lange?«, fragt sie.

»Nein, bin gerade erst gekommen.«

Micha zwinkert dir über den Tresen hinweg zu.

Bis andere kommen, dauert es noch mal zwanzig Minuten. Zeit, sich zu unterhalten. Zeit, sich zu verlieben.

Marietta kommt aus dem Badischen, ist schon lange in Berlin und sieben Jahre älter als du. Sie gefällt dir, du gefällst ihr. Während du es schüchtern verbirgst, macht sie keinen Hehl daraus. Das beeindruckt dich.

Irgendwann ist die Kneipe voll. Es wird geredet: über die Solidarität mit dem kollektiven Hungerstreik der RAF, über bessere Haftbedingungen, über Flugblätter, Demonstrationen. Über das Schweinesystem. Notstandsgesetze. Baader, Meinhof, Ensslin. Was zu tun wäre, von wem, wie und wann.

Die Wahrheit ist konkret.

Ob es richtig ist, hängt davon ab, ob es möglich ist.

Es ist möglich. Es wird möglich sein.

Du hörst nur zu und beobachtest Marietta, die sich ereifert, mit roten Wangen, berauschtem Blick, am Ende mit heiser gewordener Stimme. Ab und an lächelt sie dir zu.

»Und jetzt?«, fragst du, als die Diskussionen zu Ende sind und wenig beschlossen ist.

»Mir wird hier zu viel gequatscht«, sagt sie und legt den Arm um dich. »Gehen wir.«

ABOUT ALL ABOUT NOTHING

Die Galerie heißt Best-Art. Best-Art mit einem eingekreisten R oben rechts. Sie befindet sich in Berlin Mitte, genau dort, wo sich die meisten Galerien dieser Stadt befinden. Das scheint bei Galerien nicht anders zu sein als bei Hunden; hebt der eine das Bein, wollen auch die anderen in nichts nachstehen, und am Ende riecht es an jeder Ecke nach Ausscheidungen. Hier in Berlin Mitte, Auguststraße, Linienstraße, Gipsstraße, hat sich der artifiziell gerierende Abort der Stadt heimisch eingerichtet. Es riecht nach Kunst, wo eher Scheiße das richtige Wort wäre.

Kunst-Scheiße. Scheiß-Kunst.

Auf jeden Fall sind es Bilder, die protzig an der Wand hängen und teuer sind. Sehr teuer. Und großflächig. Ob es wirkliche Kunst ist, vermag ich gar nicht zu beurteilen.

Was ist schon wirkliche Kunst?

»Gar, große Kunst«, wie Liane mit einem überheblichen Leuchten in den Augen behauptet, als wäre sie die Muse derselben.

Eine Galerie reiht sich neben die andere, ganze Straßenzüge lang. Davor sieht man, an den meist großen Schaufenstern, die plattgedrückten Nasen der Touristen aus Mitteldeutschland oder aus dem Süden der USA, aus Kentucky und Lüdenscheid in Funktionsjacken und Volllederschuhen für Trekkingtouren. Diese Leute wundern sich, dass halbfertig Scheinendes oder niemals fertig Werdendes so viel kosten kann. Provinzler aus der ganzen Welt, die, von so viel Unverschämtheit geblendet, die Straßenseiten wechseln oder bei Rot die Fußgängerampeln überqueren, ohne auf den Verkehr zu achten. Schon mehr als einmal hätte ich einen dieser aufgescheucht herumtorkelnden Berlinbesucher in ihren bunten Outfits beinahe mit meinem Rennrad überrollt. Bremst man im letzten Augenblick und hält klingelnd vor ihnen an, schreiend, rot vor Wut, blicken sie einen an, als wäre man ebenfalls ein an der Wand hängendes unbezahlbares Stück Scheiße, von dem man weder angeschrien, angeklingelt noch überfahren werden will.

»Sorry«, sagen sie, »sorry please«, auch wenn sie aus Lüneburg kommen oder Schwetzingen, als wäre es die Umgangssprache in dieser Weltstadt und sie ein Teil davon, indem sie diese Wortwahl imitieren, ohne ihren Dialekt gänzlich verleugnen zu können. Was gäben sie darum, wenn sie es könnten!

»Wichser.« Ich spucke vor ihnen aus, schwinge mich wieder aufs Rad und trete in die Pedale, ohne mich noch einmal umzuschauen.

Konsterniert bleiben sie in ihrer wasserabweisenden Freizeitkleidung und den bequemen, aber hässlichen Sandalen zurück, unsicher, ob das nun banale Realität oder eine dieser innovativen Live-Performances im öffentlichen Raum ist, wie in den Szenenzeitschriften superlativ beschrieben, sodass sie jetzt eigentlich klatschen sollten.

Nur selten, ganz selten hält eine schwarze Limousine, die ähnlich teuer ist wie der Schrott an den Wänden, in der zweiten Reihe vor den Galerien. Meistens in den Abendstunden. Ein beleibter Mann mit schütterem Haar im akkurat sitzenden Zweireiher steigt aus, gefolgt von einer Frau, die mindestens zwanzig Jahre älter ist, als sie zugeben mag. Beide glaubt man irgendwo schon mal gesehen zu haben – im Fernsehen, in einer Illustrierten, beim letzten Puffbesuch oder an einem anderen Ort in dieser Parallelwelt der Medien. Allerweltsgesichter, hinters Licht geführt vom angeblich Besonderen. Oder umgekehrt.

Sie schlendern durch die Galerie wie Pädophile über Spielplätze, nur ohne deren Schuldgefühle, während draußen ihr Wagen mit Warnblinker und laufendem Motor wartet. Bei einem Glas Champagner wählen sie aus, scheinbar desinteressiert, mit einem antrainierten überheblichen Fingerzeig, als kauften sie ein Markenshampoo für ihren verzogenen Pudel. Dann verschwinden sie wieder.

In Lianes Galerie ist die meiste Zeit kein Mensch zu sehen. In allen anderen Galerien übrigens auch nicht. Ich frage mich immer, wie die Galeristen die Mieten bezahlen können, die in dieser Gegend dem offiziellen Mietspiegel zufolge seit Jahren exorbitant steigen und in den Mietangeboten der Tageszeitungen nach oben hin scheinbar keine Grenzen kennen.

Aber diese Frage kann nur von einem Naiven gestellt werden. Von einem ahnungslosen Fahrradkurier, der dieser Parallelwelt so fremd gegenübersteht wie der Liebe zu shampoonierten Pudeln.

Meistens müssen nämlich gar keine Mieten bezahlt werden, weil die Häuser den Galeristinnen und Galeristen selbst gehören. Oder Familienangehörigen. Ob die Galerie Best-Art mit dem neckischen R oben rechts tatsächlich Liane gehört, ist mir nicht ganz klar. Ich vermute eher, sie gehört ihrem Mann. Nicht nur die Galerie, das ganze Haus. Und viele andere Häuser in dieser Straße. Und noch mehr im Stadtviertel.

Diese Klientel scheint sich langsam, aber sicher ganz Berlin unter den Nagel zu reißen, zumindest die Filetstücke, entweder, um aus spekulativen Interessen ihre eigene Geldvermehrungsmaschine effizient am Laufen zu halten, oder weil sie es einfach cool findet, Teil dieser hippen, in ihrer Parallelwelt bunt und zügellos propagierten Szene-Mitte zu sein.

Da spielt Geld keine Rolle.

Da können dann die flügeltürgroßen Bilder wochenlang ohne roten Punkt an der Wand hängen. Da können die Bilder nach Monaten auch wieder abgehängt werden, ohne jemals einen roten Punkt auch nur aus der Ferne gesehen zu haben. Wahrscheinlich reicht es, einmal im Jahr eines der Bilder zu verkaufen, damit der Laden Gewinn abwirft. Wenn nicht, freut sich über den Verlust der servile Steuerberater, strahlt über das randlos bebrillte Gesicht und sagt: »Na, das ist doch mal was.«

Ich meide diese Gegend normalerweise. Privat zumindest. Beruflich bin ich gezwungen, mich meistens mehrmals am Tag in diesem Stadtteil aufzuhalten. Diese Klientel, diese Galerienbetreiber, diese Parallelweltbewohner wählen für den Transport ihrer Geschäftsunterlagen, Plakate, Ausstellungskataloge, Fotos, Eilsendungen und dergleichen gerne Fahrradkuriere. Es ist schnell, sicher und suggeriert dem ökologischen Gewissen, alles richtig gemacht zu haben.

Als ob es darauf ankäme!

Außerdem taugt es bei jedem Smalltalk, zwischen den klirrenden Prosecco-Gläsern und den Lachs-Häppchen, für eine schwungvolle Anekdote: Wenn diese jungen durchtrainierten Burschen – haha – in ihren verschwitzten Trikots – haha – die Galerie betreten, merkt man gleich wieder, wo man lebt. Haha.

Für Liane taugt es sogar zu Seitensprüngen.

Offensiv, mit der Selbstsicherheit eines Lebens im Rampenlicht, empfängt sie mich in ihrem maßgeschneiderten Kostüm in der

Galerie und bittet mich, Platz zu nehmen, während ich den Transportbogen ausfülle.

»Sie sind ja ganz verschwitzt«, sagt sie und bietet mir ein Glas Wasser an.

Während ich auf einem Designersessel gegenüber von einem der großformatigen Bilder sitze, drei auf zwei Meter mindestens, und trinke, schreibe und trinke, lehnt Liane an einem Gemälde mit dem Titel *About all about nothing* und schaut auf mich hinunter, die Hände vor dem Bauch gefaltet.

Ich bemerke ihren Blick, der mich zurückverfolgend an ihrer Hornhaut und Pupille vorbei durch Linse, Glaskörper und Netzhaut bis zum Sehnerv begleitet und von da direkt in ihr Hirn blicken lässt, in dem Bilder als Videosequenzen ablaufen, die denen auf youporn vergleichbar sind. Sie fixiert mich mit ihrem blauen Röntgenblick, als wäre ich ein Insekt, auf dem Rücken liegend, kurzzeitig in todesähnliche Starre verfallend, darauf wartend, genüsslich vor ihr verspeist zu werden. Ich lege die anfängliche Schüchternheit ab, erwidere ihren Blick, schaue ihr demonstrativ in die Augen, auf die Brüste, auf den Mund und wieder in die Augen, länger als üblich und normalerweise erlaubt ist. Unverschämt, provokativ.

»Jack M. Blonsky«, sagt sie, so wie man sagt: ein Riesenschwanz, und zeigt auf das Bild neben sich.

About all about nothing.

Darauf heroische junge Männer, blond, blauäugig und ein wenig debil dreinblickend, alles in Pastell getaucht, wie durch schmutziges Licht geschaut.

»Leipziger Schule«, sagt sie. Ich nicke wissend, obgleich ich nur Leipziger Allerlei kenne, Leipziger Lerche und Nürnberger Oblaten.

»Gefällt es Ihnen?«

»Nein«, sage ich, »ist mir alles zu großflächig, zu blond, zu blauäugig, zu mystisch beladen.« Und vor allem viel zu teuer. Letzteres sage ich ihr allerdings nicht.

Ich trinke mein Glas Wasser aus und denke, damit können sich vielleicht Wohlstandskinder von Papis Geld das zerebrale Vakuum füllen, aber für Normalprolls und Pralls wie mich ist es für die Wand über der Couch viel zu groß. Zu blond. Zu blauäugig. Zu mystisch beladen. Und, ja, auch zu teuer.

Meine Antwort scheint Liane nicht zu stören. Sie geht mit einem Lächeln darüber hinweg, zerlegt mich ein weiteres Mal mit Blicken und fragt dann, völlig aus dem Zusammenhang gerissen: »Was machen Sie morgen Abend?«, was in meinen Ohren klingt wie: Wollen Sie mich vögeln?

Ich nicke entschlossen, was sie ein bisschen zu irritieren scheint, woraufhin auch ich meinen Irrtum erkenne und mit den Schultern zucke und die Stirn in Falten lege, um Nachdenken zu simulieren und gleichzeitig anzudeuten, dass ich nun in Gedanken meinen prallen Terminkalender durchstöbere.

Ich brauche nicht nachzudenken.

Ich weiß es.

Ich weiß, was ich morgen Abend machen werde. Wahrscheinlich liege ich wie immer auf meiner Couch, in Unterhose und Unterhemd, kiffe bei dezenter Hintergrundmusik, surfe dabei im Internet und lande wie fast jeden Abend auf youporn.

»Wenn Sie Lust haben, kommen Sie morgen einfach vorbei, zur Vernissage.«

Sie mustert mich mit ihren großen blauen Augen, als verberge sich hinter der Vernissage ein Swinger-Treffen mit den geilsten Hasen von hier bis Luckenwalde.

»Der Künstler wird auch anwesend sein.«

Sie sagt es, als wäre der Künstler eine Künstlerin und von Geburt an nymphoman.

Ich nicke, stehe auf und verstaue das Päckchen in meiner Umhängetasche.

»Bis morgen.«

Sie begleitet mich zur Tür, öffnet sie schwungvoll, wobei ein heller Klingelton das Öffnen akustisch untermalt. Wieder schaut sie mir mit diesem sezierenden Blick hinterher, als ich aufs Rad steige. Natürlich geilt sie sich daran auf, gesteht sie mir später. An dem verschwitzten Körper, den engen Shorts, der braun gebrannten Haut.

Ich schleiche mich ein wenig verspätet – ich habe mich mit einem Joint für den Abend präpariert – in die Galerie, in der die Vernissage bereits in vollem Gange ist. Ich habe die Mütze tief in die Stirn gezogen, damit mich keiner meiner Freunde und Bekannten, die sich zufällig in die Gegend verirrt haben, erkennen kann.

Ein Reputationsverlust für alle Ewigkeit, nicht mehr gutzumachen.

Ich halte mich im hinteren Teil der Ausstellungsräume auf, die vom Schaufenster aus nicht einzusehen sind. Ich nehme meine Mütze ab und habe augenblicklich das Gefühl, das gesamte Hauptabendprogramm des öffentlich-rechtlichen Fernsehens lungere mit mir zusammen in dieser Galerie herum.

Alles bekannte Gesichter.

Männer und Frauen, die auf den Sofas diverser Talkshows wohnen, Starfrisöre, Schauspieler und Modejunkies mitsamt den Moderatorinnen als eloquente Gastgeber.

Ich bin erstaunt. Nicht so sehr, diese Arschgesichter nun direkt und medial unverzerrt vor die Augen zu bekommen, sondern darüber, dass sie live viel kleiner wirken. Auch billiger, vulgärer. So, als würde ich sie von der youporn-Seite kennen. Nur angezogen.

Apropos. Meine Garderobe unterscheidet sich wesentlich von allen anderen. Ich bin der Einzige, der auf Designermode verzichtet. Der Einzige, der vollkommen anders gekleidet ist. Verwaschene Jeans, Schlabber-T-Shirt und löcherige Schuhe mit hoffnungslos abgelaufenen Absätzen. Was mich nicht nur zum visuellen Außenseiter in dieser illustren Versammlung macht, sondern auch zum Exoten prädestiniert, sodass mich einige der Vernissagegäste tatsächlich mit dem Maler verwechseln. Was ich erst bemerke, als sie angelesene kunstwissenschaftliche Plattitüden von sich geben und mich zum Beispiel fragen, wie ich denn den Titel *About all about nothing* verstanden wissen will. Ich denke nach, lege die Stirn bedeutungsvoll in Falten, sage, zwischen Größenwahn und Zurückhaltung changierend: Selbstverständlich im Sinne von Busty Sheila, woraufhin sie wissend lachen. Ich sehe ihnen an, dass sie ihr lappiges Gedächtnis krampfhaft nach Busty Sheila durchwühlen, aber nichts finden.

Ich lege nach und sage: »Oder im populärwissenschaftlichen, Jeff Koons angewandten Sinne: Fuck you, fuck me.«

Wieder wissendes Lachen und noch überzeugenderes Nicken. Von so viel Verständnis animiert, zähle ich noch ein paar andere youporn-Titel auf, die mir spontan einfallen: Milf Creampie, Busty Latina gets rocked, Finger squirting, Fexi work out from Susi, Cedila Vega Ass Lover.

Das kommt an, das macht Laune.

Auch Lianes Mann, der sich ebenfalls als Gastgeber geriert, kommt mir bekannt vor. Er ist Staatssekretär oder so was, was ihn offenbar veranlasst – manche würden sagen, befähigt –, sein Gesicht des Öfteren in die Kameras zu halten. Er scheint sich für den heutigen privaten Anlass besonders locker zu geben, was besonders angespannt aussieht.

Liane trägt ein Abendkleid, das mehr preisgibt als verdeckt. Das Dekolleté reicht bis knapp vor den faltigen Bauch. Sie sieht aus, als wollte sie auf der Stelle gevögelt werden. Von mir, versteht sich.

»Schön, dass Sie gekommen sind«, sagt sie mit einem Glas in der Hand, als wäre es mein Schwanz. In meinen Ohren hört es sich an wie: Schön, dass du mich gleich bumsen wirst.

Ich nicke entschlossen, woraufhin sie lacht und mich das erste Mal anfasst, an der Schulter, und ihr Gesicht in die Nähe meiner rechten Achselhöhle bugsiert.

»Darf ich vorstellen, das ist – wie heißen Sie eigentlich?«

»Magnus«, sage ich.

»Das ist Magnus«, sagt sie. »Und das ist Dr. Vogler. Vielleicht haben Sie den Namen schon mal gehört?«

Klar, denke ich, Vogler Fucks Pussy Hard, und nicke.

»Dr. Vogler ist in der Immobilienbranche tätig. Also wenn Sie mal eine Wohnung brauchen, das ist Ihr Mann«, sagt Liane und berührt mich wieder an der Schulter.

Eigentlich hasse ich es, wenn fremde Menschen mich anfassen. Bei Liane ist es anders.

Ich lege meinen Arm um sie, schiebe meinen Kopf nahe an ihr Ohr und flüstere: »Sie haben einen schönen Mund.«

Natürlich wird sie verlegen und lacht, um ihre Irritation zu überspielen. »Ich lasse Sie dann mal mit Herrn Dr. Vogler alleine«, sagt sie und schlüpft unter meinem Arm davon.

Dr. Vogler redet über den Townhouse-Boom in Prenzlauer Berg, Berlin-Mitte, Marthashof, Choriner-Höfe, von viertausend Euro den Quadratmeter, von Lifestyle, der Zukunft und günstigen Immobilienangeboten, als wäre es die Erfindung des Penicillins. Und immer wieder von einer einmaligen Chance.

Natürlich muss man sich diesen Scheiß nicht anhören. Durch Marihuana abgefedert rauscht es wie eine Nachrichtensendung auf Mittelwelle durch mich hindurch. Natürlich könnte ich Dr. Vogler die Federn einzeln ausrupfen, ihm wahlweise die Fresse polieren oder ihm verbal den Arsch versohlen.

»Was fahren Sie eigentlich für einen Wagen?«, frage ich zwischendurch, völlig aus dem Zusammenhang gerissen. Was ihn keineswegs stört.

»Mercedes SLR Roadster«, sagt er.

Muss ich mir merken, überlege ich, für den nächsten Kohleanzünder auf dem Vorderreifen eines Nobelschlittens, das probateste Mittel im Kampf gegen Größenwahn und Gentrifizierung. Ab und an brennt ein Luxusklassewagen in der Berliner Nacht, Mercedes, Porsche, BMW, als flackerndes Symbol, dass nicht alle mit einer Philosophie à la Dr. Vogler einverstanden sind.

Ich auch nicht.

Wenn genügend Autos brennen, überlegt es sich der honorige Anleger aus L. A. oder Stuttgart-Vaihingen, ob es vielleicht doch nicht ganz so günstig ist, hier in Berlin-Mitte oder Prenzlauer Berg in Townhouses, Garden Houses und Loggia-Villen mit Etagen-Garagen und angrenzendem Bio-Bullerbül zu investieren. Vielleicht überlegen sie es sich noch einmal, spiegelnd in ihren MacBooks beim Betrachten der Urban-Village-Animation, und lassen die Hände davon, bleiben zu Hause in London, Madrid oder München-Pasing.

Der Staatsschutz spricht bezüglich des lustigen Autoleuchtens von Militanter Aktion, von Organisierter Kriminalität.

Irrtum.

Da ist nichts organisiert, höchstens, dass sich ein weit verbreitetes, stark ansteigendes Unbehagen einen adäquaten, flammenden Ausdruck sucht.

Und findet.

Nach der Vernissage – die Schickimickis und Bussi-Bussis liegen in ihren Betten, Lianes Mann ist längst verschwunden – lecke ich Liane im Hinterhof bei den Mülltonnen, um sie anschließend an eine Tonne gelehnt zu vögeln.

Von da an treffen wir uns ein-, zweimal die Woche in einem Hotel der Stadt. Oder sie bestellt mich über den Velokurier in ihre Galerie, verlangt explizit nach mir, was Patty, die Geschäftsführerin von Velokurier mit der Zeit stutzig werden lässt, und hängt nach meinem Eintreffen ein Schild an die Tür. Komme gleich!

Wir treiben es im fensterlosen Lager hinter den Ausstellungsräumen auf dem grünen Kautschukfußboden bei kaltem Neonlicht. Oder im Stehen, sie mit hochgeschobenem Rock an die sündhaft teuren Gemälde gelehnt, ich mit heruntergelassener Hose hinter ihr. Manchmal schiebt sie den Schreibtischstuhl aus kostbarem Glattleder, ein Geschenk ihres Mannes, in den Lagerraum, auf dem wir es dann sitzend treiben, bis irgendwann die Rückenlehne abbricht.

DIE CHORÄLE DER MÖNCHE

»Geh schon mal vor, ich komme gleich.«

»Aber ...«

»Geh schon.«

Magnus lud den Käfig ins Auto, befahl Artur, auf dem Beifahrersitz Platz zu nehmen, und wartete bei geöffneter Fahrertür auf seine Großmutter. Er rauchte. Die Glocke am Kirchturm schlug so laut, dass er erschrak. Es war neun Uhr am Morgen. Er schaltete das Radio ein. Nachrichten. Der amerikanische Präsident ging auf die lateinamerikanischen Regierungen zu. Zyklon zerstörte Häuser in Bangladesch. Die Gegner des DFB-Pokalfinales standen fest. Wildschweine zerstörten Kleingartenanlage in Nordrhein-Westfalen. Der Papst entschuldigte sich.

Im Kloster waren Tiere verboten. Zumindest die Tiere der Gäste, laut Hausordnung und auch der Auskunft des Klosterbruders an der Pforte zufolge. Nachdem die Großmutter mit dem Cellerar geredet und mit ein paar Scheinchen nachgeholfen hatte – eine kleine Spende für die neue Orgel –, durfte Artur ausnahmsweise bei Magnus im Zimmer übernachten. Was Magnus gar nicht recht war. Er hätte ihn viel lieber die Nacht über im Auto gelassen. An den Hundegeruch konnte und wollte er sich einfach nicht gewöhnen. Der Vogel verbrachte die Nacht im Käfig bei Terese im Zimmer.

Nach dem einfachen, aber schmackhaften Abendessen und der anschließenden Vesper in der Abteikirche mit Chorälen der

Mönche, an der teilzunehmen die Großmutter Magnus genötigt hatte, rauchte er am offenen Fenster seines Zimmers bei ausgeschaltetem Licht noch einen Joint. Schwarzer Afghane, den er im verschließbaren Medaillon aufbewahrte, das er um den Hals trug und auf dem zur Tarnung deutlich erkennbar der Erzengel Gabriel prangte. Er sah die Lichter der Stadt im Tal immer wieder aufleuchten und verschwinden wie Sternschnuppen, bis es in der Stadt schließlich zuging wie am Himmel über Bagdad, nachdem der US-Präsident beschlossen hatte, etwas für den Aufschwung der amerikanischen Rüstungsindustrie zu unternehmen. Magnus sah den Sternschnuppen beim Verglühen zu und versuchte sich etwas zu wünschen. Er schwankte zwischen einer glücklichen Zukunft mit Schwester Ana, Frieden in Palästina, einer Nacht mit seiner früheren Therapeutin Dr. Siemens-Kauf, dem Ende des Kapitalismus oder doch lieber ewiger Gesundheit trotz Kettenrauchens. Er konnte sich nicht auf einen Wunsch einigen, was ihn so sehr ärgerte, dass er leise zu fluchen anfing.

»Pssst«, kam vom Fenster nebenan, woraufhin Magnus den Joint in der Hand verschwinden ließ, indem er mit den Fingern eine kleine Höhle bildete.

»Sie sind hier im Kloster!«, meldete eine Stimme sich vorwurfsvoll, die zu einem aus dem Fenster hängenden Kopf mit Tonsur gehörte, ob künstlich herbeigeführt oder durch erblichen Haarausfall entstanden, war nicht zu erkennen.

»Und wer sind Sie?« Magnus erkannte in dem bubenhaften Gesicht den hageren Mönch wieder, deutlich jünger als er selbst, der bei der Vesper rechts außen im Chor gestanden und begeistert, mit roten Wangen, die Choräle geschmettert hatte.

»Frater Quirin. Ich arbeite in der Waschküche und …« Er stockte, zog mehrmals lautstark die Luft durch die Nase ein und flüsterte: »Riechen Sie das auch?«

»Was?«

»Es riecht so komisch. Nach verbranntem Gras.«

»Könnte Artur sein.«

»Artur?«

»Mein Hund. Ich meine, es ist nicht mein Hund, es ist der von Paul, aber Paul ist in Teneriffa und macht da ein Praktikum, er studiert nämlich Medizin und möchte später zu den Ärzten ohne Grenzen.«

»Hunde sind hier verboten!« Frater Quirin sagte es, wie man sagt: »Fass mich nicht an!« Wobei er sich noch immer bemühte, so leise zu sprechen, dass er kaum zu hören war.

»Was?«

»Im Kloster sind Hunde verboten.« Er formte die Worte, als wäre sein Gegenüber taub und müsste von seinen Lippen lesen.

»Ich weiß. Aber ich habe das mit deinem Chef Raphael geklärt, der hat nichts dagegen, im Gegenteil.«

Magnus wechselte in das vertraute Du, ohne dass es ihm auffiel, wobei ihm die Worte, dem Schwarzen Afghanen geschuldet, lässig über die Lippen rutschten.

»Ach, Sie kennen unseren Abt?« Der Mönch konnte sich zum Du noch nicht entschließen. Er war verwundert, auch eingeschüchtert.

»Ja, noch von früher. Lang, lang ist's her. Wir gingen nämlich, musst du wissen, zusammen in den Kindergarten.«

»Nein!« Aufrichtige Verwunderung. Der Kopf des Fraters wurde noch weiter aus dem Fenster gestreckt. Es war tatsächlich eine künstliche Tonsur, das konnte Magnus nun aus der Entfernung deutlich erkennen.

»Doch, Raphael hat mir immer meine Bauklötze weggenommen. Und nicht nur die Bauklötze, auch die Legos, Matchboxautos, Puppen.«

»Puppen?«

»Habe ich Puppen gesagt?«

Der Frater nickte. Er erinnerte an einen Hund mit wackelndem Kopf auf der Hutablage eines Mercedes.

»Na, dann auch Puppen. Sogar mein Vesperbrot! Der wollte damals schon immer alles bestimmen. Bis ich ihm ein Bauklötzchen auf den Kopf gehauen habe, da war endlich Ruhe. Von da an war ich der Boss. Von dem Bauklotz hat er noch heute eine Delle am Hinterkopf.«

»Was Sie nicht sagen.« Echte Faszination. Der halbe Oberkörper des Fraters hing aus dem Fenster über dem Abgrund.

»Ist dir noch gar nicht aufgefallen, was?«

»Nein.«

»So nahe kommt ihr euch ja auch nicht, oder?« Magnus kicherte.

»Wie meinen Sie das?«

»Ich meine, ihr Patres.«

»Und Fratres«, ging Frater Quirin dazwischen. Es klang vorlaut, auch besserwisserisch.

»Natürlich, klar, die Patres und Fratres und alle Mönche und Brüder und was weiß ich noch alles, die beten und arbeiten zusammen, aber auf die Köpfe schauen sie sich normalerweise nicht, stimmt's?«

Der Mönch legte seine hohe Stirn in Falten und flüsterte ein wenig beschämt: »Stimmt.«

»Na siehst du.«

Wieder dachte der fromme Mann nach, worauf noch mehr Falten seine Stirn furchten und ihm ein ungläubiges, beinahe schon frevlerisches »Was?« entwich.

»Nichts.« Es kam lauter und ungehaltener als zuvor über Magnus' Lippen. »Auch nicht die Delle von Raphi …«

»Raphi?«, platzte es so heftig aus dem Mönch hervor, dass er die Hand vor den Mund schlug.

»Ja, so haben wir ihn damals genannt. Er selbst übrigens auch. Wir waren bis zur Grundschule zusammen. Ein Herz und eine Seele, ich und Raphi, bis er sitzen geblieben ist.«

»Abt Raphael ist sitzen geblieben?«

»Klar.«

»In der Grundschule?«

»Zweimal.«

»Gleich zweimal?«

»Und dann noch einmal auf dem Gymnasium.«

Frater Quirin schüttelte den Kopf, als spräche da neben ihm, am anderen Fenster, nicht Magnus, ein fremder Übernachtungsgast, sondern der ihm wohl bekannte Teufel in Gestalt des Großstadtmenschen, der ihn schon mehrmals heimgesucht hatte und ihn offenbar wieder einmal auf die Probe stellen wollte.

»Wegen den Weibern. Damals hat Raphi sich nicht nur für Gott interessiert. Damals war er berühmt-berüchtigt für seine Aufreißerei. Was nicht bei drei auf dem Baum war, wurde flachgelegt. Da mussten die Noten ja zwangsläufig drunter leiden. Nur Fünfen und Sechsen. Kein Wunder bei der ganzen Rammelei. Ich hab ihm Nachhilfe gegeben, sonst wäre er nie bis zum Abi gekommen, das kannst du mir glauben.«

Der Mönch, der weit aus dem Fenster hing, nickte.

»Erst als ihm nach der Abifeier der heilige Benedikt erschien – auf der Kirmes, als er gerade beim Autoscooter in ein Boxauto steigen wollte –, hatte er sein Erweckungserlebnis. Benedikt sah übrigens genauso aus wie auf dem Bild im Zimmer, hat Raphi später behauptet. Jedenfalls, von da an hat er sein Leben schlagartig geändert. Nichts mehr mit Weibern, nur noch Gott.«

»Hier qualmt's.« Der Mönch sagte es leise, unaufgeregt, als könnten seine Worte jedes Feuer löschen, auch das eines lichterloh brennenden Dornbuschs: Ich bin, der ich sein werde.

»Wo?«

»Aus Ihrer Hand.« Der Frater zeigte auf Magnus' eingerollte Rechte, aus der dünne weiße Rauchfäden stiegen.

»Tatsächlich.«

»Ist das eine Zigarette?«, fragte Quirin.

»Nicht ganz. Ist 'n Joint.«

»Was?« Quirin verstummte. »Das ist nicht Ihr Ernst.«

»Mein alter Kumpel Raphi hat's mir erlaubt.« Es klang so überzeugend, als würde im Hochamt die Oblate mit dem Leib Christi von nun an durch einen Schwarzen Afghanen ersetzt, auf Anweisung des Abts.

»Nach der Geschichte ist das ja kein Wunder.« Der Mönch gab kleinlaut bei.

»Welches Wunder?«

Dem Frater schien langsam ein Licht aufzugehen. Magnus' Worte ordneten sich ganz seinem Afghanenkonsum unter.

»Raphi kommt auch gleich auf einen Zug.«

»Na dann«, sagte Frater Quirin erschrocken und kurz angebunden. »Gute Nacht.«

Noch ehe Magnus sich angemessen verabschieden konnte, hatte der Frater seinen Oberkörper mit dem dazugehörigen Kopf bereits wieder zurück ins Zimmer gezogen und das Fenster geschlossen.

»Nacht.«

Magnus nahm noch ein paar Züge von dem schon ziemlich heruntergebrannten Joint, warf die Kippe zur Stadt hinunter, legte sich in das seltsam geruchlose Bett und schloss die Augen, wobei es hinter seinen Lidern beständig blitzte. Noch immer wünschte er sich alles auf einmal, konnte sich aber nach wie vor nicht entscheiden. Er schwankte zwischen einem Lottogewinn, obwohl er nie spielte, dem Wunsch, einmal einen ganzen Film lang als Kameramann bei Ingmar Bergman zu assistieren, obgleich der schon tot war, einem Wochenende mit Dr. Siemens-Kauf im Doppelzimmer eines Fünfsternehotels, dem Postsparbuch von Terese, einer Zukunft mit Schwester Ana – bis er einschlief und zu träumen anfing. Von seiner Kindheit auf der Schwäbischen Alb. Das erste Mal seit Jahren. Er träumte von seiner Mutter, die im Traum aussah wie Audrey Hepburn in *Frühstück bei Tiffany*, von der Großmutter, die genauso aussah wie heute, und von Onkel Heinrich, der an einer Trikot-Wirkmaschine stand und mit den unterschiedlich gefärbten Fäden Muster spann, die wie Spinnennetze aussahen, mit denen er Miniaturmenschen einfing, und dabei unentwegt »Scheiß Polacken!« fluchte, während im Hintergrund jemand *Moon River* summte. Magnus träumte von Heinrichs Frau, der »lieben Adele Braun-Broich« mit der Betondauerwelle, die mit gespreizten Beinen auf einer der Wirkmaschinen hockte, sodass man ihre Unterhose sehen konnte, auf der eine Szene aus *Hunde, wollt ihr ewig leben* abgebildet war, und lachte, als wäre ihr Mann Heinz Erhardt. Zuletzt träumte er von seinem Vater, Simon Kaminski, wie er als junger Bursche in einem Trabant immer wieder den Mond umkreiste, während sich durch den ganzen Traum eine Bogenlampe spannte und unentwegt Signale funkte, die eine eigene Sprache ergaben, sodass Magnus – verärgert, dass er sie nicht entschlüsseln konnte – schließlich schweißnass und mit schlechtem Geschmack im Mund nach Hund mitten in der Nacht aufwachte.

Er quälte sich aus dem Bett, zog sich ein T-Shirt über, ging am schnarchenden Artur vorbei, der wie ein Bettvorleger auf dem Boden lag, und trat hinaus auf den schummrigen Klostergang. Noch immer ganz benommen, vom Schlaf und vom Joint, schlurfte er über den Flur zum Etagenklo. Erst nachdem er leise zu pfeifen anfing, konnte er pissen. Das Plätschern des Urins in der Schüssel hörte sich an wie das anfangs unverständliche, dann immer deutlichere Wispern verfeindeter Kids.

Auf dem Weg zurück ins Zimmer glaubte er, an einer der Türen ebenfalls Stimmen zu hören, ganz anders, vertraulicher, nicht so aggressiv. Er lauschte. Dem Tonfall nach hätte es die Stimme von Großmutter sein können, unterbrochen von der eines Mannes. Magnus drückte ein Ohr an die Tür, konnte aber nichts verstehen, kein einziges Wort. Als wären die Stimmen nur Melodie. Gähnend ging er in seine Kammer zurück, wo ihn der schnarchende Artur empfing, und schlief traumlos, ohne auch nur einmal aufzuwachen, bis zum nächsten Morgen durch, als ihn das resolute Klopfen und die nicht minder resolute Stimme der Großmutter weckten.

»Das ist Frater Aurelius.«

Besagter Aurelius war ein kleiner, dicklicher, grinsender Mann in einem Habit, der neben Großmutter an der geöffneten Fahrertür des Audis stand. Magnus warf die Zigarette auf den Boden und griff mehr wider- als freiwillig nach der ausgestreckten Hand des Fraters. Magnus' Verhältnis zur katholischen Kirche war noch nie das beste gewesen. Der fromme Mann hatte einen erstaunlich laschen Händedruck und feuchte Haut.

»Schön, dich zu sehen«, sagte Aurelius. Als wäre er ein alter Bekannter, am Gemüsestand am Markttag in Siegburg vielleicht. Wie es schien, war Magnus ein alter Bekannter, nur kannte er keinen Klosterbruder. Aus welchem Orden auch immer. Hatte noch nie einen gekannt. Und hatte auch keinerlei Interesse, dies zu ändern. Unauffällig wischte er die Hand an seiner Hose ab.

»Er weiß nicht, wer du bist.« Die Großmutter sagte es zum Frater, woraufhin sich ein irritierter Ausdruck zwischen das Mönchslächeln schmuggelte, bis das Lächeln verschwand und einer konsternierten Miene wich. So, als hätte ihn gerade jemand darüber aufgeklärt, dass der heilige Benedikt nicht nur Ordensgründer, sondern obendrein schwul sei.

»Was?«

»Das ist Landolf«, sagte die Großmutter, als wollte sie sagen: »Das ist der Heilige Geist«, oder: »Auch schwul«, und legte dem Mönch die Hand auf die Schulter. »Dein Onkel.«

»Was?«

Magnus' Gesichtsausdruck erinnerte jetzt an den des Mönchs, sodass beide sich mit einem Mal ziemlich ähnlich sahen. Nicht wie Großcousins zweiten Grades, eher wie Brüder.

»Du erinnerst dich?«

Magnus zuckte demonstrativ mit den Schultern; mit der zur Schau gestellten Ahnungslosigkeit waren die Erinnerung und die Gewissheit zurück. Der Sohn vom alten Trikot-Heinrich, fiel Magnus wieder ein. O Gott, o Gott. Omas Bruder und Cousin meiner Mutter. Längst abgehakte Verwandtschaft mütterlicherseits. Und in Bezug auf das Wiedersehen: Kein Grund zur Freude.

Als sie einander das letzte Mal begegnet waren, hatte Landolf schulterlange Haare, ein pickeliges Gesicht und einen zögerlich sprießenden Bartflaum am Kinn gehabt und hatte den Eindruck vermittelt, als würde er jeden, der es wagte, auch nur in seine Nähe zu kommen, auf der Stelle und für immer vom Antlitz der Erde tilgen. Ein unangenehmer Typ, damals, in Magnus' Augen.

Auch heute noch. Arrogant, unnahbar und selbstverliebt. Einer, der mit Großcousins, die ein paar Jahre jünger waren, nichts, aber auch gar nichts zu tun haben wollte. Das letzte Mal hatten die beiden sich bei der Beerdigung von Magnus' Mutter gesehen. Magnus war neun gewesen; schwarzer Pullunder, Mokassins, schwarze Hochwasserhose. Landolf stand kurz vor dem Abitur und sollte den elterlichen mittelständischen Trikotage-Betrieb Braun-Broich – *Wäsche, die man trägt* – übernehmen. Nach den Vorstellungen seines Vaters Heinrich Braun-Broich wie auch nach den Vorstellungen seiner Mutter Adele Braun-Broich, deren Vorstellungen sich stets mit denen ihres Mannes deckten. Aber keinesfalls nach den Vorstellungen Landolfs.

Jetzt stand er mit seiner Halbglatze und dem ungepflegten schwarzen Vollbart, der gespickt war mit grauen Härchen, in seinem Habit vor Magnus und vermittelte diesem die Vorstellung, als lägen zwischen der Begegnung bei der Beerdigung auf dem kleinen schwäbischen Friedhof und dem heutigen Zusammentreffen an diesem sommerlichen Morgen im Hof des Benediktinerklosters im Rhein-Sieg-Kreis nicht bloß dreißig Jahre, sondern mehrere Leben, erfüllt von unbeschreiblichen Schicksalen.

Er sieht ganz anders aus, dachte Magnus, aber immer noch scheiße. Scheiße im Habit.

»Sag mal, kann es sein, dass ich da irgendwas nicht ganz kapiert habe?« Magnus versuchte, dem Mönch und der Großmutter, die vereint nebeneinanderstanden wie Darsteller in einer Vorabendserie, auf die Schliche zu kommen. Die Großmutter lächelte telegen, der Frater verlegen.

»Dein Onkel Landolf fährt mit uns mit.«

»Was?« Magnus fiel aus allen Wolken. Erst jetzt bemerkte er den kleinkarierten Koffer in der Hand des Fraters. Ein Koffer wie die ranzige Vergangenheit.

»Was ist denn schon dabei?« Die Großmutter versuchte, Magnus' aufkommende Skepsis im Keim zu ersticken. Auch der Onkel machte den Eindruck, dass nichts dabei wäre.

Für Magnus jedoch war entschieden zu viel dabei. »Oma, so geht das nicht.« Er fühlte sich sichtlich unwohl. Landolfs Miene schien ihm recht geben zu wollen. Magnus druckste herum, auf der Suche nach der Fernbedienung, um der Vorabendserie kurz und schmerzlos ein würdiges Ende zu bereiten.

»Du kannst uns doch nicht so unvorbereitet, ohne uns Bescheid zu geben, ohne unser Wissen, einfach so, nach, nach zwanzig, dreißig Jahren, kannst du uns doch nicht einfach in ein Auto packen.«

»Landolf wusste doch Bescheid«, widersprach die Großmutter, nahm Magnus die Fernbedienung aus der Hand und schubste ihn zurück in die Wolken.

»Was?«

Die Wolken, aus denen Magnus nun abermals stürzte, schienen noch höher zu sein. Proportional dazu wuchs Landolfs Verlegenheit. In einer Mischung aus Das-ist-mir-jetzt-aber-peinlich und Tut-mir-echt-leid zuckte er mit den Schultern. Sein eingefrorenes Lächeln verstärkte diesen Eindruck noch. Alles in allem sah er wie eine Karikatur seiner selbst aus oder eben wie die falsche Rolle in einer falschen Vorabendserie zur falschen Sendezeit.

»Aber *ich* hab nichts gewusst!« Magnus schlug aufs Lenkrad und sprang dann aus dem Wagen, unschlüssig, ob er wegen Großmutter oder eher wegen Landolf verstimmt sein sollte. Der Frater machte einen Schritt zur Seite. Großmutter rührte sich nicht von der Stelle. Magnus ging zwischen ihr und Landolf hindurch. Er war sich schlagartig bewusst, dass er von der Großmutter, vielleicht sogar von beiden, hinters Licht geführt worden war. Er ließ sie stehen, nicht gewillt, mit seinem Onkel, mit dem ihn noch nie etwas verbunden hatte, viertausend Kilometer und mehrere Tage auf engstem Raum zu verbringen. Der rollende Käfig als Menetekel.

»Wo willst du hin?« Die Worte der Großmutter gingen im hysterischen Geschrei des Fraters unter, denn Artur, der hinter Magnus über den Fahrersitz hinweg aus dem Wagen gehuscht war, sprang nun bellend und schwanzwedelnd an Frater Aurelius hoch.

»Hilfe! Aua! Aufhören! Weg da!«

Er fuchtelte hilflos mit den Armen, was komisch aussah, wobei sein Koffer auf den Boden fiel. Magnus warf einen kurzen Blick über die Schulter, und ein schadenfrohes Grinsen eroberte sein Gesicht. Geschieht dir recht.

»Aus, Artur!«, rief die Großmutter. Und noch einmal, lauter: »Aus!«, woraufhin der Hund von dem frommen Mann abließ. »Kusch!«

Mit eingezogenem Schwanz sprang Artur in den Wagen zurück und ließ sich enttäuscht und traurig auf dem Beifahrersitz nieder.

»Das war nicht ausgemacht.« Landolf sagte es mit rotem Kopf und zittriger Stimme und versuchte, seinen derangierten Habit zu ordnen, auf dem Spuren von Arturs Zuneigung zu erkennen waren.

»Natürlich nicht. Wie auch. Ich konnte ja nicht wissen, dass Magnus dieses Riesenvieh anschleppt.« Das Riesenvieh beobachtete derweil aufmerksam, mit heraushängender Zunge, das Geschehen aus dem Wagen heraus, im festen Glauben an eine zweite Gelegenheit.

»So geht das nicht. Ich kann nicht mit dieser Bestie in einem Auto …«

»Stell dich nicht so an.« Die Großmutter unterbrach ihn. »Wir können ihn ja schlecht hierlassen, oder soll ich mit Abt Raphael sprechen, ob ...«

»Nein, nein, auf keinen Fall.«

»Na also.« Beruhigend legte sie ihre Hand auf die Schulter des Fraters. »Der Hund kommt nach hinten, du nach vorn. Und schon ist es so, als wäre er nicht da.« Sie lächelte wieder dieses unwiderstehliche Großmutter-Lächeln.

»Ich würde aber lieber hinten bei dir sitzen.«

»Na, meinetwegen.«

»Und er?« Landolf zeigte auf Magnus, der sich eine Zigarette angezündet hatte und über die Klostermauer gebeugt auf die Stadt hinunterschaute.

»Ich mach das schon.«

Die Großmutter stellte sich wortlos neben Magnus, zündete sich ebenfalls eine Zigarette an und rauchte beinahe gleichgültig zur Stadt hinunter. Der Frater beobachtete die beiden aus sicherer Entfernung. Artur winselte im Wagen.

»Ich kann verstehen, dass du sauer bist«, sagte die Großmutter schließlich, ohne Magnus dabei anzuschauen.

»Ach ja?«

»Ja. Ich hätte es dir sagen müssen.«

»So, meinst du, ja?«

»Ich wollte es dir ja sagen, aber zuerst habe ich es vergessen.«

»Vergessen?«

»Ja, und dann nicht mehr daran gedacht.«

Magnus lachte über die Klostermauer hinweg zur Stadt hinunter. Er drehte sich langsam, wie in Zeitlupe, zur Großmutter um und sagte emotionslos, als spräche er über ein Panna-cotta-Rezept: »Du willst mich aber nicht für doof verkaufen, oder?«

»Ganz bestimmt nicht.« Jetzt war es die Großmutter, die über die Mauer zur Stadt hinunterlachte. »Was hätte ich denn tun sollen? Er will unbedingt mit.«

Nach einem verstohlenen Blick über die Schulter zu Landolf, der noch immer am Audi stand, von Artur aus dem Wagen heraus voller Interesse beäugt, fügte sie leiser hinzu: »Ich kann doch nicht sagen, Magnus darf, aber du nicht.«

»Moment mal«, versuchte Magnus klarzustellen. »Ich wollte nicht – du hast gesagt, ich …«

»Ja, ja, ich weiß.« Wieder ein Blick über die Schulter. Dann, ganz leise: »Aber er will. Er will unbedingt.«

Auch Magnus schaute zu Landolf und musterte ihn mit dem herablassenden, leicht angewiderten Ausdruck, mit dem man einen Idioten betrachtet. Landolf lächelte gekünstelt, was sein ohnehin wenig anziehendes Gesicht noch mehr entstellte und die These vom Idioten eindrucksvoll bestätigte.

»Warum denn?«

»Ich weiß nicht.« Die Großmutter zog an ihrer Zigarette, blickte wieder über die Mauer hinweg. »Vielleicht ist er scharf auf mein Geld.«

»Ich dachte, Mönche sind frei von materiellen Bedürfnissen, Werten, Geld.«

»Sollte man meinen. Ich bin mir da aber nicht so sicher.« Nachdenklich, wie zu sich selbst, fügte sie hinzu: »Vielleicht ist es Sentimentalität.«

»Sentimentalität?« Magnus lachte verächtlich. Die Großmutter wedelte kurz mit der Hand vor dem Gesicht hin und her, zog wieder an der Zigarette und lächelte ebenfalls.

»Dann kann er ja alleine mit dir …«

»Landolf hat keinen Führerschein«, ging die Großmutter dazwischen.

»Scheiße.«

Sie blickten noch eine Zeit lang gemeinsam über die Mauer, bis die Großmutter schließlich »Na, dann komm« sagte.

Sie nahm Magnus an der Hand und zog ihn hinter sich her zum Auto. Wobei Magnus sich ziemlich blöd vorkam.

»Fahren wir.«

FELDPOST

Abs. Matr. Anton Schmidle 3./16. S. St. A. Bergen op Zoom Niederlande Gruppe 10

Bergen op Zoom den 11.7.44

Liebe Frau mit Kind!
Gestern habe ich zwei Briefe von Dir erhalten. Von 6. u. 7. Juli auch ein Päckchen mit Backwerk Zigaretten u. Rauchfleisch, meinen herzlichsten Dank dafür. Das Päckchen kam zur rechten Stunde wir hatten gestern abend nämlich einen gemütlichen abend veranstaltet. Wir waren 13 Mann u. hatten 16 Ltr. Wein und 3 Flasche Schnaps. Da war das Backwerk dazu zweimal gut. Das Unglück war nur daß wir heute nacht noch Wachestehen mußten. Aber ich habe es bei Zeit eingesehen daß ich mich halten muß, denn meine Kameraden haben gut zugesprochen, da dachte ich mir, einer muß schon auf zak sein. Und da ich der Älteste bin, dacht ich mach ich es. Das war aber auch gut, ich hab die Kerle ins Nest geschafft und zum Speien geführt, zum Glück ist alles gut verlaufen. Liebe Terese, da kam ich natürlich gestern abend nicht zum schreiben wirst Du wohl verstehen.

Unser Kompaniechef hat am Sonntag gesagt so lang wir Alarm-Stufe 2 haben gibt es keinen Urlaub man soll es heim schreiben. Er hat gesagt er bedauert daß in seiner Kompanie meißt Bauern sind und er keinen Urlaub erteilen kann.

Ich hab schon wieder von der Sau am Haken geträumt und der schwarzen Farbe, die wo die ganze Sau übergießt. Ich muß immer dran denken. Und an den Einberufungsbescheid und daß ich zu

Hause doch viel nützlicher wäre als hier. Was soll ein Bauer an der Front. Des will mir nicht in den Kopf.

In der Hoffnung auf ein gesundes Wiedersehen grüßt Dich Dein Mann.

WO SIE RECHT HAT

Hier ist das deutsche Fernsehen mit der Tagesschau. Guten Abend, meine Damen und Herren. Die Anarchistin Ulrike Meinhof, eine der Hauptangeklagten im Baader-Meinhof-Prozess, hat sich das Leben genommen. Sie wurde heute früh in ihrer Zelle in Stuttgart-Stammheim tot aufgefunden. Nach Angaben der Behörden erhängte sich die Einundvierzigjährige mit einem Streifen ihres Handtuchs am Fenstergitter. Noch im Laufe des Tages wurde die Leiche zur Obduktion gebracht. Die frühere Journalistin Meinhof war 1970 nach der gewaltsamen Befreiung von Andreas Baader in den Untergrund gegangen. Sie wurde Mitbegründerin der Terroristenorganisation Rote Armee Fraktion …

Er lacht.

Die Fernsehbilder gehen durch das ganze Land. In die Welt. Auch in Zellingen, nicht weit von Stuttgart-Stammheim entfernt, flimmern sie schwarz-weiß über den Bildschirm im Wohnzimmer der Villa. Auf der Kommode das Blaupunkt-Gerät, darauf ein Häkeldeckchen von Terese und die aufgestellten Bilderrahmen: Mutter Adele, Vater Heinrich, Tante Terese, Cousine Johanna, Magnus, du. Alle schwarz-weiß, nur du bist bunt, pausbäckig, mit Sommersprossen und in einem Samtanzug. Vor dir der Schäferhund Rolfi.

Heinrich Braun-Broich, dein Vater, sitzt auf dem Sofa, der neuen Couchgarnitur, Polstermöbel, zwei Sessel und ein kleiner Nierentisch, darauf ein Aschenbecher aus Murano-Glas, und raucht Zigarre. Daneben Adele, seine Frau, mit frischer Dauerwelle; sie lehnt am neuen Wohnzimmerschrank aus Mahagoni, darauf Häkeldeckchen, Zinnkrüge, Pokale vom Schäferhundzuchtverein. Und wieder Bilderrahmen. Das Hochzeitsfoto von Heinrich und Adele, deine Taufe, deine Einschulung, deine Firmung, du.

Du stehst an der geöffneten Tür, lange Haare, Bartflaum, Jeans mit Schlag, die verschränkten Arme vor der Brust.

Heinrich lacht.

Er sitzt auf dem Sofa und lacht, die Zigarre im Mundwinkel.

»Endlich«, sagt er und bläst den Rauch zur Decke. »Geschieht ihr recht.«

Er fühlt sich stark, überlegen, unangreifbar.

»Umgebracht«, sagst du, ganz ruhig, beinahe emotionslos. »Sie haben sie umgebracht.«

Worte, abgefeuert wie Nadeln in seinem Rücken. Sie treffen.

»Was?«

»Diese Schweine«, sagst du, noch immer leise, abgeklärt. »Mörder. Das BKA, Herold, die Bullen …«

Heinrich dreht sich auf dem Sofa zu dir um, schaut dich entsetzt an. Die Zigarre, jetzt in der Hand, qualmt vor sich hin. Der blaue Rauch schreibt Zeichen in die Luft. Adele schaut ebenfalls.

»Das ist – das ist doch – das ist doch alles …«

Heinrich ringt um Worte, findet nicht die richtigen. Die Asche fällt auf den Teppichboden; flauschig, ein Rautenmuster, beige, braun.

Deine Mutter Adele schüttelt den Kopf, immer wieder, faltet die Hände, als wollte sie beten.

Du steckst dir eine selbstgedrehte Zigarette zwischen die Lippen, Samson Halfzware, lässig an den Rahmen der geöffneten Tür gelehnt, und sagst: »Es ist Mord.«

Du ziehst an der Zigarette, stößt den Rauch zu Heinrich hinüber, als wäre es Spucke.

»Mord«, wiederholst du, »eine Folge der Politik dieses Repressionsstaates, die logische Konsequenz der Isolationsbedingungen, unter denen politische Gefangene in diesem Land in Hochsicherheitstrakten wie Bestien gehalten und gefoltert werden.«

»Das sind Bestien!«, schreit Heinrich, dein Vater, dazwischen, mit rotem Kopf; nur die Narbe schimmert weiß. Er zeigt wieder auf den Fernsehschirm, wo Archivbilder der Terroristin zu sehen sind. Ulrike Meinhof sitzt auf einer Couch, raucht und spricht in ein Mikrofon.

»Privatangelegenheiten sind unheimlich politisch, Kindererziehung ist unheimlich politisch, die Beziehungen der Menschen untereinander sind unheimlich politisch, da sie etwas darüber aussagen, ob Menschen unterdrückt oder frei sind, ob sie Gedanken fassen können oder nicht, ob sie etwas tun können oder nicht. Man kann nicht innerhalb einer Familie die Konkurrenzverhältnisse aufheben, ohne nicht darum kämpfen zu müssen, die Konkurrenzverhältnisse außerhalb der Familie aufzuheben …«

»Bravo.« Du klatschst in die Hände, demonstrativ begeistert, ziehst an deiner Zigarette und sagst, während sich die Worte im Rauch auflösen: »Wo sie recht hat, hat sie recht.«

Dein Vater wird noch röter. Die Adern an seinen Schläfen schwellen an, sehen aus wie Schnürsenkel.

»Das sind Terroristen!«, schreit er. »Mörder, die den Staat vernichten wollen, die Unschuldige ermorden!« Wieder malt er mit dem Rauch der Zigarre Zeichen in die Luft.

Punkt, Punkt, Strich, fertig ist das Arschgesicht.

Er steht vom Sofa auf, fuchtelt mit den Armen, als wollte er unsichtbare anfliegende Terroristen mit der Glut der Zigarre für immer auslöschen.

»So unschuldig«, sagst du, »sind deine Unschuldigen aber nicht.«

Kaum dass du den Satz vollendet hast, brüllt dein Vater schon wieder los: »Halt's Maul! Halt endlich die Fresse, du, du, du ...«

Wieder ringt er um Worte, wird fündig und schreit dir, von Speicheltropfen begleitet »Sympathisant!« ins Gesicht.

Deine Mutter schlägt die Hände vor die Augen, ihr Gesicht eine Bankrotterklärung, selbst verschuldet.

»Faschist«, sagst du leise, beinahe geflüstert, und lächelst hernach, wie man lächelt, wenn man sich der Wirkung sicher ist.

Er verharrt, als hätte er sich verhört, setzt sich langsam, wie in Zeitlupe, auf das Sofa der neuen Couchgarnitur zurück. Die Kringel in der Luft sind zerfasert, der Rauch löst sich auf. Die Asche auf dem Fußboden ist festgetreten.

»Du alter Nazi«, ergänzt du ebenso leise, als wär's das Tüpfelchen auf dem i, der Nachschlag zur Hauptspeise, noch immer grinsend, der Wirkung nach wie vor gewiss.

Dann verlässt du langsam, gemächlich das Wohnzimmer.

Er bleibt zurück. Er und Adele, auf dem Sofa im Wohnzimmer, mit der heilen Familie in den Bilderrahmen auf dem Schrank.

Der Tagesschausprecher im Blaupunkt unter dem Häkeldeckchen verabschiedet dich mit der Meldung von der Beendigung der achten Kunst- und Antiquitätenmesse in Hannover, schwarzweiß auf dem Bildschirm.

Du gehst auf dein Zimmer und legst eine Platte auf den Plattenteller.

Ton Steine Scherben – *für jeden, den ihr kriegt, werden zwei andere marschieren. Ihr könnt gehorchen, ihr könnt kommandieren. Und kämpft ihr gegen uns alle, so werdet ihr verlieren.*

Du drehst so laut auf, bis deine Mutter an die Tür klopft, leise, als traute sie sich nicht.

»Landolf, bitte, er meint es doch nicht so.«

Dass dein Vater denkt, du steckst mit den Terroristen der Roten Armee Fraktion unter einer Decke, amüsiert dich.

Am nächsten Tag ruft dich dein Vater in sein Arbeitszimmer. Er sitzt hinter seinem massiven Schreibtisch wie hinter dem Festungswall einer Burg, unbeweglich, fast versunken im Schreibtischstuhl, wieder mit einer Zigarre in der Hand. Ohne dir in die Augen zu sehen, sagt er, du sollst deine Sachen packen und verschwinden.

»Ich will dich hier nie wieder sehen.«

Du stehst auf der anderen Seite des Schreibtischs. Zwischen dir und ihm eine unüberwindbare Barriere, ein Graben, Welten.

Die Zigarre in seiner Hand qualmt wieder Zeichen in die Luft. Punkt, Punkt, Komma, Strich, fertig ist das Abschiedsgedicht.

Du sagst nichts, blickst ihn stumm an, siehst seine niedergeschlagenen Augen, den gestutzten Schnauzbart, den Scheitel, wie mit dem Lineal gezogen, Brisk sei Dank. Die Narben im Gesicht. Das weiße Hemd mit Manschettenknöpfen, die Krawatte mit der Krawattennadel, das dunkle Jackett.

Picobello, denkst du, die perfekte Fassade. Du lächelst wieder. Du fühlst dich stark, überlegen, unangreifbar.

Du machst kehrt, gehst zur schaumstoffgedämmten Tür. Ohne dich umzudrehen, verlässt du sein Arbeitszimmer.

RAUCHZEICHEN

Die ersten zweihundert Kilometer war erst einmal Sendepause. Magnus fuhr. Landolf und die Großmutter saßen auf der Rückbank. Dazwischen Pupilek im Käfig. Beide blickten neugierig auf ihrer Seite zum Fenster hinaus, als wären dort die sieben Weltwunder im Schnelldurchlauf zu sehen. Artur hockte mit heraushängender Zunge auf dem Beifahrersitz, stank vor sich hin und äugte dann und wann sehnsüchtig nach hinten zu Landolf. Geredet wurde wenig.

Einmal beschwerte sich Landolf über Großmutters Zigaretten. Oder besser über deren Qualm. Immer wieder hüstelte er vielsagend. Aber wenig glaubhaft. Woraufhin Magnus sich ebenfalls eine anzündete und Landolf das Seitenfenster per Knopfdruck herunterließ, um seinen Kopf beinahe vollständig aus dem Fenster zu strecken. Die wenigen Haare wurden vom Wind durcheinandergewirbelt.

»Das ist aber jetzt ein bisschen übertrieben.« Magnus maulte in den Innenspiegel.

Als hätte Landolf nur darauf gewartet, zog er den Kopf zurück. »Was heißt hier übertrieben?« Er hüstelte, jetzt noch angestrengter und lauter als zuvor. Die Haare standen in sämtlichen Richtungen vom Kopf ab. »Der Rauch bringt mich um«, keuchte er und versuchte umständlich, Ordnung in sein Resthaar zu bringen.

Die Großmutter lachte. Magnus drückte auf den zentralen Fensterheber neben dem Schalthebel und ließ die Scheibe nach oben gleiten.

»Ich wusste es.« Magnus murmelte vor sich hin. »Ein militanter Nichtraucher.« Dann lauter, für die anderen verständlich: »Ich dachte, ihr Benediktiner gehört zu den gemäßigten Orden.«

»Stimmt ja auch.« Großmutter mischte sich ein. »Soviel ich weiß, ist Benedikts Lehre maßvoll.«

»Eben.« Landolf ging dazwischen. »Maßvoll.« Er dehnte das A, als wären es zehn, und ließ die Ls nachhallen, als kämen sie als große Brüder den As zu Hilfe. »Du rauchst hier eine nach der anderen, das ist alles andere als maßvoll.«

Das war nicht nur ein ernst gemeinter Vorwurf; es klang nach einer Kampfansage.

»Ich bin ja auch kein Mönch.« Die Großmutter versuchte mit spitzbübischem Gesichtsausdruck, Landolfs Worte zu entschärfen.

»Und eine Nonne ist sie auch nicht.« Magnus ging es weniger um Entschärfen, vielmehr um Zuspitzen. Beide kicherten solidarisch vor sich hin. Das Kräfteverhältnis war eindeutig.

Landolf ließ die Scheibe aus Protest wieder nach unten surren und streckte den Kopf hinaus, um demonstrativ, mit tiefen, gierigen Atemzügen, frische Luft zu tanken. Was die Großmutter amüsierte und Magnus kindisch fand.

»Können wir uns vielleicht darauf einigen, dass wir zumindest im Auto nicht rauchen?« Landolf zog den Kopf zurück ins Wageninnere. Er sah aus, als stünde er mit verwegener Frisur auf einer Kanzel und richte voller spiritueller Inbrunst das Wort Gottes an seine Gemeinde. Was Magnus nicht mehr nur kindisch, sondern lächerlich fand.

»Wir?«, fragte er. »Du rauchst doch gar nicht.«

»Stimmt, dafür ihr umso mehr.«

Magnus schloss das Seitenfenster zur Hälfte und beobachtete Landolf im Innenspiegel. »Okay, stimmen wir ab.« Er warf einen

Blick zur Großmutter, um sich rückzuversichern. Sie nickte unauffällig.

»Wer ist dafür?«, fragte Terese.

Landolf stieß den Arm hoch, schnell und intuitiv. Als wäre es ihm ein wenig peinlich, nahm er den Arm ebenso schnell wieder herunter.

»Wer dagegen?« Magnus drückte erneut auf den Fensterheber, sodass die Scheibe sich ganz schloss. Großmutter und Magnus hoben die Hand.

»Sehr witzig.« Landolf klang gar nicht mehr nach Kanzel; er hörte sich eingeschnappt und gekränkt an, auch verärgert, selbst an dieser Farce teilgenommen zu haben.

»Was heißt hier witzig. Ich würde sagen demokratisch.«

»Demokratisch? Dass ich nicht lache.«

»Lach doch.«

Mit »Halt an, ich muss mal« ging die Großmutter dazwischen.

Magnus fuhr bei der nächsten Gelegenheit von der Autobahn ab und parkte den Wagen an einer der Haltebuchten der Raststätte. Während die Großmutter ausstieg, schloss er die Augen. Eine plötzliche Müdigkeit überfiel ihn, und seine Lider fingen sofort an zu zittern.

Der Friedhof ist ganz schwarz. Landolf hat als Einziger eine dunkelblaue Jeans und braune Cowboystiefel an, dazu einen schwarzen Rollkragenpulli und eine Lederjacke, auf der hinten Bowie draufsteht. Das O ist ein umkreistes A. Magnus' Vater ist ganz bleich im Gesicht. Er sieht aus, als hätte er viel geweint. Magnus' Pullunder kratzt, und die Schuhe sind eine Nummer zu klein. Die Mutter wollte ihm lange schon neue kaufen, doch es kam immer etwas dazwischen. Zuletzt die Krankheit. Jetzt der Tod. Egal, denkt Magnus, lieber drückende Schuhe als eine tote Mutter. Der Sarg scheint widersprechen zu wollen und verschwindet langsam in der ausgehobenen Grube. Der Kirchenchor singt. *Oh Haupt voll Blut und Wunden.* Der Pfarrer sagt: »Ruhe in Frieden.« Alle auf dem Friedhof antworten »Amen«. Auch Magnus, Onkel Heinrich, Tante Adele, die Großmutter, der Vater, Verwandte, Bekannte, die hundertsiebzig Angestellten der Trikotage Braun-Broich – *Wäsche, die man trägt* – aus Zellingen. Alle. Nur Landolf nicht. Landolf schließt die Augen, als wäre er gar nicht da. Ohne dass die Lider zittern. Schon unterwegs nach Berlin. Zum Studium. Soll die Trikotage Braun-Broich doch der Teufel holen, denkt er und lässt die Familie zurück, die nicht begreifen will, weswegen der Junge auf alles verzichtet. Fabrik, Firma, Zukunft. Für Germanistik. Und Politikwissenschaft.

»Lass mich bloß mit der Politik in Frieden«, sagt Heinrich Braun-Broich, der Vater. »Das versteht ihr nicht«, sagt Landolf. Die Mutter, Adele Braun-Broich, schüttelt den Kopf, als zöge ihr Sohn in den Krieg. Ohne Waffen. Er hat recht. Sie wollen es nicht verstehen, sein Vater Heinrich Braun-Broich nicht und seine Mutter Adele Braun-Broich auch nicht, beides Fabrikbesitzer der Trikotage Braun-Broich, ein Familienunternehmen mütterlicherseits, seit fast hundert Jahren, von der Schwäbischen Alb, aus Zellingen, einem Ort, auf dessen Friedhof jetzt der Mahagonisarg mit Magnus' Mutter, der Nichte von Heinrich und Adele, ganz in der Grube verschwindet. Zurück bleiben die Trauernden und die Kränze, Gestecke und Buketts um das Grab herum. Kranzschleifen und Banderolen. *Deine Kollegen*, steht da, und *Deine liebende Mutter Terese, Dein Dich liebender Mann Simon* und zuletzt, auf einem Kranz mit Rosen und weißen Lilien, *Meiner lieben Mami.*

»Mami«, rutscht es Magnus heraus, einfach so, als hätte er es von der Schleife abgelesen, die goldenen Buchstaben auf schwarzem Grund. »Mami« – leise, sodass man genau hinhören muss, um es zu verstehen. Landolf hört es – Mami – und lächelt, kaum merklich, aber doch zu sehen, jedenfalls für Magnus. Es wirkt überheblich, dieses Lächeln, von oben herab, wie einer, der sich gerne über andere lustig macht, über Magnus, den Hosenscheißer, den Flenner, den Sohn von Cousine Johanna, die er früher immer mit Blicken belästigt hat, sodass jeder sich denken konnte, was diese Blicke zu bedeuten hatten. »Er ist doch noch ein Kind«, entgegnete Johanna, darauf angesprochen, und nahm ihn in Schutz, den schlecht geratenen Sohn von Heinrich und Adele, Landolf, der aus der Reihe schlägt und nicht so ist wie erhofft.

Jetzt ist er kein Kind mehr, jetzt auf dem Friedhof, und er guckt Magnus an wie die Mutter, mit diesem stechenden Blick, nur feindseliger, während eine Schaufel Dreck nach der anderen auf dem Sarg landet – klock, klock, klock –, sodass Magnus sich die Ohren zuhalten muss, bis er eine Hand auf der Schulter spürt.

»Was wird das eigentlich?«

Magnus wurde aus seiner Erinnerung gerissen und öffnete die Augen. Die Stimme gehörte Landolf auf der Rückbank, der mit dem Garn, der Nadel und einem nur schwer identifizierbaren Gegenstand wedelte, den er in der Hand hielt.

»Keine Ahnung. Sieht aus, als sollte es mal ein Büstenhalter werden.«

Beide lachten, kurz, dann pfefferte Landolf das Teil mitsamt der Nadel und dem Knäuel weg. »Okay, hör mal zu. Ehrlich gesagt, lege ich keinen gesteigerten Wert darauf, eine freundschaftliche Beziehung oder was auch immer mit dir einzugehen.« Landolf war um Gelassenheit bemüht. Was nur bedingt gelang. Magnus zog an der fast aufgerauchten Zigarette, nickte in den Innenspiegel.

»Onkel hin oder her, wobei ich genau genommen dein Onkel zweiten Grades bin, auch Großcousin genannt …«

»Oder Klugscheißer.« Magnus unterbrach ihn, warf die Zigarette aus dem Fenster.

»Aber das ist verwandtschaftliche Arithmetik. Ahnen-Abrakadabra. Es ändert nichts.«

Das Nicken im Innenspiegel endete, ohne dass Magnus' Blick davon abrückte. Sein Onkel sah genervt aus und schwitzte, sein Gesicht schien röter zu sein als zuvor.

»Stimmt«, sagte Magnus in den Innenspiegel. »Wo du recht hast, ist dir schwer zu widersprechen. Denn so wie es aussieht und wenn du es dir nicht anders überlegst, werden wir beide, lieber Onkel zweiten Grades respektive Großcousin respektive Klugscheißer im Habit, die nächsten Tage leider wie zwei miese, mickrige Sträflinge aneinandergekettet sein.«

Jetzt bestätigte Landolf im Spiegel, griff sich an den roten Kopf und sagte, um diese Geste zu illustrieren: »Allein der Gedanke daran bereitet mir Kopfschmerzen.«

»Übelkeit«, konkretisierte Magnus, steckte sich erneut eine Zigarette an und blies den Rauch demonstrativ gegen den Innenspiegel.

»Das war ein Fehler«, fügte Landolf hinzu. Kurze Pause und ein weiterer Zug Magnus' von der Zigarette. Er drehte den Kopf zu Artur, als wäre der nun Landolf, und fragte: »Was heißt hier Fehler?«

Artur fühlte sich nicht angesprochen, reagierte auch nicht. Anders Landolf. »Aber du hast ja darauf bestanden, dass ich mitfahre.«

»Ich?«

»Ja. Terese hat gesagt, wenn ich nicht mitkomme, fährst du auch nicht.«

»Und das glaubst du?« Magnus zog an der Kippe, lachte den Rauch aus sich heraus. »Natürlich, entschuldige, ich vergaß. Glauben ist ja deine Paradedisziplin.«

»Was soll das?«

»Oma sagte, *du* hättest unbedingt mitkommen wollen.«

»Ich?«

»Ja, du. Oder siehst du hier jemand anderen?« Wieder Pause, ein Zug von Magnus, woraufhin der Rauch erneut gegen Landolfs Spiegelbild prallte.

»Du wärst scharf auf ihre Kohle, sagte sie«, fuhr Magnus fort.

»Welche Kohle?«

»Tu doch nicht so.«

»Spinnst du?«

»Ne, aber du.«

»Blödmann.« Magnus sagte es mehr für sich als für die Ohren von Landolf bestimmt.

»Ebenfalls.«

»Ich hetz gleich meinen Hund auf dich.«

»Ich dachte, das ist nicht dein Hund.«

»Wenn er dich zerfleischt, dann schon.«

Die Tür ging auf, die Großmutter war zurück. Sie roch nach Rauch. »Na, alles klar bei euch beiden?«

»Alles klar«, kam von Magnus und Landolf synchron. Artur winselte, der Papagei krächzte, als wollten beide widersprechen.

»Meint ihr, wir schaffen es heute noch bis Danzig?«

»Auf jeden Fall.« Magnus ließ den Wagen an. Gleichzeitig widersprach Landolf. »Nie.« Beide klangen ähnlich entschieden.

»Na, dann mal los.« Die Großmutter klatschte in die Hände,

dass alle sich über ihre Energie wunderten. Pupilek verstummte. Artur winselte nicht mehr.

Magnus fuhr rückwärts aus der Parklücke, ein vorbeifahrendes Auto hupte. Und wich aus.

»Arschloch!«, rief Magnus.

Landolf lachte.

FELDPOST

Abs. Matr. Anton Schmidle 3./16. S. St. A. Bergen op Zoom Niederlande Gruppe 10

Bergen op Zoom den 18.7.44

Meine liebe Frau mit Kind!
Kam soeben von der Verhandlung von Bergen, ist 14 Km von hier weg wir sind ja hier in Roosentaal. Es sind 13 Fälle verhandelt worden ich war natürlich nur als Zuhörer dabei. Als ich nach Haus kam in die Kaserne kam mir mein Zugführer schon entgegen und rief Schmidle, schnell hier her Sie sind abkommandiert. Die andern standen schon bereit. Von meiner Gruppe kommen außer mir noch 3 Mann weg, wohin ist natürlich unbekannt. Bitte nichts mehr schicken u. nicht mehr schreiben bis Du Nachricht von mir hast.

Liebe Terese gestern haben wir zum ersten Mal Gasmasken aufgehabt eine 1/2 Stunde u. dazu Laufschritt da ist der Schweiß nur so runter gelaufen.

Heute habe ich auch am Damenbrett gespielt. Ich habe mit meinem Gruppenführer 3 Spiele gemacht 2 davon habe ich gewonnen.

Liebe Terese, wie sieht es mit dem Heuwetter aus, angefangen werdet Ihr wohl noch nicht haben? Das wird was zusammen geben, ich bin hier und Du allein, sonst wird auch niemand helfen wollen.

Jeder ist nur auf seinen Vorteil aus und wenn der andere zugrund geht. Schaffe in Gottesnamen wie es geht, auf mich kannst du nicht rechnen. Es ist bei uns Ausgangs- nicht nur Urlaubs-Sperre. Ich wäre sehr zufrieden wenn ich wenigstens zur Ernte Urlaub bekommen würde u. Euch da helfen könnt. Frag im Dorf vielleicht kann Dir da jemand helfen. Kostet es was es wolle ist ganz egal. Lieber nach dem Krieg ein gesundes Weib antreffen u. kein Geld wie das Gegenteil. Frag doch auch den Heinrich, ob er dir nicht einen von den Polen geben könnt, für die Ernte. Der hat doch genug. Vielleicht sollt ich ihm schreiben. Was meinst?

Die Worte von dem älteren Kameraden gehen mir nicht mehr aus dem Kopf. Wenn er recht hat, dann würd ich gern wissen, wer und warum. In Gedanken geh ich jedes heikle Wort durch das ich gesagt hab. Ich komm einfach nicht drauf.

Für heute weiß ich nichts mehr.

Bitte entschuldige die schlechte Schrift es ist in höchster Eile geschrieben. Auf ein gesundes Wiedersehen grüßt Dich meine liebe Frau mit meinem lieben Kind, Dein Mann und Dein Papa.

Wiedersehen

ACHTZEHN BILDER PRO SEKUNDE

Der Tod meines Großvaters väterlicherseits kommt nicht überraschend. Obgleich er nie krank war, geht es mit ihm kontinuierlich bergab, nachdem seine Frau, also meine Großmutter, gestorben war. Es ist ein psychischer und physischer Verfall. Sein Körper krümmt sich zusehends, wird immer kleiner. Es sieht aus, als schrumpfe er von Tag zu Tag. Als gehe ihm langsam, aber sicher die Puste aus. Die Wangen fallen ein, die Augen scheinen auf Nimmerwiedersehen in den Höhlen zu verschwinden. Sein Gesicht, das sonst auch im Winter braun war, ist bleich, und die gegerbte, ledrige Haut, die an die eines Indianers erinnert, eines sozialistischen Komantschen, wirkt papieren. Sein ganzer Körper scheint nur noch aus Haut zu bestehen, die seine Knochen wie ein wallender, altmodischer Winterrock umgarnt.

Er wird immer verschlossener, kapselt sich ab, zieht sich in sich selbst zurück, redet schließlich nichts mehr und will auch auf seine Umwelt nicht mehr reagieren.

Als ich ihn das letzte Mal lebend sehe, sieht er schon aus wie eine Leiche.

»Wie geht's?«, frage ich mehr rhetorisch, da sein erbärmlicher Zustand nur zu deutlich ist. Er sieht mich an, als wäre nicht nur er, sondern auch ich von allen guten Geistern verlassen. Seine Lippen sind brüchig, seine Wangen übersät von hässlichen Altersflecken. Weiße Speichelreste hängen an den Mundwinkeln wie Vogelnester, in denen eine unbekannte Krankheit den Tod ausbrütet. Er hustet trocken, dann schließt er die Augen. Drei

Tage später und ein halbes Jahr nach Großmutters Tod ist er ebenfalls hinüber.

»Altersschwäche«, konstatiert der Arzt, als wäre es das Normalste von der Welt. Ich weiß, sein Tod ist keineswegs die Folge einer Schwäche des Alters, vielmehr mangelnde Lust auf ein Fortführen des Lebens. Oder besser: eine Verweigerung desselben.

Irgendwie kann ich ihn verstehen.

Für ihn hat es keinen Sinn mehr gemacht, sich jeden Morgen gerädert und unausgeschlafen aus dem Doppelbett zu quälen, dessen rechte Hälfte Nacht für Nacht schmerzlich und anklagend leer blieb, sich zu rasieren, die künstlichen Zähne aus dem Glas in den Mund zu schieben, um dann wahlweise im Schaukelstuhl auf den Abend zu warten, mit dem *Neuen Deutschland* auf den Knien, oder auf dem Sofa vor der Glotze und den täglichen Talkshows, bei denen die Ex dem Ex den Marsch bläst. Endlose Nachmittage und trostlose Abende mit der Aussicht, in der Nacht wieder mal kein Auge zuzubekommen, wegen der kribbelnden Beine und der anhaltenden Trauer ob des unüberwindbaren Verlusts.

Er fühlte sich seines Lebensinhalts beraubt, der kurioserweise aus der Existenz seiner Frau bestand, obwohl ihm das zur Zeit ihres Lebens nicht klar gewesen war. Erst als sie eines Morgens tot im Bett lag, erkannte er, was er mit ihr verlor. Er gab sich geschlagen, zog die Konsequenz, zwang das Leben langsam, aber sicher in die Knie und starb über Monate hinweg vor sich hin. War der Tod der Großmutter noch überraschend, was von den Verwandten und Bekannten unterstrichen wird, ist der des Großvaters die zwangsläufige Folge, das Resultat einer mathematischen Gleichung: Minus mal minus gibt plus.

Ruhe in Frieden.

Ich organisiere die Beerdigung und entrümple das Haus in Alt-Schönweide. Der Eigentümer, Sohn eines ehemaligen DDR-Flüchtlings aus dem Westen, drängt mit der bevorstehenden Sanierung.

Einen Teil, vor allem die technischen Geräte, Kühlschrank, Waschmaschine, Fernseher, Mikrowelle, Rührstab, Staubsauger und Ähnliches, verteile ich an die Nachbarn und Verwandten, die sich darüber freuen, als hätte ich einen langen weißen Bart und es wäre jetzt schon Weihnachten, mitten im Sommer. Mit dieser Großzügigkeit stoße ich aber auch auf Unverständnis. Für viele ist es unerklärlich, wie der missratene Enkel plötzlich die allzeit verschmähten Verwandten und Bekannten wiederentdeckt. Andererseits repariere ich auf ewig meinen ramponierten Ruf in Alt-Schönweide. In diesen kapitalistischen Zeiten, in denen die gutnachbarschaftlichen Beziehungen nur noch in Fotoalben nachzuschlagen sind, scheinen ein paar alte, teilweise sogar noch aus sozialistischer Produktion stammende, in mancher Hinsicht leicht beschädigte elektrische Geräte auszureichen, um die verloren gegangene Reputation zurückzuerlangen.

»Das wäre aber nicht nötig gewesen«, sagen sie und lächeln.

Pfui Deibel, denke ich und lächle ebenfalls.

Die Möbel werden von einer sozialen Einrichtung abgeholt. »Alle oder keine«, sage ich, woraufhin die Ein-Euro-Jobber unter Anleitung eines karitativen Sklaventreibers mürrisch auch die wackeligen Stühle und das durchgesessene Sofa mit einpacken. Die Klamotten gehen als Kleiderspende in die Dritte Welt. Nicht nur die Sachen von Opa und Oma finde ich in den Schränken, auch meine eigenen von damals, als ostdeutscher Steppke. Ich stelle mir vor, wie die afrikanischen Kinder in Darfur mit meinem Pionierhemd bekleidet auf der Flucht vor dem Genozid sind oder die Frauen in Omas altmodischem VEB-Style aus Polyester bei der Baumwollernte schwitzen. Den Rest werfe ich in zwei große Tonnen, die der Containerdienst mir vors Haus stellt.

Ich behalte nur drei Kartons, die ich in einem Regal im Keller finde, neben Einmachgläsern mit Obst, Pflaumen, Kirschen und Gurken. Die Kartons, auf denen mit Filzstift *Simon Ost West* steht, riechen modrig, nach leidiger Vergangenheit, nach Plaste und Elaste. Die Pappe ist an den Rändern aufgeweicht und angegammelt. Der Anblick der Kartons erinnert mich an früher, an die Kindheit, Jugend, an Ostdeutschland, Sachsen, Alt-Schönweide. Ich werfe nur einen kurzen Blick hinein und packe sie – mehr intuitiv als in dem Wissen, was ich damit anfangen soll – in den Kofferraum von Lianes Auto, das ich mir für die Fahrt von Berlin nach Alt-Schönweide geborgt habe.

Zurück in Berlin vergesse ich die Kartons im Wagen. Ein paar Tage später ruft mich eine völlig aufgelöste Liane an und erzählt, ihr Mann habe irgendwelche Filmrollen und Projektoren in ihrem Auto gefunden; ob ich, Magnus, dieselben vergessen hätte. Noch ehe die Kartons und der Transport in meinem Gedächtnis zurück sind und ich Liane ausführlich antworten, mich womöglich entschuldigen kann, sagt sie, sie habe die Kisten als Kunstwerke ihrer Galerie deklariert, woraufhin ihr Mann zufrieden gewesen sei. Sie hoffe nur, er rieche jetzt nicht den Braten, sagt Liane, als ich die Kartons noch am selben Abend aus ihrer Galerie abhole, wobei sie mich mustert, als bestünde ich aus Gammelfleisch und sie wäre ein Raubtier, vielleicht eine Hyäne, und seit Tagen ausgehungert.

Noch ehe ich einen Blick in die Kartons werfen kann, umklammert sie mich von hinten, zerrt mich auf den Boden im Lagerraum und reißt mir den Hosenstall auf. Wir treiben es, ohne uns auszuziehen, auf dem Boden neben den Kartons. Ich hebe ihren Rock hoch, schiebe ihr Höschen zur Seite und dringe in sie ein, stoße schnell und hart zu und komme nach wenigen Stößen in ihr. Diese Art von Sex mag Liane am liebsten. Im Vorübergehen, zwischen Tür und Angel, ganz spontan, mit der Attitüde der Wildheit und einem Hauch animalischer Geilheit. Nach Möglichkeit, ohne die Galerietür abzuschließen und das Schild *Komme gleich* aufzuhängen. Es ist Sex, den sie mit ihrem Mann, dem Staatssekretär einer großen deutschen Volkspartei, in frisch überzogener Seidenbettwäsche im Fünftausend-Euro-Designer-Bett *Curve* mit der aus der Natur gegriffenen Wellenform in der jüngst sanierten Villa in Grunewald Samstagabend nach der Sportschau so sehr vermisst, dass Seitensprünge in ihrem Lebensmodell einen zentralen Platz einnehmen. Natürlich weiß sie auch, dass die Gefahr, erwischt zu werden, sehr gering ist, da ihr Mann höchstwahrscheinlich seine zwanzig Jahre jüngere Sekretärin oder eine junge, strebsame Parteigenossin bumst. Hinzu kommt, dass er viel zu viel zu tun hat, als dass er sich um das geheime Liebesleben seiner Gattin kümmern könnte. Außerdem lässt sich eine intakte Ehe politisch besser instrumentalisieren als ein in sämtlichen Medien ausgewalzter Rosenkrieg.

Nachdem mein Atem sich nach der kurzen, aber heftigen körperlichen Anstrengung wieder beruhigt hat, werfe ich, noch mit mittelprächtig versteiftem Schwanz, einen Blick in die Kisten. In der ersten entdecke ich einen in Zeitungspapier gewickelten alten 8 mm-Projektor, in der zweiten eine Super-8-Kamera, in der dritten zahlreiche Filmspulen.

Was da drauf sei, will Liane wissen.

»Weiß nicht«, sage ich und sehe ihr an, dass sie mir nicht glaubt.

Ich schnalle die zwei schwereren Kisten mit dem Projektor

und der Super-8-Kamera auf den Gepäckträger meines Fahrrads; die mit den Filmspulen klemme ich mir unter den Arm.

Verschwitzt sitze ich in meinem Zimmer, rieche nach dem teuren Parfum Lianes, schalte den Projektor an und lege die erste Spule ein. Ein anderes Jahrhundert, vor dreißig Jahren, zeigt sich plötzlich verwackelt und größtenteils unscharf an der Wand.

Eine andere Welt, andere Menschen. Ich.

Ich sehe mich selbst an der schlecht verputzten, teilweise brüchigen Wand, wackelig auf den Beinen, nackt, wie ich mit einer Windel um den Arsch und weit ausgestreckten Armen auf die Kamera zuwanke. In Zellingen, im Garten meiner Eltern. Ich bin höchstens zwei Jahre alt und sehe aus wie ein taumelnder Fleischklops, der zu Boden kippt, kurz bevor er den Kameramann erreicht; ich vermute mal, es ist mein Vater. Ich liege auf dem Boden, schreie, strampele. Tonlos, aber mimisch eindrucksvoll inszeniert. Der Fleischklops scheint extreme Schwierigkeiten zu haben, wieder auf die Beine zu kommen, während jetzt eine junge Frau von der linken Seite ins Bild kommt. Meine Mutter. Sie lächelt. Das Missgeschick ihres Sohnes scheint ihr Freude zu bereiten. Sie nimmt mich in die Arme und tröstet mich vor laufender Kamera. Was ihr erstaunlich gut gelingt. Die Tränen versiegen, das tonlose Geschrei endet.

Nach drei Minuten zwanzig ist der Filmstreifen durchgelaufen. Ich spule zurück, sehe meine Mutter aus dem Bild verschwinden, den Fleischklops sich selbst vom Boden hochhieven und rückwärtsgehen. Dann wieder nach vorne, wieder zurück, immer hin und her.

Ich sitze in dem mittlerweile völlig dunklen Zimmer und habe Tränen in den Augen, nicht aus Rührung, sondern weil ich es nicht wage, sie zu schließen, um keinen Augenblick der filmischen Vergangenheit zu verpassen.

Es ist das erste Mal, dass ich meine Mutter nach ihrem Tod wiedersehe. Über dreißig Jahre ist das jetzt her. In Alt-Schönweide gab es keine Bilder von ihr. Nur von meinem Vater und mir. Im Garten beim Fußballspielen. Beim Frühstück im Kinderstuhl, ungelenk den Plastiklöffel in der Hand. Eigentlich in jedem Alter, bis ich zehn war und Vater verschwand. Die Fotos waren allesamt in einem poppigen Siebzigerjahrealbum eingeklebt, auf dem *Papa und Magnus* stand, mit Fotoecken und hauchdünnen Pergamentblättern zwischen den Seiten. Bei vielen Fotos fehlte ein Stück. Es fiel der Schere zum Opfer, geführt von meiner Oma väterlicherseits. Auf den amputierten Fototeilen waren meine Mutter oder die Westverwandten zu sehen. Meine Mutter gab es bei den Großeltern väterlicherseits nicht. Wenn von ihr geredet wurde, weil von ihr geredet werden musste, war immer nur abfällig von *Der* oder *der Westdeutschen* die Rede.

Umso heftiger trifft mich jetzt, als ich im Schneidersitz vor der Wand hocke, ihr Anblick. So habe ich sie nicht in Erinnerung. Wobei von Erinnerung gar nicht mehr die Rede sein kann. Meine Mutter wird im Laufe der Zeit immer mehr zum blassen Schleier. Zuletzt hauchdünn, nicht mehr greifbar. Ihr Gesicht verflüchtigt sich, ihre Gestalt wird zu einer bloßen Ahnung, verschwommen und nebelhaft. Ein, zwei Erinnerungen an sie sind mir noch gegenwärtig. Die Beerdigung. Ihr elendiges Sterben. Ihre Krankheit.

Jetzt tritt sie wieder in mein Leben, leicht ruckelnd, mit achtzehn Bildern pro Sekunde. Eine vergangene, neue Welt. In meiner vierzig Quadratmeter großen Wohnung in Berlin-Friedrichshain, erster Hinterhof, zweiter Stock, wirkt sie wie ein

Fremdkörper, ein Eindringling, als wäre sie die Zellinger Kassandra mit rückwärtsgewandtem Blick, erstarrt wie Lots Frau.

Die ganze Nacht hindurch schaue ich mir die Filme an. Alle. Zuerst die aus Zellingen, dann die aus Alt-Schönweide. Zuerst die mit meiner Mutter, dann die ohne sie. So lange, bis alle eins werden. Unter Zuhilfenahme von mehreren Dosen Bier, Zigaretten und Marihuana verschmelzen Ost und West. Unüberwindbar scheinende Gegensätze kommen zusammen, vereinen sich. Aus Wasser und Öl wird eine geschmeidige Melange aus Geschichte. Aus einer zerrütteten Familie, für die einen durch eine schnöde Mauer getrennt, für die anderen durch einen antifaschistischen Schutzwall, wird filmisch – binnen einer Nacht an der Zimmerwand mit den Rotweinflecken von der letzten Party – eine wiedervereinigte Familienbande, lange bevor jemand in Ost oder West auch nur zum Spaß an eine Zusammenführung denkt.

Ein Happy End im Film ist die eine Folge; hier wächst über Nacht zusammen, was nicht zusammengehört.

Schlaflosigkeit ist die andere.

Nach der Nacht vor dem Projektor finde ich trotz aufrichtigem Willen und Wollen, trotz verordneter Anstrengung, in den nächsten zwei Tagen und Nächten keinen Schlaf. Sobald ich die Augen schließe, springt der Projektor in meinem Kopf an und wirft die Bilder der Vergangenheit an meine Schädelwand, die mich glitzernd und reflektierend wie das Licht eines Stroboskops wach halten. Der Filmschnipsel-Beat lässt mich nicht zur Ruhe kommen.

Ich stehe auf, versuche mich abzulenken, putze mal wieder das Bad, schrubbe die Fliesen, mitten in der Nacht, ordne meine Bücher nach den Anfangsbuchstaben der Autoren im Regal oder beschäftige mich mit anderen völlig überflüssigen und sinnlosen Arbeiten.

Ich lege mich erneut ins Bett, stehe wieder auf, ziehe mich an und verschwinde aus der Wohnung. Lasse mich in der Nacht, es ist mittlerweile halb drei, durch die Stadt treiben.

Irgendwann stehe ich auf der Oberbaumbrücke, spucke hinunter ins Wasser. Einmal, zweimal, dreimal, bis ich mir selbst blöd vorkomme. Ich schlendere weiter zum Schlesischen Tor. Ich setze mich in eine kleine Bar, die kaum größer ist als ein Wohnzimmer und in ihrer rustikalen Einrichtung an einen britischen Raucherclub erinnert. Der kleine schwule Barmann – dem Dialekt nach stammt er aus Hessen oder der Pfalz – serviert Schnaps und Bier. Ich sehe den anderen Nachtwandlern, Opfer ihrer Schlaflosigkeit, dabei zu, wie sie versuchen, ihre Wachheit zu besiegen, meist erfolglos. Nur einem Mann am Tresen, elegant gekleidet, in meinem Alter, die Ray-Ban-Brille auf die Stirn geschoben, scheint es tatsächlich zu gelingen. Immer wieder nickt er ein, auf einen Arm aufgestützt, schlummert ein paar Minuten vor sich hin, schreckt dann plötzlich hoch und blickt sich gehetzt und verwirrt um, als wüsste er nicht genau, wo er ist und warum, um dann nach einem Schluck aus einem Weißbierglas wieder für ein paar Minuten dem Wachzustand zu entkommen.

Nach zwei Tagen rät Liane mir, zum Arzt zu gehen. Ich lehne mit müdem Lächeln ab, greife lieber auf die von ihr alternativ angebotenen Schlaftabletten zurück. Zolpidem.

»Nimm nur eine halbe«, schlägt sie vor, »das reicht.«

Ich nehme zwei ganze und schlafe zwanzig Stunden traumlos am Stück, ohne ein einziges Bild aus dem Projektor. Selbst die Bauarbeiter, die wie jeden Morgen ab sieben den Asphalt aufreißen, dass es dröhnt und rattert, oder Häuser mit Gerüsten einkleiden, dass es klirrt und scheppert, schaffen es nicht, mich aus dem Schlaf zu treiben. Als ich tags darauf am späten Nachmittag aufwache, fühle ich mich frisch und nach einer heiß-kalten Dusche wie neugeboren.

Von da an sperre ich mich regelmäßig in mein Zimmer ein, stöpsle das Telefon ab, schalte das Handy aus und verdunkle mit den Rollos die Fenster. Ich knipse den Projektor an und schaue meiner Vergangenheit zu, meist liegend und mit einem Joint zwischen den Lippen, während sich meine verloren gegangene Familie um mich versammelt, als wäre es ein Fest.

HOTEL SERDUSZKO

Was für eine versiffte Bude, dachte Magnus. Als sie in Danzig ankamen, weit nach Mitternacht, waren die meisten Hotels geschlossen, die anderen ausgebucht. Ihnen blieb nichts anderes übrig, als mit diesem kleinen, heruntergekommenen Hotel direkt am Hafen vorliebzunehmen, über dessen Eingang ein wackeliges Schild hing: *Hotel Serduszko.*

Der Portier, ein hagerer Mann mit faltigem Hals, versuchte ihnen mit Händen und Füßen und ein paar Brocken Deutsch klarzumachen, dass er nur mehr zwei Zimmer hätte. »Zwei, eins«, sagte er und dann: »Jedno, dwoje.« Dabei streckte er den Daumen, dann Daumen und Zeigefinger in die Höhe, was anscheinend Doppel- und Einzelzimmer bedeutete. Es schien, als hätte der Mann bis vor ein paar Minuten noch geschlafen. Auf der Haut seiner rechten Gesichtshälfte war ein feines Karo-Muster zu sehen, schachbrettartig, womöglich von einer Sofalehne oder einem gestickten Kissen. Ein paar Büschel des fettigen grauen Haares standen in die Höhe und zitterten, als er den Kopf schüttelte, nachdem Magnus »Zwei zwei« sagte.

»Niemozliwy. Zwei, eins, dwoje, jedno, sonst nix.« Der Portier wiederholte es, zeigte auf Magnus, Landolf, dann auf die Großmutter. »Jedno, jedno, jedno.«

Erst jetzt war sein säuerlicher Atem zu riechen, der an mangelnde Zahnhygiene und zurückliegenden Schlaf erinnerte. Er grinste, wobei seine fehlerhaften Zähne zum Vorschein kamen. Dann sagte er »Passt«.

Die Großmutter lächelte und nickte, als würden die beiden sich aus einem früheren Leben kennen.

»Passt nicht.« Magnus widersprach. Auch Landolf, der sich während des Gesprächs unauffällig und distanziert verhielt, sah jetzt aus, als wollte er leisen Widerspruch anmelden, zwar völlig übermüdet, aber dennoch.

»Und was ist mit dem Hund?« Landolf störte es weniger, mit Magnus in einem Bett zu übernachten, als mit Artur in einem Zimmer zu sein. Artur äugte zu Landolf hoch, als wollte er nicht verstehen, dass der Frater etwas gegen Hunde im Allgemeinen haben könnte und gegen ihn im Speziellen.

Magnus lächelte. »Ich fürchte, Artur hat nichts dagegen, oder?« Er strich dem Hund über den massigen Schädel, worauf das Tier winselte.

»Ich aber.«

»Dann bleibt für dich nur der zurückgeklappte Beifahrersitz. Oder willst du vielleicht, dass Oma …«

»Sag nicht immer Oma zu mir«, ging die Großmutter dazwischen. Die abstehenden Haare des Portiers wackelten wieder wie Antennen; bereitwillig zeigte er seine Zähne, als handelte es sich um das Familienbesteck aus Silber.

»Oder willst du, dass Terese mit dem Vogel und dem Hund in einem Einzelzimmer nächtigt?« Magnus betonte die Worte, als wären Terese, der Vogel, der Hund und das Einzelzimmer Gefangene in Abu Ghuraib und als stünde Landolf nicht vor einem schmuddeligen Hoteltresen in Danzig, sondern vor dem Internationalen Gerichtshof in Den Haag. Das klang eindeutig nach Vorwurf und Undankbarkeit. In Magnus' Worten waren sogar eine Spur Benedikt und Weltuntergang mit drin.

Landolf schüttelte den Kopf. Die Antennen des Portiers verharrten. Als bestünde zwischen beiden ein Zusammenhang. Die

Großmutter, zufrieden nun, fasste die Sachlage noch einmal für alle zusammen. »Wenn ihr beide mit Artur das Doppelzimmer nehmt, könnte ich mit Pupilek – der Portier grinste verstohlen – im Einzelzimmer schlafen.« Die Großmutter griff nach dem Schlüssel mit dem Metallblättchen, auf dem eine Acht eingestanzt war. Der Portier hielt den Schlüssel mit der Neun hoch, wobei wieder die Antennen an seinem Kopf empfangsbereit wackelten und sein kaputtes Lächeln ins Gesicht zurückfand. Magnus und Landolf überdachten rasch die Alternativen zu einer Nacht im Doppelbett mit einem stinkenden Hund im Zimmer und kamen zum gleichen Ergebnis. Das Auto war die schlechtere Wahl. Gleichzeitig griffen beide nach dem Schlüssel in der Hand des Portiers.

»Na also«, meinte die Großmutter. »Geht doch.«

Der Portier wünschte eine gute Nacht, drehte ab, noch ehe die drei bis zur Treppe gelangt waren, und verschwand hinter einem abgegriffenen Samtvorhang nahe der Rezeption.

Eigentlich ging es nicht. Entgegen Großmutters Annahme. Das war Landolf, vor allem Magnus klar, nachdem sie das Doppelzimmer im ersten Stock betreten hatten.

»Ach du Scheiße.«

Das Zimmer war winzig, und das Doppelbett stammte aus jenen fernen Zeiten, in denen die Menschen nicht größer als eins siebzig waren. Auf den Nachttischchen lagen Deckchen. Von irgendwelchen Urgroßmüttern noch vor dem Ersten Weltkrieg gehäkelt. Die Nachtkästchen stammten ebenfalls aus einem anderen Jahrhundert. In den Schubladen beider Nachtkästchen lagen schwarz eingebundene Bibeln. Das ganze Zimmer wirkte wie aus der Zeit gefallen, nicht nur für Magnus, auch für Landolf. Dagegen war die Klosterzelle eine modernistische Meisterleistung.

»Das ist ein bisschen zu viel des Guten.« Magnus schüttelte den Kopf und warf seine Bibel über das Bett hinweg auf Landolfs Seite, woraufhin dieser die beiden Bibeln aufeinanderlegte, was er mit »Genug ist nicht genug« kommentierte, um dann, noch begeisterter, »Davon kann man gar nicht genug haben« hinzuzufügen.

Die Matratzen waren durchgelegen, die Betten quietschten bei jeder Bewegung. Einzig die veraltete, großblütige Blumentapete an der Wand erlebte durch das gegenwärtig aufkommende Retro-Zeitalter einen nicht erwarteten Retro-Schick oder besser Retro-Kitsch. Nach Retro roch es auch. Es roch nach abgestandener Luft, Krankenhaus und Kloster. Nach staubiger Vergangenheit. Unleidlicher Historie. Nach stark belasteter deutsch-polnischer Geschichte. Mit Wasserflecken, groß und braun und in zweifacher Ausfertigung an der Decke. Der eine sah aus wie ein Nilpferd, der andere wie der Stiefel von Italien.

»Da sind Albträume vorprogrammiert.« Magnus öffnete das Fenster, als könnte mit einem Luftzug der ganze Mief davongeweht werden. Zwar schlich sich ein kühler Windhauch ins Zimmer, doch der Geruch blieb resistent. Artur schien es nichts anhaben zu können. Er legte sich wie ein Bettvorleger, der sich stilistisch nahtlos ins Zimmerambiente einfügte, auf Landolfs Seite auf den Boden, neben das Nachtkästchen mit den zwei Bibeln, und schlief sogleich ein. An der Wand hing ein Papst-Bild. Der polnische Papst natürlich. Johannes Paul der Zweite.

»Willkommen zu Hause.« Magnus zeigte auf das Kirchenoberhaupt.

Das Glas hatte einen Sprung. Der Riss zog sich vertikal über das gesamte Konterfei des Pontifex.

»Vermutlich war da jemand nicht ganz einverstanden mit der Politik und Sichtweise deines Chefs, was meinst du?« Magnus trat ganz nahe an das Bild heran. »Kondome, Schwangerschaftsabbruch, Homosexualität.«

Landolf hatte sich hinter Magnus' Rücken in das angrenzende Klo abgesetzt und urinierte plätschernd in die Schüssel, den Habit bis über den Bauch hochgezogen, sodass Magnus seine weiße Unterhose von hinten sehen konnte.

»Das Klo hat eine Tür!«, rief er, was jedoch im Spülgeräusch der Toilette unterging.

Landolf zog seinen Habit aus, legte ihn ordentlich gefaltet auf das Nachttischchen, schlüpfte, ohne Magnus eines Blickes zu würdigen, unter das Plumeau, das in einer schwer zu bestimmenden Farbe gehalten war, und löschte die Nachttischlampe neben dem Bett.

»Nacht.«

Magnus zog sich erst gar nicht aus, sondern begab sich angezogen, wie er war, auf seine Betthälfte. Er hörte Landolf atmen, den Hund, sich selbst. Die gestockte Hitze im Zimmer war unerträglich. Jetzt roch es auch noch nach alten Socken. Das Straßenlicht, gepaart mit dem Mondlicht von draußen, tauchte das Hotelzimmer in einen seltsam entrückten Schimmer, der den Papst an der Wand lebendig aussehen ließ. Auch die Wasserflecken an der Decke schienen zum Leben zu erwachen.

»Warum hast du Oma eigentlich nie besucht?« Es kam von Magnus' Seite wie aus dem schummrigen Nichts der Nacht und hing schwankend über dem Bett in der erhitzten Luft, als seien es nicht Worte, sondern eine Guillotine, direkt über Landolf. Absturzbereit.

»Ich war im Kloster.«

»Schon klar. Im Kloster, ja. Aber nicht im Gefängnis. Mir ist nicht bekannt, dass es ein Gelübde gegen den Besuch von Verwandten gibt.«

Wieder Atemgeräusche, tiefer, angestrengter, von Landolf. Auch ihm schien die Hitze zuzusetzen.

»Und deine Eltern? Warum warst du nie bei Heinrich? Bei Adele? Warum warst du all die Jahre nie in Zellingen?«

Schweigen auf der rechten Betthälfte.

»Nicht mal zur Beerdigung warst du da.«

»Woher willst du das wissen?«

»Oma.«

»Du warst doch auch nicht da.«

»Sehr witzig. Zwischen mir und Zellingen war der Eiserne Vorhang.«

»Heinrich hat sich '92 umgebracht.«

»Da hatte ich Großmutter noch nicht gefunden.«

»Dann hättest du besser suchen müssen.«

»Ha, ha. Das erklärt aber noch lange nicht, weswegen du …«

»Hör auf.«

Magnus lachte. »Ah, verstehe, wunder Punkt, was?«

Erneutes Schweigen von der anderen Seite.

»Warum hat dein Alter sich eigentlich umgebracht?«, fragte Magnus in die Stille hinein.

»Frag Terese.«

»Die Firma boomte zu der Zeit doch noch. Erst danach ging es den Bach runter.«

»Heinrich war ein Arschloch.«

»Oha. Das sind aber nicht gerade pastorale Worte.«

»Ich bin kein Pastor.«

Wieder Schweigen, jetzt von beiden Betthälften. Schließlich sagte Magnus: »Die Trikotage Braun-Broich hat dichtgemacht, wusstest du das?«

»Gott sei Dank.«

»Vielleicht auch deswegen, weil der Sprössling, der legitime

Nachfolger, der Junior, die Erbschaft, die Nachfolgerschaft ausgeschlagen hat. Warum nur?«

Landolf lachte verächtlich.

»Kein Interesse an Slips, BHs, Dessous, Hüftgürtel, Korsage, Jazzpant, Mini-Hipster, Achselhemd, Hüfthosenslip, Spaghetti-Top, hm?«

Landolf schwieg, während die verführerische Konfektionsware unter der Decke hing wie an einer Wäscheleine.

»Keine Vorliebe für Unterwäsche? Für Wäsche, die man trägt?«

»Na, du kennst dich aber aus.«

»Oder, wie es später hieß, Wäsche, die Körper und Seele erfreut. Dich nicht, was?«

»Du hättest dich weniger um Unterwäsche kümmern sollen und mehr um deine Großmutter.« Landolf klang gar nicht mehr schläfrig.

»Habe ich, mein Lieber, habe ich.«

»Aber nicht gerade nachthaltig und aufopferungsvoll, oder?«

»Ich war mehrmals im Jahr bei ihr.«

»Ja, zu Anfang. Und dann, hm? Zuletzt bist du nur noch ...«

»Du hast ja keine Ahnung.«

»Du meinst, wenn einer im Kloster ist, dann ist er aus der Welt, was?«, sagte Landolf.

»Zumindest aus meiner«, entgegnete Magnus. »Und Omas.«

»Eure Welten scheinen aber nicht viel miteinander zu tun zu haben, sonst hättest du Oma nicht nur einmal im Jahr für ein paar Stunden besucht.«

Magnus sagte nichts mehr. Landolf auch nicht. Beide dachten über die Vorwürfe des anderen nach. Und zerbrachen sich über neue Gemeinheiten den Kopf. Was auch gelang.

Während der Papst noch immer dreinschaute, als wäre er

drauf und dran, sich in den Disput der beiden einzumischen, sagte Magnus in die schmutzige Dunkelheit hinein: »Von der Unterwäsche zur Germanistik ist es ja ziemlich weit. Aber von der Germanistik zu Benedikt ist ein kaum nachvollziehbarer Sprung.«

»Für dich vielleicht. Für Dessous-Spezialisten.« Landolf lächelte verdrießlich.

»Was ist denn da schiefgelaufen?«

»Schiefgelaufen? Ganz ehrlich, das ist kein größerer Sprung als vom Bankfachmann zum kiffenden Freak, oder?«

»Bankfachmann?«

»Hat Terese gesagt«, behauptete Landolf.

»Was?«

»Sie hat gesagt, du hättest den gut dotierten Job in der Bank hingeschmissen.«

»Die spinnt doch. Ich hatte nie einen Job bei der Bank.«

»Alle spinnen, nur du nicht, was?«

»Was soll das?«

Mit einem ironischen »Schlaf gut« versuchte Landolf den erneuten Schlagabtausch zu beenden. Magnus knipste seine Nachttischlampe an und richtete sich vom Bett auf. »Also gut, ja, ich hatte einen bestens dotierten Job bei einer Sparkasse. Nicht am Schalter, sondern Investment, du weißt schon. Das Problem war der Filialleiter. Sah aus wie du, ein kleiner Dicker mit Vollbart und Halbglatze. Er war verheiratet, zwei erwachsene Kinder, beide schon aus dem Haus, aber er war scharf auf mich, verstehst du, und als er mir einen blasen wollte, habe ich ihm die drahtlose Computertastatur auf den Schädel gehauen. Platzwunde. Musste mit vier Stichen genäht werden. Pech für ihn. Und für mich. Denn da war's natürlich vorbei mit der Bankerkarriere. Klar, oder?«

Landolf hielt einen Arm über die Augen, wegen des Lichts, und rückte ein wenig von Magnus ab.

Magnus beugte sich noch weiter zu Landolfs Bettseite hinüber. »War 'n Scherz.«

»Sehr witzig.« Landolf wälzte sich zur Seite, drehte Magnus den Rücken zu.

»Gute Nacht«, sagte Magnus spöttisch, während er die Nachttischlampe löschte.

Natürlich lag er völlig daneben. Es war keine gute Nacht. Von Schlafen konnte keine Rede sein. Bei ihm zumindest. Landolf hingegen drehte sich hin und her, kam auf der Magnus abgewandten Seite zu liegen, schlief ein und fing kurz darauf zu schnarchen an. Artur schnarchte auch. Und furzte.

Magnus bekam kein Auge zu. Nach ungefähr einer Stunde, in der er sich herumwälzte und seinen Körper immer zorniger von einer Seite auf die andere schleuderte, was jedes Mal vom Knarzen der Matratze akustisch untermalt wurde, fing Landolf im Schlaf auch noch zu reden an, anfangs leise und nuschelnd, sodass Magnus ihn nicht verstand. Doch als Landolf immer lauter und deutlicher sprach, wurden Worte und ganze Satzfetzen verständlich.

»Kofferraum zu – war tot – der Kampf weiter – alles vorbei – gehen weg – es richtig – hängt ab, ob es möglich –« Und immer wieder: »Marietta.«

Magnus stand auf, stellte sich ans offene Fenster, mit einem Fuß auf dem Balkon, der andere noch im Zimmer, und zündete sich einen Joint an. Die Luft war warm, das Licht am Himmel milchig vom beinahe vollen Mond. Magnus konnte die Kräne am Hafen sehen, bleich und schemenhaft im Licht der roten Lampen, die an ihnen hingen. Wie Laternen. Mit Gesichtern darauf.

Ich geh mit meiner Laterne und meine Laterne mit mir. Dort oben leuchten die Sterne, hier unten, da leuchten wir, singt Magnus lautlos, in Gedanken, und erinnert sich an den Martinszug in Zellingen. An der Hand seiner Mutter, vorbei an der Trikotage Braun-Broich, dann an der Villa, wo Onkel Heinrich und Tante Adele auf der Terrasse stehen und dem Laternenzug zuschauen.

»Wenn ich groß bin, werde ich auch Fabrikbesitzer«, sagt Magnus und schlenkert seine Laterne, dass sie zappelt wie ein Fisch an der Angel. »Nicht so doll«, ermahnt ihn die Mutter, »sonst geht sie aus.« Sie geht nicht aus. Stattdessen kommt zu seiner Laterne eine zweite hinzu. Zusammen sehen sie aus wie die Scheinwerfer eines Wagens.

Es waren Schweinwerfer. Auf der Straße vor dem Hotel hielt ein Auto. Ein Taxi. Eine Frau stieg aus. Das Taxi fuhr davon. Die Frau blieb auf dem Trottoir stehen, unschlüssig, als hätte man sie ertappt. Bei was auch immer. Sie blickte nach oben, hinauf zum Balkon, zu Magnus. Ihr Gesicht leuchtete wie das einer Laterne. Die Laterne lächelte. Mein Licht ist aus, wir geh'n nach Haus, rabimmel, rabammel, rabumm bumm bumm.

Das Gesicht kam Magnus bekannt vor. Bei Marihuanakonsum passiert so was gelegentlich. Er lächelte ebenfalls. Das Gesicht erinnerte ihn an Audrey Hepburn. Mein Licht ist aus, wir geh'n nach Haus, rabimmel, rabammel, rabumm bumm bumm.

Mit einem Mal war die Frau verschwunden. Es war nicht ersichtlich, ob sie das Hotel betreten hatte oder dem Trottoir gefolgt war. Magnus trat nun auch mit dem zweiten Fuß hinaus auf den Balkon und bemerkte erst jetzt, dass auf dem Balkon des angrenzenden Zimmers jemand saß. Terese. Sie saß mit dem Rücken zu ihm auf einem Stuhl, bei Kerzenlicht, und hielt etwas in der Hand. Ein Blatt Papier vielleicht.

»Was macht die da?«

Magnus zuckte zusammen. Hinter ihm stand Landolf.

»Mann, hast du mich erschreckt.«

Beide lauschten gemeinsam und schauten dabei an der Tür vorbei zur Großmutter auf den Nachbarbalkon hinüber.

»Sie weint«, flüsterte Landolf.

»Ja.«

»Warum?«

»Bin ich Jesus?«, kam von Magnus.

Die Großmutter drehte sich langsam zu den beiden um. Magnus und Landolf zogen gleichzeitig die Köpfe ein, bugsierten ihre Körper hastig zurück ins Zimmer und stolperten, landeten auf dem Boden, übereinanderliegend, Magnus auf Landolf. So nahe waren sie sich noch nie gekommen.

»Aua!« Landolf zischte es mehr in sich hinein als aus sich heraus.

»Entschuldigung.«

»Mensch, pass doch auf.«

»Kann ich doch nichts dafür.«

Magnus' Gesicht lag auf Landolfs Oberarm, die Augen genau vor der geldscheingroßen Tätowierung.

»For ever! M.« Magnus las es. »Ich wusste gar nicht, dass Gott mit M anfängt.«

Noch immer lagen sie auf dem Boden des dunklen Zimmers. Von draußen schaute der fast pralle Mond herein. Die Laternen, die Gesichter.

Landolf zerrte seinen Arm unter Magnus' Gesicht hervor. »Könntest du mal bitte von meinem Bein runtergehen?«

»Mein Licht ist aus, wir geh'n nach Haus, rabimmel, rabammel, rabumm bumm bunmn.« Magnus sang jetzt wie Audrey Hepburn in *Frühstück bei Tiffany*, leise, nur für sich, und kicherte dabei, während er den Joint wie eine olympische Fackel in die Höhe reckte. Landolf stand auf, murmelte »Kiffer« und legte sich zurück auf seine Betthälfte.

»Wer ist eigentlich Marietta?«, fragte Magnus, der noch immer auf dem Boden lag und durch die Dunkelheit zum Mond blickte. Ein letzter Zug am Joint, dann warf er den Stummel aus dem Fenster. »Schläfst du schon?«

»Ja.«

»Und von was für einem Kampf laberst du im Traum?«

Von Landolfs Seite war nichts mehr zu hören. Nicht einmal Atmen.

»Hallo?«

Als Magnus sich umständlich aufrichten wollte, um nachzusehen, schien Landolfs Atem wieder einzusetzen. Er räusperte sich; dann hustete er, als hätte er sich verschluckt. Magnus zog sich am Bett hoch, beugte sich zu Landolf hinüber und schlug ihm mehrmals auf den Rücken, bis er, noch immer hustend, »Lass das!« keuchte.

Magnus glitt zurück auf den Boden. Ihm war ganz schummrig.

»Ich glaube, ich werde krank«, kam von Landolf, als der Hustenanfall zu Ende war.

Magnus kicherte. Ob es am Joint lag oder an Landolfs Ausweichmanöver, war nicht ersichtlich. »Memme!« Er schaute zur Decke und sah das Nilpferd; es hüpfte auf der Stelle, als wäre es aus Gummi. Dann schlief er auf dem Boden ein, das Nilpferd im Arm, während Landolf die ganze Nacht wach lag.

FELDPOST

Abs. Matr. Anton Schmidle, 3. Komp. 4. Marine Marschbattalion

Narviklager Truppenübungsplatz Wandern bei Frankfurt a. d. Oder Baracke 71

Sonntag den 23.7.44

Meine liebe Frau und Kind!
Will Dir mitteilen, daß wir am Donnerstag um 2 Uhr in Roosendaal abgefahren sind u. am Samstag um 1/2 9 auf dem Truppenübungsplatz bei Frankfurt an der Oder Gau Brandenburg gelandet sind. Wir fuhren über Osnabrück Bückeburg Lippe Berlin Vallersleben hier her.

Von meiner Gruppe sind es mit mir 4 Mann, ich bin der älteste davon. Ich bin überhaupt der Älteste. So einen alten wie mich gibt es in der ganzen Kompanie nicht. Das schlimmste ist daß ich zwischen lauter jungen Leut mit 18–20 Jahren geworfen wurde. Die wundern sich auch alle warum ich hier bin. Und mit ihnen ich. Je länger ich von euch weg bin, umso weniger kann ich glauben, daß alles so ist weil es so ist.

Ich hab den älteren Kameraden wieder getroffen, der mit der kaputten Lunge. Er hat gesagt, er könnt wetten, daß es bei mir wie bei ihm war. Daß ich auch angschwärzt worden bin. Wie er. Ich hab gsagt, daß ich mir das gar nicht vorstellen könnt, von wem und was. Der sagt daraufhin, daß er sich das auch nicht hätt vorstellen können. Und doch wars so.

Meine liebe Terese, mach Dir aber weiters keine Sorgen, man weiß ja heut nicht wo man am sichersten ist in der Heimat oder an der Front die Flieger können überallhin. Als wir vor Berlin waren hatten wir Fliegeralarm. Es waren feindliche Flieger.

Wie ich aus Deinem Brief ersehe hast Du die Gülle auch schon draußen das ist gut. Was macht der Arbeiter, der Pole, den dir der Heinrich? Wie kommst Du mit ihm klar? Hört er? Habt ihr schon Langholz geholt?

Liebe Terese, hast Du schon ein Gesuch machen lassen?

In der Hoffnung auf ein baldiges Wiedersehen grüßt Dich Anton.

Meine Adr. hier her heißt

Matr. Anton Schmidle 3 Komp. 4. Marine Marschbattalion Narviklager Truppenübungsplatz Wandern bei Frankfurt a. d. Oder (2) Baracke 71.

Alles andere wenn ich Glück habe im Urlaub dann mündlich auf Wiedersehn.

DIE CHEMISCHE ZUSAMMENSETZUNG DER STOFFE IM AUGENBLICK DER ZÜNDUNG

Der Tod Mariettas ist deine Eintrittskarte. Eigentlich ist es unmöglich, in so kurzer Zeit so weit in die Führungsebene vorzudringen. Aber nach Mariettas Tod ist deine Integrität gesichert. Obgleich Skepsis ein stetiger Begleiter ist. Spitzel gibt es überall. Büttel des BKA, die gegen ein paar Silberlinge den Judas imitieren. Herolds Geheimwaffe, Hurensöhne.

Du bist frei von argwöhnischen Blicken. Dir gegenüber gibt es keine Zweifel.

Auf den ist Verlass, heißt es. Der ist in Ordnung.

Ja.

Dein Hass ist glaubhaft. Deine Entschlossenheit resultiert aus persönlichem Schicksal. Kein angelesener Klassenkampf, keine akademische Entrüstung. Bei dir ist alles authentisch. Deine Rache einleuchtend, nachvollziehbar, verständlich. Dein soziales Umfeld, ein weiterer Anhaltspunkt für Erklärungen: Konservatives Milieu, Großbürgertum, stark national geprägt, mit eindeutigen Verweisen in die braune Vergangenheit. Vermutlich ergänzt sich alles, fügt sich zusammen, wird zu dem, was es ist. Auf jeden Fall nehmen sie dich auf, integrieren dich in die Gruppe und geben dir Verantwortung.

Der ist der Richtige, heißt es. Der schafft das.

Sie trauen dir etwas zu. Du bist froh darüber. Es bringt dich auf andere Gedanken. Es lenkt ab von Mariettas Tod. Gibt der Trauer einen Halt. Der Rache eine Stoßrichtung. Dem Hass einen Sinn.

Die Aufgaben sind verteilt. Jeder nach seinen Fähigkeiten, seiner Fertigkeit, der Begabung, dem Geschick. Logistik ist dein Steckenpferd. Du organisierst den Wagen, wie aus dem Ei gepellt. Die Waffen, Sturmhauben, Sonnenbrillen. Du steuerst ihn, die anderen beiden sitzen hinten. Ein Kreditinstitut auf der Schwäbischen Alb, keine fünfzig Kilometer von Zellingen entfernt ist das Ziel.

Du fährst die Straße entlang. Es regnet. Die Scheibenwischer schwenken wie Flügel von außen nach innen und wieder zurück. Quietschen dabei. Ein Wischblatt scheint nicht mehr ganz in Ordnung zu sein. Schlieren bilden sich auf der Scheibe.

Kringel als Zeichen, wie im Kaffeesatz einer Tasse. Botschaften, die du nicht entziffern kannst.

Irgendwas mit Schlange, Pfeil und Bogen. Punkt, Punkt, Komma, Strich, fertig ist das Arschgesicht.

Du hältst den Wagen am Straßenrand an, die beiden auf dem Rücksitz ziehen die Sturmhauben über, setzen die Sonnenbrillen auf, verbergen die Waffen unter ihren Jacken.

Und los!

Du schaust auf die Uhr.

Sie steigen aus, rennen über die Fahrbahn, eine Hand unter der Jacke, und verschwinden aus deinem Blickfeld.

Du bleibst zurück, im Wagen. Ohne Sturmhaube, nur mit Sonnenbrille und geladener Waffe auf dem Beifahrersitz, bei laufendem Motor. Der erste Gang ist eingelegt, der Fuß auf dem Kupplungspedal.

Du rauchst, wartest vor der Tür im Wagen, auf der gegenüberliegenden Straßenseite.

Du sitzt am Steuer, mit hochgeschlagenem Kragen, den Blick durch das Seitenfenster gerichtet. Die Scheibenwischer bewegen sich. Die Schlieren laden zu Spekulationen ein.

Hund, Katze, Maus. Ich sehe was, was du nicht siehst.

Die Kirchturmglocke schlägt.

Was ist los, denkst du, wo bleiben die denn?

Du zerbeißt dir die Lippen.

Warum kommen die nicht?

Du wirst immer nervöser, schwitzt. Der Schweiß rinnt dir die Schläfen hinunter.

So lange kann das doch nicht dauern, verdammt!

Die Glocken schlagen noch immer.

Ich sehe was, was du nicht siehst, und das ist – Simon Kaminski!

Scheiße, fluchst du in dich hinein. Das ist Simon Kaminski auf der anderen Straßenseite, auf dem Gehsteig direkt gegenüber. Der Mann deiner verstorbenen Cousine, der Vater von Magnus. Was macht der denn hier? Ist der nicht längst wieder im Osten? In Sachsen? Seit dem Tod der Cousine?

So ein Mist!

Du schaust weg. Verbirgst dein Gesicht hinter der linken Hand.

Kopf hoch, wenn der Hals auch dreckig ist. Ein Spruch deines Vaters, der dir jetzt einfällt. Ausgerechnet.

Du spreizt die Finger, spähst hindurch. Du siehst, wie er stehen bleibt, Simon Kaminski, wie er herüberguckt zu dir, wie er die eine Hand aus der Hosentasche zieht, langsam, als würde er es absichtlich verzögern.

Alles erscheint dir jetzt verlangsamt, wie in Zeitlupe. Die Bewegungen, die Blicke. Achtzehn Bilder pro Sekunde. Leben wie auf alten Super-8-Aufnahmen. Mit Schlieren, ohne Ton. Nur die Gedanken werden beschleunigt, proportional zur Umdrehungsgeschwindigkeit der Spule. Unendlich viele elektrische Impulse sorgen im Bruchteil einer Sekunde für die Ausschüttung von Neurotransmittern.

Filmschnipsel. Schnipselbilder. Bildsplitter.

Der fünfzigste Geburtstag deiner Mutter Adele im Garten der Villa. Heinrich, Johanna, Terese, Magnus, du. Die Beerdigung von Cousine Johanna auf den Friedhof in Zellingen. Heinrich, Adele, Terese, Magnus, du. Deine Firmung in der Kirche von Zellingen. Heinrich, Adele, Terese, Johanna, Magnus. Und immer wieder er, dazwischen: Simon Kaminski.

Er erkennt dich. Du weißt, dass er dich erkennt. Trotz Regen. Trotz Sonnenbrille oder vielleicht gerade deswegen.

Er hebt die Hand. Es sieht aus wie ein Gruß. Er setzt sich in Bewegung, setzt einen Fuß vor den anderen. Immer wieder. Langsam, als hätte er alle Zeit der Welt, wechselt er die Straßenseite, kommt auf dich zu.

Wo bleiben die denn?

Er bleibt stehen. Simon Kaminski. In der Mitte der Straße verharrt er.

Die anderen kommen herausgerannt. Die Sturmhauben auf dem Kopf, die Waffen in der Hand, mit vollen Plastiktüten. Sie überqueren die Straße, an Kaminski vorbei, springen in den Wagen, kurz hintereinander, von beiden Seiten, setzen sich in den Fond.

»Los, fahr!«, schreien sie. »Fahr endlich, verdammte Scheiße!«

Du gibst Gas, zu viel, lässt die Kupplung schnalzen, zu schnell. Der Wagen springt mit einem kleinen Satz nach vorne, der Motor geht aus.

Verdammt.

»Mach schon! Mach!«

Du startest den Wagen wieder, gibst erneut Gas, weniger diesmal, lässt die Kupplung kommen, dieses Mal langsamer.

Im Innenspiegel siehst du ihn, Simon Kaminski, wie er noch immer auf der Straße steht und dem Wagen hinterherblickt.

Dir kommt es vor, als bewege sich sein Mund. Als sage er etwas. Ein Wort, oder mehrere. Als rufe er dir etwas hinterher.

Punkt, Punkt, Komma, Strich, fertig ist …

Ihr fahrt. Im Innenspiegel Simon Kaminski, wie ein Strichmännchen, das immer kleiner wird.

Scheiße, schießt es dir durch den Kopf.

»Scheiße«, sagen sie und nehmen ihre Sturmhauben ab. »Muss dieser Idiot sich als Held aufspielen.«

Welcher Held?, fragst du im Stillen und riechst Schwarzpulver.

»Was ist passiert?«

»Dieses Arschloch! Dieser verdammte Idiot! Dieser Kassierer wollte die Kohle nicht rausrücken.«

»Was?«

»Dieser verdammte Schwachkopf!«

»Und jetzt?«

»Ist er tot«, kommt von der Rückbank. »Selber Schuld.«

Es regnet. Du hast noch die Sonnenbrille auf. Die Wischblätter hinterlassen noch immer Schlieren auf dem Glas.

Punkt, Punkt, Strich …

KEIN ZUFALL, MÖGLICHERWEISE

»Dein Großvater war hier in Gdańsk, bevor er nach Königsberg abkommandiert wurde.« Die Großmutter nippte an der Kaffeetasse.

»Kaliningrad.«

»Was?«

»Es heißt Kaliningrad«, korrigierte Magnus. Auch er trank einen Schluck.

»Heute ja, aber damals hieß es Königsberg.«

»Aber wir leben heute, Oma.«

»Stimmt«, mischte Landolf sich ein, »aber Terese erzählt von der Vergangenheit. Und da hieß es Königsberg.«

»Danzig.«

»Was?«

»Dann heißt es auch Danzig und nicht Gdańsk.« Magnus verbesserte wieder.

»Was seid ihr für Korinthenkacker.«

Landolf und Magnus sahen sich an. »Ob Danzig oder Gdańsk, Anton war auf jeden Fall hier. Er wurde mit seiner Kompanie hierhergeschickt. Und ich hockte in Zellingen herum, mit Johanna. Sie war gerade mal ein Jahr alt, hatte Fieber und bekam Zähne. Im Frühjahr '44 wurde er eingezogen. Da war er schon siebenunddreißig. Wir hatten einen großen Bauernhof, ein kleines Kind, und Anton war krank. Er war nicht kriegstauglich, das wussten sie. Deshalb hatten sie ihn Jahre zuvor schon ausgemustert. Aber dann haben sie ihn doch noch geholt.« Sie verstummte, zog an ihrer Zigarette. »Er wurde denunziert.«

»Was? Von wem?« Magnus ließ seiner Verwunderung freien Lauf.

»Weiß nicht. Von irgendjemand im Dorf.«

Landolf hustete. Diesmal klopfte ihm die Großmutter auf den Rücken, wobei Magnus an die Tätowierung auf Landolfs Oberarm denken musste.

»Geht's wieder?«

»Geht.«

»Sein letzter Brief kam am 23. September '44. Er schrieb, er läge im Schützengraben, im Schlamm an der Narva-Front. Über ihm surrten die Bomben. Zweitausend Kilometer von zu Hause entfernt. Ein Bauer im Schützengraben mit Sturmgewehr. Zum ersten Mal fragte er nicht, wie es daheim ginge. Zum ersten Mal fragte er nicht nach der Ernte, den Kartoffeln, den Hasen, dem Vieh und was das Wetter macht. Er schrieb in diesem Brief nur von sich, von der durchnässten Uniform, den durchlöcherten Schuhen und den zerfetzten Körpern um ihn herum, den toten Kameraden, die aussähen, als seien sie durch den Fleischwolf gedreht worden. Er schrieb von seinem blutigen Auswurf, von den Läusen und Flöhen, die an ihm nagten. Und die Motten in ihm.«

»Die Motten?«

»Schwindsucht. Morbus Koch. Er hatte Tuberkulose, schon öfter in seinem Leben. Kurz bevor er eingezogen wurde, war es sogar richtig schlimm. Die Anfälligkeit gegen TB hatte er von seiner Mutter. Seine Großmutter hatte es auch. Und später dann Johanna.«

Wieder hustete Landolf. Magnus warf ihm einen Blick zu, als hätte *er* jetzt die Motten.

»Ich habe immer gehofft, er schafft es. Dass er zurückkommt.

Zu mir und Johanna. Warum nicht, habe ich gedacht. Viele kamen zurück. Noch viele Jahre nach dem Krieg. Aus der Gefangenschaft, aus Russland, Amerika, vom anderen Ende der Welt. Warum nicht er, sagte ich mir, warum nicht?« Sie drückte die Zigarette in einem Aschenbecher aus, klopfte sich sogleich eine weitere aus der Schachtel.

»Der allerletzte Brief, den ich bekam, war dann nicht mehr von ihm. Er war von seinem Zugführer, dem Gruppenführer, vom Wehrmachtskommando.«

Sie schloss die Augen. Die Augenlider zitterten.

»Als Kompanieführer erfülle ich heute die traurige Pflicht, Ihnen mitzuteilen, dass Ihr Gatte, SS-Panzergrenadier Anton Schmidle, seit dem 24. September 1944 vermisst wird. Die Kompanie hatte an dem betreffenden Tage den Auftrag, die Absetzbewegungen des Bataillons an der Lemmebrücke (Estland) zu sichern. Durch überraschend geführten feindlichen Angriff mit starken Panzer- und Infanteriekräften wurde die Kompanie abgeschnitten und versuchte, sich zu Fuß zur eigenen Truppe durchzuschlagen. Ihr Gatte wurde dabei von der Kompanie getrennt und ist bis heute nicht zurückgekehrt. Die Dienststelle ist bemüht, weitere Einzelheiten über den Verbleib Ihres Gatten in Erfahrung zu bringen. Sobald die Nachforschungen Genaues ergeben, werden Sie umgehend von der Kompanie benachrichtigt. Ich grüße Sie mit aufrechtem Mitgefühl, J. Hellmess, SS-Obersturmführer und Kompanieführer.«

Sie schlug die Augen wieder auf, steckte sich die Zigarette zwischen die Lippen und zündete sie an.

»Seitdem ist er verschwunden.«

Sie saßen am Tisch im Frühstücksraum des Hotels Serduszko, der stilistisch dem Hotelzimmer ähnelte. Zweifellos war hier derselbe unbegabte Innenarchitekt am Werk gewesen. Der Portier servierte Brot, Kaffee, Marmelade, Wurst und Käse. Er sah genauso aus wie noch vor ein paar Stunden. Wieder standen einzelne Haarbüschel in die Höhe. Nur das Karomuster auf seiner rechten Gesichtshälfte war verschwunden. Unterstützt wurde er von einer Frau, die ungefähr in Landolfs Alter sein musste und immer wieder aus der Küche in den Gastraum kam. Sie hatte einen nachlässig gefärbten roten Pagenschnitt, bei dem am Ansatz deutlich das nachwachsende graue Haar zu sehen war. Ihr Gesicht war nicht unattraktiv, aber ziemlich verlebt und glänzte unnatürlich. Sie trug einen schwarzen Rock, der knapp über den Knien endete und ihrem prallen Hintern die Form eines reifen Apfels verlieh, der jeden Moment aus der stofflichen Ummantelung zu explodieren drohte. Um die Taille war ein kleiner neckischer Schurz gebunden, mit Stickereien, weiß auf weiß. Ihren Oberkörper kleidete eine etwas zu enge weiße Bluse. Die Brustwarzen waren deutlich unter dem Stoff zu erkennen, was Magnus sofort auffiel. Höchstwahrscheinlich war es seinem Faible für Brustwarzen geschuldet. Landolf schien sich nicht dafür zu interessieren oder erweckte zumindest den Eindruck, als würde er die Nippel gar nicht bemerken. Die Großmutter zwinkerte Magnus zu, als wüsste sie Bescheid.

»Jajo?«, fragte der Portier. Als weder die Großmutter noch Landolf oder Magnus reagierten, meldete sich die Bedienung zu Wort. »Spiegeleier?«, fragte sie. Was dem Portier nicht recht zu sein schien. Magnus nickte, Landolf nickte, die Großmutter schüttelte den Kopf. Artur, unter dem Tisch liegend, klopfte mit dem Schwanz mehrmals auf den Boden.

»Jedno, Jedno.« Daumen und Zeigefinger des Portiers schossen aus seiner Faust und zeigten bedrohlich in die Luft. Er lachte. Die Bedienung ebenfalls. Beide verschwanden wieder in der

Küche. Magnus und die Großmutter blickten ihnen hinterher, während Landolf auf seinen Teller starrte.

Die Großmutter wollte nicht nur keine Spiegeleier, sie aß überhaupt nichts. Dafür trank sie umso mehr Kaffee und steckte sich eine Zigarette nach der anderen an, was Landolf mit einem bösen Blick quittierte und Magnus zu freuen schien.

»Als Anton an der Front war, war ich alleine für den Bauernhof verantwortlich. Das war nicht leicht. Kartoffelernte. Getreideernte. Stroh, Heu einfahren. Dein Vater, Onkel Heinrich, unterstützte mich ab und an. Er überließ mir ein paar Arbeiter aus seiner Fabrik. Es gab auch noch einige Polen bei ihm. Ich bekam schließlich einen für die Erntearbeit. Da ging es dann besser.«

»Spiegeleier.« Die Bedienung stellte zwei Teller mit jeweils drei Spiegeleiern auf den Tisch. Sie beugte sich ein wenig nach vorne, sodass eine durch den Stoff stechende Brustwarze Magnus beinahe an die Nasenspitze tippte. Artur regte sich unter dem Tisch und wollte aufstehen.

»Bleib«, zischte die Großmutter. Artur überlegte es sich anders und blieb liegen.

»Gute Appetit.« Die Bedienung stand neben dem Tisch. »Wünschen etwas noch Herrschaften?« Sie sprach ganz passabel Deutsch, fast ohne Akzent. Magnus wunderte sich darüber. Landolf wiegte anerkennend den Kopf, während die Großmutter »Nie dzięki« antwortete.

Die Bedienung grinste über die komplette Breitseite ihrer glänzenden Wangen und machte sich wieder auf den Weg zurück in die Küche.

»Eine Kanne Kaffee«, rief die Großmutter ihr hinterher. Artur zog unter dem Tisch den Schwanz ein.

Magnus machte sich über das Spiegelei her. Landolf stocherte lustlos darin herum, aß nur gelegentlich eine halbe Gabel voll.

»Warum musste Braun-Broich eigentlich dichtmachen?« Magnus fragte es mit vollem Mund, woraufhin Landolf sich am Spiegelei verschluckte. Wieder klopfte die Großmutter ihm auf den Rücken, als wäre es eine Djembe und der Habit ein Ziegenfell. Arturs Schwanz pochte zur Begleitung auf den Boden.

»Die Auftragslage brach ein. Ein Großkunde fiel weg«, sagte die Großmutter, während glibberige Eireste aus Landolfs Mund auf den Teller fielen.

»Und das reicht?«

»Das reicht«, sagte Landolf. Wobei sich die Frage stellte, ob er das Klopfen oder das Wegbrechen des Großkunden meinte. Er wischte sich mit einer Serviette den Mund ab, zerknüllte das Papiertuch, warf es auf das nahezu unangetastete Spiegelei und schob den Teller von sich.

»Braun-Broich hat für die Bundeswehr produziert«, mischte Landolf sich jetzt in das Frühstücksgeplauder ein, begleitet von ausklingendem Husten. »Socken, Unterhosen, T-Shirts. Seit den Fünfzigerjahren. Seit der Wiederbewaffnung. Die Dessous waren eher ein Nebenzweig. Das Hauptgeschäft waren Klamotten fürs Militär.«

»Na, du kennst dich aber aus.« Magnus sagte es, als wäre es ein Zitat. War es auch. Er blickte zu den verschmähten Spiegeleiern Landolfs und überlegte, ob er sie nicht auch noch vertilgen sollte.

»Und die ist weggebrochen.«

»Wer?«, fragte Magnus, noch ganz den Spiegeleierganglien verhaftet.

»Die Bundeswehr, der Großkunde.«

»Warum?«

»Die alten Seilschaften rissen.«

»Was für Seilschaften?« Während Magnus versuchte, Landolf

und den Seilschaften zu folgen, hustete jetzt die Großmutter, sodass Artur unter dem Tisch unruhig wurde und vorsichtig den Kopf darunter hervorschob. Landolf und Terese blickten einander an, als befände sich auch zwischen ihnen eine Seilschaft.

»Von früher«, erklärte die Großmutter und fragte dann in völlig verändertem Ton: »Wollt ihr noch was?«

»Nein.« Landolf schob den Teller mit den Eiern noch weiter von sich.

»Aber du musst deine Arznei nehmen.«

»Nicht nötig.«

»Oh doch!«

»Geht das schon wieder los.« Magnus kramte die Medikamentenschachteln aus seiner Kunstlederjacke und drückte die Tabletten aus dem Packungsstreifen auf eine der Untertassen. Die bunten Pillen hoben sich deutlich vom weißen Porzellan ab. Sie sahen aus wie entzündete Augen.

»Na los, mach schon.« Arturs Kopf verschwand wieder unter dem Tisch. Großmutter setzte die Untertasse an der Unterlippe an und kippte sämtliche Pillen auf einmal in den Mund.

»Bravo.«

Sie spülte mit Kaffee nach. Zumindest tat sie so. Dass Großmutter dabei die Pillen aus dem Mund in die Kaffeetasse rutschen ließ, bemerkten weder Magnus noch Landolf. Wobei beide es hätten ahnen können, weil die Großmutter hernach die halbvolle Tasse nicht mehr anrührte. Die Bedienung tauchte am Tisch auf und räumte vornübergebeugt die Teller ab.

»Was ist jetzt mit den Seilschaften?« Magnus zündete sich eine Zigarette an, gab auch der Großmutter Feuer, in deren Mundwinkel ebenfalls eine Kippe steckte. Omas desinteressierter Gesichtsausdruck und Landolfs nicht minder gelangweilte Miene hinterließen bei Magnus den Eindruck, dass beide über die kleine Ablenkung mit den Pillen ganz dankbar gewesen waren; so wie es aussah, wollten sie auf keinen Fall den Faden des Gesprächs wiederaufnehmen.

»Von früher?« Magnus ließ nicht locker.

»Ehemalige Angehörige der Waffen-SS«, platzte es aus Landolf hervor. »Laut einem Bundestagsbeschluss von 1956 konnten SS-Leute bis zum Rang eines Obersturmbannführers mit ihrem alten Dienstgrad in die Bundeswehr übernommen werden.« Er schien ins Stocken zu geraten. »In der Bundeswehr wimmelte es von ehemaligen Nazis.« Die Großmutter rauchte unbeteiligt. Von Artur war nichts mehr zu hören.

Landolf holte Luft und ergänzte, fast wie nebenbei: »Heinrich war ein Nazi.«

»Landolf!« Großmutters Desinteresse war dahin.

»Das weißt du ganz genau, Terese. Heinrich war nicht nur in der NSDAP, frühzeitig, noch vor '33, er war auch SA-Mann und Ortsgruppenleiter in Zellingen. Ohne den ging in Zellingen gar nichts. Nur wollte es nach dem Krieg keiner mehr wissen. Und sagen auch nicht. Schwamm drüber.« Es sprudelte nur so aus Landolf heraus. »Aber die Seilschaften funktionierten auch danach noch. Überall. Die ranghöchsten Generalleutnants in der neuen Bundeswehr hatten eine braune Vergangenheit. Ende der Fünfzigerjahre waren mehr als zehntausend Wehrmachtsoffiziere in der Bundeswehr, über dreihundert waren bei der Waffen-SS, und alle Generale der Bundeswehr waren ehemalige Wehrmachtsgenerale. Da konnte man Netze knüpfen bis zur Vergasung! Auch in der Trikotage. Es wurden eben keine Wehrmachtssocken mehr produziert, sondern Bundeswehrhosen.«

Die Großmutter starrte vor sich hin, während Landolf nach der Bedienung Ausschau hielt. Magnus hingegen versuchte Landolfs Worte zu begreifen und richtig einzuordnen, wobei er sich ziemlich schwertat.

»Und in den Neunzigerjahren brachen die alten Kontakte weg?«

»Kann man so sagen. Zum Teil besorgte das biologische Ende, was die Nachkriegsgesellschaft nicht geschafft hatte.«

»Und Heinrich?«

»Hat es nicht verkraftet. Sein Betrieb ging den Bach runter. Da hat er sich aufs Gleis gelegt, IC von München nach Stuttgart um 23 Uhr 12 …« Landolf schlug mit der flachen Hand auf den Tisch. Der Aschenbecher hüpfte auf der Stelle. Artur bellte, und die Großmutter zuckte zusammen.

Magnus stand auf und ging aufs Klo. Kaum war er weg, klingelte sein Mobiltelefon in der Kunstlederjacke über dem Stuhl.

»Na, geh schon ran«, sagte Terese, als das Handy nicht aufhören wollte, und stieß Landolf in die Seite. Der griff mehr wider- als freiwillig in die Jackentasche und hielt sich das Handy ans Ohr.

»Ja?«

»Wo bist du, verdammt noch mal? Warum meldest du dich nicht?« Es war eine zornige, beinahe hysterische Frauenstimme, deren Worte aus dem kleinen Telefon schwappten. »Hallo? Magnus. Sag was, verdammt! Du kannst doch nicht einfach so …«

Magnus war zurück. Worüber Landolf das erste Mal froh zu sein schien.

»Für dich.«

Magnus riss ihm das Handy aus den Fingern, hielt es sich ans Ohr und drehte sich vom Tisch weg. »Ja. Nein. Ich bin noch immer bei Oma. Oma geht es gar nicht gut. Ein paar Tage, ja. Ich dich auch.« Er legte auf und setzte sich wieder neben die beiden.

»War sie das wieder?« Die Großmutter grinste.

»Hm.«

»Wer?«

»Deine Freundin.«

»Liane«, sagte Landolf.

»Nee, Marietta«, entgegnete Magnus.

»Du hast doch keine Ahnung.«

»Hört auf.«

Der Portier schlich um den Tisch, lächelte hinterhältig und druckste herum, als läge ihm irgendetwas Bedeutsames auf dem Herzen.

»Können wir Ihnen helfen?«, fragte Landolf, ganz der Seelsorger.

»Przepraszać – ähm, Sie verzeihen – Schwester …«

Magnus lachte. »Bruder«, flüsterte er.

»Schwester – Gronowo – jedno, jedno, jedno.« Der Portier zeigte auf die Großmutter, Landolf und Magnus. »Jedno.« Dann auf die Bedienung, die an der Tür zur Küche stand und das gleiche Lächeln wie der Portier zeigte.

»Was?«

»Kaliningrad?!«

Die Bedienung schob sich mit Trippelschritten Richtung Tisch. Sie stand direkt hinter dem Portier. Da sie ein wenig größer war als er, blickte sie an den abstehenden Haarbüscheln vorbei zu Landolf.

»Sie verzeihen«, sagte sie im Rücken des Portiers. Der erschrak und zuckte zusammen. Seine Miene verfinsterte sich.

»Meine Bruder sprechen sehr schlecht.«

»Aber nein, nein, nein, er spricht …« Landolf, wieder ganz der entgegenkommende Seelsorger, versuchte zu relativieren. »Sehr gut, doch, doch.«

»Nein.« Die Bedienung unterbrach Landolf, woraufhin der Portier abermals zusammenzuckte, heftiger noch als zuvor, und seine Miene ähnlich düster aussah wie in der Nacht an der Rezeption. Die Schwester lächelte; ihre Wangen glänzten, als wären es polierte Pfirsiche, zartrosa. Magnus musste an Schwester Ana denken.

»Sie nach Kaliningrad fahren?« Die drei waren überrascht. »Nach Königsberg?«

»Ja.«

»Sie verzeihen, habe ich gelauscht, nur bisschen. Dann, Sie kommen über Gronowo.«

»Gronowo?«

Der Portier schlich sich mit leisen Trippelschrittchen im Rücken der Schwester in Richtung Küche davon. Die Schwester stand mit knetenden Händen, durchgedrücktem Rücken und folglich herausgestreckter Brust vor dem Tisch, als wollte sie vor Landolf die Beichte ablegen. Magnus starrte auf die Brustwarzen, die ihm noch spitzer erschienen als zuvor, bis die Großmutter ihn unauffällig in die Seite stieß.

»Das ist Dorf an Grenze zu Kaliningrader Land. Wenn nach Kaliningrad Sie fahren, dann Sie *müssen* durch Gronowo.«

»Ach ja.«

»Tak. Ja.«

»Und?« Der Großmutter schien der Auftritt der Schwester immer weniger zu behagen.

»Könnte mit, ich?«

»Was?«

»Ich zu Tante muss. Tochter von Tante, kumoszka, ähm, Base von mir ist gestorben. Einer muss hin, zu Beerdigung von uns. Meine Bruder …« Sie sah sich um; der Bruder war verschwunden. Sie fluchte leise auf Polnisch, lächelte wieder. »Meine Bruder, hier bleibt, ich auch, am liebsten. Aber, heute Morgen, sie hat gerufen mich, wenn nicht komme ich, dann Teufel mich soll holen. Und da jetzt nach Kaliningrad Sie gehen, ein Wink von Himmel. Und bożek, ähm – Gott.« Sie schaute Landolf vertraut an, als würde sich zwischen ihr und ihm auch eine Seilschaft bilden. »Sie verstehen?«

Landolf nickte, die Großmutter nickte. Nur Magnus schüttelte den Kopf.

»Das geht nicht, wir sind voll, verstehen Sie, das Auto. Wir haben keinen Platz mehr.«

»Klar geht das.« Die Großmutter schaute entschlossen in die Runde, mit einem entlarvenden Seitenblick zu Magnus. Sollte heißen: Nur weil du ein Problem mit ihren Warzen hast, heißt das noch lange nicht, dass die Frau zu Fuß gehen muss. »Stimmen wir ab. Wer ist dafür?«

Großmutters und Landolfs Arm schossen nach oben.

»Wer dagegen?«

Niemand hob den Arm.

»Enthaltungen?«

Magnus hob eingeschüchtert die Hand, die Augen auf Artur unter dem Tisch gerichtet. Landolf lachte.

Erst als sie das Hotel verließen, bemerkte Magnus, dass außer ihnen kein Gast mehr im Frühstücksraum saß, obwohl das Hotel doch angeblich ausgebucht war. Und noch etwas fiel ihm auf: die vielen Schwarz-Weiß-Fotos an der Wand, gerahmt hinter Glas. Filmausschnitte. Standfotos aus Kinofilmen. Porträts von Regisseuren und Schauspielern.

»Andrzej Wajda.« Magnus war erstaunt. »Das gelobte Land.«

»Daniel Olbrychski und Kalina Jędrusik«, ergänzte die Bedienung, die mit einem Koffer und ohne Schurz neben ihm stand.

»*Messer im Wasser*. Roman Polanski.«

»Wer ist das?« Magnus zeigte auf zwei Schauspieler, jung und schön, die auf einem Segelboot saßen. »Leon Niemczyk und Jolanta Umecka.«

»Und das hier ist?«

»*Przypadek*, deutsch *Der Zufall, möglicherweise*.« Sie tippte auf das Gesicht hinter dem Glas. Es war das Gesicht eines alten Mannes, der den Kopf auf eine Hand gestützt hatte, mit brennender Zigarette zwischen den Fingern. »Krzysztof Kieslowski, mein Liebling.«

Sie warf ihrem Liebling einen Kussmund zu. Was in Magnus' Augen erotisch aussah. Er betrachtete nicht den polnischen Filmregisseur, sondern – heimlich im spiegelnden Glas – die polnische Bedienung, wobei ihm ein wohliger Schauer über den Rücken lief.

»Woher wissen Sie das alles?«, fragte Landolf, der ihr den Koffer abnahm.

»Meine Mutter, sie auch war Schauspielerin, in Polen, leider jetzt tot. Und ich, ich liebe Film, seitdem.«

»Ich auch«, meinte Magnus. Auch als Replik auf Landolfs Kofferträgerdienste.

»Dann wir haben viel gemeinsam.«

FELDPOST

Abs. Grenad. Anton Schmidle 3. Komp. 4 Marschbattalion Truppenübungsplatz Nord Hammerstein in Pommern (4)

Hammerstein

Meine liebe Frau mit Kind!
Will Dir schnell ein paar Zeilen schreiben. Es geht mir gut was ich auch von Euch allen hoffe.

Wir sind gestern früh in Hammerstein auf dem Truppenübungsplatz in Pommern gelandet. Was weiters mit uns gemacht wird weiß ich nicht u. wie lang wir hier sind ist auch unbekannt.

Mir ist das Essen hier etwas knapp. Ich hatte sonst immer zur Genüge Brot aber hier muß ich recht sparsam umgehen damit. Schicken kannst du mir aber nichts denn wir können in 8 Tagen schon wieder woanders sein.

Der ältere Kamerad mit der kaputten Lung mußte ausrücken. Er ist jetzt an der Front. Und ich glaub, daß er recht hat. In Zellingen hat mich jemand auf dem Gewissen. Sonst wär ich nicht hier. Mich hat einer anzeigt. Deswegen haben sie mich eingezogen. Ich hab was gsagt, was dem nicht gepaßt hat. Wer? Fragst du jetzt. Ja, wer?

Liebe Terese, wir hatten ja diesmal noch Glück gehabt, denn wir sollten nach Osten an die Narvafront oben bei Estland kommen u. dort als Ersatz eingesetzt werden. Jetzt sollen wir von der SS als Ersatzheer übernommen werden. Wir sollen hier 4–5 Wochen SS Ausbildung haben. Nun das geht ja auch vom Krieg ab. Auf jeden Fall ist es besser als wenn wir bei Narva eingesetzt worden wären, da soll es nicht gut hergegangen sein.

Liebe Terese schicke mir sofort ein kleines Päckchen aber nur Sachen die sich gut halten im Fall daß wir wegkommen u. es wieder retour geht, etwas Rauchfleisch u. Süßstoff wenn Du bekommen kannst. Seit 2–3 Tagen sind meine Gedanken immer zu Hause es ist mir gerade wie wenn etwas nicht in Ordnung wäre.

Liebe Terese, frag Heinrich ob er Dir nicht ein paar Arbeiter abstellen kann. Wie steht es mit den jungen Schweinen hast du schon welche gekauft? Bei uns ist wirklich herrliches Wetter mehr heiß als warm. Wie ist es bei Euch?

Ich sehe mit Urlaub sehr schwarz, glaub nicht daß es dieses Jahr noch was wird. Sagen kann man ja gar nichts. Bei Euch wird bald die Ernte sein u. ich bin hier u. kann Dir nicht helfen, schaffe wie es geht ich kann bei bestem Willen nichts ändern.

Es grüßt Euch alle recht herzlich
Anton

GÄNSEBRATEN IN GRONOWO

Die Bedienung, Ewa hieß sie, Landolf und die Großmutter saßen auf der Rückbank. Der Vogel im Käfig auf Landolfs Schoß. Artur hatte sich wie immer auf dem Beifahrersitz niedergelassen. Es war unmöglich, ihn in den Kofferraum zu verfrachten. Magnus fuhr. Im Radio spielte polnische Popmusik. Das Navi redete ab und zu dazwischen.

»Meine Mutter hat gespielt in viele Filme. Vor allem bei Wajda, auch bei Kieslowski. Bei allen großen Regisseuren in Polen. Immer ich war bei Dreharbeiten dabei. Ich und meine Bruder manchmal. In Warschau, Łodź, überall. Während Mama spielte, ich saß auf irgendeinem Schoß, meistens bei Frauen von Maske.«

Ewa erzählte, und die polnische Popmusik untermalte es. Landolf hörte aufmerksam zu und nickte gelegentlich; die Großmutter rauchte oder häkelte, manchmal beides gleichzeitig, und Magnus' Blicke pendelten zwischen Fahrbahn und Innenspiegel.

»Mach mal leiser.« Landolf sagte es von hinten, woraufhin Magnus die Popmusik ganz abstellte.

»Einmal, meine Mutter hat gespielt bei Film. Es war *Krajobraz po bitwie, Landschaft nach der Schlacht,* von Andrzej Wajda, kleine Rolle. Ich war schon alt, elf, zwölf, und sie hat kennengelernt Schauspieler aus Deutschland. Meine Mutter, vorher, sie hatte viele Liebhaber. Ausschweifendes Leben. Dann nicht mehr, als sie hat verliebt sich in diesen Schauspieler. Und, wollte sie weg, mit ihm, aus Polen, in Westen. Aber, nichts zu machen.« Auch Ewa schob sich eine Zigarette zwischen die Lippen. Landolf gab ihr Feuer.

»Ist Problem für Sie?« Sie deutete auf die Zigarette. »Ich meine wegen Rauch ...« Landolf schüttelte den Kopf. Magnus grinste im Innenspiegel. Die Großmutter sagte nichts.

»Das ist in Leben von meine Mutter wie in Film von Wajda. Da, das junge Mädchen Nina will weg, mit Tadeusz, ein Mann, sehr gebildet, sehr klug und schön. Sehr schön. Der aber nicht kann entschließen sich, dann, sie wird erschossen, aus Zufall, blöder Zufall.« Sie zog an ihrer Zigarette, blies den Rauch zur Wagendecke hoch. »Sie, wollen auch?«

Sie hielt Landolf die Zigarette hin.

»Nein, nein, ich rauche nicht.«

»Noch nie?«

»Doch, doch, früher.«

»Als Sie noch nicht Patres?«

»Genau.«

»Was Sie waren, als Sie noch nicht Kirchenmann?«

»Nichts.«

»Nichts?« Ewa war erstaunt. »Das aber nicht viel.«

»Das ist verdammt wenig«, sagte Magnus, woraufhin alle lachten. Auch Landolf. Die Großmutter verlor wieder eine Masche, was ihr einen Fluch entlockte.

»Aber jetzt, Sie sind viel, ganz viel.«

Landolf schüttelte den Kopf. »Nein, das täuscht.«

»Jetzt, Sie sind heiliger Mann.«

»Quatsch.«

Magnus lachte. »Na ja, so heilig auch nicht.«

»Davon hast du doch keine Ahnung«, entgegnete Landolf.

»Gott sei Dank nicht.«

Herausfordernde Augen im Innenspiegel und ein seliges Lächeln auf dem Gesicht der Großmutter. Die verlorene Masche war gefunden; es konnte weitergehen.

»Meine Mutter nicht wurde erschossen, aber Freund ist gegangen, und sie musste bleiben. Auch ich. Darüber sie war sehr unglücklich. Auch ich. Aber nicht, weil nicht weg wir konnten, sondern weil Mutter so traurig. Furchtbar traurig.« Ewa schien ebenfalls traurig zu werden. Auch Landolf. Magnus' Augen verschwanden aus dem Spiegel. Nur die Großmutter behielt ihr Lächeln.

»Dann, sie krank geworden. Sie getrunken, viel und immer mehr, und dann sie gestorben. Ich war dreizehn. Dann, ich bin zu Onkel, zu Bruder von Mutter in Hotel. Und als gestorben der, ich und meine Bruder, wir haben übernommen Hotel. Und da, ich bin heute noch.« Sie nahm einen Zug von ihrer Zigarette, blies den Rauch wieder in die Luft, wo er Kringel bildete. Kugel, Kegel, Ellipse.

»Schön.« Landolf schaute erst den Kringeln hinterher, bis sie an der Wagendecke zerplatzten, dann an der Kopfstütze vorbei zur Windschutzscheibe hinaus und erblickte eine Heerschar weißer Gänse. Hunderte watschelten auf der Straße – inzwischen vielmehr ein staubiger Feldweg – dahin und blockierten die Fahrbahn.

»Mist.«

»Nicht Mist, halten an Sie, wir steigen aus.«

Magnus hielt an. Ewa sprang aus dem Wagen und rannte den Gänsen hinterher. Es sah aus, als versuchte sie, eine von ihnen einzufangen. Was ihr aber nicht gelingen mochte.

»Na los, kommt, Sie müssen helfen mir!«

Landolf stieg ebenfalls aus und machte sich auf die Verfolgung der schnatternden Gänse. Es sah komisch aus, wie der Frater in seinem schwarzen Habit umständlich nach den flügelschlagenden Vögeln schnappte und doch keinen zu fassen bekam.

»Magnus, komm«, rief Ewa. »Schnell, komm!« Sie fuchtelte in der Luft herum, als ginge es nicht um eine lustige Gänsejagd, sondern um Leben und Tod. Magnus blieb nichts anderes übrig, als ebenfalls auszusteigen und den Gänsen hinterherzurennen, anfänglich ein wenig lustlos, dann immer begeisterter. Gebückt, mit ausgestreckten Armen, versuchten die drei wenigstens einer der Gänse habhaft zu werden. Die Gänse waren flinker als gedacht. Sobald einer der drei nach ihnen griff, schlugen sie Haken wie Hasen oder flatterten hoch.

»Na los, streng dich mal an«, rief Landolf. Höchstwahrscheinlich, um von sich selbst abzulenken.

»Wie die Kinder.« Großmutter steckte sich eine Zigarette an und verfolgte die Gänsejagd belustigt durch das geöffnete Seitenfenster, als wäre es der Bildschirm ihres Fernsehers im Seniorenheim. Artur fiepte aufgeregt, sprang auf den Vordersitzen hin und her und schlug mit dem Schwanz gegen das Armaturenbrett.

Magnus strengte sich nun tatsächlich an. Auch Landolf gab sein Bestes. Die neu entdeckte Jagdleidenschaft der beiden schien eindeutig mit der polnischen Bedienung zu tun zu haben. Zumindest aus Großmutters Perspektive sah es so aus, als wollten die beiden Ewa imponieren.

»Balzverhalten«, murmelte Terese, die aus der Distanz des Fensterplatzes die Situation am besten einzuschätzen vermochte.

Magnus und Landolf liefen zur Hochform auf, drängten nun gemeinsam eine Gans mit ausgebreiteten Armen in die Enge, kreisten sie breitbeinig ein, als wären sie indianische Tänzer aus Paraguay, wobei Magnus sich im Hechtsprung im Stile eines

Winnetous auf das Tier warf und es unter sich begrub. Landolf, ebenfalls horizontal hingestreckt auf dem Boden, bekam die Flügel der Gans zu fassen und zog sie unter Magnus hervor.

»Ich hab sie, ich hab sie!« Landolf rief es aufgedreht, als hielte er keine schnatternde Gans fest, sondern den Heiligen Gral. Was der Gans gar nicht gefiel, Gral hin oder her, sodass sie wild mit den Flügeln schlug. Auch Magnus war außer sich vor Freude und Erregung. »Halt sie fest! Halt sie bloß fest!«

Wofür wussten aber weder er noch Landolf, der mit der Gans rang wie Jakob mit dem Engel, denn das Federvieh wollte sich keineswegs geschlagen geben. Vielmehr ging es zum Gegenangriff über und schnappte mit dem Schnabel kampfeslustig nach dem frommen Mann. Die Gans und der Frater legten eine eindrucksvolle Rauferei auf der Wiese hin, wobei mal die Gans oben war, dann wieder der Mönch. Es erinnerte auf laienhafte Weise an die Bad Segeberger Karl-May-Festspiele.

»Na los, hilf mir.« Von der anfänglichen Euphorie Landolfs war nichts mehr zu hören. Es klang mutlos, die Niederlage vor Augen. Was auch die Gans zu bemerken schien, denn sie legte noch eine Schippe zu und erhöhte die Frequenz ihres Flügelschlags. Magnus versuchte sich ins Kampfgeschehen einzumischen, was die Gans ihm jedoch verwehrte. Sie verpasste ihm mit den Flügeln ein paar gezielte, schmerzhafte Hiebe auf Kopf und Unterleib, was ihn auf Abstand hielt.

Ewa hingegen wusste ganz genau, wofür so eine Gans gut sein mochte.

»Dreh Hals ihr um. Los mach!« Sie kam angerannt, stürzte sich auf die Wiese, neben Magnus und Landolf, der von seinem gefiederten Widersacher soeben ein weiteres Mal auf den Rücken geworfen und traktiert wurde. Es sah schlecht für ihn aus.

»Was?«, sagte Magnus, gedanklich noch ganz beim Hals des

Tieres. »Aber das ist doch …« Landolf konnte nichts mehr sagen; die Gans hatte ihn völlig im Griff.

»Na los, das ist Essen für Mittag.«

Noch ehe Magnus oder Landolf widersprechen konnten – Magnus fehlten mal wieder die Worte, Landolf die Kraft; die Gans hatte Oberwasser und war dabei, den Frater fertigzumachen –, hatte Ewa schon nach dem Hals des Tieres gegriffen. Ein geübter Griff, ein Knacks, und aus war's mit dem Geschnatter. Die Gans hing leblos in den Armen Landolfs, mit hässlich herunterbaumelndem Kopf. Als wäre es eine Opfergabe. Die anderen Gänse hatten sich längst davongemacht. Landolf starrte benommen auf das Vieh. Wie er so da kniete, die Gans im Arm, erinnerte er vor allem selbst an Abraham, der seinen Sohn Isaak opfert. »Nimm Isaak, deinen einzigen Sohn, den du lieb hast, und geh hin in das Land Morija und opfere ihn dort zum Brandopfer auf einem Berg, den ich dir sagen werde.« Sein Habit war mit weißen Federn übersät, sein Gesicht von roten Striemen gezeichnet. Er glich eher einem ramponierten Komantschen als einem glaubensvernarrten Benediktiner oder gar dem gottesfürchtigen Abraham.

»Sie ist tot.« Landolf sagte es leise, benommen, als fiele ihm jetzt erst auf, dass die Gans das Zeitliche gesegnet hatte.

»Scheiße.« Auch Magnus klang benommen. Ewa sagte nichts mehr. Sie merkte natürlich, dass der Tod der Gans den beiden naheging. So saßen die drei auf der Wiese und betrachteten die tote Gans, als würde diese gleich wieder die Augen aufschlagen, freudig aus Landolfs Armen springen und schnattern.

Erst jetzt stieg die Großmutter aus dem Wagen und näherte sich den dreien. »Das gibt einen schönen Gänsebraten.« Sie packte die Gans am Hals, hob sie aus Landolfs Armen, ging zurück zum Wagen, öffnete den Kofferraum und legte den Leichnam neben den Rollstuhl. Dann schlug sie den Kofferraumdeckel mit einem Knall wieder zu, dass Magnus und Landolf erschraken und aus ihrer Ganstrauer erwachten.

»Na, was ist?«, rief die Großmutter. »Fahren wir weiter. Sonst kommt Ewas Cousine ohne uns unter die Erde.«

Die Freude bei Ewas Verwandten in Gronowo war groß, trotz des traurigen Anlasses. Sie fielen einander in die Arme, manche weinten auch. Ob nun aus Trauer oder Freude, konnte nicht zweifelsfrei geklärt werden. Alle schnatterten durcheinander. Dann wurden die »Deutschen«, wie Magnus, Landolf und die Großmutter von Ewa genannt wurden, herzlich begrüßt, vor allem Landolf, der in seinem Habit sofort als einer der ihren in die Familiengemeinschaft aufgenommen wurde.

Bei Magnus war es nicht so einfach. Sein Äußeres, die langen Haare, die verschlissene grüne Kunstlederjacke, die zerfetzten, ausgewaschenen Jeans, wirkten auf einige der Verwandten wenig vertrauenerweckend. Manche reagierten naserümpfend, sichtlich reserviert, sogar ablehnend. Als wäre noch eine alte, vermutlich historische Rechnung offen?! Die Großmutter zerstreute die aufkommenden Ressentiments und sagte: »Dzień Dobry, jak się masz, mój kondolencje, przyjaźń, Hitler bestia, kocham Polska!«, was Ewa mit »Hallo, wie geht es, mein Beileid, Freundschaft, Hitler ist eine Bestie, wir lieben Polen!« für Magnus und Landolf auf Deutsch übersetzte. Die beiden waren nicht nur von Großmutters Aussage überrascht, vor allem staunten sie über deren polnische Sprachkenntnisse. Artur vergnügte sich derweil mit einem kleinen polnischen Mischlingshund, der hartnäckig versuchte, ihn von hinten zu besteigen. Immer wieder probierte er mit Anlauf, auf Arturs Rücken zu hüpfen, was ihm nicht gelingen wollte, sodass er ständig an

Arturs Hinterbeinen abprallte und auf den Boden rutschte. Die versammelten Verwandten schauten den beiden Hunden zu und lachten herzhaft, was die Situation auflockerte, sodass man kurzzeitig den Eindruck gewinnen konnte, hier würde ein ausschweifendes humoristisches Fest gefeiert, anstatt dass in ein paar Minuten eine zweiunddreißigjährige, von Krebs dahingeraffte junge Frau beerdigt wurde. Auch Artur schien sich dieses Dilemmas bewusst zu werden. Die Sensibilität der Hunde ist nicht zu unterschätzen! Er bellte laut und anhaltend, was Angst einflößend und respektabel klang, als würde ihm der kleine Köter nun doch auf die Nerven gehen, und so war die angemessene Pietät bald wieder hergestellt. Bei Hund und Mensch.

Am Friedhof nahmen die Trauernden um das Grab herum Aufstellung, während der Pfarrer einen letzten Segen sprach. Auch die Großmutter, Magnus und Landolf hatten sich, von Ewa ganz nach vorne bugsiert, eingereiht. Das Blasorchester spielte, und auch der Kirchenchor sang. Der Sarg wurde von den vier kräftigen, unverschämt schwitzenden Sargträgern an dicken Seilen in die Grube gelassen. Mit jedem Zentimeter, den der Sarg in der Erde verschwand, zog es Landolf tiefer hinein in seine Vergangenheit. Als der Sarg mit einem lauten Rums tief im Loch aufsetzte, war er in Zellingen angekommen, vor mehreren Jahrzehnten, am Grab seiner Cousine Johanna.

Er stand neben seinem Vater Heinrich und seiner Mutter Adele. Daneben die Großmutter und Simon Kaminski, Johannas Mann. Dazwischen ihr Sohn Magnus in seinem hässlichen Pullunder und Hochwasserhose, den neugierigen, sezierenden Blick auf Landolf gerichtet. Dieser bemühte sich, damals stand er kurz vor dem Abitur, abgeklärt und distanziert am Grab zu stehen. Er gab sich alle Mühe, keine Emotionen zu zeigen, blickte stoisch vor sich hin und biss sich aufs Wangenfleisch, um sich am Weinen zu hindern. Er wollte nicht weinen. Er wollte nicht zeigen, dass auch ihm Johannas viel zu früher Tod naheging. Vielleicht sogar näher als den meisten anderen.

Auf dem Holzkreuz, das im Erdhaufen neben dem Grab steckte, war das Antlitz der Toten auf einem Emailleschild zu sehen. Die Frau auf dem Schild und die Cousine erschienen Landolf ganz ähnlich. Auch sie starb damals mit Anfang dreißig jämmerlich an Krebs. Wenn er die Augen zusammenkniff, sah die Frau Johanna ähnlich. Das schmale Gesicht, die hochgesteckten Haare, die Rehaugen.

Landolf weinte. Magnus neben ihm blickte aus dem Augenwinkel zu ihm herüber und hatte das Gefühl, ihn zu verstehen. Er glaubte zu wissen, weswegen sein Onkel, der hässliche Frater mit dem verschmutzten Habit, hemmungslos weinte.

Auch Magnus brach jetzt in Tränen aus. Die beiden weinten lauter, anhaltender und inniger als Vater und Mutter, als die Geschwister, als Ewa, als alle Verwandten der Verstorbenen.

Nachdem alle von der Toten Abschied genommen und ein Schäufelchen Dreck, Blumen und kleine persönliche Gegenstände auf den Sarg geworfen hatten, zogen sich alle zum Leichenschmaus in den Festsaal der Dorfgaststätte von Gronowo zurück. Bei der Leichenschmausfeierlichkeit schien aber nicht das Essen die Hauptrolle zu spielen, sondern der Alkohol. Kontuschowka wurde in großen Mengen ausgeschenkt. Auch die, die sich anfänglich hartnäckig weigerten, von dem leicht süßlichen, absinthähnlichen Schnaps zu trinken, eigentlich war das nur Landolf, wurden beharrlich genötigt, zu kosten.

»Wir Brüderschaft.« Ewa hob ihr Glas und drückte Landolf eines in die Hand. Spätestens jetzt war der Wille gebrochen. Nun blieb ihm nichts anderes übrig, als ebenfalls das Glas zu heben. Ewa und Landolf verschränkten die Arme und tranken die Gläser in einem Zug aus. Dann küsste Ewa Landolf auf den Mund, woraufhin er rot anlief. Die anderen lachten und klatschten. Die Pietät war wieder dahin. Der Knoten war geplatzt. Zumindest hinsichtlich des Alkoholkonsums von Landolf. Er musste auch mit anderen Leichenschmausgästen, vor allem mit den Frauen, Brüderschaft trinken. Ob er wollte oder nicht. Ein Mönch stand offenbar hoch im Kurs.

Magnus dagegen blieb die Brüderschaft erspart. Was ihm nicht unrecht war. Er schüttete auch ohne Brüderschaft den Kontuschowka in sich hinein. Obgleich er sich von Ewa, mit Kontuschowka oder ohne, auch gerne hätte küssen lassen.

Wieder wurden die Gläser gefüllt, alle erhoben sich. Ewa rief, als wär's ein Trinkspruch, erst polnisch, dann deutsch in die Runde: »Auf meine Cousine, auf Janina, dass im Himmel sie bei Engeln gutes Leben.« Alle stießen an, murmelten »Na Janina« und tranken.

Kurz darauf servierten dicke Bedienungen in gestärkten Blusen und mit weißen Schürzen, strammen Waden und mächtigen Hintern Teller mit Knödeln, Blaukraut und Fleisch und stellten sie vor die Trauernden ab, denen angesichts der dampfenden Köstlichkeiten das Wasser im Mund zusammenlief.

»Oławiać apetyt«, sprudelte es aus allen Mündern.

»Oławiać apetyt«, sagte die Großmutter.

»Gute Appetit«, sagte Ewa und »Lass schmecken euch«. Was gar nicht so einfach zu sein schien. Das Fleisch auf dem Teller vor Magnus und Landolf sah eindeutig nach Gänsebraten aus, trotz tarnender dicker Soße.

»Guten Appetit.« Magnus nahm Messer und Gabel zur Hand, um das Fleisch auf dem Teller zu sezieren. »Was essen wir?« Er fragte es unsicher, eher tastend als bestimmt. So, als ob er es gar nicht wirklich wissen wollte.

Ewa schwieg.

»Was ist das?« Landolf wollte es nun auch wissen.

Natürlich hätte Ewa sagen können, dass es Wildschwein sei oder Hirsch, Kalb, Huhn oder dergleichen, doch hätte sie es spätestens nach dem ersten Bissen der beiden revidieren müssen. Gans schmeckt unverwechselbar. Zweitens konnte sie einen Mönch – schon gar nicht, wenn sie mit ihm Minuten zuvor Brüderschaft getrunken hatte – auf keinen Fall belügen. Dafür war sie viel zu katholisch.

»Das ist doch nicht etwa …?« Landolf sagte es zaghaft, wobei sich aus seiner rötlichen Gesichtsfarbe langsam die Pigmente davonschlichen. Ewa nickte peinlich berührt, ohne von ihrem Gänsebraten aufzuschauen. Das schlechte Gewissen aß mit.

»Nein!«

»Igitt!«

Landolf und Magnus legten das Besteck zur Seite. Sie brachten keinen Bissen ihrer alten Widersacherin hinunter. Beide stocherten nach kurzer Bedenkzeit im Blaukraut herum, aßen kleine Happen von den Knödeln und wurden dabei bleich wie die Teller. Natürlich blieb die Irritation der beiden den anderen Gästen nicht verborgen.

»Nix gut?«, fragten einige, woraufhin Landolf den Kopf schüttelte und es Magnus immer wieder aufstieß.

»No Ciało«, sagte Ewa, obgleich sie genau wusste, dass das nicht stimmte.

»Vegetarier«, übersetzte die Großmutter, die einen unersättlichen Appetit hatte. Sie griff sich Magnus' Teller und schob dessen Gänsebratenstück auf den ihren. Landolf kam beim Anblick des Gänsefleischs auf seinem Teller und bei Tereses Essverhalten der Begriff Kannibalismus in den Sinn. Magnus hing demselben Gedanken nach. Beider Mägen zogen sich zusammen, Spucke sammelte sich in ihren Mündern. Was bei Landolf auch mit dem ungewohnten Alkoholkonsum zu tun hatte.

»Entschuldigung.« Landolf stand auf, hielt sich die Hand vor den Mund und rannte durch den großen Festsaal, dass ihm der Habit um die Beine schlackerte. Auch Magnus kroch die Übelkeit die Kehle hoch. Mit schnellen Schritten, aber ohne die Hand am Mund, eilte er Landolf hinterdrein.

Magnus kam genau rechtzeitig, um zu erleben, wie Landolf sich erbrach, über das Pissoir in der weiß gekachelten Gaststättentoilette gebeugt. Der kotzende Mönch gab Magnus den Rest. Auch er übergab sich in die Toilettenschüssel in einer der Kabinen.

Als beide sich von der Last befreit hatten, ließ Magnus sich in der Kabine auf dem Klodeckel der Schüssel nieder, atmete durch, zündete sich eine Zigarette an und sagte kraftlos: »So 'ne Scheiße.«

Landolf wischte sich mit Klopapier den Mund ab und drückte mehrmals auf den Spülknopf des Pissoirs, sodass das Becken überzulaufen drohte.

»Hast recht.« Landolf lehnte sich an die geöffnete Kabinentür. »Hast du auch eine für mich?«

»Eine was?«

»Eine Zigarette.«

»Du rauchst doch nicht.«

»Na und.«

Magnus versuchte zu lachen. Es misslang. Er zog die Zigarettenschachtel aus der Tasche und hielt sie Landolf hin.

»Leer.«

»Was?«

»Sie ist leer.«

»Mist. Hier.« Er streckte ihm seine qualmende Zigarette entgegen.

»Nee.«

»Nimm schon.«

»Nein. Nicht so wichtig.«

Magnus paffte weiter. Landolf räusperte sich ein paarmal, spuckte letzte Reste der Übelkeit ins Pissoir und sagte nach einer längeren Pause: »Erinnerst du dich an Heini und Adi?« Es hörte sich an, als lallte er ein wenig.

»Heini? Adi?« Magnus dachte nach. »Heinrich und Adele?«

»Nein, nein. Heini und Adi, meine Hasen. Im Hasenstall auf dem Fabrikgelände. Ich hatte doch Hasen, zwei Stück. Als ich zwölf war. Erinnerst du dich?«

Magnus gab sich Mühe.

»Wie alt warst du da?«, wollte Landolf wissen.

»Vier, fünf, glaub ich.«

»Na, dann müsstest du dich daran erinnern.«

»Dunkel.«

»Heini und Adi. Ich bekam sie zum Geburtstag von deiner Mutter, meiner Cousine Johanna.«

»Du musst mir die Verwandtschaftsverhältnisse nicht erklären, Großcousin Landolf.«

»Jedenfalls, ich habe sie gefüttert, mit Löwenzahn, Klee, Kohlrabiblättern, Möhren. Ich habe sie gestreichelt, jeden Tag mit ihnen auf der Wiese hinter der Fabrik gespielt, habe ihnen viel erzählt, von mir, von Heinrich, Adele, Johanna, auch mal was von dir. Sie haben immer geduldig zugehört. Heini war weiß, Adi schwarz. Einen ganzen Sommer lang habe ich mich mit ihnen beschäftigt und sie gefüttert, bis sie groß und fett waren.«

»Und dann?«

»Ende des Sommers hat ein Arbeiter der Trikotage sie geschlachtet. Im Auftrag meines Vaters. Er war sogar dabei. Als ich nach der Schule zum Hasenstall kam, wie jeden Tag, um Heini und Adi zu füttern, war der Mann schon zugange. Heini hing bereits tot am Balken über der Tür, wie Jesus am Kreuz, die Vorder- und Hinterläufe weit auseinandergerissen und mit Nägeln fixiert. Adi hatte der Arbeiter gerade mit der einen Hand an den Ohren gepackt. In der anderen hielt er ein Holzscheit. Adi strampelte. Nein, sagte ich, leise, benommen, blieb keine drei Meter vor ihnen stehen und starrte auf den Hasen, das Holzscheit, den Arbeiter, meinen Vater. Bis das Scheit durch die Luft sauste, Adi einen Daumenbreit unter dem Kopf traf und ihm das Genick brach. Und weißt du was? Augenblicke, bevor Adi starb, gellte sein Schrei über den Hof, schrill und laut. Wie eine Sirene drang er aus dem zappelnden Körper, bevor er dann leblos in der Hand des Arbeiters hing. Tot. Mein Vater lachte. Ich stand wie vom Donner gerührt daneben und wunderte mich, dass Adi schreien konnte. All die Monate zuvor hatte er keinen Mucks von sich gegeben, hatte mir immer nur still zugehört, und jetzt schrie er mit einem entsetzlichen Schrei das Leben aus sich raus. Ein Schrei, den ich nie vergessen konnte. Ich höre ihn noch heute, nach fast vierzig Jahren, als wär's gestern gewesen.«

»Entsetzlich.«

»Ja. Das Entsetzlichste aber war die Bescherung an Heiligabend. Das Abendessen nach der Christmesse. Ich saß am Tisch neben meinem Vater und meiner Mutter im Wohnzimmer der Villa. In Sichtweite stand der geschmückte Weihnachtsbaum. Darunter die Geschenke. Die Teller vor uns auf dem Tisch, die Töpfe. Ich hob den Deckel von einem der Töpfe an, die große Serviergabel in der Hand, und sah die Leichen von Heini und

Adi. Sie schauten mich an, als Hasenbraten, als Weihnachtsschmaus.«

»Nein.«

»Doch. Und als Vater mich zwang, ein Stück vom ihnen zu essen, musste ich mich übergeben und war drei Tage krank.«

»Warum hat er das getan?«

»Weiß nicht. Aus Bosheit. Oder weil deine Mutter mir die Hasen geschenkt hatte.«

»Dieses Arschloch.«

»Ja. Und als ich von den Hasen essen musste, ist irgendwas kaputtgegangen.«

Magnus richtete sich auf, verließ die Kabine und warf die Zigarettenkippe ins Pissoir. Es zischte. »Ich hatte auch mal einen Hasen«, sagte er.

»Ich weiß.«

DAS SCHLECHTE KOMMT NOCH

Als ich sieben bin, ist meine Mutter dreißig. Sie ist Chefsekretärin bei Onkel Heinrich in der Trikotage Braun-Broich in Zellingen. Sie hat ein eigenes Büro, eine Schreibmaschine, viele Pflanzen auf dem Fensterbrett, an der Pinnwand ein paar Postkarten aus fremden Ländern. Wenn ich sie manchmal am Nachmittag besuche, bekomme ich von ihr oder Onkel Heinrich ein Milky Way oder eine Ahoj-Brause. Sie ist erfolgreich, gut aussehend, die meiste Zeit bestens gelaunt und immer dynamisch. Wir wohnen im neu erbauten Einfamilienhaus in der Siedlung in Zellingen. Ich werde eingeschult und spiele Fußball bei der SpVgg des Dorfes. Meistens sitze ich auf der Ersatzbank und komme bei Punktspielen nur zum Einsatz, wenn die anderen verletzt sind. Meine Mutter bringt mich jeden Morgen mit ihrem schwarzen VW-Käfer zur Grundschule, bevor sie in die Firma zur Arbeit fährt. Am Mittag holt mein Vater mich ab, Simon Kaminski, der ebenfalls bei Braun-Broich arbeitet, und bringt mich zu Oma Terese, bei der ich zu Mittag esse, meist Käsespätzle oder Maultaschen. Einmal in der Woche gibt es Fleisch, am Freitag Fisch. Vor dem Essen muss ich beten, zusammen mit der Oma, obwohl bei Vater und Mutter nie gebetet wird.

Lieber Gott, mach mich fromm, dass ich in den Himmel komm.

Ein Jahr vor meiner Geburt lernen Vater und Mutter sich auf dem Cannstatter Volksfest in Stuttgart kennen. In einer Schiffschaukel sitzen sie aus Zufall, wie mein Vater später beteuert, nebeneinander.

»Es gibt keine Zufälle«, sagt meine Mutter und lacht anfangs noch. Später scheint diese Erkenntnis sie eher traurig zu stimmen.

Jedes Mal, wenn die Schiffschaukel sich überschlägt, klammert Mutter sich aus Angst an Vaters Arm fest.

»Entschuldigung«, sagt sie und er sagt: »Doch nicht dafür.«

Als der finster dreinblickende Schiffschaukelbremser, der nach altem Schweiß und Zigarren riecht, die Schiffschaukel nach zehn Minuten anhält, ist Mutter ein bisschen traurig, den Platz neben Vater aufgeben zu müssen.

»Darf ich Sie zu einer Zuckerwatte einladen?«, fragt Simon. Johanna, die zusammen mit einer Freundin schon am Morgen mit der Eisenbahn von Zellingen nach Stuttgart gefahren ist, blickt sich unschlüssig um. Die Freundin nickt verstohlen in Simons Rücken und sagt auffällig laut und heiter: »Ich geh dann mal zu den Boxautos, bis später.«

»Warum nicht«, sagt Johanna, noch immer ein wenig zögerlich, und folgt Simon eingeschüchtert, aber auch aufgeregt zum Zuckerwattestand. Während Simon sich mit seiner Zuckerwatte einen Schnurrbart zwirbelt, lässt Johanna ihre auf der Zunge zergehen und lacht dabei unaufhörlich, ganz albern, als wäre sie nicht zweiundzwanzig, sondern zwölf, bis ihr schließlich der Bauch wehtut, ob von der vielen Zuckerwatte oder vom Lachen, weiß sie nicht.

»Und jetzt?«, fragt Simon.

»Weiß nicht«, sagt Johanna und guckt sich nach ihrer Freundin um, die wie vom Erdboden verschluckt ist.

»Ich hab eine Idee«, meint Simon, schießt ihr an der Schießbude eine rote Plastikrose und sagt ihr, er habe sich in sie verliebt. Sie wird so rot wie die Rose und ist sich sicher, dass es auch bei ihr Liebe auf den ersten Blick sein muss.

Als die Lampions angehen, küssen sie sich, zuerst noch ungeschickt auf die Wangen, dann auf den Mund, aber ohne Zunge. Nachdem sie in einem der großen Bierzelte jeder einen Krug Bier getrunken haben, schlafen sie noch am selben Abend in seinem Auto – ein verbeulter Opel, der morgens meistens nicht sofort anspringt – bei heruntergekurbelten Sitzen miteinander. Johanna wird schwanger, Simon zieht nach Zellingen in ein Fremdenzimmer im Ochsen.

Von da an sind sie ein Paar, zuerst heimlich, weil niemand es wissen darf. Sie treffen sich bei Einbruch der Dunkelheit am alten Sportplatz oder sonntags im Sommer bei der Skisprungschanze.

Als Johannas Bauch so dick ist, dass die Leute heimlich darüber tuscheln, stellt sie Simon als ihren Zukünftigen vor. Ihre Mutter Terese ist nicht begeistert, mustert Simon argwöhnisch, rümpft die Nase und sagt: »Einer von drüben, der kommt mir nicht ins Haus.«

Onkel Heinrich stellt Simon in seiner Firma an, nachdem Johanna ihn unter Tränen darum bittet.

»Danke«, sagt Johanna, und Onkel Heinrich antwortet: »Doch nicht dafür.«

Dann redet er Johanna ins Gewissen und meint, sie dürfe ihrer Mutter die Ablehnung Simons nicht krummnehmen; sie habe nur Angst, ihre Tochter zu verlieren.

Noch bevor ich auf der Welt bin, hat Johanna sich durchgesetzt, sie heiraten in der Kirche von Zellingen. Bis sie in der Siedlung das Einfamilienhaus bauen, ziehen Simon und Johanna zusammen in ein Doppelzimmer im Ochsen. Großmutter Terese ist trotz Heirat und bevorstehender Geburt noch immer nicht bereit, die beiden bei sich aufzunehmen, und sei es nur vorübergehend. Als schließlich Onkel Heinrich interveniert und seine Schwester weichklopft, will Simon nicht mehr.

»Auch ich habe meinen Stolz«, sagt er und schlägt die hingestreckte Hand der Großmutter aus, was Johanna zwar verstehen, aber nur schwerlich goutieren kann. Das Verhältnis zwischen Großmutter und Schwiegersohn bleibt über die Jahre hinweg angespannt, obgleich sie sich irgendwie arrangieren, vor allem nach meiner Geburt.

Freunde würden sie keine werden, behauptet Simon, aber akzeptieren würden sie einander.

»Der ist nicht koscher«, stichelt Terese nach mehreren Kirschlikören und hinter vorgehaltener Hand, obwohl sie diesbezüglich erst viel später erfährt, dass Simon Jude ist. Denken kann sie es sich allemal, bei diesem Namen. Obgleich es gar nicht die jüdische, vielmehr die ostdeutsche Abstammung ist, die Großmutter misstrauisch macht.

»Und die Augen«, sagt sie und kneift die eigenen Augen zusammen, sodass ihr Gesicht ganz hässlich aussieht. »Der hat falsche Augen.«

Wie richtige Augen aussehen, sagt sie nicht.

Erstaunlicherweise stört Onkel Heinrich die Herkunft und Abstammung Simons überhaupt nicht, weder die ostdeutsche noch die jüdische, obwohl Letzteres bei seiner Vergangenheit naheliegend gewesen wäre. Im Gegenteil, Onkel Heinrich unterstützt Johanna und Simon, wo er nur kann und ohne Wenn und Aber. Er stellt Simon in seinem Unternehmen an, zuerst als Maschinist, dann als Leiter des Maschinenparks, dann als Chef für den gesamten technischen Bereich, und das nicht nur wegen seiner guten Ausbildung zum Bauingenieur, damals noch im Osten. Johanna macht er zur Chefsekretärin, zu seiner rechten

Hand. Außerdem gewährt er den beiden einen großzügigen Kredit zur Familiengründung und einen weiteren, noch großzügigeren, für den Hausbau. Rückzahlbar irgendwann.

Warum er sich so gönnerhaft und weichherzig zeigt, ist vielen Zellingern ein Rätsel. So kennen sie den knallhart kalkulierenden Patriarchen, der auch mal über Leichen geht, gar nicht.

»Dreck am Stecken«, sagen die einen.

»Menschen ändern sich«, die anderen.

Worauf die einen lachen und sagen: »Menschen ja, aber doch nicht der.«

Als vom Firmenchef protegierter Zögling hat es Simon nicht leicht im Unternehmen. Die altgedienten Kollegen beäugen ihn argwöhnisch und tuscheln: »Was will der Jungspund denn hier?«

Und die Jungen können ihn nicht leiden, weil er, obwohl so alt wie sie selbst, schon viel einflussreicher ist. Obendrein hat er sich die schöne Johanna unter den Nagel gerissen, auf die so mancher ein Auge geworfen hat.

Auch in Zellingen hat er als *Reigschmeckter* keinen leichten Stand. Alles, was fremd ist, ist suspekt. Essen, Kleidung, Menschen, Namen.

Simon Kaminski, wie das schon klingt.

Am Stammtisch im Ochsen ist er nie zu sehen, auch nicht im Sport- oder Schützenverein.

»Sonderling«, sagen die Leute, »Einzelgänger. Hält sich wohl für was Besseres, dieser Ossi. Der soll doch nach drüben!«

Üble Scherze sind an der Tagesordnung. Wagenschmiere am Türgriff seines Opels. Platte Reifen. Essig im Bier. Und anschließend hämisches Gelächter.

»Der ist nicht koscher«, sagen die Leute, womöglich aufgehetzt von der Großmutter, und: »Was will der denn hier? Der soll doch nach drüben.«

Als die Scherze überhandnehmen, die Reifen auch mal zerstochen werden, wendet sich Heinrich bei der Weihnachtsfeier des Unternehmens an die Belegschaft. Er droht jedem, der für die üblen Scherze verantwortlich ist, mit sofortigem Rausschmiss. Auch denen, die davon wissen und es nicht unverzüglich bei ihm melden. Die Drohung wirkt, denn in der strukturschwachen schwäbischen Gegend kommt die Entlassung einem Todesurteil gleich. Als Simon dann auch noch einem Wirkmaschinenmechaniker wegen einer Beleidigung mitten ins Gesicht schlägt, hören die Scherze auf. Der Argwohn aber bleibt.

Simon scheint es nicht viel auszumachen, Johanna schon. Die Ablehnung der anderen schweißt die beiden noch enger zusammen.

»Ein Herz und eine Seele«, sagen manche Zellinger nicht ohne Neid.

»Wie Pech und Schwefel«, sagen andere und wünschen ihnen die Pest an den Hals. Ihr Hass zeigt Wirkung. In Gestalt eines Knotens in Johannas rechter Brust.

Tumor. Krebs. Bösartig.

Unheilbar, wie sich schnell herausstellt.

»Geschieht ihr recht«, sagen die einen und glauben, es sei die gerechte Strafe. Wofür, wissen sie allerdings nicht.

Andere haben Mitleid und sagen: »Beim Tod hört der Spaß auf.«

Noch lebt sie.

Onkel Heinrich kümmert sich aufopferungsvoll um Johanna. Krebsspezialisten, medizinische Koryphäen werden konsultiert, am Ende auch nach Zellingen geholt. Heinrichs Kontakte – er kennt jeden, heißt es – sind jetzt Gold wert, helfen schließlich aber doch nichts.

Johanna magert ab, ist deprimiert und lethargisch. Sie liegt nur noch im Bett, hat keine Haare mehr und sieht furchterregend aus.

Sie verliert ihre rechte Brust, aber nicht den Krebs.

Metastasen sind im ganzen Körper. Wirbelsäule, Leber, Niere und im Kopf. Sie leidet, hat unsägliche Schmerzen und stirbt langsam über Monate hinweg im Schlafzimmer des Einfamilienhauses in Zellingen. Mein Vater ist meistens bei ihr, nimmt zunächst Urlaub und wird schließlich von Onkel Heinrich freigestellt, bei vollem Lohnausgleich.

Ich meide sie, gehe selten ins Schlafzimmer, auch nicht, wenn sie nach mir ruft.

Ich habe Angst vor ihr, vor der abgemagerten Hand, die nach meiner greift. Vor dem blassen Gesicht, das aussieht wie das von Mr. Spock vom Raumschiff Enterprise, nur ohne Haare.

Im ganzen Haus riecht es nach Krankheit, Fäulnis und Tod.

Ich halte mich tagsüber meistens draußen auf. Oder bei Oma.

Als ich meine Mutter das letzte Mal lebend sehe, sagt sie: »Pass gut auf dich auf.«

Ihre Stimme ist so schwach, dass ich mein Ohr ganz nahe an ihren Mund halten muss, um sie zu verstehen.

Dann ist sie tot.

Vater weint, ich weine, Onkel Heinrich weint, Großmutter weint, Adele weint. Nur Landolf weint nicht.

»Warum weint Landolf nicht?«, frage ich. Onkel Heinrich sagt: »Weil er zum Weinen zu traurig ist.«

Als meine Mutter unter der Erde ist, sitzt mein Vater die ganze Nacht im Wohnzimmer des Einfamilienhauses und raucht. Ich liege daneben auf der Couch. Manchmal schlafe ich ein, träume vom Raumschiff Enterprise, von Captain Kirk, Sulu, Uhura,

Scotty, McCoy, Schwester Chapel und natürlich von Commander Mr. Spock, der jetzt aussieht wie meine Mutter.

Wenn ich schweißgebadet aufwache, sitzt Vater noch immer an dem kleinen Nierentisch und starrt Löcher in die Luft. Der Aschenbecher in Form eines Schlüpfers, ein Werbegeschenk der Trikotage Braun-Broich, ist ein Massengrab voller Kippen.

Als am Morgen die Vögel zwitschern und Licht zwischen den Vorhangschlitzen hindurch ins Wohnzimmer fällt, steht Vater auf, geht in den Flur und telefoniert. Ich kann nichts verstehen. Nachdem er aufgelegt hat, kommt er zurück ins Wohnzimmer und sagt: »Lass uns was Verrücktes machen, ja?«

»Ja«, sage ich und sitze aufrecht, mit verklebten Augen, auf der Couch.

»Lass uns Oma besuchen«, sagt Vater, »und Opa.«

Ich verstehe zuerst nicht. Opa ist doch im Krieg geblieben, denke ich, und Oma kann Vater nicht ausstehen.

»Drüben«, sagt Vater und lächelt das erste Mal seit Monaten.

Drüben ist da, wo es nicht koscher ist, wo Vater herkommt, wo der Feind wohnt, wo Menschen komische Namen haben, Kaminski heißen, wo unsere Brüder und Schwestern von den Kommunisten gefangen gehalten werden, wenn man den Zellinger Kindern und Lehrern glauben darf.

»Es wird dir gefallen«, sagt Vater, um meine Bedenken zu zerstreuen.

Wir packen das Nötigste zusammen und verstauen es in zwei Koffern. Ein paar Kleider, die Super-8-Kamera, die Filmspulen, meine Gitarre. Vater lädt alles auf den Rücksitz des VW-Käfers.

»Mein Schulranzen«, sage ich.

»Brauchen wir nicht«, sagt Vater, was meine Bedenken endgültig ausräumt.

Am Morgen verlassen wir das Einfamilienhaus, ohne dass Vater die Tür hinter sich abschließt.

Ich bin zehn und darf das erste Mal auf dem Beifahrersitz im Käfer mitfahren.

Wir verlassen Zellingen, ohne jemandem auf Wiedersehen zu sagen, und kommen nicht zurück.

FELDPOST

Abs. Grenad. Anton Schmidle 3. Komp. 4 Marschbattalion Truppenübungsplatz Nord Hammerstein in Pommern (4)

Hammerstein den 10.8.44

Liebe Terese,
ich weiß jetzt wer mich angeschwärzt hat, ich kann es dir nicht sagen, weil es viel kaputt machen tät. Aber du weißt es auch so. Gell?

Es grüßt Euch alle recht herzlich
Anton

STERNE ÜBER GRONOWO

Auf der Wiese hinter dem Haus glühte der in polnischer Heimarbeit eigenhändig zusammengeschweißte Grill, der so groß war, dass darauf auch ein Spanferkel hätte gebraten werden können. Auf dem Rost lagen allerhand Wurst- und Fleischwaren, Kartoffeln, Äpfel. Um den Grill herum saßen Ewas Familie und ein paar Nachbarn auf wackligen Bierbänken, umgedrehten Bierkisten, manche auch auf dem Boden. Erst jetzt fiel Magnus auf, dass es fast nur Frauen und Mädchen jeden Alters waren, bis auf zwei alte Männer und mehrere schulpflichtige Jungs.

»Wo sind denn eure Männer?« Magnus wollte es von Ewa wissen. Die alten Männer und die Burschen horchten auf, als fühlten sie sich angesprochen.

»In Deutschland.« Ewa sagte es, ohne nachdenken zu müssen, als hätte sie bereits auf diese Frage gewartet. Es hörte sich an wie: »Im Krieg.«

»In Deutschland?« Landolf dachte darüber nach, kam aber nicht darauf. »Was machen die denn in Deutschland?«

»Spargel, Erdbeeren, Ernte, Bau, Putzen«, sagte Ewa lapidar, was bei Landolf völliges Unverständnis zur Folge hatte. »Arbeitssklaven.« Magnus waren die Worte ähnlich geläufig wie Ewa. Er sagte es, ohne dass die alten und die jungen Männer es hören konnten. Dennoch runzelten sie jetzt die Stirn.

»Du kannst sagen so, du kannst aber sagen auch Montage, verdienen Geld, gutes Geld, für hier, Familie.«

In einem Campingliegestuhl saß eine alte Frau mit Kopftuch und einer blauen Schürze. Sie hatte kleine, tief liegende Augen, die an schwarze Knöpfe erinnerten. Ihr Gesicht war übersät von Falten und Furchen. Das Alter der Frau war jenseits des Schätzbaren. Sie lächelte unentwegt. Debil, dachte Magnus, oder eine extreme Gesichtsmuskelzerrung, und lächelte zurück.

»Das ist Prababka.« Ewa zeigte auf die Alte. »Wie man sagt hier?«

»Urgroßmutter«, sagte Terese. Wieder staunten Magnus und Landolf über ihre Sprachkenntnisse.

»Ja. Uroma. Genau.« Ewa gab ihrer Urgroßmutter die Hand. Sie lächelte noch immer entrückt und ließ Ewas Hand gar nicht mehr los. Als gehöre sie von nun an ihr. Sie drehte die Handfläche nach oben und strich langsam, zärtlich über die Hand – mit einem unheimlich alten Daumen, an dessen Spitze ein gekrümmter Fingernagel hervorstach, der der Kralle eines Greifvogels glich. Dann fuhr sie mit ihrem krummen, dürren Zeigefinger die Linien auf Ewas Hand entlang.

»Prababka kann lesen aus Hand. Ganze Leben, sie liest aus Linien. Zukunft, Beruf, Schmerz, Glück, alles.« Ewa unterstrich diese Aussage mit einem bedeutungsvollen Blick, sie rollte dabei seltsam mit den Augen, der Magnus, Landolf und Terese noch tiefer beeindruckte.

»Krankheit und Tod von Janina sie hat vorhergesagt. Auch Tod von meine Mutter, damals.«

Die Urgroßmutter murmelte vor sich hin, so unverständlich wie das Gurren von Tauben.

»Was sagt sie?«, fragte Landolf.

»Alles ist gut, sie sagt.«

Die Urgroßmutter ließ Ewas Hand wieder los und streckte ihre alten krummen Finger nach Landolfs aus. Magnus verbarg seine Hände schnell in den Hosentaschen. Landolf zögerte. Wieder rollte Ewa mit den Augen.

»Du kannst geben ihr, keine Angst.« Sie griff nach Landolfs Hand und reichte sie der Urgroßmutter. Wie einen toten Fisch oder ein Schweineschnitzel, das gerade noch auf dem Grill gebrutzelt hatte. Die Prababka strich wieder mit dem hässlichen Daumen über die Handfläche und fuhr dann langsam die Linien entlang. Lebenslinie, Herzlinie, Kopflinie, Schicksalslinie, Liebeslinie. Dabei gurrte sie wieder.

»Was sagt sie?«, wollte Magnus wissen, die Hände noch immer in den Hosentaschen, neugieriger als Landolf selbst. Ewa legte die Stirn in Falten und übersetzte zögerlich. Diesmal ohne mit den Augen zu rollen. »Alles ist anders. Du nicht, der du bist.«

»Was?« Magnus zog die Hände wieder aus den Hosentaschen. So gefährlich konnte die Wahrsagerin dann doch nicht sein. Er lächelte ähnlich wie die Alte und fragte dann beinahe spöttisch: »So, so, interessant. Wer dann?«

»Lebenslinie durchbrochen ist.« Ewa erklärte das erneute Gurren der Urgroßmutter.

»Dann müsstest du ja schon tot sein«, scherzte Magnus, woraufhin es Landolf ganz unbehaglich wurde. Sein Gesicht wurde bleich.

»Und neu fängt an.«

»Hä? Da blickt ja keiner mehr durch.«

»Große Schuld, große Treubruch, viele, viele Jahre.« Das entrückte Lächeln der Alten verschwand.

»Viel Geheimnis. Und Lüge«, übersetzte Ewa. Die Alte knickte Landolfs ausgestreckte Finger ein, ballte die Hand zur Faust und umschloss diese mit der eigenen Hand, als wollte sie etwas verschließen.

»Du stärker, als glaubst du. Keine Angst vor dir selbst.« Ewa und die Prababka lächelten wieder. Die Alte gab Landolf seine Hand zurück, als wäre das Schnitzel jetzt durch, und legte die eigenen Hände gefaltet in den Schoß.

Als Landolf sich von der Alten abwendete und sich umdrehte, war Terese verschwunden. Sie musste sich im Rücken der anderen davongemacht haben. Landolf schien irritiert, nicht nur wegen Tereses Abwesenheit, insbesondere wegen der Weissagung der Alten.

»Was fängt man damit jetzt an?« Seine Gesichtsfarbe erinnerte an die einer ausgewaschenen Khakijacke.

»Das musst wissen du.« Ewa lächelte. »Oder Schicksal.«

»Trinken wir darauf«, schlug Magnus vor. Nach so einer Prognose – oder besser Mutmaßung – blieb nur noch Kontuschowka.

»Prost.« Magnus, Ewa und Landolf hoben das Glas und stießen an.

»Nicht traurig sein, manchmal Prababka nicht richtig. Einmal sie hat gevorhersagt, viele Jahre schon, eine Frau in Dorf wird geschwangert. Aber sie nicht geschwangert, bis heute nicht. Jetzt, sie ist zweiundsechzig!« Ewa lachte, setzte sich ins Gras und lehnte sich mit dem Rücken an einen der Apfelbäume. Ihre Beine lagen, geraspelten Baumstangen gleich, im Gras und schimmerten verführerisch.

»Und einmal, sie hat aus Hand gelesen von mir, dass ich werde finden Mann und glücklich sein. Ich habe oft gefunden Mann, aber nie glücklich.« Wieder lachte sie. Landolf lachte nicht. Er trank einen weiteren Schnaps, als ließe sich durch den Anstieg des Promillegehalts seine nachdenkliche Stimmung vertreiben. Während Magnus sich einen Joint ansteckte, sagte Landolf nuschelnd, kaum verständlich: »Sie hat recht.«

»Was?« Auch Magnus verging jetzt das Lachen.

Noch immer so leise, als spräche er mit sich selbst, aber verständlicher als zuvor sagte Landolf: »Der Treuebruch ist ein Verrat. Mein Vater Heinrich hat große Schuld auf sich geladen.« Er kippte einen weiteren Schnaps hinunter, als wollte er damit den Treuebruch und den Verrat ertränken. Die Zunge löste sich, auch wenn die Aussprache wieder unverständlicher wurde.

»Was für ’ne Schuld?«, fragte Magnus.

Landolf schenkte sich einen weiteren Kontuschowka ein. »Er hatte Anton denunziert.«

»Was?« Magnus verschluckte sich am Rauch, hustete. Ewa überlegte, ob sie ihm auf den Rücken klopfen sollte, ließ es aber.

»Ja, Heinrich hat deinen Großvater auf dem Gewissen.« Landolf sagte es bedächtig, als müsste er sich ganz besonders auf die Worte konzentrieren.

»Du spinnst doch!«

»Nein.«

Wieder ein Schnaps. »Mein Vater war Ortsgruppenleiter der NSDAP in Zellingen. In dieser Funktion hat er dem Gauleiter in Stuttgart einen Brief geschrieben. Darin stand, dein Großvater hätte gesagt, er wünsche Hitler die Pest an den Hals, und dass er der Überzeugung sei, dieser verdammte Krieg sei für die Katz und brächte nur unnötiges Leid über das deutsche Volk. In dem Brief rät Ortsgruppenleiter Heinrich Braun-Broich dem Gauleiter in Stuttgart, schnell zu handeln. Was der dann auch getan hat.«

»Woher weißt du das?«

»Ich habe ihn gelesen – den Brief von meinem Vater über deinen Großvater.«

»Weiß Terese davon?«

»Ich glaube nicht.«

Ewa stellte ihre Beine auf. Der Rock rutschte in den Schoß, sodass Magnus darunterblicken konnte. Ihr weißer Schlüpfer lugte frech hervor.

»Bist du deswegen weg? War das der Grund, dass du Zellingen damals Hals über Kopf verlassen hast?«

»Auch. Aber nicht nur.«

»Warum hast du nichts gesagt?«

»Wem hätte ich etwas sagen sollen?«

»Terese.«

»Ich weiß nicht, ob sie es überhaupt wissen will.«

»Findest du nicht, sie hat ein Recht darauf?«

»Heinrich ist tot. Was soll das bringen? Was soll es bringen, alte Wunden aufzureißen?«

Magnus legte sich ins Gras und stützte den Kopf mit dem Arm ab, sodass er Ewa noch besser unter den Rock blicken konnte. Er glaubte jetzt, neben dem Schlüpfer schwarze Härchen links und rechts hervoräugen zu sehen.

»Heinrich ist tot, aber Terese lebt. Und solange sie lebt, wird sie wissen wollen, wer ihr das alles eingebrockt hat. Genauso wie sie erfahren wollte, wo ihr Anton begraben liegt. Sonst hätte sie ja wohl kaum den DRK-Suchdienst jahrzehntelang auf Trab gehalten. Jetzt ist es ihr offenbar ein Bedürfnis, von Anton Abschied zu nehmen – ein so großes Bedürfnis, dass sie trotz ihres Alters diese lange, beschwerliche Reise auf sich nimmt, zumal bei dieser Schweinehitze.«

»Und wenn die Wahrheit mehr Schaden anrichtet als die Lüge?«, fragte Landolf.

»Manchmal ist besser, nicht alles zu wissen. Und manchmal ist notwendig, alles zu sagen«, mischte Ewa sich ein. Magnus kam es so vor, als spräche der Schlüpfer zu ihm. Er zog an seinem Joint, blies den Rauch zu den Apfelbaumzweigen hinauf und sagte mit kehliger Stimme: »Manchmal ist es notwendig, alles zu wissen, und besser, alles zu sagen.«

»Was du nicht weißt, macht mich heiß«, sagte der Schlüpfer. Es klang nach einem Kalenderspruch mit barbusigen Models.

»Was ich nicht weiß, macht mich *nicht* heiß«, verbesserte Magnus.

Ewa rollte wieder mit den Augen und hob anschließend die Schultern: »Geht auch.«

Magnus nahm einen weiteren Zug vom Joint, behielt den Rauch lange in der Lunge und ließ ihn ganz langsam mit einem Zischlaut entweichen. Die Härchen unter dem Rock wurden jetzt zu Borsten und flüsterten: »Masz piękny oczy.«

Magnus kicherte. Ewa strich Landolf mit dem Zeigefinger kreisend an den Augenbrauen entlang bis zur Nasenwurzel, von da hinunter zu den Wangen, wie die Prababka zuvor über seine Hand.

»Und was heißt das?«, fragte Magnus.

Ewa gab sich geheimnisvoll, zuckte mit den Schultern, was jetzt provozierend aussah. Ohne dass Magnus es hören konnte, flüsterte sie Landolf ins Ohr: »Du schöne Augen.« Landolfs bleiches Gesicht lief rot an, und er gönnte sich einen weiteren Schnaps.

»Verstehe.« Magnus sagte es zu den Borsten, legte sich eingeschnappt auf den Rücken, steckte sich den Joint zwischen die Lippen und schaute zum Himmel, während die Würste auf dem Grill nebenan knallten.

Er sah die zerfetzten Cumuluswolken vorbeiziehen, die wie Blumenkohl am Himmel hingen, krallte sich mit seinen Augen daran fest, verfiel seinen Gedanken und murmelte vor sich hin. Vielleicht war es auch gar kein richtiges Murmeln; womöglich kam es ihm nur so vor, als murmelte er. Die anderen um ihn her kommentierten jedenfalls sein Murmeln oder Nicht-Murmeln nicht. Magnus redete, ohne die Lippen zu bewegen, und erzählte von den Augen, in die er sich einmal verliebt hatte.

»Die Augen gehörten einer Schauspielerin. Damals war ich schon seit ein paar Jahren im Osten, in Sachsen, bei meinen Großeltern väterlicherseits. Mein Vater war seit geraumer Zeit verschwunden. Niemand wusste, wo er steckte. Meine Großeltern meinten, keine Angst, der taucht schon wieder auf. Ich war vielleicht vierzehn und bei den Thälmannpionieren: Ernst Thälmann war mein Vorbild. Stimmte natürlich nicht ganz. Mein Vorbild war eigentlich Gerd Müller, der Bomber der Nation, der nicht weit von Zellingen entfernt geboren wurde. Und trotzdem: Ich gelobe, zu lernen, zu arbeiten und zu kämpfen, wie Ernst Thälmann es lehrt. Ich will nach den Gesetzen der Thälmannpioniere handeln. Getreu unserem Gruß bin ich für Frieden und Sozialismus immer bereit. Vor allem und noch viel mehr war ich bereit für das Abenteuer mit dem anderen Geschlecht. Ich hatte bis zu dem Zeitpunkt noch nichts mit einem Mädchen gehabt. Andere wiederum erzählten blumig vom ersten Mal. Wobei das erste Mal bei den meisten gar nichts mit dem ersten Geschlechtsverkehr zu tun hatte, sondern eher mit Fummeln, Knutschen und dergleichen. Mir blieben nur das Zuhören und die wachsende Sehnsucht nach dem Unbekannten, das in den Erzählungen immer großartiger und gigantischer wurde. Zu dieser Zeit war ich auch das erste Mal in einem Lichtspielhaus. Ich glaube, es war tatsächlich das erste Mal, dass ich im Kino war. In Dresden. In Alt-Schönweide gab es kein Lichtspielhaus. In Zellingen übrigens auch nicht. Ich sah einen ziemlich langweiligen DEFA-Film. Ich kann mich nur noch daran erinnern, dass es ein Farbfilm war und ich mich unsterblich in die Augen einer Schauspielerin verliebte. Es waren blaue, funkelnde

Augen. Obgleich es gar nicht die Augen selbst waren, die mich faszinierten, sondern vielmehr der Blick. Die Augen waren im Grunde wie alle anderen auch. Aber der Blick war besonders. So wie keiner. Immer wenn ich von da an die Augen schloss, tauchten die der Schauspielerin auf. Ich träumte von ihr, tagsüber, nachts. Immer. Mit der Zeit dann weniger. Heute nur noch selten. Ich sehne mich nach diesem Leuchten, das mich elektrisierte, das durch Mark und Bein ging, das die Härchen an den Armen aufstellte und eine prickelnde Gänsehaut über den ganzen Körper verteilte. So ähnlich wie bei dem Knacken, als das Genick der Gans brach – da natürlich im negativen Sinne. Von da an war ich auf der Suche nach diesem Leuchten, nach diesem Gefühl, das ich bis heute nicht mehr erfahren habe. Auch nicht bei all den Frauen, mit denen ich seither was hatte. Nicht bei Liane, Doris, Svetlana, Nora, Sybille, Klara, Katarina, Vera-Rosa. Ich könnte mir vorstellen, dass Schwester Ana in manchen Augenblicken so einen Ausdruck, solche Augen bekommt. Die Suche nach diesem Blick, diesem Augenblick war auch der Grund, weswegen ich mich an der Filmhochschule Konrad Wolf in Babelsberg einschrieb. Im Studiengang Kamera. Das war noch vor der Wende. Ich wollte Kameramann werden, um ganz nahe dran zu sein an diesem Blick und allzeit bereit, ihn festzuhalten, diesen Blick im Augenblick. Aber während der ganzen Ausbildung und auch danach habe ich ihn nie wieder so gesehen wie damals in diesem Lichtspielhaus in Sachsen, nicht mal annähernd. Ich weiß heute nicht einmal mehr, wie der Film hieß, die Schauspielerin, die Rolle. Ich weiß nur noch …«

Magnus schlug die Augen auf. Es war dunkel geworden. Und kühl. Die Sterne über den Apfelbäumen im Garten leuchteten. Die Kohlen im Grill glühten nur noch schwach vor sich hin. Ewa und Landolf waren verschwunden. Nur die Alte saß noch in ihrem Klappstuhl, unverändert, die Hände im Schoß gefaltet, als betete sie schlafend. Magnus war müde. So müde, dass er wieder die Augen schloss und weiterschlief, nachdem er eine Zeit lang den Sternen beim Leuchten zugeschaut hatte.

Als Magnus das nächste Mal aufwachte, war es hell. Die Vögel zwitscherten, und von fern hörte er Stimmen, Gemurmel und Gelächter. Wobei er nicht von den Geräuschen geweckt wurde, sondern von einem seltsamen, widerlichen Geruch. So widerlich, dass Magnus sofort hellwach war und die Augen aufschlug und auf Arturs Hintern blickte, den das Tier ihm direkt ins Gesicht streckte. Artur schlief noch. Immer wenn Artur schlief, war er so entspannt, dass er schnarchte. Und furzte. Jetzt auch. Magnus schreckte hoch und sprang auf, was zur Folge hatte, dass Artur ebenfalls erwachte. Behäbig erhob er sich, gähnte und streckte sich ausgiebig. Er trottete hinter Magnus her, der auf dem Weg zu den Bierbänken war, auf denen die Großmutter, Landolf, Ewa und die anderen Familienangehörigen bereits beim Frühstück saßen. Sie mussten Magnus' kuschelige Zweisamkeit mit Artur schon länger feixend beobachtet haben. Die Prababka saß unverändert in ihrem Klappstuhl, als hätte sie ihn seit gestern Abend nicht verlassen.

»Na, gut geschlafen?« Landolf konnte einen hämischen Tonfall nicht unterdrücken.

»Und du? Zölibat noch aktuell?«

»Haha.« Landolf wurde rot, schien seine Häme zu bereuen, während Ewa verschmitzt grinste. Sie trug ein luftiges Sommerkleid mit tief ausgeschnittenem Dekolleté. Großmutter schüttete wieder kannenweise Kaffee in sich hinein und rauchte Kette.

»Oder droht Exkommunikation?«

»Ist gut, Magnus«, kam beiläufig von der Großmutter.

»Hast du deine Medikamente schon genommen?«

Terese, so kam es ihm vor, bereute ihre Worte ebenfalls, wendete den Blick ab, widmete sich Artur und klopfte ihm aufs Fell. Artur gähnte.

»Schlecht geschlafen du?« Ewa schlug die Beine übereinander.

»Nein, bestens. Ich habe von Onkel Heinrich geträumt.« Magnus setzte sich auf die Bierbank zu den anderen.

»Onkel Heinrich?« Es klang wie der vergessene Name eines Altbekannten.

»Ja, das ist der, der – apropos, Terese, wusstest du eigentlich, dass dein Bruder Heinrich …«

»Hör auf!« Landolf ging dazwischen. Die Großmutter ließ von Artur ab. Magnus lächelte; die Häme war nun auf seiner Seite. Ewa ahnte, was jetzt wohl oder übel kommen würde. Sie versuchte, die Situation zu retten, und sagte eine Spur zu freudig: »Will jemand Eier noch?«

Die Frage blieb ungehört.

»Was hätte ich wissen sollen?« Die Großmutter steckte sich eine neue Zigarette an.

»Nichts«, kam Landolf Magnus zuvor.

»Nichts nennst du das. Interessant.« Magnus blickte reihum. Zuerst schaute er zu Landolf, dann zu Ewa und schließlich zu Terese. Er genoss den Augenblick der angespannten Irritation. »Anton wurde von Heinrich …«

»Nein!« Landolf sprang von der Bank auf. Ewa legte ihre Hand auf seine Schulter, was eine beruhigende Wirkung auf ihn hatte, sodass er sich wieder setzte. Die Luft über dem Biertisch im Garten war zum Schneiden gestockt. Landolf sah verschämt zu Boden. Ewa strich über seine Hand, was ihn noch mehr verunsicherte. Magnus lauerte. Terese starrte vor sich hin, als hätte ihr ein Schlag ins Gesicht für Augenblicke das Bewusstsein geraubt.

»Ich habe es geahnt, ja.« Sie sagte es beinahe tonlos, wobei sie den Rauch vor sich hinblies.

»Was?« Landolf hielt sich die Hand vors Gesicht.

»Ich wusste es nicht, nein«, sagte Terese. »Aber so viele Möglichkeiten hat es nicht gegeben. Es waren nicht so viele im Gasthof Ochsen, beim Frühschoppen, damals, 1944, nach dem Hochamt. Anton kam anschließend nach Hause und sagte, er habe womöglich einen Fehler begangen. Er habe sich nach drei Bier zu einer unbedachten Bemerkung hinreißen lassen.« Sie zog an ihrer Zigarette und ließ mit den Worten den Rauch entweichen. »Ich wollte es nicht glauben. Und hätte es doch wissen müssen. Heinrich konnte Anton nie richtig leiden. Für Heinrich war Anton *der Bauer*. Abschätzig nannte er ihn auch so. ›Du wirst doch nicht etwa diesen Bauern heiraten?‹ Ich heiratete den Bauern. Was Heinrich mir nie verzieh.« Tereses Worte klangen unbeteiligt, emotionslos, wie bei einer Beichte. Wobei Magnus viel mehr die Rolle des Beichtvaters übernahm als Landolf. »Nachdem unsere Eltern tot waren, dachte Heinrich, er, als fünf Jahre älterer Bruder, müsse nun für seine Schwester sorgen. Nur verwechselte er dabei gelegentlich Hilfe und Unterstützung mit Bevormundung und Gängelung. Er wollte über alles Bescheid wissen. Ich konnte keinen Schritt machen, ohne dass er fragte, wohin ich ging.« Bis auf Tereses Stimme war es am Tisch ganz ruhig. Auch an den anderen Tischen herrschte Schweigen.

»Als ich dann Anton kennenlernte, ließ Heinrich nichts unversucht, uns auseinanderzubringen. Ich will ja nur dein Bestes, sagte er, tat dabei aber jedes Mal das Falsche, das Schlechteste. Als ich von Anton schwanger wurde, musste er sich geschlagen geben. Eine Woche sprach er kein Wort mit mir. Dennoch konnte er den Bauern, den Proleten in seinen Augen nicht verhehlen. ›Du hast was Besseres verdient‹, sagte er immer. Ohne zu merken, dass Anton das Beste war, was mir je widerfahren ist.« Tereses Blick veränderte sich. Sie hielt inne, und ein kaum merkliches Lächeln huschte über ihr Gesicht.

Dann fuhr sie fort, mit ähnlich monotoner Stimme wie zuvor: »Dabei sah mein Bruder, der erfolgreiche Unternehmer, gerne auf die kleine, viel weniger erfolgreiche Schwester herab. Wobei der Erfolg der Trikotage Braun-Broich gar nicht sein Verdienst war. Er hatte doch nur in die florierende Firma eingeheiratet. Er setzte sich an den bereits üppig gedeckten Tisch.« Terese zog an ihrer Zigarette, blies den Rauch über den jetzt weniger üppig gedeckten Tisch hinweg. Als die Pause immer länger wurde, fügte Magnus – ganz Beichtvater, um sie an ihren eigenen Sprachfluss zu erinnern – an: »Und ließ seine Kontakte spielen.« Es funktionierte.

»Ja. Die Nazis waren für Heinrich ein Glücksfall. Durch sie wurde er zu etwas, zu mehr als nur der Schwiegersohn des alteingesessenen Familienunternehmens Broich, der argwöhnisch beäugt wurde, fast wie ein Eindringling, und nicht nur von den Zellingern. Durch die Nazis gewann er Einfluss, Ansehen und Macht. Nicht nur im Familienunternehmen, auch im Ort. Manchmal war der Respekt der anderen bloß geheuchelt, aber immerhin. Doch hinter vorgehaltener Hand ließen nur die wenigsten Zellinger ein gutes Haar an Heinrich. Erst recht nicht die Beschäftigten der Trikotage. Nachdem sogar der Name des Unternehmens um den seinen erweitert wurde, Braun-Broich, war Heinrich nicht mehr zu bremsen. Von nun an war er der alleinige Prinzipal. Adele konnte sich nicht gegen ihn wehren. Sie war völlig abhängig von ihm. Nachdem ihr Vater bettlägerig wurde, konnte Heinrich nach Herzenslust schalten und walten. Und das tat er auch.«

Eine Pause entstand, in der nicht nur die Großmutter nachzudenken schien, sondern auch Landolf. Er griff sich an den Kopf, strich sich mit der Hand immer wieder über die Stirn, sodass hernach ein roter Fleck zu sehen war. Gerade als Magnus der Großmutter wieder auf die Sprünge helfen wollte, redete sie weiter. »Ohne seine Kontakte in der Partei wäre das Unternehmen nach ’33 längst von den Nazis unter den Nagel gerissen worden. Das ließ Heinrich auch bei jeder Gelegenheit jeden wissen – auch den, der es nicht hören wollte. ›Ohne mich wäre das alles hier schon lange den Bach runter‹, sagte er und zeigte mit weit ausholender Geste um sich. Mit den Kontakten blühte das Unternehmen auf. Volle Auftragsbücher und mehr Beschäftigte denn je.«

»Und davon waren die meisten Zwangsarbeiter.« Landolf sagte es ähnlich emotionslos wie die Großmutter. Terese schaute das erste Mal vom Tisch auf und sah zu Landolf, als hätte er die Funktion von Magnus’ Beichtvater übernommen. Wieder huschte ein unscheinbares Lächeln über ihre Lippen. »Stimmt, die Zwangsarbeiter wurden aus Polen, Russland und Italien deportiert. Auch Kriegsgefangene aus Frankreich wurden als Arbeiter eingesetzt. Seit 1940 waren sie in Baracken auf dem Trikotage-Gelände untergebracht.«

»Wie Tiere.«

»Woher weißt du das?«, fragte die Großmutter verwundert.

Landolf rieb sich wieder an der Stirn und schwieg.

Bis Artur bellte. Schlagartig lösten sich alle aus der kurzzeitigen Starre. Nicht nur Magnus, Ewa, Landolf und die Großmutter. Auch Ewas Familie an den anderen Tischen war wieder zu hören.

»Wann fahren wir?«, wollte Magnus ungeduldig wissen.

»Jetzt.« Die Stimme der Großmutter war ganz und gar nicht mehr emotionslos. Sie klang kräftig, gefestigt.

»Aber vorher rückst du noch die Pillen raus.« Fordernd hielt sie die Hand auf, in die Magnus – erstaunt, aber bereitwillig – die Pillen aus der Verpackung drückte. Großmutter führte die Hand zum Mund, legte den Kopf wie eine Gans in den Nacken und schluckte. Dass die Pillen in ihrer Hand blieben, bemerkte niemand, höchstens Ewa, aber die sagte nichts.

Ewa, ihre Familie und die Nachbarn standen zum Abschied neben dem Auto auf dem Hof. Terese, Landolf und Magnus versammelten sich um Ewa, die aufgeregt nach ihren Händen griff und sie ebenso aufgeregt beschwor: »Auf Rückreise ihr müsst vorbeikommen wieder, in Gronowo, in Danzig, bei mir. Versprochen?«

»Versprochen«, sagte die Großmutter. Magnus und Landolf nickten. Dann umarmte Ewa alle und weinte dabei. Magnus spürte ihre Brustwarzen unter der Bluse auf seiner Haut. Ewa drückte Landolf länger an sich als die anderen. Magnus glaubte zu sehen, dass Ewa ihn flüchtig auf den Mund küsste.

Sie stiegen ein und fuhren los, ließen Ewa und die winkende Verwandtschaft zurück.

FÜR ALLE SAGTE SIE, FÜR DICH

Du ahnst es. Schon länger. Die Kinder im Dorf machen Andeutungen.

»Der isch vom Zigeinerkarra gfalla«, sagen sie und lachen, zeigen mit ihren klebrigen Fingern auf dich. »Dei Vater isch alt, dei Muadr isch alt, da kommt a Kend net bald«, singen sie und rennen kreischend davon.

»Warum?«, fragst du zu Hause. »Warum sagen sie das?«

Du fragst deine Mutter Adele. Sie will unbedingt wissen, welche Kinder es waren. Du zählst die Namen auf; deine kleinen Finger schnalzen aus der Faust.

»Die sind neidisch«, sagt deine Mutter, »einfach nur neidisch. Und gehässig. Weil du in einem großen Haus wohnst, einem schönen Haus, dem schönsten, und sie nur in kleinen, hässlichen. Mach dir nichts draus.«

Von da an schreien die Kinder nicht mehr. Singen auch nicht.

Sie dürfen nicht, sagen sie, weil dein Vater Heinrich ihren Vätern droht: Wer redet, wird entlassen, sofort, kopfüber hinausgeworfen aus der Trikotage Braun-Broich – *Wäsche, die man trägt.*

Natürlich fragst du dich irgendwann später, mit fünfzehn, sechzehn, warum ein kleines mittelständisches Unternehmen, das normalerweise Damenunterwäsche produziert, plötzlich einen Großauftrag für Uniformteile erhält.

Den Vater willst du nicht fragen, du weißt, er würde es dir nicht sagen. Der Vater sagt dir nie etwas. Alle Fragen wischt er mit einer Handbewegung weg, wie eine Fliege vom Küchentisch.

Deine Mutter weiß wenig. Das Geschäft, die Fabrik ist Vaters Welt. Deine Mutter ist für den Haushalt und die Erziehung zuständig. Auch für dich. Und scheitert. An dir.

Johanna, deine Cousine, ist die Einzige, die du fragen kannst und von der du weißt, dass sie vielleicht Antworten hat. Also fragst du sie, damals an dem Abend, kurz bevor sie ihr Büro in der Trikotage verlässt.

»Setz dich«, sagt sie. »Was ist los?«

»Warum bekommt eine so kleine Firma einen so großen Auftrag?«, fragst du und schaust ihr herausfordernd ins Gesicht.

Sie ist hübsch. Sie erinnert dich an Audrey Hepburn in *Frühstück bei Tiffany*. Die lässig hochgesteckten Haare. Die weit auseinanderstehenden Rehaugen, mit deren Blick sie dir weiche Knie macht. Die neckischen Haarfransen auf der Stirn. Der lange, schmale Hals. Die Kette mit den weißen Steinen. Das schwarze Kleid.

Sie gefällt dir. Sie gefällt dir sogar sehr.

Du lächelst. Du merkst, wie es sie verunsichert.

»Was soll ich sagen?«, entgegnet sie.

»Die Wahrheit«, sagst du.

Sie lacht aus Verlegenheit. Ein zarter Rotschimmer schmuggelt sich auf ihre Wangen. Sie schlägt die Beine übereinander, zupft das Hepburn-Kleid zurecht. »Beziehungen«, sagt sie schließlich, und dass es manchmal besser sei, nicht alles zu wissen.

»Für wen?«, fragst du. »Für wen wäre es besser?«

»Für alle«, sagt sie. Nach einer langen Pause, in der die Rehaugen nach Halt suchen und keinen finden, »für dich«.

Diese Antwort befeuert deine Neugierde. Dein Interesse ist

entfacht. Irgendetwas stimmt nicht mit der Trikotage Braun-Broich. Mit deinem Vater Heinrich Braun-Broich. Mit der Villa. Mit Zellingen. Deiner Welt.

Nur was?

Und doch führt der Zufall Regie. Du suchst eines Tages, nicht viel später, nach irgendetwas im Haus. Im Keller der Villa. Auf dem Speicher.

Nach einer Lampe, Luftpumpe, einem Kleidungsstück.

Du stößt bei der Suche auf einen massiven Eichenholzschrank. Er ist abgeschlossen. Du bist sechzehn, in Audrey Hepburn verliebt und neugierig. Man schließt Türen nicht grundlos ab, sagst du dir. Alles, was abgeschlossen ist, soll etwas verbergen.

Nur was?

Mehrere Tage lang schleichst du um den Schrank herum wie eine Katze um eine Schale dampfende Milch. Dann stocherst du mit einem Draht so lange im Schlüsselloch, bis die Tür aufspringt und der Schrank offen steht.

Im Schrank hängen Kleidungsstücke. Hemden, Sakkos. Eine Uniform, um den Arm eine Binde. Darauf ein Hakenkreuz. Am Revers Abzeichen. Goldenes Parteiabzeichen der NSDAP. Das Ortsgruppenleiterabzeichen.

Hinter den Kleidungsstücken Waffen. Eine P 38. Ein Gewehr, Karabiner 43, und ein Volksgewehr der Firma Gustloff.

Auf dem Boden im Schrank liegen mehrere Schachteln Munition und eine Kiste, so groß wie ein Wäschekorb. Du öffnest den Deckel und findest alte Bücher. Zum Teil verblichen: Will Vesper, *Die Ernte – aus acht Jahrhunderten deutscher Lyrik*. Will Vesper, *Das harte Geschlecht*, Roman. Heinrich Anacker, *Glück auf, es geht gen Morgen, Gedichte*. Hans Grimm, *Volk ohne Raum*, Roman. Erwin Guido Kolbenheyer, *Die Begegnung auf dem Riesengebirge*, Novelle.

Daneben liegen Fotos. Ein ganzer Stapel, zusammengehalten von einem Einmachgummi. Schwarz-Weiß-Fotografien, auf denen ein junger Mann zu sehen ist, höchstens dreißig Jahre alt, in Uniform, lachend, mit ausgestrecktem Arm.

Du erkennst ihn sofort. Es ist dein Vater. Heinrich Braun-Broich.

Außerdem ein paar Fotos von Männern und Frauen in schäbiger Kleidung, ausgemergelt, im Hof vor der Trikotage Braun-Broich. Sie lachen nicht, schauen traurig aus, betrübt.

Unter den Fotos entdeckst du Briefe und Schriftstücke. Manche mit Hakenkreuz und NSDAP-Briefkopf. Gau Württemberg-Hohenzollern. Kreisleitung Stuttgart. Ortsdienststelle Zellingen.

Vor dem Schrank kniend, liest du einen der Briefe.

Der Bekenntnishetzer, der Pfarrer Otto Streibling aus Zellingen, hat sich über die Abrechnung des deutschen Volkes mit dem jüdischen Weltverbrechen in seiner Predigt am 16. November 38 wie folgt geäußert: Verdienten Volksgenossen (Juden) sei ihr heiligstes Gut geraubt und verbrannt worden. Es werde sich noch rächen, was die Regierung gegen die Juden unternommen habe. Gott möge Hitler die nötige Andacht geben, damit die Verbrechen aufhören. Die Rückgewinnung der zehn Millionen Volksgenossen in Österreich und Sudetenland sei nur ein äußerlicher Erfolg, innerlich bleibe Rache nicht aus. Dieser Judenknecht muss zur Verantwortung gezogen werden. Ich bitte den Gauleiter um Veranlassung des Notwendigen.

Unterschrieben vom Ortsgruppenleiter H. Braun-Broich mit Stempel der NSDAP.

Du legst den Brief zurück in die Schachtel. Die Bücher, die Fotos, alles. Du schließt den Schrank wieder ab, stochernd mit dem Draht.

Von nun an kehrst du immer wieder auf den Speicher zurück. Du öffnest den Schrank, wühlst in der Vergangenheit.

HAMLETS WINDIGER GEIST

Da sitzt er und schaut mich an. Mein Vater. Auf dem durchgesessenen Sofa mit kitschig gehäkelter Decke, blau, weiß, rot, in meiner Wohnung, zwei Zimmer, zweiter Stock, Hinterhof, Berlin-Friedrichshain. Er sitzt im Halbdunkel, zwischen dem kalten Kohleofen und der Gitarre, die nur noch zusammengehalten wird von den vielen Aufklebern, *Atomkraft Nein Danke*, *Wir müssen draußen bleiben*, *Frieden schaffen ohne Waffen* und unzählige Friedenstauben, weiß auf blauem Grund. Die Gitarre hat er mir mal zum Geburtstag geschenkt; ich weiß nicht, vor wie langer Zeit. Ich wurde acht oder neun, glaube ich. Auf jeden Fall war es Anfang der Siebziger, kurz bevor Mutter starb. Ich wollte eigentlich keine Gitarre, sondern ein Schlagzeug, immer schon. Ich wollte irgendwann so spielen wie John Densmore von den Doors und singen wie Jim Morrison. Er kaufte mir kein Schlagzeug. Trotz Bitten und Betteln. Angeblich war zuerst Mutter dagegen. Dann Großmutter. Zuletzt die Nachbarn. Ich glaube, es war ihm einfach zu teuer. Damals lebte Mutter noch; wir waren eine kleine Familie im Schwäbischen. Wenn schon kein Schlagzeug, dann wenigstens ein Keyboard wie das von Ray Manzarek. Er kannte aber nur die Puhdys und dachte, für einen, der nur Fußball im Kopf hat, müsste auch eine Gitarre reichen. Damals.

Jetzt sitzt er da, auf dem Sofa im Halbdunkel des Zimmers, und blickt mich an. Und schweigt.

Als ich das Zimmer betrete, ohne das Licht einzuschalten,

denke ich im ersten Moment, es sei Paul, mein Mitbewohner. Aber Paul ist für drei Monate auf Teneriffa. Und Artur, Pauls Hund, hätte sofort mit dem Schwanz gewedelt, wenn er mich gesehen hätte. Der auf dem Sofa bewegt sich aber nicht, ist still und reglos wie eine Puppe aus Stoff oder Stroh. Ich schalte das Licht im Flur an und erkenne ihn. Er ist es. Damals, als er verschwand, war er genauso alt, wie ich jetzt bin. Er sieht mir ähnlich. Oder ich ihm. Wenn man es genau nimmt, sehen wir uns sogar sehr ähnlich. Zum Verwechseln. Wer von uns beiden der Sohn und wer der Vater ist, wäre für jeden Außenstehenden schwer zu sagen.

Ich lache. Ich will ihn weglachen, wie man eine Peinlichkeit weglacht. Als wäre er ein schlechter Scherz, von einem Tumben um Aufmerksamkeit buhlend ausgedacht.

Es misslingt.

Er sitzt noch immer selbstgefällig auf dem Sofa und deutet auf den Platz neben sich. Mein linker Platz ist leer, da wünsch ich mir …

Ich setze mich dazu. Ich sitze neben der Gitarre, er neben dem Kohleofen. Beide sitzen wir auf dem Sofa. Zwischen uns sind nur noch zwei Handbreit Luft. Heiße Luft und das Blau, Weiß, Rot der Häkeldecke.

Wir reden. Das heißt, er redet nicht, hört nur zu, wie ich rede, wie ich mir den Mund fusselig rede.

Er, der schweigende Angeklagte. Ich, der Richter. Oder besser, der Staatsanwalt. Gerichtet wird später, zuerst kommt die Anklage.

Wo warst du die ganze Zeit? Warum bist du einfach verschwunden, ohne ein Wort? Hast mich zurückgelassen, bei mir fremden Menschen, in einem mir bis dahin fremden Land. Es hieß später, du wärst tot, bei einem tragischen Unfall ums Leben gekommen. Im Westen, irgendwo zwischen Stuttgart und München, auf der A8. Später. Deshalb keine Leiche, keine Beerdigung, kein Abschied. In den Händen des Klassenfeinds. Ich ahnte von Anfang an, dass das gelogen war. Was solltest du denn im Westen, wo du mit mir kurz zuvor erst in den Osten abgehauen bist? Weg von Oma, den Verwandten, dem kapitalistischen Klassenfeind, den imperialistischen Unterdrückern, hinter den antifaschistischen Schutzwall. Komm, wir machen was Verrücktes! Ja, verrückt war es allemal und nicht mehr rückgängig zu machen. Unfall, dass ich nicht lache. Das haben sie erfunden, die sozialistischen Brüder, um mich zu beruhigen.

Der Tod ist einfacher hinzunehmen als Verrat.

Noch später hieß es dann, du wärst Agent gewesen. Im Auftrag des DDR-Geheimdienstes unterwegs. Zuletzt wurde sogar aus dem einen Agenten gleich ein zweifacher, ein Doppelagent. MfS und BKA. Einer, der hüben wie drüben krumme Dinger drehte und Geheimes ausspionierte. Einer, dessen neugierige Nase ziemlich tief im Schlamassel steckte. Im Politischen, Militärischen.

Mielke und die Schlapphüte, du weißt schon.

Du wärst zwischen die Geheimdienstfronten geraten, hieß es, während ich bei den Großeltern in Sachsen saß, im Tal der Ahnungslosen, und vergeblich versuchte, Westfernsehen zu gucken. Was nie gelang. Bis auf ein Mal. Da ging es plötzlich. Kurz nach deinem Verschwinden. Empfang! Juhu! Ein schwerer Verkehrsunfall auf der A8 zwischen Stuttgart und München. Was für ein Aufwand für einen Elfjährigen! Wenn alles so reibungslos funktioniert hätte wie diese Schmierenkomödie im real existierenden Sozialismus, könnte ich heute noch in Sachsen sitzen und über dich nachdenken. Über dich und dein Leben.

Was für ein Leben?!

Die einen haben es glorifiziert, die anderen verdammt. Dazwischen hing ich, im Dunst der sächsischen Ahnungslosigkeit. Und gab mich mit zunehmendem Alter der Spekulation hin. Zu spekulieren gab es genügend. Hinter Mythen und Legenden versteckte sich dein Leben, bis nichts mehr davon übrig blieb als lausige Mythen und zweifelhafte Legenden. Zweimal habe ich sämtliche Gräber auf dem Dorotheenstädtischen Friedhof in Berlin nach deinem Namen abgesucht. Es hieß, natürlich ganz geheim, hinter vorgehaltener Hand, und auch nur gegen harte Devisen, sie hätten dich nach der MfS-Scheiße da begraben, heimlich, bei Einbruch der Dunkelheit.

Das MfS, Mielke und die Genossen, du weißt schon.

Dein Name, Simon Kaminski, war auf keinem Grabstein zu finden. Gelächter der Informanten.

Unter anderem Namen natürlich. Mensch, Junge! Denk doch mal nach!

Den Falschen, der angeblich der Richtige war, wollten sie mir nicht verraten. Entweder war die Summe zu gering, oder es gab keinen Richtigen im Falschen.

Denk nach. Der Kluge kommt drauf, der Dumme braucht nichts zu wissen.

Ich suchte nach Namen, die ähnlich klangen. Versuchte Eselsbrücken zu bauen, Assoziationen herzustellen, Apostel, Propheten, Altes und Neues Testament. Plötzlich hättest du in fast jedem der Gräber liegen können. Außer vielleicht in dem von Brecht.

Nach der Wende – der antifaschistische Schutzwall hatte nichts mehr zu schützen – fuhr ich nach Stuttgart. Was das MfS kann, kann das BKA allemal, dachte ich. Horst Herold ist ja kein Dummer.

Auf dem Degerlocher Waldfriedhof war dein Name auch nirgends zu finden. Ich fand Theodor Heuss, Robert Bosch, Oskar Schlemmer.

Dich fand ich nicht. Dafür Oma. Aber nicht auf dem Friedhof, sondern nicht weit davon entfernt in einem Seniorenheim nahe Zellingen. Auf der Schwäbischen Alb. Sie sagte, ich solle dich vergessen, du wärst die Erinnerung nicht wert, keinen Gedanken, sei er noch so schändlich.

Ich hielt mich daran. Bis jetzt. Und besuchte sie jedes Jahr zu ihrem Geburtstag. Sie kochte Kaffee, servierte Kuchen. Pflaumenkuchen, Streuselkuchen. Und erzählte mir viel über mich, von Mutter, von deren Tod, von meiner Kindheit, von der Zeit im Schwäbischen, in Zellingen.

Niemals von dir.

Und doch blieb meine Geschichte mir fremd. So fremd wie du.

Jetzt sitzt du da wie Hamlets Vater als windiger Geist und schweigst, wie immer. Vielleicht sollte ich dich schütteln, dass endlich die Worte aus dir herausfallen wie fauliges Obst vom Baum der Sünde, Schande, Schuld, mit dem ich endlich die Vergangenheit zusammensetzen kann, meine, unsere Geschichte rekonstruieren.

Oma irrte. Leider.

Ich kann dich nicht vergessen, kann dich nicht auslöschen, als wärst du nie da gewesen. Die Erinnerung pocht auf ihr Recht. Denn ohne Geschichte ist man nichts, mit einer falschen noch weniger. Oder?

Was ist weniger als nichts?

Ich und du.

Sag endlich was. Rede!

Das Telefon klingelt so penetrant, so schrill, dass ein Fluch aus meinem Mund hinauf zur Decke peitscht, als wäre es der Richterspruch.

Schuldig! Todesurteil! Sofort zu vollstrecken!

Kann man Tote umbringen?

Ich stehe auf, als würde ich selbst zum Henker, halte den Telefonhörer hoch, als hätte ich eine Guillotine in der Hand.

»Ja?«

Es knackt. Nicht die Guillotine; es ist die Leitung, wie zu Ostzeiten.

Es ist Liane.

Ich kann jetzt nicht, mein – Vater will ich sagen, sage es aber nicht, sondern drehe mich verschwörerisch zu ihm um und zwinkere, als wäre die Hinrichtung verschoben.

Das Sofa ist leer, der Vater weg.

Zwischen der Gitarre und dem Kohleofen ist nur noch die Häkeldecke in den Farben Frankreichs.

»Hallo? Magnus? Hallo, bist du noch dran?«

FELDPOST

21. Aug. 1944
Abs. Grenadier Anton Schmidle 3. Komp. Marschbattalion 4 Truppenübungsplatz Nord, Hammerstein in Pommern.

Hammerstein den 20.8.44

Meine liebe Frau, meine Terese, meine Johanna,
bis um 3 hatten wir heute wieder am Sonntag Dienst. Kirche ist bei dem Verein Nebensache. Gestern habe ich kaum geschlafen, schlecht geträumt.

Hast Du mir schon ein Päckchen abgeschickt, mit Rauchfleisch, Backwerk, Süßstoff, was Du bekommst und Lebkuchen, wenn Du hast. Wenn Du hast auch Zahnpasta, ich hab keine mehr.

Heinrich hat mir geschrieben. Ich solls dir nicht sagen. Er sagt er ist nicht zufrieden mit dir da du dich mehr auf die Seite der Polen schlagen würdest als auf seine. Dabei hat er dir doch die Polen zur Verfügung gestellt. Liebe Terese ich vertrau dir. Du machst das schon alles richtig und wenn du dazu Grund hast wird das schon seine Richtigkeit haben. Ich weiß nicht was Heinrich damit bezwecken will. Vielleicht will er einen Keil zwischen uns. Er muß doch wissen, daß ich dir das sage, was er mir schreibt. Ich weiß nicht was in seinem Kopf ist.

Beim Angriff letzte Woche sind viele von uns verletzt worden. Ich gottseidank nicht. Einige sind umgekommen. Manche vermißt, 12. Ich hoffe daß der Krieg bald zu Ende ist. Hast Du jemand der Dir bei der Ernte hilft, Heu und Stroh. Wenn ihr so schlechtes Wetter habt wie wir hier dann gute Nacht.

Ist Johanna wohlauf? Schläft sie jetzt durch? Fressen Deine kleinen Schweine?

Habe heute wieder ein Gesuch eingereicht wegen Urlaub für die Ernte. Mein Vorgesetzter meint, das hätt wenig Sinn. Warum wollt er mir nicht sagen. Aber er hat so Andeutungen gemacht.

In der Hoffnung daß ihr mit dem Heumachen gut vorankommt, grüßt Euch, in Gedanken bin ich ganz bei Euch es grüßt Dich und Johanna Herzlich

Anton

BIS KALININGRAD UND NICHT WEITER

Die ersten Kilometer hinter der Grenze auf der Droga krajowa 54, der dortigen Landstraße, redete niemand etwas. Alle schienen in den eigenen Gedanken versunken zu sein. Themen gab es genügend: Ewa, Prababka, Onkel Heinrich, der Verrat Antons, die Bestechung der Grenzer durch Großmutters Geldscheine. Der Himmel über der Oblast Kaliningrad, der Exklave Russlands, verdunkelte sich. Je näher sie Kaliningrad kamen, umso bewölkter wurde es. Die morgendliche Sonne Gronowos war längst schwarzen Wolken gewichen. Kein gutes Omen für das, was kam.

Als Magnus nach vielleicht dreißig Kilometern, auf halbem Weg nach Kaliningrad, eine Frage stellen wollte – kilometerweit, bis hierher, hatte er sie sich zurechtgelegt –, bemerkte er, dass Landolf und die Großmutter auf der Rückbank eingeschlafen waren. Oder sich schlafend stellten, wie er vermutete. Magnus ärgerte sich. Er hupte mehrmals, wobei er in den Innenspiegel blickte, doch keiner der beiden öffnete die Augen. Nur Artur auf dem Beifahrersitz richtete sich auf und beäugte Magnus fragend.

»Muss ja eine anstrengende Nacht gewesen sein«, sagte Magnus leise zu dem Hund, beinahe so, als hätte er es sich anders überlegt und wollte die beiden auf der Rückbank nicht wecken. Artur blickte ihn mit heraushängender Zunge an, als wäre die »anstrengende Nacht« etwas zu fressen. Landolf murmelte, ohne die Augen zu öffnen, leise und wie für sich: »Halt's Maul.« Die Großmutter lächelte im Schlaf.

Es fing zu regnen an. Zuerst nur wenige Tropfen, die auf der Windschutzscheibe neben den zermantschten Insekten kleine Kreise bildeten. Nachdem Magnus die Scheibenwischer eingeschaltet hatte, vermischten die Tropfen sich mit dem Insektenbrei zu einer schmierigen Melange, die der Sicht etwas Schleierhaftes verlieh. Magnus setzte den Blinker, bog von der Straße ab und hielt in einer Ortschaft an einem Bretterverschlag mit Stehtischen, der eine Imbissbude sein sollte. Zumindest ließ der Eiswimpel am Dach diesen Schluss zu. Er stieg aus, stellte sich unter das Vordach an einen der beiden wackligen Tische und bestellte einen Kaffee. An dem anderen Tisch standen zwei Männer mit sonnenverbrannten Gesichtern und weit aufgeknöpften Hemden, die ihn argwöhnisch betrachteten. Magnus zündete sich eine Zigarette an und beobachtete seinen Wagen, in dem Landolf und die Großmutter noch immer auf der Rückbank saßen und sich nicht rührten. Nur Artur drehte den Kopf zu ihm herüber, als könnte er sich gut vorstellen, an der Imbissbude eine eigene Bestellung aufzugeben.

Der Kaffee schmeckte scheußlich, dünn, abgestanden, lauwarm und nach den synthetischen Polymeren des Bechers, was die Frau mit den schlecht gefärbten Haaren, die im Imbiss bediente, auch zu wissen schien. Nach jedem Schluck sah Magnus zu ihr hinüber, woraufhin sie rasch den Blick abwendete und Beschäftigung vortäuschte. Wischen, spülen, abtrocknen, Würste umdrehen.

»Ist gut, sehr gut, good, very good, dobry, wonderful!« Magnus zeigte mit dem Daumen nach oben. Zuerst mit dem der linken, dann mit der rechten Hand. Die Frau lächelte verschämt und zupfte verlegen an ihrer blauen Schürze, als wäre sie nicht nur zu eng, sondern auch mit einem wenig hautverträglichen Waschmittel gewaschen.

»Très bien! El optimo! Dobry! Wirklich der beste Kaffee, den ich je getrunken habe!« Jetzt beide Daumen gleichzeitig. Die zwei Männer betrachteten Magnus unverändert misstrauisch, als fragten sie sich, wie eine dermaßen abgerissene Gestalt mit einem Luxuswagen in Zusammenhang gebracht werden könne, während die Regentropfen nach einer nicht identifizierbaren Melodie auf das Vordach trommelten. Es klang nach Klassik. Natürlich hätte Magnus auffallen können, dass die Gesichtsfarbe der Männer sich veränderte und von Sonnenbrandrot zu Ampelrot changierte. Entweder war ihnen dieser Freak mit der grünen Kunstlederjacke, der auf Kosten ihrer Imbissbudendame des Herzens seine Späße trieb, nur peinlich, oder sie interpretierten das Wortgestammel als plumpe Anmache.

»Dobry, klasse, schmeckt wirklich hervorragend, diese Brühe.« Wie zur Strafe klingelte sein Handy. »Scheiße.«

Natürlich leuchtete wieder Lianes Name am Display auf. Mehrmals blickte er auf das Gerät in seiner Hand, dessen Klingelton immer lauter wurde, und trat fluchend von einem Bein aufs andere. Die Kioskfrau schien Magnus' Verzweiflung zu erheitern. Sie zeigte ihre auffallend weißen Zähne. Was Magnus als schadenfrohes Grinsen interpretierte. Auch die beiden Männer legten jetzt eine völlig neue emotionale Regung an den Tag und lachten dreckig.

»Arschlöcher.« Magnus hielt das Handy ans Ohr. »Ja?«

Der Regen wurde stärker.

»Wo bist du?«

»Unterwegs.«

»Wann kommst du zurück?«

»Weiß nicht. Es hat sich verkompliziert. Meiner Großmutter geht es nicht gut.«

Er warf einen Blick zum Wagen, in dem alles unverändert war.

»Ich glaube, sie stirbt.« So wie er es sagte, konnte es nicht mehr lange dauern.

»Das tut mir leid.«

»Brauchst du deinen Wagen?«

»Nicht, wenn du in den nächsten Tagen zurück bist.«

»Also nicht. Gut. Danke.«

»Komm schnell zurück.«

»Das ist so, als würdest du sagen: Schau, dass deine Oma schneller stirbt.«

»Tut mir leid, so war das nicht gemeint.«

»Okay.«

»Okay.«

»Was treibst du so?«

»Am Freitag ist Vernissage, neue Ausstellung, Leipziger Schule, du weißt schon.«

Magnus verzog das Gesicht.

»Bist du bis dahin zurück?«

»Ich weiß nicht, ob sie bis dahin schon tot ist.«

»Beeil dich.«

Magnus legte auf. Die Männer lachten noch immer, streckten inzwischen die Daumen nach oben.

Vor dem Vordach goss es jetzt in Strömen. Die beiden Männer am Nebentisch grinsten, die Frau in der Imbissbude ebenfalls.

»Arschlöcher.« Magnus steckte das Handy ein, während die Mienen der Männer sich verfinsterten. Langsam kamen sie auf ihn zu, blieben Zentimeter vor Magnus stehen, sodass er die rötlich verbrannte Haut auf der Brust und die Haare erkennen konnte, die aus den offenen Hemden hervorlugten.

»Nazi!« Der größere der beiden schleuderte es ihm ins Gesicht, wobei eine Ladung Speichel das Wort eskortierte. Der kleinere versuchte, Magnus' Kunstlederjacke zu packen. Was misslang. Magnus drehte sich zur Seite, warf dabei den wackligen Stehtisch um und rannte durch den strömenden Regen, der auf dem Vordach nun Heavy Metal spielte, zurück zum Auto.

Die Männer stiegen umständlich über den umgestürzten Tisch hinweg und rannten ihm hinterher. Während Magnus schon im Wagen saß, den Knopf an der Tür herunterdrückte und den Motor anließ, schlugen die beiden Männer mit den Fäusten auf die Fahrerseite ein. Magnus legte den ersten Gang ein und gab Gas. Die Räder drehten auf dem Schotter durch, wirbelten dabei Kieselsteine in die Luft, fanden schließlich Halt, sodass der Wagen losbrauste und die beiden Männer an dem Seitenfenster abschüttelte.

Landolf und die Großmutter hatte dieser kleine Zwischenfall, der mit beträchtlichem Geschrei und Lärm vor sich gegangen war, nicht vom Schlafen abgehalten, obwohl Magnus kurzzeitig glaubte, Landolf flüchtig blinzeln gesehen zu haben.

Als der Wagen die Männer, die Imbissbude und die Ortschaft längst hinter sich gelassen hatte, heizte Magnus in halsbrecherischem Tempo die Landstraße entlang, bis es blitzte. Der Blitz war nicht dem einsetzenden Gewitter geschuldet, sondern dem kleinen grauen Kasten am Straßenrand.

»Verdammt.« Magnus schlug auf das Lenkrad und sagte leise: »Liane wird sich freuen.«

Als der Wagen die Stadtgrenze Kaliningrads erreichte, wachten die Großmutter und Landolf gleichzeitig auf, als hätten sie es abgesprochen. Was Magnus' These des vorgetäuschten Schlafs erhärtete. Kaum hatten die beiden die Augen geöffnet, sagte Terese: »Rechts!«

»Was?«

»An der nächsten Kreuzung rechts. Ist das der Leninski-Prospekt?«

»Weiß ich doch nicht.«

»Ja«, kam von Landolf.

»Sehr gut, dann muss da vorne – ja, da ist der Bahnhof. Gleich da vorne muss es sein. Links.«

»Moskowski-Prospekt.« Landolf, der sich jetzt als Großmutters Adjutant gerierte, las es vom Straßenschild ab. »Nummer?«

»136.«

»Hier ist es, da.«

»Ich bin ja nicht blind und taub.« Magnus hielt am Straßenrand. Sie stiegen aus. Artur wurde dazu verdonnert, im Wagen zu warten.

»Und was sollen wir hier?« Sie standen vor einem mehrstöckigen Haus, an dessen Eingangstür zahllose schwer zu entziffernde Namen an einem Klingelbrett standen. Magnus versuchte sie zu lesen, was bei den meisten nicht gelang. »Interessant, aber wen suchen wir eigentlich?«

Die Großmutter klingelte an einem Schild, auf dem *Kondak* stand. Nichts tat sich.

»Wohl nicht da?«, sagte Magnus.

Die Großmutter klingelte erneut, diesmal etwas länger.

»Oder Mittagsschlaf?« Magnus klingelte Sturm.

»Oder tot«, kam von Terese.

Magnus nahm den Finger vom Klingelknopf. Noch ehe er etwas sagen konnte, gab der Türsummer ein Geräusch von sich, und Landolf fiel mit der sich öffnenden Tür ins Haus. Die Wand rettete ihn gerade noch vor einem Sturz. Der Flur war kühl und dunkel. Er roch feucht, modrig, abwechselnd auch nach Gekochtem und Müll.

»Da hat sich die Reise ja gelohnt.« Magnus folgte den beiden ins Treppenhaus, das nur durch verdreckte Etagenfenster spärlich beleuchtet wurde. Das Licht funktionierte nicht. Die Holztreppe knarrte bei jedem Schritt. Der Putz an den Wänden schien bis in Hüfthöhe feucht zu sein; große Placken waren abgebröckelt. Als wollten sie heimlich, im Schutz der Dunkelheit, eine feindliche Burg erobern, tasteten die drei sich langsam die Stufen nach oben. Auf jeder Etage blieben sie stehen, blickten auf die Klingelschilder neben den Türen, versuchten die Namen zu entziffern, was nur selten gelang, und gingen weiter. In der dritten Etage verharrten sie vor einer verschlossenen Wohnungstür.

»Zofia Kondak«, las Landolf. Magnus fügte hinzu: »Wird aber auch Zeit.«

Die Großmutter verharrte, den Blick auf das Türschild geheftet.

Magnus drückte auf den Klingelknopf. Wieder geschah nichts.

»Wohl nicht da«, sagte Landolf.

Magnus klingelte noch einmal.

»Oder Mittagsschlaf.«

»Sehr witzig.«

Als Magnus ein drittes Mal klingeln wollte, sprang die Tür auf. Ein Mann im Unterhemd, stark behaart und in einer emotionalen Grundhaltung, die nichts Gutes versprach, stürmte aus der Wohnung und prallte dabei gegen Landolfs Schulter, der sich am Türrahmen festhalten musste. Der Mann, der um einiges jünger als Magnus und Landolf war, schien irritiert, denn er blieb einen Moment stehen und blickte zu Landolf, bevor er dann die Treppe hinunterhetzte, als wäre er der Teufel auf der Flucht vor dem Allmächtigen. Die Wohnungstür ließ er hinter sich offen stehen.

»Was war das denn?« Magnus sah dem jungen Mann, der ihm irgendwie bekannt vorkam, hinterher.

»Ein Mann auf der Flucht«, sagte Landolf.

»Zofia Kondak.«

»Blödsinn.«

»Wer denn sonst?«

»Keine Ahnung«, sagte Landolf. »Auf jeden Fall nicht Zofia.«

»Dann eben ein anderer Russe, Gagarin vielleicht.«

Landolf tippte sich an die Stirn.

»Gagarin kommt aus Kaliningrad.«

»Und Zofia ist ein Frauenname«, sagte Landolf.

»Ach, das weißt du?«

»Ja.«

»Gut, meinetwegen, dann eben ein Mann, der vor Zofia Kondak auf der Flucht ist.«

»Blödsinn.«

»Haltet doch endlich mal die Klappe!«, zischte die Großmutter mit unerwarteter Vehemenz. Aus der Wohnung war leises Schluchzen zu hören. Es kam von einem Zimmer, das am Ende eines langen, schmalen Flurs lag. Die Großmutter betrat die Wohnung, zaghaft, aber furchtlos. Danach kam Magnus und zuletzt Landolf, der die Wohnungstür hinter sich nur anlehnte. Langsam gingen sie den Flur entlang, wobei das Schluchzen immer lauter wurde. Als sie am Ende des Flurs eine geöffnete Tür erreichten, sahen sie eine Frau an einem Küchentisch sitzen, den Kopf auf beide Arme gestützt, die hemmungslos weinte. Die Großmutter setzte sich wortlos zu ihr, legte ihr einen Arm um die Schulter und strich ihr mit der Hand zärtlich über den Kopf. Die Frau erschrak nicht, schien sich aber auch nicht zu wundern. Sie weinte einfach weiter, heftiger noch als zuvor.

Die Tischdecke, Geschirr und Besteck lagen auf dem Boden.

Eine Milchflasche war zerbrochen, und ein kleiner weißer See glänzte auf dem abgetretenen Linoleumfußboden. Erst jetzt bemerkten sie, dass die Frau schwanger war. Ziemlich schwanger sogar. Schätzungsweise achter, neunter Monat.

Tereses Umarmung, vor allem ihr Streicheln über die Haare, die sie auch immer wieder aus dem Gesicht der Frau wischte und hinter den Ohren festzustecken versuchte, beruhigte die Schwangere tatsächlich. Das Weinen ließ nach und versiegte schließlich ganz. Zurück blieben nur ein paar Schluchzer und eine tropfende Nase. Die Großmutter reichte der Frau ein Taschentuch, woraufhin sie »Dzięki« sagte.

Die Großmutter entgegnete: »Już dobry.«

Das ist Polnisch, dachte Magnus und schaute zu Landolf, der Ähnliches denken musste. Erst jetzt schien die Schwangere die Fremden in ihrer Wohnung wahrzunehmen. Sie schnäuzte sich, wischte sich die Tränen aus den Augen und sah zuerst die Großmutter, dann Magnus und zuletzt Landolf neugierig an. Bei Landolf lächelte sie sogar ein wenig. Sicher hatte der Habit eine zusätzliche beruhigende Wirkung auf sie. In Gegenwart eines Seelsorgers nahm die Last aller Sorgen wie von selbst ab. Eher neugierig als erstaunt fragte die Frau: »Was Sie machen hier?«

Magnus zuckte zusammen, dachte, das ist Deutsch, und sah wieder zu Landolf, dem ähnliche Gedanken durch den Kopf gehen mussten.

Als niemand antworten wollte, sagte die Frau, die höchstens Mitte zwanzig sein konnte: »Entschuldigung, Sauerei hier.«

»War *er* das?« Die Großmutter zeigte mit dem Kopf zur Tür, durch die vorhin der Mann geflohen war.

»Marek.«

»Der …« Terese strich über den Bauch der Frau. Sie nickte. Die Großmutter warf Landolf und Magnus einen vielsagenden Blick zu, woraufhin beide sich sofort daranmachten, die teilweise zerbrochenen Teller, das Besteck, die Milchflasche und dergleichen vom Boden aufzuheben.

»Nein, nicht, ich mache.« Die Schwangere wollte aufstehen.

»Du bleibst sitzen.« Terese drückte sie zurück auf den Stuhl.

»Was Sie machen hier?«

»Wir suchen Pavel.«

»Pavel?« Magnus unterbrach die Aufräumaktion und sah die Großmutter erstaunt an. »Wer ist Pavel?«

»Großvater heißt Pavel«, sagte die Schwangere.

Terese öffnete ihre Handtasche, holte ein vergilbtes Schwarz-Weiß-Foto heraus und legte es auf den Küchentisch. Auf dem Foto war eine junge Frau neben einem jungen Mann vor einem mit Stroh beladenen Wagen zu sehen, Mistgabeln in den Händen.

»Das Pavel.« Die Schwangere lächelte und zeigte mit dem Finger, an dessen Nagel der rote Lack teilweise abgeblättert war, auf den Mann.

»Und das bin ich.« Die Großmutter zeigte auf die Frau neben Pavel.

Die Schwangere starrte Terese an, als würde sie sich erst jetzt in vollem Umfang der Fremden in ihrer Küche bewusst werden. Der Mund der Frau stand offen, der Blick war starr, die Augen weit aufgerissen. Der Gesichtsausdruck wirkte ein wenig debil und erinnerte an die Prababka. Ähnlich war es bei Magnus und Landolf.

»Das Bild wurde 1944 aufgenommen«, sagte die Großmutter, »am 28. Juli, in Zellingen, bei der Ernte, beim Stroheinholen.«

Magnus und Landolf hoben die Stühle vom Boden auf, rückten sie an den Tisch heran und setzten sich.

»Pavel wurde '41 nach Zellingen deportiert und bei Braun-

Broich als Zwangsarbeiter eingestellt. Er musste die Maschinen putzen. Er wohnte mit anderen Zwangsarbeitern aus Polen, Russland und Italien in einer Baracke auf dem Gelände der Trikotagefabrik. Als Anton im Frühjahr '44 eingezogen wurde, hat Heinrich zwei Arbeiter abkommandiert, die mir in der Landwirtschaft helfen mussten. Einer davon war Pavel, der als Einziger gut Deutsch konnte. Er war geschickt, fleißig und freundlich. Wir verstanden uns sehr gut. Als im Herbst '44 die Zwangsarbeiter in die Konzentrationslager deportiert wurden, habe ich ihn versteckt. Heinrich gegenüber behauptete ich, er wäre abgehauen. Zuerst quartierte ich ihn in der Scheune ein. Als es dann zu kalt wurde, holte ich ihn ins Haus. Er erzählte viel von daheim, von Königsberg.« Die Worte sprudelten nur so aus der Großmutter heraus, als hätten sie lange darauf gewartet, ihr endlich über die Lippen zu kommen. »Nach dem Krieg ging er zurück nach Hause. Wir schrieben uns die ersten Jahre öfter, bis nichts mehr von ihm kam, obwohl ich ihm nach wie vor viele Briefe schickte. Bestimmt hat er geheiratet, dachte ich, ein neues Leben begonnen, in dem ich und meine Briefe keinen Platz mehr haben.« Sie machte eine Pause, als wären die Worte am Ziel und sie selbst leer und ausgelaufen. »Ich habe ihn nie vergessen.«

»Pavel ist tot.«

Die Großmutter nickte.

»Er gestorben vor acht Jahre. Wir haben gelebt zusammen, hier. Er, Schwester von mir und ich. Jetzt, er liegt auf Friedhof von Kirche des Schleiers der Heiligen Gottesmutter.« Sie sah zu Landolf, als wüsste der Bescheid. Dann stand sie auf, verließ die Küche und kam gleich darauf mit einem Fotoalbum zurück.

Sie schlug das Album auf. Auf der ersten Seite klebte ein ähnliches Bild wie das der Großmutter. Dasselbe Motiv, eine etwas andere Perspektive.

»Als gefragt ich habe, wer ist das, er sagte, gute Frau.«

Sie schauten sich auch die anderen Fotos an, wobei Zofia immer wieder Anekdoten erzählte oder mit dem Finger über das Bild strich, als würde die Person dadurch wieder lebendig.

Irgendwann klappte sie das Album zu und stand auf. »Gehen wir.«

Die Großmutter nickte. Zofia zog sich einen Mantel über und griff nach zwei Regenschirmen, die in einem Ständer an der Tür steckten.

Es regnete noch immer, als sie ins Freie traten.

»Wir können zu Fuß«, sagte Zofia, »ist nicht weit.«

Magnus öffnete die Beifahrertür. Artur sprang heraus und hüpfte an Landolf hoch, der beide Arme in die Luft streckte und zaghaft »Aus« sagte. Es war nicht zu übersehen, dass er wirklich Angst hatte.

Zofia hingegen mochte Hunde. »Früher, wir hatten auch einen.«

Artur mochte Zofia ebenfalls, wenngleich ihr Bauch ihm befremdlich vorkam. Er schnupperte vorsichtig daran.

Magnus hievte den Rollstuhl aus dem Kofferraum und klappte ihn auf. »Setz dich.« Terese verzog das Gesicht, kam der Aufforderung aber nach. Zofia reichte ihr den Schirm und schob den Rollstuhl, während Landolf den anderen Schirm aufspannte, unter den sich auch Magnus stellte.

Auf dem Friedhof blieben sie an einem Grab stehen. In den Grabstein war ein Emailleschild eingelassen, auf dem das Gesicht eines alten Mannes zu sehen war.

»Pavel.« Zofia deutete auf das Schildchen.

Die Großmutter brach in Tränen aus, was vor allem Magnus überraschte. Bisher gerierte sie sich als abgeklärte, nicht zu übermäßigen Emotionen neigende, resolute Reiseleiterin, die alles, inklusive ihrer selbst, im Griff zu haben schien. Und jetzt weinte sie hemmungslos, sodass Zofia sich zu ihr hinunterbeugte, den Arm um sie legte und mit der Hand tröstend über ihre Haare strich. Auch Artur war von Großmutters Reaktion berührt und verharrte. Landolf reichte Magnus den Schirm und faltete die Hände.

»Pavel die Deutschen hat immer genommen in Schutz, obwohl er nicht mochte sie. Alle nicht, aber ein paar.« Zofia sagte es, während der Regen dabei war, die frisch gepflanzten Stiefmütterchen vom Grab zu schwemmen. »Die Deutschen so und so, hatte er immer gesagt. Er skeptisch an Anfang, als ich wollte lernen Deutsch. Dann, er hat unterstützt mich, auch an Universität, studieren deutsche Literatur, Goethe, Schiller, Kant. Er gesagt, schöne Sprache, und ich soll lernen alles.«

Nachdem Terese sich beruhigt hatte, erhob Zofia sich wieder, blickte sich um, als würde sie verfolgt, was Magnus zum Anlass nahm, bei ihr nachzufragen, weshalb ihr Freund Marek in der Wohnung ausgeflippt sei.

»Marek eifersüchtig. Er hat entdeckt Visum. Meine Schwester, sie wohnt in Klaipėda, Litauen. Ich fahre zu ihr. Kind, ich will bei ihr bringen zur Welt.«

»Wann?«

»So bald wie möglich.« Die Großmutter hustete, zog ein Taschentuch aus ihrer Handtasche und hielt es sich vor den Mund.

»Und er, deshalb eifersüchtig.«

»Du kannst mit uns bis Klaipėda fahren«, meldete die Großmutter sich zu Wort, gar nicht mehr traurig. Sie ließ die Hand mit dem Taschentuch in den Schoß sinken. Auf dem Taschentuch war ein kleiner roter Fleck.

»Wann?«

»Morgen.«

»Wenn zu Hause, ich sofort rufe Schwester an.«

»Und Marek?«, fragte Landolf

»Besser nichts wissen.«

Zofia wendete den Rollstuhl. Landolf bekreuzigte sich. Die Großmutter ebenfalls, während Magnus Landolf den Schirm zurückgab.

Am Abend spielten sie *Mensch ärgere dich nicht* auf Russisch und redeten ein bisschen. Manchmal sagte Landolf »Du bist dran«, oder Magnus schimpfte »Mist, schon wieder nur zwei«, oder Zofia lachte und sagte »Bravo«, weil sie Landolfs und Magnus' Kegel vom Brett kippte. Die Großmutter häkelte und schwieg fast den ganzen Abend. Manchmal hustete sie. Nur einmal, als Zofia »Schön« sagte und auf das Gehäkelte in Tereses Hand zeigte, lächelte sie.

»Was das wird?«

»Bikini.«

Jetzt lächelten Magnus und Landolf. Zofia nahm das beinahe fertige Oberteil und hielt es sich an die Brust. »Zu klein.« Sie grinste.

»Ist ja auch nicht für dich.«

»Für wen?«

Die Großmutter hob geheimnisvoll die Schultern, schüttelte den Kopf und häkelte weiter. Magnus dämmerte es. Artur lag unter dem Tisch, der Vogel saß im Käfig daneben. Landolf und Magnus tranken Wodka. Die Großmutter rauchte, und Zofia gewann jedes Mal. Vielleicht, weil die anderen sie gewinnen ließen. Ab und zu goss Zofia sich und Terese vom dampfenden Samowar, der auf einem Beistelltisch stand und noch von Pavel stammte, wie Zofia beteuerte, ein Glas Tee ein. Von acht Uhr an klingelte das alte Telefon im Flur an der Wand alle halbe Stunde, wobei Zofia jedes Mal erschrak und »Wer ist dran?« in die Runde fragte, sobald der schrille Ton verklungen war, wobei sie auf die beiden Holzwürfel zeigte, auf denen die Zahlen kaum noch zu entziffern waren. Von elf bis zwölf Uhr nahm das Klingeln zu. Das Telefon schellte insgesamt sechs Mal, bis Zofia den Hörer von der Gabel nahm und auf den Boden legte. Als die Großmutter auf ihrem Stuhl einzuschlafen drohte, nachdem sie bereits unendlich viele Maschen verloren hatte und ihr mehrmals die Augen zugefallen waren, sodass Magnus sie anstupsen musste, damit sie weiterspielen konnten, schlug Landolf vor, ins Bett zu gehen.

»Es ist spät.«

Niemand hatte etwas dagegen. Zofia drehte den Schlüssel in der Wohnungstür zweimal um, ließ ihn stecken und legte die Kette vor.

Magnus schlief auf der Couch, die Großmutter im Bett neben Zofia, Landolf auf einem alten Futon auf dem Boden. Zofia bat, die Türen offen zu lassen. Magnus und Landolf fragten nicht warum. Sie wussten es auch so. Artur sollte in der Küche bleiben, schlich sich aber zu Magnus ins Zimmer, nachdem alle Lichter aus waren. Als Magnus ihn erfolgreich vertrieben hatte, versuchte Artur, bei Landolf unterzukommen. Als auch der ihn verscheuchte und mit Gegenständen nach ihm warf, die in Futonnähe lagen – Bücher, Feuerzeug, leere Plastikflaschen –, legte er sich in Zofias Zimmer an die Fußseite des Bettes, was die beiden schlafenden Frauen bis zum Morgen nicht bemerkten.

Magnus bekam die ersten Stunden kein Auge zu. Rücklings auf dem viel zu kurzen Sofa liegend, starrte er zur hohen Zimmerdecke hinauf und lauschte dem Rauschen seines Blutes in den Ohren, das ihn an die Ostsee erinnerte. An der Decke konnte er Wasserflecken erkennen, die – je nachdem, wie stark er sich konzentrierte – wie der Kopf eines Hahns, ein Verkehrsschild für Rechtsabbieger, der Berliner Fernsehturm oder mit zusammengekniffenen Augen wie das Konterfei von Onkel Heinrich aussahen.

Er stand auf und rauchte in der Küche eine Zigarette, barfuß und nur in Unterhose; dabei dachte er an Liane, dann an seine Mutter und zuletzt an Pavel. In Zellingen. Der Samowar dampfte noch immer. Aus Zofias Schlafzimmer hörte er Artur furzen und Terese husten und nebenan Landolf schnarchen.

Als er zurückging und sich schlafen legte, träumte er zum ersten Mal seit Jahren von Simon Kaminski, seinem Vater.

NAHE DER SONNENSEITE

Deine Mutter achtet auf Etikette und das Äußere. Samtanzug, Fliege, geputzte Schuhe, gescheiteltes Haar.

Dein Vater legt Wert auf Respekt und gute Umgangsformen. Danke, bitte, Verzeihung, tut mir leid, grüß Gott.

Du bist ihre Hoffnung, ihr ganzer Stolz. Dir soll es an nichts fehlen. Du bekommst eine Skiausrüstung. Nachhilfelehrer, ein Klavier, Klavierunterricht. Den schönsten Kindergeburtstag in ganz Zellingen, von dem andere Kinder nur träumen und auf den sie neidisch sein können. Einen Berg an Geschenken. Eine Carrerabahn. Ein Bonanzarad von Neckermann mit Pornoschaltung; später hängst du auch noch einen Fuchsschwanz und einen Wimpel dran. Torwarthandschuhe. Hasen, von Cousine Johanna. Du bekommst alles, auch das, was du nicht willst. Ein Federmäppchen, auf dem *Mamas Liebling* eingestickt ist. Zuerst übermalst du das M mit einem schwarzen Filzstift. Dann lässt du es auf dem Weg zur Schule unauffällig im Bus liegen.

Als Adele fragt, wo denn dein schönes Federmäppchen geblieben sei, wirst du verlegen, rot, sagst, es sei in der Schule gestohlen worden. Heinrich ruft den Rektor an, um sich zu beschweren. Aus dem kleinen Federmäppchen wird eine große Geschichte, doch es taucht nicht wieder auf. Es ist dir so peinlich, dass du eine Woche lang krank zu Hause bleibst. Der Hausarzt ist ratlos, kann nichts feststellen. Er tippt auf hormonelle Umstellungen.

»Pubertät«, sagt er und sieht so aus, als müsstest du gleich sterben.

»Stell dich doch nicht so an«, sagt Heinrich und lacht abfällig, »Hosenscheißer, elender Hosenscheißer.«

Adele sagt: »Lass mal, der Junge ist krank.«

Du bist öfters krank, mehrmals im Jahr: Grippe, Bronchien, Magen, Darm.

Der Junge kränkelt, heißt es. Ein anfälliges Kind, ein sensibles, ein Sensibelchen, eines, das den Anforderungen nicht gewachsen ist.

»Ach was«, sagt Heinrich, »das ist doch alles Show.« Er spricht die Show wie Schau aus, wodurch es noch verächtlicher klingt. Als wolltest du ihm beweisen, dass er irrt, wirst du noch kränker. So krank, dass Adele alleine nicht mehr helfen kann. Du kommst ins Krankenhaus. Verdacht auf Lungenentzündung, der sich schnell bestätigt.

Heinrich sagt nichts mehr, besucht dich auch nicht.

Es ist nicht das letzte Mal, dass du in die Klinik kommst.

Mandeloperation. Verdacht auf Herzmuskelentzündung. Blutvergiftung. Hirnhautentzündung. Blinddarm. Diarrhö. Gastroenteritis. Chronische Bronchitis.

Deine Kindheit klingt wie eine Krankenakte. Natürlich hat dein Vater ein bisschen recht, wenn er dir Übertreibung unterstellt, arglistig, berechnend, kindsköpfig. Anfänglich übertreibst du, damit er dein Unwohlsein überhaupt wahrnimmt. Später, um ihn zu ärgern.

»Ein Braun-Broich ist nicht krank«, sagt Heinrich und schlägt auf den Tisch, als könnte ein starker Wille nicht nur Berge versetzen, sondern auch Bakterien und Viren eines Besseren belehren. Dein Vater verwechselt deine Erziehung bisweilen mit dem Drill in einem militärischen Ausbildungslager, nach dem Motto:

Was dich nicht umbringt, macht dich härter. In dieser Hinsicht kann er seine Herkunft, seine Vergangenheit nicht kaschieren, was ihm ansonsten bestens gelingt.

Ginge es nach ihm, hätte der Arzt Hausverbot. In diesem Punkt kann er sich gegen Adele nicht durchsetzen, auch wenn dein Vater dich in Kindertagen Jammerlappen, Hosenscheißer oder Weichei nennt. Später, im jugendlichen Alter, Simulant oder Schauspieler. Adele ist immer auf deiner Seite. Sie macht dir Wadenwickel, wenn du Fieber hast. Reibt dir bei einer Erkältung die Brust mit einer heilsamen Salbe ein. Setzt Kamillenaufgüsse an. Ständig schreibt sie Entschuldigungen für die Schule; vom Sport bist du ohnehin ganzjährig befreit, was Heinrich erst gar nicht erfährt. Er wundert sich nur, dass du von den Bundesjugendspielen nie eine Urkunde mit nach Hause bringst.

Einmal im Jahr, im Sommer, fahrt ihr an die Ostsee in den Urlaub. Nach Grömitz, ins *Ostseeheilbad der Sonnenseite.* Dein Vater Heinrich fährt. Adele sitzt auf dem Beifahrersitz. Du hinten. Morgens, noch bevor die Sonne aufgeht, fahrt ihr los. Ein paar Stunden später seid ihr schon da.

»Den ersten Fisch fress ich schon zu Mittag«, sagt Heinrich, lacht und gibt Gas.

Mit zeitweilig hundertachtzig jagt der schwarze Mercedes 220 S, Baureihe W111 mit den Heckflossen über die Autobahn, der ganze Stolz deines Vaters. Du stirbst beinahe vor Angst. Schließt die Augen und stellst dich schlafend. Versuchst, an etwas Schönes zu denken; das hilft manchmal. Du überlegst, aber dir fällt nichts ein außer deiner Cousine Johanna.

»Lahmärsche«, flucht dein Vater und hupt, wenn auf der Überholspur ein Auto vor ihm fährt. Er kann es nicht ertragen, jemanden vor sich zu haben.

Am Strand ist dein Vater der König und du sein ihm höriger Adjutant. Er baut die größten Sandburgen, buddelt die tiefsten Löcher. Einmal gräbt er dich bis zum Kopf in den Sand ein. Freut sich dabei wie ein törichtes Kind. Erst als Adele voller Entsetzen schreit, »Heinrich, hör auf!«, kommst du wieder frei.

Mit fünfzehn ändert sich alles. Du legst den Schalter um, streifst das Müssen ab; das eigene Wollen bestimmt jetzt deinen Alltag. Das Machen. Das Sein.

Ändere dein Leben, dann ändert sich die Welt.

Ändere die Welt, sie hat es nötig.

Das Komplizierte fällt von dir ab. Alles wird einfacher. Durchschaubarer. Schwarz und weiß. Richtig und falsch. Korrekt und verkehrt. Zellingen ist verkehrt, ist falsch, ist Einöde, Langeweile, Provinz, Stillstand. Zellingen ist Unterwäsche.

Das Fernsehen zeigt das andere, wirkliche Leben, das dich immer mehr interessiert.

Revolte, Auflehnung, Fortschritt. Frankfurt, München, Berlin.

Es gibt kein richtiges Leben im falschen.

Von da an bist du nicht mehr krank. Nicht ein einziges Mal. Du lässt die Haare wachsen, gehst in Opposition zu Heinrich, Adele, der Schule, Zellingen. Zu allem. Schlägst auch mal zu, wenn man dir dumm kommt.

Was dein Vater sagt, zählt von nun an nicht mehr. Dein Vater steht für all das, was du ablehnst.

»Solange du deine Füße unter meinen Tisch …«, sagt er.

Du lachst. Seine Worte kommen nicht mehr an bei dir. Sie klingen hohl, leer, aus einer anderen, vergangenen Zeit. Ohne Esprit und Substanz. Ohne Macht.

Einmal schlägt er dich noch, mit der Hand ins Gesicht, weil er merkt, dass seine Worte nicht mehr greifen, geschweige denn etwas bezwecken. Adele weint.

Du sagst: »Das war das letzte Mal, wenn du mich noch mal schlägst, schlag ich zurück.«

Du merkst, wie er überlegt, dein Vater, der große Heinrich Braun-Broich, der Unterhosenfabrikant, der Vorsitzende des Schäferhundzuchtvereins, der ehemalige Ortsgruppenleiter, Mitglied der NSDAP. Der entnazifizierte Denunziant.

Verunsichert ist er, eingeschüchtert, schwach. Er wagt es nicht.

Feige, denkst du. Er ist feige; das war er schon immer. Er hat Angst, dass sein Sohn ihm eins in die Fresse haut.

Du bist jetzt größer und kräftiger als er. Du fühlst dich stark, überlegen. Du bist Frankfurt, München, Berlin.

In Zellingen. Du rauchst. Zuerst heimlich, dann in deinem Zimmer. Zuletzt im ganzen Haus. Das Hanteltraining zeitigt Ergebnisse. Der Rudersport auf dem Neckar macht aus einem Strich ein selbstbewusstes Ausrufezeichen. Heinrich fürchtet sich, fürchtet dich, scheint zu kapitulieren.

Auch Adele kommt nicht mehr an dich heran. Nur Johanna, deiner Cousine, hörst du noch zu. Sie ist die Einzige, die dich interessiert. Die du begehrst, heimlich, mit schlechtem Gewissen und ohne Aussicht auf Erfolg. Du suchst ihre Nähe, unter Vorwand. Immer wieder, auch wenn du merkst, dass sie es nicht will. Du beobachtest sie. Schaust nachts an den Vorhängen vorbei ins Wohnzimmer, in die Küche. In der Siedlung, in Zellingen.

Du bist eifersüchtig auf Simon Kaminski, ihren Mann, der sie umarmt, sie küsst. Und auf Magnus, ihren Sohn, den sie umarmt und küsst.

Als du sechzehn bist, ist sie dreißig. Sie sieht höchstens aus wie fünfundzwanzig, du wie achtzehn. Läppische sieben Jahre, denkst du. In anderen Kulturkreisen sind verwandtschaftliche Verhältnisse kein Hindernis.

Du träumst von ihren Rehaugen. Den lässig hochgesteckten Haaren. Dem kleinen Busen. Bis er ihr wegoperiert wird. Du gibst dir die Schuld und weißt von da an, wenn es einen Gott gibt, dann ist er ein Arschloch.

Ab jetzt ist er tot für dich. Oder dein Feind.

DAS PROBLEM DER OBSESSION

»Natürlich habe ich ein Problem, das weiß ich auch.«

»Das ist doch nicht normal«, sagt Paul, mein Mitbewohner. »Geh doch mal zum Arzt.«

Ich lache, mehr aus Verlegenheit denn aus Freude.

Es gibt heutzutage für alles Ärzte, warum also nicht auch dafür. Paul, als angehender Mediziner, muss es ja wissen.

Dafür? Wofür?

»Dass ständig alte Weiber hier anrufen«, sagt er. Ich versuche zu relativieren: »Ständig«, sage ich, »ist übertrieben.«

»Svetlana, Liane, Doris, Sybille, Marissa.« Aus seiner Faust schießen die Finger wie Pistolenläufe, alle auf mich gerichtet. Ich reiße die Hände hoch zum Zeichen der Kapitulation, während Paul auf die Wiedergabetaste des Anrufbeantworters drückt.

Warum meldest du dich nicht? Es ist Doris' Stimme, die wie Doris klingt: übergewichtig, vulgär. Es piepst.

Sybilles Stimme: *Treffen wir uns heute? Ich habe Sehnsucht nach dir.* Es piepst noch einmal.

Hallo, hier ist Ihr Berater vom Privatkundencenter der Sparkasse, Ihr Dispo-Kredit ist überzogen, rufen Sie mich bitte an. Meine Nummer 443892–33, Herr Balde.

Paul drückt voller Genugtuung auf die Stopp-Taste.

Er hat recht, ich habe ein Problem. Und nicht nur mit meinem Dispo-Kredit.

»Hier, die Mutter einer Kommilitonin.« Paul legt mir eine Visitenkarte neben das Telefon.

Meine Psychotherapeutin, die Mutter von Pauls Kommilitonin, rät mir, mich meiner Vergangenheit zu stellen, der Kindheit, nachdem ich ihr mein Verlangen nach älteren Frauen mit dicken Brüsten gebeichtet habe.

Als ich ihr vom frühen Tod meiner Mutter erzähle, von ihrem Brustkrebs, dem angespannten Verhältnis von Vater und Großmutter, scheint ihr alles klar zu sein. Sie macht sich Notizen und ein zufriedenes Gesicht.

»Warum begehre ich keine Männer?«, will ich bei der nächsten Sitzung von ihr wissen. »Immerhin ist mein Vater, als ich elf war, auch abhandengekommen.«

»Das kommt vielleicht noch«, sagt sie und notiert wieder etwas auf ihren kleinen Karteikärtchen.

Ich erschrecke. »Das ist doch nicht Ihr Ernst?«, frage ich, wobei ihr Gesichtsausdruck derselbe ist wie das letzte Mal, als ich ihr von Mutter und dem Brustkrebs erzählt habe.

Noch ist das Verlangen nach Männern, nach alten Männern, nicht zu spüren. Ich begehre keine Schwänze, ich begehre meine Psychotherapeutin und suche nächtelang auf youporn nach einer Frau, die ihr gleicht. Finde schließlich in der Kategorie Milf eine, die Frau Dr. Siemens-Kauf sehr ähnlich sieht. Die Brüste sind vielleicht nicht ganz so groß, die Haarfarbe nicht exakt das Blond der Therapeutin, und insgesamt ist sie molliger. Wobei ich nicht genau einschätzen kann, wie mollig Frau Dr. Simone Siemens-Kauf tatsächlich ist, denn nackt habe ich sie noch nie gesehen. Leider. Vorgestellt schon öfter. In meiner Phantasie ist sie genau wie Sheila, the Horny Milf in kitchen. Die sich siebzehn Minuten und einundfünfzig Sekunden in ihrer Küche und auf meinem Bildschirm räkelt, an sich herumfummelt und diverse Küchengeräte und Obstsorten aus dem Korb von der Anrichte lustvoll in diverse Öffnungen ihres Körpers steckt. Bisher

465723 Mal. Zumindest lassen die views darauf schließen, sofern nicht jemand manipuliert. Ich benote mit der Höchstquote 5:00, der Durchschnitt liegt bei 1:82, schlechtes Mittelmaß. Offenbar finden die meisten anderen Sheila the Horny Milf und ihre kitchen-Spiele nicht so begehrlich wie ich. Kein Wunder, die wenigsten werden Frau Dr. Simone Siemens-Kauf persönlich kennen.

Bei einer der nächsten Sitzungen erzähle ich ihr das Erlebnis von meiner Einschulung und berichte in diesem Zusammenhang auch von Sheila, nicht eins zu eins natürlich, sondern abgeändert und verbrämt, so als entstamme Sheila nicht dem World Wide Web, sondern, durchs Schlüsselloch betrachtet, meiner Kindheit in Zellingen, in Gestalt der Ehefrau meines Grundschullehrers Herr Hämmerle, mit dem zusammen sie in der Erdgeschosswohnung des Schulhauses wohnt.

»Interessant«, sagt Dr. Siemens-Kauf, schreibt wieder allerhand auf ihre Kärtchen und scheint den Austausch der Zeitebenen und die Erfindungen, die ich in meinen Bericht einflechte, gar nicht zu bemerken. Auch die Ähnlichkeit Sheilas mit ihr selbst, die ich ausführlich beschreibe, bis hin zu den Brustwarzen, bleibt ihr verborgen.

»Ob ich als Kind manchmal das Gefühl gehabt hätte, nicht geliebt worden zu sein«, fragt sie mich.

»Eigentlich nicht«, antworte ich und sehe, wie sich Falten auf ihrer Stirn bilden. Ich korrigiere mich: »Manchmal vielleicht schon.«

Die Falten verschwinden.

»Wann, zum Beispiel?«, fragt sie.

Ich denke nach, während sie ihren Stift in den Mund steckt, was mich sofort erregt. Ich beiße mir aufs Wangenfleisch, um mit dem Schmerz von der Erregung abzulenken. Ich schmecke Blut.

»Zum Beispiel«, sage ich, »hat meine Mutter mich jeden Morgen mit ihrem VW Käfer zur Schule gebracht. Als ich aus dem Wagen stieg, stand ich am Straßenrand, meinen Schulranzen auf dem Rücken, sah ihr hinterher und winkte. Meistens mit einer Hand, manchmal sogar mit beiden. Sie hat sich nie nach mir umgedreht. Es kam mir so vor, sie wäre froh gewesen, mich endlich abgeliefert zu haben.«

Ich mache eine Pause, hoffe, das genügt ihr.

»Und weiter?«

»Einmal kam Frau Hämmerle des Wegs, die Frau vom Grundschullehrer. Es war Sommer, kurz vor den Ferien, und sie hatte nur eine leichte Bluse an. Eine Bluse, rot, auf der Blumen aufgedruckt waren, gelb, mit kurzen Ärmeln, weitem Dekolleté und Knöpfen.«

Ich blicke zu Frau Dr. Siemens-Kauf und sage, als würde es mir gerade im Moment einfallen: »Eine Bluse, wie Sie eine tragen.«

»Was passierte dann?«

»Frau Hämmerle sah mich vergeblich winken, legte ihren Arm um meine Schulter, drückte mich an sich und sagte: ›Die ist schon weg‹ und: ›Komm, gleich fängt der Unterricht an.‹«

»Und weiter?«

»Ich spürte ihren großen weichen Busen an meinem Kopf, der warm war und nach Schweiß roch, nach dem Schweiß von Polyesterblusen. Ich schloss die Augen und wollte sterben.«

»Was?« Frau Dr. Siemens-Kauf scheint getroffen, zumindest klingt ihre Stimme so.

Ich erschrecke. »Nein, ich wollte nicht sterben, ich wollte mit ihr zusammenleben – ich meine, nicht mit ihr, sondern mit dem warmen Busen. Bis ans Ende meines Lebens, nur ich und ihr Busen.«

»Sehr schön«, sagt Frau Dr. Siemens-Kauf und ist mit mir zufrieden. Ich bin es auch.

»Vielleicht habe ich mich deshalb an den Schlüssellöchern der Lehrerwohnung herumgetrieben«, sage ich. »Sie wissen schon, wo ich Sheila – ich meine, Frau Hämmerle, in ihrer Küche …«

»Ich weiß«, geht Frau Dr. Siemens-Kauf forsch dazwischen, »das hatten wir schon. Das reicht für heute«, sagt sie und will die Sitzung beenden.

Mir reicht es nicht, weder heute noch generell.

Ich sage: »Da fällt mir noch etwas ein, wie ich nämlich mit der Bluse von Frau Hämmerle, Sie wissen schon, mit dergleichen, die Sie tragen, meine ersten sexuellen Erfahrungen gemacht habe. Ich habe ihre Bluse nämlich aus dem Wäschekorb für Schmutzwäsche im Keller des Schulhauses gestohlen, wo auch die Waschmaschine stand, und dann habe ich …«

»Danke, das reicht jetzt wirklich«, geht Frau Dr. Siemens-Kauf dazwischen. »Das nächste Mal ist auch noch Zeit.« Sie macht sich ein paar Notizen und entlässt mich.

»Schönes Wochenende.«

Frau Dr. Siemens-Kauf wird zur Obsession. Frau Dr. Siemens-Kauf würde eher eine anankastische Persönlichkeitsstörung in ihre Karteikärtchen schreiben, in Klammern vielleicht noch ICD-10. Was für mich auf dasselbe hinausläuft. Für sie nicht.

Ich gehe jetzt zweimal die Woche zu ihr. Versuche mich auch an ihre Tochter Vera-Rosa heranzumachen, die in einer antifaschistischen Aktionsgruppe engagiert ist, nur um die Therapeutin vielleicht auch mal privat zu Hause zu besuchen.

Es gelingt und gelingt doch nicht.

Vera-Rosa ist mir gegenüber sehr aufgeschlossen. Wir verstehen uns auf Anhieb gut und sind in vielen Dingen derselben Meinung. Zum Beispiel, was die Gentrifizierung in Berlin anbetrifft. Wir arbeiten zusammen in der gemeinsamen Aktionsgruppe »Mediaspree-Versenken«, wo es darum geht, den Investoren, Immobilienhaien und Spekulanten das Leben schwer zu machen, denn sie sind dabei, die Filetstücke an der Spree, die momentan zum Teil noch aus Wildwuchs und rechtsfreien Räumen bestehen, unter sich aufzuteilen. Allerdings scheint Vera-Rosa leider nicht das beste Verhältnis zu ihrer Mutter zu pflegen. Ich schlafe mit Vera-Rosa, die ganz anders aussieht als Frau Dr. Siemens-Kauf – sie ist viel dicker, halb so alt und hat einen kleinen Busen –, und stelle mir dabei vor, es wäre Simone, die Mutter. Es gelingt natürlich nicht, auch wenn ich die Augen schließe und Vera-Rosa den Mund zuhalte. Vera-Rosa ist politisch interessant, aber langweilig im Bett. Als sich abzeichnet, dass ich durch sie nicht näher an ihre Mutter herankomme und von der letzten Möglichkeit Abstand nehme, ihr ein Kind zu machen, was mit ziemlicher Sicherheit nicht nur die Öffnung der Praxis von Dr. Siemens-Kauf, sondern auch ihres Privathaushalts zur Folge hätte, beende ich mein intimes Verhältnis mit Vera-Rosa, bleibe ihr aber freundschaftlich verbunden.

Irgendwann scheint Frau Dr. Siemens-Kauf es dann doch zu merken. Ich vermute, sie beobachtet mich, wie ich mich abends in der Hofeinfahrt ihres Hauses in Schöneberg herumtreibe und darauf hoffe, durch die Fenster in ihrer beleuchteten Wohnung mehr von ihr zu sehen. Vielleicht merkt sie es auch an meinem Blick, der sie jedes Mal verschlingt, wenn ich auf der Couch liege, als wäre sie nicht meine Therapeutin und ich ihr Patient, sondern eher so, als wäre ich eine fleischfressende Pflanze und sie ein Hackfleischbällchen. Sie schlägt mir vor, mich an einen Kollegen zu überweisen. Ich sage, das könne sie doch nicht machen.

Sie sagt: »Oh doch, das ist das Beste für alle.« Sie sagt nicht für mich, sondern für alle, schließt sich also selbst mit ein.

»Für mich nicht«, antworte ich und lehne ab, woraufhin sie mir die Tür weist. Ich falle auf die Knie, umklammere ihre Waden, drücke meinen Kopf in ihren Schoß; ich werde sofort erregt, gestehe ihr, dass ich mich nach ihr verzehre, dass ich sie begehre, flehe sie an, dass ich mit ihr leben möchte wie mit dem warmen Busen von Frau Hämmerle. Ich könnte ihr einfach auch sagen, dass es mir fürs Erste schon genügen würde, sie zu vögeln. Das traue ich mich aber nicht.

Sie stößt mich von sich, sagt, dass ich schwer krank sei, sie mir aber nicht mehr helfen könne.

Ich gehe und bleibe mit meinem Problem alleine.

»Das ist mal wieder typisch«, sagt Vera-Rosa, als ich ihr meine abgebrochene Therapie gestehe. Damit meint sie ihre Mutter, nicht meine Obsession. In diesem Zusammenhang gesteht sie mir, dass sie mich noch immer liebe.

Ich sage, dass ich noch nicht bereit sei für die Liebe.

Sie sagt: »Macht nichts, es gibt Wichtigeres«, und legt den Demonstrationsverlauf für die nächste Aktion auf den Tisch.

»Ja«, sage ich und denke schon wieder an ihre Mutter.

Ich beschließe, mich von nun an selbst zu therapieren. Mit den Kisten aus dem Keller von Alt-Schönweide. Mit den Super-8-Aufnahmen und dem Projektor. Mit der Vergangenheit an der Wand, den wackelnden Bildern meiner Kindheit und dem Projektorgeknatter.

»Gute Idee«, sagt Paul und wünscht mir dabei viel Glück, bevor er nach Teneriffa für ein Praktikum abdüst.

Pass auf meinen Hund auf, steht auf einem Zettel, der am Morgen, nachdem er die Wohnung verlassen hat, auf dem Küchentisch liegt. *Einmal gießen*, steht darunter; dann sind unzählige Pflanzenarten aufgelistet, die in seinem Zimmer herumstehen, vor allem auf den Fenstersimsen. Darunter steht: *Post nachsenden an*, mit angefügter Adresse. *Danke.*

Leck mich, denke ich und lege die von mir in stundenlanger Arbeit zusammengeklebten Filmstreifen in den Projektor. Ich schalte ihn ein. Es knattert. Ich werde aufgeregt, gleichzeitig seltsam entspannt. Luftig leicht und melancholisch nachdenklich. Ich starre an die Wand und tauche ab in eine andere Geschichte, die Geschichte meiner Familie.

HASE IM ZYLINDER

Der Projektor rattert. Es ist mittlerweile ein vertrautes Geräusch, auf das ich wie bei einem Pawlowschen Reflex sofort reagiere. Es lässt mich ruhig werden, andächtig, ein Kind, der Sechsjährige in Zellingen, der Zwölfjährige in Alt-Schönweide. Es ist Betrachtung und Identifikation, Anschauung und Analyse. Oberfläche und Tiefe. Reflexion und Kontemplation. Zwei Seiten einer Medaille, die sich vor mir dreht, zuerst langsam, wackelnd, dann immer schneller, bis sich oben und unten verliert, links und rechts aufhebt. Ich schwebe mit achtzehn Bildern pro Sekunde.

Ich bin hier in Berlin-Friedrichhain, in meinem abgedunkelten, nach Marihuana riechenden Zimmer, zweiter Stock, Hinterhof, und gleichzeitig im Schwäbischen, in Zellingen, im Garten des Einfamilienhauses meiner Eltern, an einem Sonntagnachmittag. An meinem Geburtstag. Es ist der sechste.

Viel Glück und viel Segen auf all deinen Wegen, Gesundheit und Frohsinn sei auch mit dabei.

Die Sonne scheint, alle sind da. Meine Mutter, Großmutter, Onkel Heinrich, Adele, ein paar Kinder aus der Nachbarschaft und Landolf. Nur Vater sehe ich nicht, vermutlich weil er es ist, der die Super-8-Kamera hält.

Es gibt selbstgebackenen Kuchen, Schwarzwälderkirsch, Kaba für die Kinder, Kaffee für die Erwachsenen und viel Schlagsahne.

Mit den Bildern kommt die Erinnerung zurück. Der Ton, die Sprache, die Sätze.

»Mach doch mal«, sagt Onkel Heinrich und zeigt auf seinen Sohn. »Landolf, jetzt mach doch mal.«

Ich stehe vor einem Berg von Geschenken, eingepackt in buntes Papier, große und kleine Schachteln, Tüten, Beutel.

»Und was bekomme ich von dir, Mama?«, frage ich, als wäre das alles noch nicht genug.

»Wart's ab.« Sie lächelt. Ich weiß, dahinter versteckt sich eine ganz besondere Überraschung.

»Jetzt mach doch endlich mal«, kommandiert Onkel Heinrich und zeigt auf seinen Sohn. »Landolf, jetzt mach doch mal.«

Landolf steht mit den Händen in den Hosentaschen seines neuen dunkelblauen Samtanzugs wie ein Fremdkörper im Garten, mit weißem Hemd und Fliege, und verzieht missmutig das Gesicht; er ziert sich, will nicht, nicht jetzt und nicht vor all den Leuten.

»Bitte, Landolf, mach doch«, sage ich und sehe ihn fordernd an, genau wie alle anderen.

»Na los, das Geschenk, zaubere was!«, herrscht Onkel Heinrich ihn an. »Oder scheißt du dir jetzt in die Hose?«

Ich lache, verschämt, leise. Die Nachbarskinder lachen auch, lauter. Die Großmutter und Heinrich lachen am lautesten. Adele schmunzelt nur. Johanna lacht nicht.

»Hosenscheißer!«, bellt Heinrich, angestachelt von der humorigen Reaktion der anderen, und pafft mit aufgeblähten Wangen an seiner Zigarre. Er lacht, dass sein Gesicht rot-braun wie eine Rinderleber anläuft, nur die Narben schimmern weiß darauf.

»Das kannst du doch nicht sagen«, sagt Simon, mein Vater, hinter der Kamera und verwackelt dabei die Aufnahme.

»Kann er schon«, widerspricht die verwackelte Großmutter. »Misch du dich bloß nicht ein.« Es klingt wie: Halt dein Maul.

»Jetzt beruhigt euch doch«, versucht Johanna zu schlichten. »Er kann ja später noch.«

Sie streicht mir über den Kopf, beugt sich zu mir hinunter und sagt: »Pack erstmal die anderen Geschenke aus«, während Landolf zu weinen anfängt, leise, mit nur wenigen Tränen.

»Na komm her«, sagt Johanna und nimmt ihn in die Arme.

»Lass das, ich mach das schon«, sagt Adele, entreißt ihr Landolf, legt den Arm um ihn.

»Wer will einen Schnaps?«, ruft Onkel Heinrich und schenkt ein paar Gläser voll, während mein Vater die bunten Pakete mit den aufgemalten Schildern filmt. *Von Omi* steht da und *Von Onkel Heinrich und Tante Adele, Von Konrad und Hans, Margit, Esther* und *Von Oma Edith und Opa Karl (*DDR*).*

Am frühen Abend, nach zwei Stunden auf der Geburtstagsfeier und einen Film später, zaubert Landolf doch noch. Der Kuchen ist gegessen, der Tisch abgeräumt, die Kirschlikörflasche halbleer. Alle Geschenke sind ausgepackt. Das bunte Papier liegt zerknüllt im Gras. Eine Carrerabahn von Onkel Heinrich und Tante Adele. Gestrickte Socken und eine gehäkelte Mütze mit Bommel von Großmutter Terese. Das Sandmännchen als Handpuppe von Oma Edith und Opa Karl aus der DDR.

»Unser Sandmann ist viel schöner«, sagt Terese.

Onkel Heinrich nickt, Adele auch. Ich stecke die Hand in die Puppe und singe: *Kommt ein Wölkchen angeflogen, schwebt herbei ganz sacht, und der Mond am Himmel droben hält derweil schon Wacht.*

Konrad, Esther, Margit und Hans singen mit.

Abend will es wieder werden, alles geht zur Ruh. Und die Kinder auf der Erde machen bald die Äuglein zu. Doch zuvor, von fern und nah, ruft's: Das Sandmännchen ist da!

»So ein Blödsinn, so einen Kinderkram zu schenken«, sagt Großmutter Terese, »der Bub ist sechs.«

»Außerdem sieht der Sandmann aus wie ein Weib«, brüllt Heinrich und lacht wieder, dass sein Gesicht zur Rinderleber wird.

»Mama«, versucht Johanna die Großmutter zu zügeln.

»Ist doch wahr.«

Comichefte sind zu sehen, von den Nachbarskindern Konrad, Hans, Margit und Esther. Asterix, Micky Mouse, Lucky Luke, I'm a poor lonesome cowboy, and a long way from home.

Jetzt zaubert Landolf. Zuerst eine Spielkarte, das Pik-Ass, aus meinem Ärmel. Dann legt er die Karte auf ein ganzes Kartenspiel und hält mir den Stapel hin.

»Zieh.«

Ich ziehe eine Herz-Dame.

»Merk es dir und leg sie auf den Stapel. Heb ab.«

Ich lege die Karte auf den Stapel und hebe ab. Meine Herz-Dame muss jetzt irgendwo mitten zwischen den Karten sein. Landolf deckt nun von oben einzeln die Karten auf, bis zu der gesuchten, und sagt: »Das ist sie.«

Die Herz-Dame schaut mich an. Ich nicke. Alle klatschen wieder. Landolf schaut ungerührt.

Anschließend zaubert er eine Zweimarkmünze aus meinem Ohr, lässt sie in seiner Nase verschwinden und zieht sie dann aus der Nase Johannas, hernach lässt er sie in seinem eigenen Mund verschwinden, um sie schließlich erneut aus meinem Ohr zu ziehen. Das macht er mehrmals hintereinander, immer schneller, so lange, bis das Geldstück verschwunden ist.

»Bravo«, ruft Onkel Heinrich, steht von seinem Stuhl auf, sodass der nach hinten umkippt und im Gras landet. Heinrich klatscht wie die Daltons aus Lucky Luke.

Die anderen jubeln auch und applaudieren, während ich staune und Landolf beinahe gleichgültig dreinschaut.

»Weiter, los, mach weiter«, ruft Onkel Heinrich, will sich wieder setzen und fällt neben den Stuhl ins Gras.

Landolf grinst. Adele schreit: »Um Gottes willen«, während mein Vater alles filmt.

»Halb so schlimm«, sagt Heinrich, setzt sich auf den Stuhl und befiehlt: »Weiter.«

Landolf zaubert farbige Tücher aus meiner Hose. Ein nicht enden wollendes Band aus Stoff, grün, blau, rot, gelb, schwarz, weiß.

»Und jetzt das Geschenk«, brüllt Heinrich, trinkt noch einen Kirschlikör und assistiert seinem Sohn.

»Simsalabim«, ruft Heinrich, immer wieder, es hört sich furchtbar an, und Landolf zaubert aus einem schwarzen Zylinder ein weißes Kaninchen. Alle klatschen, staunen. Ich auch.

»Das ist Lucky«, sagt Johanna und: »Herzlichen Glückwunsch zum Geburtstag, mein Schatz.« Sie küsst mich auf die Wange.

Die Großmutter kichert, Onkel Heinrich klatscht wieder in die Hände wie die Daltons und Adele strahlt, als hätte ihr Sohn gerade in Betriebswirtschaftslehre promoviert.

»Der Stall ist von mir«, sagt Landolf.

Heinrich zieht eine bunte Tischdecke von dem vergitterten Hasenstall, in dem vor ein paar Wochen noch Landolfs Hasen saßen.

»Danke«, sage ich und streichle dem ängstlichen Kaninchen über das Fell.

FELDPOST

Absender Grend. Anton Schmidle 3. Komp. Marine Marsch Battalion 4
Hammerstein Nord Truppenübungspl. in Pommern (4)

Hammerstein den 27.8.44

Meine liebe Frau mit Kind!
Heute Sonntag mußten wir um 6 Uhr aufstehen und hatten Dienst bis um 4 Uhr. Vorgestern hab ich einen Befehl verweigert vom Zugführer, mußte dann sofort zum Stabsscharfführer u. es melden. Dem hab ich's aber gesagt, daß ich mit 37 Jahren kein Bub mehr bin. Mir sind nämlich beim Unterricht die Augen ein paar Mal zugefallen dann sagte mein Zugführer, wenn du Schlaf hast hole einen Kübel Wasser. Das habe ich getan und sollte dann den Kopf hinein stecken. Das hab ich aber nicht getan. Er stellte es als Befehlsverweigerung hin, aber ich glaube, der hat einen Rüffel gekriegt. Er mußte sich nämlich nach dem Unterricht sofort beim Stabsscharfführer melden u. heut ist er der beste Mensch mit mir u. hat sich durch die Blume entschuldigt.

Gestern habe ich von Dir einen Brief erhalten zu meiner großen Freude 1 Brief u. das Paket mit Rauchfleisch u. Süßstoff, meinen allerherzlichen Dank dafür.

Liebe Terese,
wie Du schreibst geht es der Landwirtschaft gut. Aber was hilft das Geld wenn man nichts kaufen kann, das einzige ist, daß Du mehr Arbeit hast u. Dich kaputt machst.

Trinke u. esse ja was Dir schmeckt sonst kommst Du auf den Hund wie man so sagt. Hat Johanna mit ihrem Zahn recht geklagt?

Liebe Terese war gestern beim Arzt. Er sagte zu mir das Herz ist sehr gut u. die Lunge ist gut ausgeheilt. Das Schnaufen kann von der Krankheit u. meinem Alter kommen, das war alles was er mir zur Antwort gab u. ich soll weiter machen.

Will für heute schließen u. wünsche Dir gute Besserung.

Es grüßt Dich sowie die liebe Johanna recht herzlich Anton

TAL DES SCHWEIGENS

Sie hatten gerade die russisch-litauische Grenzstation auf der Kurischen Nehrung hinter sich gelassen und hatten dabei die Grenzformalitäten erneut mit den Geldscheinen aus der Handtasche von Großmutter erledigt.

»Warum das denn?«, wollte Magnus erstaunt wissen. »Wir haben doch alles, Pass, Visum …«

»Prophylaktisch!« Ihre Handtasche schien ein unerschöpfliches Reservoir zu sein. Was die Abfertigung enorm beschleunigte.

Sie fuhren jetzt auf der 167, der einzigen asphaltierten Straße, die auf litauischer Seite der Länge nach über die Insel führte an Sandtälern, Kiefern- und Birkenwäldern und den höchsten Wanderdünen Europas vorbei Richtung Klaipėda. Das Wetter war nicht wiederzuerkennen. Von Regen keine Spur mehr. Eine strahlende Sonne stach vom wolkenlosen Himmel, sodass die Klimaanlage auf Hochtouren arbeiten musste.

Zofia hielt ihren Bauch, die Großmutter packte ihr Häkelzeug aus, und Landolf ließ sich von der Schönheit der Insel berauschen. Rauchen war in Gegenwart einer Schwangeren tabu.

Als Magnus' Augen mehrmals im Innenspiegel auftauchten, dabei überhaupt nicht entspannt, eher flirrend nervös aussahen, war Zofia die Erste, die von diesen Blicken beunruhigt wurde. Die anderen waren daran gewöhnt.

»Was ist?«, fragte sie, als wollte sie wissen: »Gibt's Probleme?«

»Ich bin mir nicht sicher, aber ich glaube, wir werden verfolgt.«

Zofia wollte gerade den Kopf drehen und nach hinten schauen, als die Großmutter sie davon abhielt. »Nicht umdrehen.«

»Von wem?« Landolfs Inselrausch war dahin.

»Seit der Grenze fährt uns ein zitronengelber Wagen hinterher.«

»Was für ein Wagen?« Landolfs linkes Bein wippte aufgeregt; in seiner Stimme machte sich Nervosität bemerkbar. Auch Zofia wurde unruhig, rutschte auf ihrem Sitz hin und her. Die Großmutter legte beiden eine Hand auf den Oberschenkel, was aber nichts half.

»Ich weiß nicht. Könnte irgendwas Polnisches sein. Ein Dacia vielleicht.«

»Marek!«

»Ein Dacia ist ein rumänisches Auto«, sagte Landolf.

»Warum sollte Marek …« Die Großmutter versuchte, Zofia zu beruhigen.

»Marek. Es ist Marek.« Zofia flüsterte es, als würde Marek sie nicht nur verfolgen, sondern auch noch belauschen.

»Beruhige dich.«

Zofia drehte den Kopf und schaute über die Rückbank hinweg zur Heckscheibe hinaus. Beobachtet vom zunehmend besorgten Landolf.

»Er ist es!« Es klang endgültig. Dann, überrascht: »Der hat gar nicht Visum.«

»Vielleicht baut der Grenzer gerade eine Datscha?«, sagte Magnus und rieb Daumen und Zeigefinger aneinander. Er war neben der Großmutter der Einzige, den die Verfolgung durch Marek kaltließ.

»Und jetzt?« Landolf wagte ebenfalls einen Blick durch die Heckscheibe. »Es ist ein Dacia 1300.«

»Häng ihn ab«, sagte die Großmutter kühl, nüchtern, berechnend, wie man sagt: »Leg ihn um.«

Magnus lachte, wenig überzeugt von seinen eigenen Fahrkünsten.

»Mann, das ist ein Dacia.« Landolf beugte sich zwischen den Sitzen hindurch nach vorne und redete auf Magnus ein. »Ein alter, klappriger 1300er.« Ob er klapprig war, konnte er natürlich nicht wissen.

»Siehst du das Schild da? Achtzig steht da drauf.«

»Ja, aber nicht, wenn man verfolgt wird.«

»Klugscheißer.«

»Hört auf und gib Gas«, befahl die Großmutter, woraufhin Landolf den Kopf zwischen den Sitzen zurückzog und erneut zur Heckscheibe hinausschaute. Zofia versuchte, sich so gut es ging auf der Sitzbank zu verstecken, was mit dem dicken Bauch gar nicht so einfach war, und rutschte dabei halb in den Fußraum. Magnus beschleunigte den Audi, was aber nicht viel half, weil die Autos vor ihm nicht im Traum daran dachten, wie er über die Insel zu rasen, sodass ihnen die Sehenswürdigkeiten, die schneeweißen Sandberge der großen Dünen, der Leuchtturm, die gut erhaltenen Fischerhäuser mit ihren Stroh- und Schilfdächern und das UNESCO-Weltkulturerbe entgangen wären. Sie wollten das Naturschutzgebiet fahrend genießen oder, besser noch, gemächlich über die Insel schleichend, mit aller Zeit der Welt.

»Gib Gas, verdammte Scheiße.« Landolf vergaß die einem Mönch angemessene Ausdrucksweise in Anbetracht des näher kommenden zitronengelben Dacias völlig.

»Was glaubst du, was ich mache, hä? Vor mir fährt aber ein Auto.«

»Dann überhol es.« Auch Landolf war fast im Fußraum des

Wagens abgetaucht und spähte geduckt über die Rückbank hinweg nach draußen, als läge er beobachtend in einem Schützengraben, in dem ihm jeden Moment die Kugeln um die Ohren fliegen würden.

»Sehr witzig. Auf der Gegenfahrbahn sind die Autos aufgereiht wie an einer Perlenkette.«

»Er kommt näher.« Zofia flüsterte es verzweifelt und mit einem Zittern in der Stimme.

Sie durchquerten gerade einen der dichten Kiefernwälder.

»Mist.« Landolf klang ähnlich verzweifelt.

»Fahr rechts rein«, entschied die Großmutter. Ihr Wort hatte noch immer Gewicht. Ohne zu blinken, bog Magnus abrupt in einen Waldweg ein, wobei er die Geschwindigkeit kaum verringerte. Der Vogel krächzte. Artur wurde gegen die Tür geschleudert. Zofia landete auf der Großmutter und beide zusammen auf Landolf, der dadurch gänzlich im Fußraum verschwand.

»Aua.« Er stöhnte. Erst später bemerkte er, dass sich dabei die Häkelnadel der Großmutter auf seinem Oberarm verewigt hatte, nahe der Tätowierung.

»Stell dich nicht so an«, sagte die Großmutter. »Komm endlich wieder hoch.«

Magnus fuhr auf einem schmalen Sandweg Richtung Küste. Der Kiefernwald endete. Die hohen Wanderdünen tauchten vor ihnen auf und strahlten weiß in der Ferne, als wären sie schleichende Orakel, die gerne befragt werden wollten. Wobei der Handlungsspielraum und die Entscheidungsfreiheit bescheiden anmuteten. Große Staub- und Sandwolken wurden hinter dem Wagen hochgewirbelt, was die immer langsamere Fahrt dramatisch illustrierte. Beim Anblick der Sanddünen fiel Magnus ein Schlager seiner Kindheit ein: *Ich hab noch Sand in den Schuhen aus Hawaii.* Die Fernsehmoderatorin meldete sich zu Wort.

»Bitte wenden. Bitte wenden.« – Typisch, reichlich spät und in scheinbar auswegloser Situation.

»Halt's Maul«, schimpfte Magnus, als sei es nicht bloß eine elektronische Stimme aus dem Navi. Artur fühlte sich angesprochen und verkroch sich, während Magnus wohl oder übel feststellen musste, dass die Fernsehmoderatorin mit ihrer Einschätzung nicht ganz falschlag. Der Weg wurde immer unbefestigter, verschmolz langsam, aber stetig mit dem Sand links und rechts der Piste und schien sich darin aufzulösen.

»Gówno, hinter uns, er kommt«, schrie Zofia.

Der Weg verlor sich nun ganz und wurde vom Sand verschluckt.

»Scheiße, der Weg ist weg.« Magnus war mehr überrascht als verärgert.

Der Wagen kam jetzt beinahe zum Stillstand. Die Reifen drehten durch. Der gelbe Dacia rückte immer näher.

»Halt an«, befahl die Großmutter. Was anachronistisch klang, da der Wagen ohnehin nur mehr im Schritttempo fuhr. »Ich rede mit ihm.«

»Mit dem nicht kannst reden du.« Zofia drückte den Knopf an ihrer Seitentür nach unten.

Magnus hielt an. Oder besser, der Wagen stoppte von selbst, da die Räder durchdrehten. Großmutter stieg aber nicht aus. Auch keiner der anderen. Niemand rührte sich. Sie saßen im Auto, schauten zur Heckscheibe hinaus und warteten, was passieren würde.

Und es passierte einiges!

Der Dacia stoppte ein paar Meter hinter ihnen. Marek stieg aus. Er rannte zum Audi und versuchte, die Türen zu öffnen, was wegen der heruntergedrückten Knöpfe nicht gelang. Magnus hatte noch immer den Schlager aus seiner Kindheit im

Ohr. Jetzt fiel ihm ein, woran Marek ihn erinnerte. An Bata Illic, den serbischen Sänger des Kindheitsschlagers. Marek hatte ohne Zweifel eine gewisse Ähnlichkeit mit Bata Illic. So wie Magnus ihn damals, Mitte der Siebzigerjahre, auf dem Sofa bei seiner Großmutter in Zellingen im Fernsehen bei *Disco* gesehen hatte, während seine Mutter Johanna gerade im Schlafzimmer des Einfamilienhauses vom Krebs dahingerafft wurde. Beim Anblick von Marek respektive Bata Illic fielen ihm noch andere Hits seiner Kindheit im Schwäbischen ein. *Wo Liebe ist, da ist auch ein Weg* – was in diesem Fall nicht ganz stimmte – oder *Komm auf das Schiff meiner Träume* und *Ein Herz steht nie still.* Das konnte von Marek nicht behauptet werden. Sein Herz raste. Nicht nur das Herz. Er schlug mit den Fäusten auf das Dach des Audis ein, auf die Motorhaube, die Scheibe, als wollte er den Wagen mit bloßer Hand zerlegen. Unterstützend nahm er die Füße zu Hilfe, mit denen er mit voller Wucht gegen Kotflügel und Türen trat. Artur versuchte sich ganz im Fußraum des Beifahrersitzes zu verkriechen. Der Vogel stellte sich tot. Magnus' Schiff der Träume versank mit jedem Schlag, bis sein Hang zur Sentimentalität dahin war und das vorwurfsvolle Gesicht Lianes als Orakel über den Sanddünen auftauchte. Was ihn sofort zum Handeln zwang.

»He, der spinnt doch!« Magnus öffnete die Tür. Er stieg aus. Die Angst um das Auto war größer als die Furcht vor Marek. Er hatte sich auf die Schnelle ein paar Formulierungen zurechtgelegt – im Stile von »Das kannst du doch nicht machen« oder »Lass uns darüber reden« –, Floskeln, die sich in solchen Fällen vielleicht gut anhören, in der Regel aber kaum helfen. Doch ehe er einen Mucks von sich geben konnte, packte Marek ihn wutentbrannt am Kragen, schleuderte ihn auf die Motorhaube, als wöge er nicht fünfundsiebzig Kilo, sondern fünf, und schlug auf ihn ein wie zuvor auf das Dach, die Kotflügel und die Scheiben. Natürlich versuchte Magnus sich zu wehren, was aber wenig professionell aussah. Ein großer Schläger war er nie gewesen. Im Auto schrie Zofia, als bekäme *sie* die Tracht Prügel. Die Großmutter saß erstarrt da und beobachtete die Keilerei durch die Windschutzscheibe. Landolf war wieder aus dem Fußraum aufgetaucht. Er schnaubte. Sein Kopf lief rot an. Er stieg aus, rannte nach vorne zur Motorhaube und versuchte, Marek von Magnus loszureißen, was ebenfalls nicht gerade kampfgeschult und professionell anmutete. Während Marek unablässig schrie, fluchte und um sich schlug, klammerte Landolf sich an ihm fest, als sollte seine Umklammerung Marek die Kräfte rauben oder ihm selbst dieselben verleihen, bis Marek ihm mit der Faust einen Schlag ins Gesicht verpasste. Es klatschte wie der Schlag einer Hand, die einer Fliege das Argument für die Endlichkeit liefert. Landolf hielt beide Hände vors Gesicht, taumelte und fiel in den Sand. Magnus lag noch immer wie ein Insekt auf dem Rücken und der Kühlerhaube des Fahrzeugs. Marek ließ von ihm ab und stürzte zur Fahrertür des Wagens. Er zog das Knöpfchen der Seitentür nach oben, riss selbige auf und zerrte Zofia, die wie am Spieß schrie, an den Haaren aus dem Auto und hinter sich her zu seinem Dacia.

»He, hör auf, lass sie in Ruhe.« Magnus, der noch immer auf der Kühlerhaube lag und wieder zu Kräften gekommen war, stürzte sich von hinten auf Marek und schlug auf ihn ein, sodass er Zofia gezwungenermaßen kurzzeitig loslassen musste. Auch Landolf hatte sich aufgerappelt und eilte Magnus mit blutendem Gesicht, aufgeplatzte Lippe, aufgerissene Augenbraue, zu Hilfe. Marek hatte nicht nur Ähnlichkeit mit Bata Illic, er war auch jünger und vor allem besser trainiert als Landolf und Magnus zusammen und im Umgang mit Handgreiflichkeiten geübter. Er prügelte nun vor allem auf Landolf ein – sein Verhältnis zu Kirchenmännern schien nicht das beste zu sein –, sodass die Platzwunden in seinem Gesicht proportional zu den Schlägen zunahmen. Die zarte Mönchshaut war für derartige Gewaltexzesse nicht geeignet. Dennoch ließ Landolf keineswegs von Marek ab, sondern klammerte sich hartnäckig an ihm fest, was beinahe schon verzweifelt wirkte. Zuerst am Bauch und dann, als er zu Boden fiel, an den Beinen. Irgendwann riss Marek der Geduldsfaden. Er stürzte zurück zu seinem Dacia, wobei er Landolf, der sich noch immer an seinen Beinen festklammerte, hinter sich her schleifte, holte eine Waffe, eine Makarov, aus dem Handschuhfach und schrie jetzt, noch lauter als zuvor, irgendetwas auf Russisch. Es klang brutal und hörte sich allein schon akustisch nach Körperverletzung an.

Zofia schrie »Nie!!! Nie!!!«, dann auf Deutsch: »Nein!!! Nein!!! Bitte, nein, nicht!!!«

Erstaunlicherweise hatten die Waffe und das Gebrüll Mareks keine abschreckende Wirkung auf die anderen. Zumindest nicht auf Landolf. Das Gegenteil war der Fall. Bei Landolf knallten nun ebenfalls die Sicherungen durch. Er ließ Mareks Beine los und stürzte sich wagemutig und im Stile eines im Nahkampf erfahrenen Raufbolds auf den Russen. Völlig überrascht ob der Courage des Mönchs, der im Gesicht übel gezeichnet war, schien Marek an Konzentration, auch an Boden zu verlieren. Landolf griff immer wieder nach Mareks Waffe und versuchte ihm dabei in den Unterleib zu treten, sodass Marek sich nicht mehr anders helfen konnte, als einen Schuss abzufeuern. Ob er tatsächlich absichtlich feuerte oder ob sich die Kugel im Eifer des Gefechts einfach aus Versehen löste, konnte hernach nicht mehr rekonstruiert werden. Auf jeden Fall peitschte ein Schuss durch die Luft.

Nach dem Schuss herrschte im Tal des Schweigens, in dem sie sich befanden, tatsächlich für einen Moment nichts als Schweigen. Stille. Ruhe. Als hielte die Natur die Luft an. Kein Piep war mehr zu hören. Als stünde die Zeit still. Für einen Moment. Dann setzte wieder hektisches Treiben ein. Die Kugel durchschlug die Heckscheibe des Audis, wobei sie in Tausende zusammenhängende Teile zersplitterte, flog wenige Zentimeter an der Großmutter vorbei und bohrte sich in den Fahrersitz. Artur sprang panisch aus dem Wagen und flitzte in Richtung Strand davon. Die Alarmanlage des Autos wurde aktiviert und hupte in gleichmäßigen Abständen vor sich hin.

Und Landolf vergaß sich durch den Schuss, den Knall, völlig. Brüllend wie ein Tier stürzte er sich auf Marek und drosch mit den Fäusten und einer Schlagfrequenz auf den Russen ein wie seinerzeit Muhammad Ali im Weltmeisterschaftskampf gegen George Foreman in Kinshasa kurz vor Ende der 8. Runde. Marek, von der Vehemenz des Mönchs erstaunt, geriet in die Defensive. Auch die Großmutter stieg nun aus dem Wagen und versuchte zuerst verbal, dann auch mit Hilfe ihrer Handtasche zu schlichten. Sie schlug mit dem Täschchen immer wieder gezielt auf Mareks Nieren. Landolf gelang es tatsächlich, dem von Tereses Attacke überraschten Marek die Waffe zu entreißen. Anstatt Marek nun damit zu bedrohen und zur Aufgabe zu zwingen, hielt er die Makarov andächtig in der Hand, als ginge eine hypnotische Wirkung von ihr aus. Das Brüllen verstummte. Als wäre es ein Déjà-vu-Erlebnis, das erst noch realisiert werden musste, starrte Landolf auf die Schusswaffe. Diese Unaufmerksamkeit nutzte Marek aus und verpasste Landolf einen Fußtritt, der an eine asiatische Kampfsportart erinnerte, sodass Landolf mitsamt der Waffe durch die Luft flog und mit dem Kopf gegen den Kotflügel des Dacias prallte. Regungslos blieb er am rechten

Vorderreifen liegen. Magnus schnappte sich die Pistole, die neben Landolf im Sand gelandet war, und richtete sie auf Marek, wobei er ein albernes und wenig überzeugendes »Hände hoch!« brüllte.

Marek nahm keineswegs die Hände hoch, sondern flüchtete sich in seinen Dacia, legte den Rückwärtsgang ein und gab Vollgas. Die Reifen drehten durch und wirbelten Sand auf. Kaum noch etwas war zu sehen; dann fanden die Reifen Halt, woraufhin der Wagen sich rückwärts über den Sandweg bis zum Kiefernwald wühlte, dort umständlich wendete, vorwärts zur asphaltierten Straße fuhr und verschwand.

»Scheiße«, fluchte Magnus, wobei offen blieb, ob er den flüchtenden Marek meinte oder Landolf, der noch immer bewusstlos im Sand lag.

Die Großmutter kniete bereits neben ihm, hielt seinen Kopf, weinte und zitterte am ganzen Körper. Sie schluchzte, weinte und stieß wie eine Litanei sich ständig wiederholende Worte hervor, nuschelnd, undeutlich und voller Verzweiflung. Dann deutlicher und noch verzweifelter. »Mein Junge«, hörte Magnus, und: »Landolf, bitte, bitte, Enkelchen, bitte wach auf, mein Liebes«, und: »Nicht sterben, tu mir das nicht an«, und: »Bitte, wach auf.« Natürlich wunderte Magnus sich über die Wortwahl der Großmutter. Er entschied aber, dass für Verwunderung, Betrachtung und Analyse der ganzen Angelegenheit noch genügend Zeit blieb. In Anbetracht des bewusstlosen Mönchs zu seinen Füßen beschloss er zu handeln. Er verpasste Landolf, der im Schoß der Großmutter ruhte, ein paar Ohrfeigen. Was ihm nicht schwerfiel. Nachdem Landolf noch immer nicht bei sich war, rannte Magnus zum Fahrzeug. Er öffnete den Kofferraum, holte den Ersatzkanister heraus, schraubte ihn auf und kippte ein paar Spritzer Benzin über den Kopf des ausgeknockten Fraters. Wenn er nicht tot ist, dachte Magnus, muss er spätestens jetzt aufwachen. Er behielt recht. Mit einem schmerzerfüllten Schrei entkam Landolf seiner Bewusstlosigkeit. Das Tal des Schweigens war nun gänzlich ad absurdum geführt.

»Marietta« war das Erste, was Landolf sagte, als er die Augen aufschlug.

»Muss dich enttäuschen«, vermeldete Magnus, »ich bin's nur, Magnus.« Er grinste schadenfroh.

»Schade.« Landolf schluchzte und jammerte vor Schmerzen.

»Das brennt wie Hölle«, sagte er. »Bist du bescheuert?«

»Gott sei Dank, du lebst. Mein Junge. Landolf.« Der Großmutter schienen Steine vom Herzen zu fallen, so groß wie die Wanderdünen. Sie wischte dem stöhnenden Landolf mit einem Taschentuch Benzin und Blut aus dem Gesicht. »Geht es wieder?«

Magnus wunderte sich noch immer sehr viel mehr über Tereses Wortwahl und ihre beinahe kindliche Barmherzigkeit – das kannte er gar nicht von ihr – als über Landolf. Landolf stöhnte erneut. Aber nicht nur Landolf. Das Tal des Schweigens wurde zu einer beredten Sandburg.

»Die Schwangere.« Magnus drehte sich um. Zofia lag auf dem Rücksitz des Wagens. Die Beine hingen aus dem Fahrzeug. Sie stöhnte noch lauter als Landolf.

»Die gebärt!« Großmutter beendete sogleich ihren Ausflug in die Welt der Sentimentalitäten, wirkte wie ausgewechselt, rappelte sich auf und legte eine geschäftige, nüchterne Betriebsamkeit an den Tag.

»Los, schnell.«

Magnus half Landolf auf, begleitete ihn zum Auto und hievte ihn auf den Beifahrersitz.

»Beeilung, sie muss ins Krankenhaus.« Terese kommandierte und versuchte, den beiden Beine zu machen.

»Los es geht.« Zofia hielt sich den Bauch. Ihr Gesicht glänzte, ihre Wangen waren rot und erhitzt, und an den Schläfen zeichneten sich kleine Rinnsale ab.

Die Rückbank war nass.

»Die Blase kaputt.«

»So schnell kommen Kinder nicht zur Welt.« Die Großmutter lächelte sanft und versuchte sie zu beruhigen, um dann doch noch drängend nach vorne zu Magnus zu rufen: »Na los, fahr endlich!«

Magnus warf die Makarov ins Handschuhfach, ließ den Motor an, legte den Rückwärtsgang ein und gab Gas. Doch der Wagen bewegte sich kaum von der Stelle, schaukelte nur ein wenig vor und zurück.

»Wir stecken fest«, sagte er, wie man sagt: »Es ist aus.« Dann fragte er den derangiert im Beifahrersitz hängenden Landolf: »Kannst du fahren?« Magnus stieg aus dem Wagen, und Landolf rutschte auf den Fahrersitz hinüber. Während er Gas gab, schob Magnus, beide Hände an der Kühlerhaube, den Audi zentimeterweise rückwärts. Dann endlich fuhr der Wagen, langsam zuerst, dann immer schneller, bis Landolf ihn rückwärts den Sandweg entlangsteuerte, ohne anzuhalten, aus Angst, wieder stecken zu bleiben.

Magnus rannte dem Audi hinterher. Auf der Asphaltstraße wendete Landolf, legte den ersten Gang ein und fuhr nun vorwärts. Magnus öffnete die Beifahrertür und sprang in den fahrenden Wagen.

»Alles wird gut.« Die Großmutter tupfte mit dem Taschentuch über Zofias Stirn, während Zofia in regelmäßigen, immer kürzeren Abständen laut aufstöhnte. Die Alarmanlage hupte beharrlich.

Landolf gab Gas und beschleunigte, dass der Motor aufheulte.

Der Audi heizte wie eine gesengte Sau über die Insel. Wenn es ganz brenzlig wurde und Landolf sich trotz eines entgegenkommenden Wagens nicht vom Überholen abhalten ließ, kniff Magnus die Augen zu.

Als er einmal die Hand vom Gesicht nahm, sah er ein unförmiges Tier mit riesigem Geweih unweit der Straße am Rand des Kiefernwaldes stehen.

»Ist das ein Elch?« Er war nicht sicher, ob das Vieh seiner exorbitanten Adrenalinausschüttung geschuldet war oder tatsächlich vor sich hin graste.

»Und wenn schon.« Landolf hupte, und der Elch schaute erschrocken auf und äugte hinter ihnen her. Mit der Zeit forderten Landolfs Fahrstil und seine Verletzungen, die sichtbaren im Gesicht und die unsichtbaren unter dem Habit, ihren Tribut. Konzentration, Kraft und Ausdauer ließen nach. Immer wieder wischte er sich mit dem Ärmel das Blut ab, das ihm aus der aufgeplatzten Augenbraue sickerte, sein Gesicht in ein Schlachtfeld verwandelte und die grauen Haare im schwarzen Bartgestrüpp rot färbte. Sein rechtes Auge schwoll allmählich zu.

»Geht's noch?« Magnus fragte es mit einem Blick durch die gespreizten Finger.

Landolf schwieg und überholte ein Wohnmobil, das so lahm dahinkroch, als wollte der Fahrer mitten auf der Straße campieren.

An der Südspitze der Insel, in Kopgalis, erreichten sie den Fährhafen.

»Der heilige Christophorus meint es gut mit uns«, sagte Landolf, als sie die Fähre zum Festland nach Klaipėda gerade noch erwischten.

Natürlich erweckte der ramponierte Wagen mit der unablässig hupenden Alarmanlage Aufmerksamkeit, auch Ablehnung. Doch die schwangere Zofia rechtfertigte alles. Mit Verweis auf die geplatzte Fruchtblase wurde sogar die Alarmanlage geduldet, die tatsächlich nach einigen Hieben mit der flachen Hand auf die Kühlerhaube kurzzeitig schlappmachte.

»Siehst du, alles wendet sich zum Guten«, versuchte die Großmutter Zofia zu beruhigen. »Gleich haben wir's geschafft.« Was natürlich nicht ganz stimmte.

Es dauerte noch zwanzig Minuten bis zum Hafen von Klaipėda, wo Landolf wieder mit Karacho durch die Stadt jagte, auf der Suche nach dem Krankenhaus. Die Fernsehmoderatorin hielt sich natürlich dezent zurück, sie hätte ja mal für was gut sein können.

Landolf überfuhr rote Ampeln, ohne mit der Wimper zu zucken, nahm er jede Kurve mit kreischenden Reifen und ließ in seinem Kielwasser entsetzensstarre Passanten und wüst fluchende Fahrzeuglenker hinter sich. Es dauerte nicht lange, bis auch den Ordnungshütern der Audi mit deutschem Kennzeichen aufgefallen war, der hupend und jenseits aller Geschwindigkeitsbeschränkungen durch die Stadt bretterte. Pflichtbewusst und ordnungsvernarrt hefteten sie sich an seine Fersen. Ein kleines Wettrennen zwischen einem litauischen Polizeiauto mit Martinshorn und Blaulicht und dem deutschen Audi mit dröhnender Alarmanlage entstand. Das der Audi knapp gewann.

Nachdem er noch rasch über den Bordstein und ein kurzes Rasenstück mit Blumenbeet gefahren war, hielt Landolf direkt am Eingang von Klaipėdas Klinik, dicht gefolgt vom Polizeifahrzeug. Noch ehe Landolf und Magnus aussteigen konnten, sprangen die Polizisten flink wie die Hasen aus ihrem Wagen, die Pistolen gezogen und entsichert, und forderten die Insassen des Audis auf, mit erhobenen Händen auszusteigen. Was diese gerne taten. Landolf und Magnus deuteten mit den Fingern auf die Rückbank, wo sich die Großmutter und die Schwangere zunächst nicht rührten. Sie riefen »Schwanger«, »Sie gebärt«, »Baby« und »Pregnant« durcheinander.

Die Polizisten waren verunsichert. Vor allem vom Anblick des derangierten Mönchs. Völlig überrumpelt jedoch wurden sie von der alten Frau, die aus der hinteren Tür stieg, die gezogenen Waffen der Polizisten ignorierte und sich ihnen furchtlos näherte. Entschlossen zerrte sie am Arm des einen Beamten und zog ihn hinter sich her zum Audi. Der Mann sah die schwangere Zofia auf dem Rücksitz liegen, kapierte sofort, steckte die Waffe weg und rief seinem Kollegen etwas zu, woraufhin beide Zofia, der eine an den Beinen, der andere unter den Achseln, aus dem Wagen hoben und in Tereses Begleitung vorsichtig ins Krankenhaus trugen. Landolf und Magnus blieben am Wagen zurück, die Hände noch immer erhoben.

»Du kannst die Flossen runternehmen«, sagte Magnus, hielt die eigenen Hände aber immer noch oben. Als traue er dem Frieden nicht.

»Danke, du auch.« Landolf schwankte und musste sich am Türholm festhalten.

»Was ist?«

»Nichts.« Landolf zitterte.

»Vielleicht solltest du dich Zofia anschließen.« Magnus zeigte zum Eingang des Krankenhauses.

Landolf schüttelte den Kopf. »Geht schon wieder.«

Magnus verpasste der Kühlerhaube ein paar Schläge, sodass die Alarmanlage verstummte. »Zigarette?«

Landolf griff zuerst zögerlich, dann entschlossen nach einer Kippe und setzte sich bei geöffneter Tür auf den Beifahrersitz.

Magnus lehnte am Kotflügel. Beide warteten und rauchten. Landolf hustete gelegentlich und ächzte immer wieder.

Ein Mann in kurzer Hose, Sandalen und einem auffällig leuchtenden Hawaiihemd ging mit einem weißen Pudel an der Leine an ihnen vorüber zum Klinikeingang, während Landolf im Wagen leise vor sich hin stöhnte und Magnus an der Zigarette paffte. Der Mann band den Pudel unweit der Eingangstür fest und verschwand im Gebäude. Beim Anblick des Pudels, der bellte, als wollte er den Insassen des Audis etwas mitteilen, fiel es Magnus wie Schuppen von den Augen.

»Verflucht!«

»Was?«

»Artur!« Es klang dramatisch. »Wo ist Artur?«

»Keine Ahnung.«

Magnus beugte sich zur Rückbank, als hielte Artur sich darunter versteckt, sprang zwischen den Sitzen hindurch und sah im Kofferraum nach. »Er ist weg.«

»In den Dünen«, sagte Landolf lapidar.

Magnus kletterte wieder zum Fahrersitz. »Ich muss zurück.«

»He, bleib ruhig.« Landolf legte seine Hand auf Magnus' Unterarm. Es funktionierte. »Glaubst du, der wartet?«

»Wo soll er denn hin?«

»Irgendwem wird er schon zulaufen. Tierfreunde, Hundeliebhaber gibt es überall. Du hast dich doch ohnehin nicht um ihn gekümmert.«

»Und du konntest ihn von Anfang an nicht leiden.«

»Stimmt.«

»Verflucht.« Magnus schlug mit der Hand auf das Lenkrad, stieg aus, ging wieder um den Wagen herum, trat dreimal mit dem Fuß gegen den Kotflügel, wobei der Pudel, der bis dahin noch gebellt hatte, verstummte und die Alarmanlage losdröhnte. Magnus drosch mit der Hand auf die Motorhaube, bis wieder Ruhe herrschte, und setzte sich zurück auf den Fahrersitz. Er schwitzte und war außer Atem.

Es dauerte ungefähr zwanzig Minuten, bis die Polizisten zurückkamen und vor Landolf und Magnus stehen blieben. Sie waren durchtrainierte, junge Männer, beide Mitte zwanzig in blauen Uniformen, wobei sie keine Jacken trugen, nur Hemd und Hose, mit Schildmützen auf dem Kopf und braun gebrannt. Einer hatte einen Schnauzbart, der andere trug eine modische randlose Brille.

»Passport.« Der mit dem Schnauzbart sagte es, wie man »Hallo« sagt.

Sie hielten ihre Pässe hin. Gelangweilt blätterten die beiden Polizisten die Dokumente durch, verglichen die Konterfeis mit den echten Gesichtern und nickten zufrieden, obwohl keinerlei Ähnlichkeit zu erkennen war.

»Car paper.«

Magnus kramte aus dem Handschuhfach den Fahrzeugschein hervor. Die Makarov verursachte bei ihm einen kurzen Schweißausbruch. Der mit der Brille las aufmerksam in den Papieren, der andere, Größere, sah ihm über die Schulter hinweg dabei zu. »Liane van der Bre…«

»My wife«, ging Magnus in einem Tonfall dazwischen, als hätte er gesagt: »Der Polizeipräsident.«

Der Polizist schob die Mütze in den Nacken, sodass Falten auf der Stirn zu sehen waren. Er atmete tief aus und gab Magnus den Schein zurück.

»Driving licence?«

Magnus kramte in seiner Jacke.

»No, no, no, yours.« Er zeigte auf Landolf, der sich wieder am Türholm festhielt. Verdammt, dachte Magnus, jetzt ist er dran. Hatte Terese nicht gesagt, Landolf besitze keinen Führerschein? Landolf griff unter seinen Habit und zog einen Brustbeutel hervor, der um seinen Hals hing. Er öffnete ihn und holte einen Führerschein heraus, der wie eine gammlige Wurstscheibe aussah; ein graues, speckiges Stück Pappe. Spätestens jetzt wusste Magnus, dass die Großmutter gelogen hatte: Landolf hatte einen Führerschein. Er war alt und womöglich nicht mehr gültig, aber es gab ihn. Und die Beamten zeigten sich damit zufrieden, nachdem sie sich den abgegriffenen Fetzen immer wieder hin- und hergereicht hatten, als wäre es eine neue Hanfsorte oder ein Stück Hautlappen, der möglicherweise geraucht werden konnte. Vielleicht sogar unter das Betäubungsmittelgesetz fiel. Mit einem anerkennenden Pfiff gaben sie Landolf den Führerschein zurück und warfen noch ein paar Blicke in den Wagen.

»What this?« Der Schnauzbart deutete auf den Vogelkäfig.

»Bird«, sagte Magnus. »Piep, piep, you understand?«

Der Polizist hob den Käfig hoch. »No more piep piep.« Er hatte recht. Der Vogel lag leblos auf dem Boden des Käfigs. Ob die Kugel ihm den Garaus gemacht hatte oder er an einer Herzattacke gestorben war, war unklar.

»Scheiße.«

»Yes.«

»What this?« Der andere, rotgesichtige Polizist mit der Brille hob Tereses petrolfarbene Häkelausbeute in die Höhe.

»Bikini.«

Die Polizisten schienen nicht zu verstehen. Magnus deutete mit den Händen vor der Brust einen Busen an. Was die Polizisten zusätzlich verwirrte. Der Rotgesichtige wurde noch röter. Der mit dem Schnauzbart transpirierte auffällig. Große

Schweißflecken waren am Hemd unter den Achseln zu sehen. Der mit der Brille warf das Häkelzeug zurück in den Wagen, als hätte es eine ansteckende Krankheit. Der andere vermittelte den Eindruck, als hätten Landolf und Magnus diese Krankheit schon längst. Die Gesetzeshüter bliesen zum Rückzug. Im Weggehen deutete der Kleinere, der mit der Brille, noch auf Landolfs malades Gesicht. »What this?«

»Accident«, antwortete Landolf.

Die Polizisten waren zufrieden und sahen sich bestätigt. Sie verabschiedeten sich freundlich und zogen sich zurück. Noch bevor sie in ihren Wagen stiegen und davonfuhren, sahen Landolf und Magnus, wie einer der beiden ein Bündel Geldscheine aus der Hosentasche nahm und dem anderen die Hälfte davon abgab.

»Oma«, sagte Magnus.

»Oma«, sagte Landolf.

Landolf setzte sich wieder auf den Beifahrersitz. Magnus ließ sich auf den Fahrersitz nieder. Die Türen waren geöffnet.

»Sag mal, hast du nicht auch das Gefühl, Terese verarscht uns?« Magnus steckte sich eine weitere Zigarette an.

»Findest du?«

»Findest du, findest du. Wie würdest du es denn sonst interpretieren?«

»Was?« Landolf antwortete leise, kraftlos, als fiele ihm das Sprechen schwer.

»Wir fahren nach Kaliningrad, obwohl davon nie die Rede war.«

»Wovon war denn die Rede?«

»Sie sagt, du hast keinen Führerschein, und jetzt das.« Er zeigte auf den Lappen, den Landolf noch immer in der Hand hielt.

»Wovon war denn die Rede?« Landolf wiederholte sich, langsam, schleppend.

»Sag mal, willst *du* mich jetzt verarschen?« Es hörte sich sachlich an, gar nicht aufbrausend.

»Wir fahren nach Narva zum Soldatengrab deines Großvaters, stimmt's?«, fragte Landolf zögernd, als würde ihm das Sprechen immer größere Mühe bereiten.

»Stimmt.«

»Alles andere wird sich zeigen.«

»Alles andere? Zeigen?«

Landolf nickte, woraufhin Magnus zynisch lachte. »Was soll sich denn zeigen? Und was soll *das andere* sein?«

»Weiß nicht. Ich weiß nur, dass Terese einen Plan hat.« Landolf atmete schwer und verzog das Gesicht vor Schmerz, als er mit der Hand darüberwischte.

»Was für einen Plan, um Himmels willen?«

»Weiß nicht. Irgendeinen.«

»Geht's ein bisschen konkreter?«

»Bin ich Jesus?«

»Nein, aber sein Assi auf Erden.«

Magnus stieg aus. Er ging um den Wagen herum, betrachtete die Beulen am Kotflügel, die Dellen in Dach und Motorhaube, die zerborstene Heckscheibe mit den noch immer aneinanderklebenden tausendfachen Splittern. Er fluchte und setzte sich zurück in den Wagen. »Der ist im Arsch.«

»Na und? Ist doch nur ein Auto.«

»Ja, aber das von Liane.«

»Liane?«

»Egal.«

»Sie hat dich ›mein Junge‹ genannt.«

»Wer?«

»Terese.«

»Wenn man vom Teufel spricht. Da kommt sie.« Landolf zeigte nach vorne.

»Das aus deinem Mund? Wer hätte das gedacht.«

Magnus stieg aus dem Wagen, ging einen Schritt auf Terese zu und fragte: »Wie geht es Zofia?«

»Gut.«

»Und das Baby?«

»Ist noch nicht da. Sie hat ihre Schwester angerufen. Sie müsste jeden Augenblick kommen.«

Die Großmutter stand an der Beifahrertür und schaute zu Landolf. »Wie geht es euch?«

»Gut«, sagte Magnus.

»Schlecht«, Landolf.

»Du siehst ganz schön mitgenommen aus.« Terese zeigte auf Landolfs Gesicht, das geschwollene Auge, die aufgerissene Braue, die aufgeplatzte Lippe, das verkrustete Blut im Bart. Landolf klappte die Sonnenblende herunter und blickte in den Schminkspiegel.

»O Gott.« Mehr brachte er nicht hervor, dann verlor er das Bewusstsein und kippte vornüber.

LUCKY IST TOT

Du kannst sie nicht leiden, konntest du noch nie. Beide nicht, weder den sächselnden Vater noch den vorlauten Sohn. Magnus nicht und Simon Kaminski schon gar nicht. Er ist kräftig, groß und sieht gut aus; Johanna ist unsterblich in ihn verliebt.

»Der Mann meines Lebens«, sagt sie mit verklärtem Blick, wenn sie einen Kirschlikör zu viel intus hat. Nur der Dialekt ist gewöhnungsbedürftig.

Sie lacht. Ein Lachen, das dich beinahe um den Verstand bringt.

Du kannst nichts an ihm ausstehen, an Simon Kaminski. Einzig und allein deswegen, weil sie alles an ihm mag. Er scheint dich auch zu mögen. Nimmt dich manchmal in Schutz, wenn Heinrich, dein Vater, dich ungerecht behandelt. Was dir wiederum völlig egal ist. Es nimmt dich nicht für ihn ein, macht ihn dir nicht sympathischer. Du brauchst kein Mitleid. Schon gar nicht von ihm. Von niemandem.

Du kannst deine Tante Terese gut verstehen, dass sie Simon nicht akzeptiert, höchstens zähneknirschend duldet. Schamlos über ihn herzieht. Du akzeptierst ihn ebenso wenig. Wenn auch aus anderen Gründen.

Du hättest Johanna gerne für dich. Für dich ganz alleine. Du himmelst deine Cousine an. Zuerst heimlich, dann immer offener, auffälliger. Du bist nicht sicher, ob sie es tatsächlich bemerkt. Du beobachtest sie, spionierst ihr hinterher. In der Firma bei Braun-Broich.

»Spanner« nennt dich die Belegschaft – natürlich hinter vorgehaltener Hand –, der deine Leidenschaft nicht verborgen bleibt. »Da kommt wieder der Spanner.«

Heinrich darf es nicht erfahren, sonst entlässt er die Lästermäuler. Auf der Stelle und ohne Diskussion.

Du schleichst dich in ihr Büro, wenn sie nicht da ist. Setzt dich auf ihren Stuhl. Riechst an der Lehne, an ihren Blumen, an einer vergessenen Strickweste am Garderobenhaken. Sie riecht nach Shampoo. Nach Haaren, Schweiß und Chanel Nº 5. Du wühlst im Mülleimer, findest zerknüllte Schriftstücke, eine leere Zigarettenschachtel, Bonbonpapier, einen zerkauten Kaugummi. Du steckst ihn in den Mund und kaust darauf herum; er schmeckt nach ihr. Du setzt ihre Lesebrille auf.

Alles verschwimmt.

Das Büro, der Schreibtisch, die Lampe über dem Tisch. Deine Vorstellung von ihr. Sie ist nicht mehr nur deine Cousine; sie wird zur Gefährtin, Begleiterin, Freundin.

An der Wand hängen Postkarten.

Toskana, Rom, Florenz, Paris. Der Eiffelturm, der Big Ben in London. Das Riesenrad im Prater. Du fährst mit ihr hoch zu den Wolken. Deine schweißige Hand in ihrer. Du siehst von oben nach unten, blickst hinunter auf die Welt.

Menschen wie Ameisen, denkst du. Eine Stadt wie aus Lego. Du küsst sie auf den Mund. Sie lacht; das schönste Lachen, das du kennst. Sie legt den Zeigefinger auf deine blutleeren Lippen.

Pssst.

Pssst, machst du und legst den Kopf in ihren Schoß. Er riecht nach Baumwollstoff, Sprühstärke, Nivea-Hautcreme, fruchtbaren Tagen und Mahagoni.

Du wachst mit dem Kopf auf der Schreibtischplatte auf. An

der Schläfe eine Druckstelle, klein, herzförmig. Draußen vor dem Fenster ist es bereits dunkel. Du knipst die Schreibtischlampe an und verengst die Augen zu Schlitzen, bist gedanklich noch weit weg, draußen, in der Welt. Mit ihr.

Du nimmst den Telefonhörer ab, wählst eine ausländische Nummer. Es tutet. Es tutet, bis sich eine Stimme meldet und etwas sagt, das du nicht verstehen kannst. Du lauschst der Stimme, stellst dir vor, dass sie am anderen Ende der Welt vor dem Telefonapparat steht. In Afrika, Amerika oder China. In Unterhosen versucht sie, Kontakt mit dir aufzunehmen: Hallo, Hello, Czesc, Dobre, Salut qui si là?

Bis die Stimme verschwindet und nur noch ein leises Tuten aus dem Hörer dringt. Du legst auf und wählst erneut. Dieses Mal eine andere Nummer. Immer wieder.

Du öffnest die Schubladen und findest in der untersten ein paar Fotos. Von Kaminski und ihr. Von Magnus als Baby. Von deiner Tante Terese. Von dir selbst als kleiner Junge, im Strampelanzug auf Johannas Arm – darunter ein Foto mit deinen zwei Hasen, schwarz und weiß. Adi und Heini. Im Gras, im Hinterhof der Trikotage Braun-Broich. Ihr Geburtstagsgeschenk.

Jetzt sind sie tot. Umgebracht von Heinrich.

Gegessen, verdaut und ausgeschieden.

Schlimmer noch, dass Magnus zu seinem Geburtstag ein Kaninchen bekommt, von ihr. Ein blödes kleines Karnickel. Lucky. Mit roten Augen und weißem Fell. Es macht dich rasend.

Du schleichst am Abend im Dorf herum, in der Siedlung, stromerst zu Simons und Johannas Einfamilienhaus. Du sitzt mit angezogenen Beinen hinter der Buchsbaumhecke versteckt, siehst im beleuchteten Fenster des Wohnzimmers Simon stehen. Er raucht, wartet, raucht. Johanna kommt von der Arbeit.

Sie fährt mit ihrem Käfer in den Hof, in die Garage. Sie steigt aus, schließt das Garagentor und verschwindet im Haus. Taucht am Fenster wieder auf. Neben Simon. Sie umarmen sich, küssen sich, lange, innig. Während er ihr mit beiden Händen an den Hintern fasst, unter den Rock greift, in die Bluse.

Das Schwein, denkst du und: Wo ist eigentlich Magnus? Du weißt, er ist wie immer am Mittwoch spätnachmittags bei Terese.

Sie ziehen die Vorhänge zu und treiben es im Wohnzimmer auf dem Boden. Du kommst hinter der Buchsbaumhecke hervor, schleichst gebückt bis unters Fenster, als wärst du auf der Flucht. Du blickst durch den schmalen Spalt im Vorhang, schaust ihnen zu, wie sie miteinander schlafen. Du siehst einen nackten Schenkel. Johannas Hintern. Ein Teil ihres Rückens, auf dem eine Menge Leberflecken sind. Einer, ein ganz großer, genau unter dem Schulterblatt, an genau derselben Stelle wie bei dir.

Die Augen geweitet, zitternd vor Erregung und der Angst, entdeckt zu werden. Dir wird ganz schwindlig und auch ein bisschen schlecht.

Für einen Moment erkennst du einen Busen, klein, wackelnd. Dann die Füße von Simon. Seine Hände, wieder an ihrem Hintern. Sie stöhnt und lacht und sagt etwas, das du nicht verstehen kannst.

Du hältst dir die Ohren zu. Kneifst die Augen zusammen. Immer wieder. So lange, bis du einen Pflasterstein von der Blumenbeetumrandung gegen das Garagentor wirfst.

Es knallt, laut, dröhnend, wie ein Donnerschlag.

Du rennst davon, wieder geduckt, versteckst dich mit angezogenen Beinen an der Hecke am Ende des Gartens. Hinter dem Hasenstall.

Der Vorhang wird geöffnet, dann das Fenster. Simon streckt

seinen nackten Oberkörper heraus. Er sieht nach links, nach rechts.

»Ist nichts«, sagt er, schließt das Fenster wieder. Den Vorhang.

Du sitzt zwischen Hasenstall und Hecke, weinst.

Vor Wut und Trauer. Vor Wut über die Trauer. Du wirst immer wütender, weil du weinst. Der Rotz läuft dir aus der Nase, baumelt am Kinn.

Das blöde Karnickel schaut zu, als wüsste es Bescheid.

Na warte, denkst du und öffnest das Türchen vom Stall. Lucky hoppelt heraus. Du haust ab, ohne dich umzublicken.

Am nächsten Tag ist Lucky verschwunden. Jetzt weint Magnus.

Eine Woche später wird Luckys weißes Fell gefunden. In der Nähe der Skisprungschanze.

Der Fuchs hat ihn geholt, heißt es.

»Ja«, sagst du zu Magnus, »vielleicht auch ein einsamer Wolf.«

RUHE IN FRIEDEN

Die Großmutter saß auf dem Ledersofa vor dem großen Panoramafenster und packte das Häkelzeug aus. Landolf schlief nebenan im Schlafzimmer. Magnus hockte in Unterhose und mit nacktem Oberkörper im Schneidersitz auf dem zum Sofa passenden dunkelbraunen Ledersessel, hielt eine Flasche litauischen Biers in der Hand und betrachtete aus dem zwölften Stockwerk die Kurische Nehrung am fernen Horizont zwischen Himmel und Meer, die aussah wie eine Insel aus einer anderen, ihm bis dahin unbekannten Welt. Aus dem Meer ragten Endmoränenhügel mit abgelagertem Sand, flirrend in der wabernden Luft dieses schon wieder unsäglich heißen Morgens. Die Klimaanlage war völlig überfordert mit diesen Temperaturen.

»Schön.« Magnus sagte es wie zu sich selbst, als würde er eine nicht gestellte Frage beantworten.

»Wird schön, ja.« Die Großmutter blickte erst gar nicht von ihrem Häkelwerk auf, legte die letzten Maschen an das in absehbarer Zeit fertige Oberteil des petrolblauen Bikinis, das inzwischen deutlich als solches zu erkennen war. Die engmaschigen, von feinem Garn geformten Körbchen schienen nicht gerade groß zu sein. Eine Handvoll Brust pro Seite.

»Wer soll damit baden gehen?« Magnus fragte es in einer Mischung aus Neugierde und Belustigung. Wobei der Großmutter sein Hang für dicke Brüste nicht bekannt gewesen sein dürfte. Terese war noch immer ganz mit ihren Maschen, dem Garn und der Häkelnadel beschäftigt. Als gelte es, auf dem letzten Abschnitt, während des Endspurts, bloß keinen Fehler mehr zu machen.

»Schwester Ana.« Es fiel ihr, fast nebenbei, aus dem Mund.

Sofort waren der Endmoränenhügel mit den Sanddünen und Kiefernwäldern vor Magnus' Augen verschwunden, und die Schwester tauchte in ihrem weißen Kittel auf, unter dem die nackten Beine hervorragten, die in bequemen, an den Fersen offenen Schuhen mündeten, wie Fließe auf dem Weg ins Meer. Unter dem Schwesternkittel zeichnete sich das schmale Unterhöschen ab, ein Strich, zwei Nähte, ein zarter Schatten, der kleine Hintern. Nur die bequemen Gesundheitsschuhe störten das verführerische Ensemble. Nach einem Augenaufschlag war die Insel wieder zurück, zusammen mit der Schwester, die ihren Kittel lasziv über die Schulter streifte, sodass darunter der petrolfarbene Bikini zum Vorschein kam; die kleinen Brüste schmiegten sich in die Körbchen, als pflegten sie seit jeher ein intimes Verhältnis mit ihnen. Sie drehte sich um, warf ihre Haare in den Nacken und lachte, wie man lacht, wenn man nichts zu verlieren hat. Magnus lachte ebenfalls. Aus Verzückung und Freude, als wäre er dabei, alles zu gewinnen.

»Und woher willst du wissen, dass er passt?«, sagte er.

»Sie hat dieselbe Größe wie Johanna.«

»Woher weißt du …«

»Das sieht man. Du nicht.« Sie grinste frech. »Sie gefällt dir, was?«

Das Grinsen ging in einen kurzen, trockenen Hustenanfall über. Geschieht dir recht, dachte Magnus. »Und wenn schon«, sagte er. Er konnte seine Kränkung nicht verbergen. Er dachte eigentlich, er gefiele ihr.

»Sieht man.«

»Blödsinn.«

»Die ist nichts für dich.«

»Woher willst du das wissen?«

»Weiß ich eben.« Sie häkelte weiter und fügte, eine Spur zu angestrengt, eine Masche an die andere. Luftmasche, Kettmasche, halbe Stäbchen, Mehrfach-Stäbchen.

Magnus blickte missbilligend zu Terese, deren selbstgerechte, überhebliche Art ihn ärgerte. Was auch ihr Alter und ihr verwandtschaftliches Verhältnis nicht entschuldigte.

»So wie Johanna nichts für Simon war, was?« Er nahm einen Schluck Bier, rülpste lautlos und blickte sie erwartungsvoll an. Er war in Gedanken ganz bei seinem Vater, seiner Mutter und den Super-8-Aufnahmen aus Zellingen.

»Es war ein Fehler.« Es drang kleinlaut, auch ein wenig beschämt aus ihr heraus, ohne dass sie den Blick vom Häkelzeug nahm. »Sie wollte einen ihr fast unbekannten Mann heiraten, den sie erst kurz zuvor kennengelernt hatte, auf einem Rummel.« Sie rollte das R nachdrücklich und zog das L lang, als wäre der Rummel das Ehrenrührigste, was sie sich vorstellen konnte, vergleichbar mit einem Swingerclub. »Wie hätte ich da begeistert sein können?«

»Du warst nicht nur nicht begeistert, du hast ihn abgelehnt.« Magnus sagte es kühl, schneidend.

»Es stimmt, ich habe ihn von Anfang an nicht akzeptiert. Ich habe ihm keine Chance gegeben. Ich wollte Johanna davon abhalten, ihn zu heiraten, überhaupt zu heiraten, ihre eigene Familie zu gründen, sich von mir zu lösen. Aber sie glaubte, mit Haut und Haaren in ihn verliebt gewesen zu sein.«

»Sie war mit Haut und Haaren in ihn verliebt.«

Die Großmutter sah das erste Mal vom Bikinioberteil auf, kurz, überrascht, als hätte sie sich verhört, um dann ebenso schnell weiterzuhäkeln.

»Als sie dann mit dir schwanger wurde, war ich geschlagen. Sie hat es extra gemacht, absichtlich, um mich vor vollendete Tatsachen zu stellen.« Ihr Blick war wieder im Bikini vergraben. Es schien, als spräche sie mit den Körbchen, als verfolge sie das petrolblaue Garn wie einen roten, unheilvollen Faden in die Vergangenheit.

»Ich habe ihm nie getraut, Simon Kaminski, deinem Vater.« So, wie sie den Namen aussprach, schwangen in ihrer Stimme noch immer Misstrauen und Ablehnung mit. »Und ich hatte auch ein bisschen recht.« Die selbstgerechte Art war wieder da.

»Was ist das für ein Recht, eine Ehe zu verhindern, eine Liebe zu zerstören?«

Die Großmutter hustete, zog eines ihrer Taschentücher unter dem Ärmel hervor, spuckte hinein und ließ es wieder im Ärmel verschwinden.

»Als ihr schon lange weg wart, Jahre nachdem ihr nach drüben abgehauen seid, dein Vater mit dir, einfach so, ohne ein Wort zu sagen, kamen zwei Beamte zu uns. Sie kamen zu Braun-Broich, in die Firma, zu Heinrich. Sie sagten, Simon Kaminski würde verdächtigt, für die Stasi gearbeitet zu haben. Spionage. Deshalb hätte er sich womöglich an Johanna herangemacht.«

»Das ist doch Schwachsinn. Selbst wenn es stimmt, selbst wenn mein Vater ein Spitzel gewesen ist – vielleicht hat meine Mutter es ja sogar gewusst –, schmälert das nicht die Liebe zwischen ihnen. Damit lässt sich doch nicht erklären, was all die Jahre zwischen den beiden gewesen war. Damit lässt sich das alles doch nicht begründen. Ich, zum Beispiel. Nach deiner Logik wäre ich das Ergebnis einer Lüge.«

»Nein.« Wieder hob Terese den Blick vom Häkelzeug und schaute haarscharf an Magnus vorbei.

»Oh doch.«

Sie blickte jetzt durch das Panoramafenster zum Horizont, beobachtet von Magnus.

»Ich habe die Super-8-Aufnahmen meiner Eltern im Keller in Alt-Schönweide gefunden. Ich habe sie gesehen, die beiden, und mich selbst. In Zellingen, im Garten, am Bodensee, am Blautopf, im Urlaub, zu Hause. Was ich da sehen konnte, hat nichts mit Lüge zu tun, mit oder ohne das MfS. Darauf lässt sich ihr Verhältnis doch nicht reduzieren.«

Terese schaute noch immer in die Ferne.

»Außerdem ist es nicht bewiesen. Was gäbe es in einer albernen Unterhosenfabrik denn Großes auszuspionieren?«

»Die Bundeswehr war Großkunde.«

»Ich weiß.« Magnus unterbrach sie. »Und wenn schon.«

Sie löste den Blick vom Horizont und betrachtete in einer Mischung aus Abscheu und Faszination das Bikini-Oberteil, als wäre es ein erlegtes Tier. Dann häkelte sie weiter. Magnus nahm einen Schluck aus der Flasche und schaute wieder aus dem Fenster. In der flirrenden Luft war nicht mehr Schwester Ana zu sehen, sondern sein Vater und seine Mutter, verwackelt bei achtzehn Bildern pro Sekunde, am Bodensee, im Wasser, bei einem Wochenendausflug. Magnus filmte, das erste Mal. »Es ist ganz einfach«, sagte sein Vater. »Das kannst du schon, du musst nur hier drücken und da gucken.« Magnus drückte und guckte und sah die beiden, wie sie sich gegenseitig mit Wasser vollspritzten. Sie lachten. Sein Vater umklammerte seine Mutter, hob sie hoch, als wäre sie ein Goldschatz, und warf sich mit ihr ins Wasser. Seine Mutter tauchte ihn unter, bis er verschwunden war. Sie suchte ihn, kreischte. Er tauchte wieder auf. Sie fielen sich in die Arme, lachten und küssten sich lange.

»Fertig.« Die Großmutter hielt das Oberteil des Bikinis hoch und ließ es an den gehäkelten Bindeschnüren baumeln. Simon und Johanna waren verschwunden. Erneut schmuggelten sich vor Magnus' Augen die kleinen, harten Brüste Schwester Anas in die Körbchen.

»Schön.«

»Fehlt nur noch das Höschen.«

»Das schaffe ich auch noch.«

»Bestimmt.«

Sie steckte die Häkelnadel in die verbliebene Garnrolle, faltete das Oberteil zusammen und stopfte beides in eine kleine Plastiktüte. Dann erhob sie sich, ging zum Käfig, der auf dem Fenstersims stand, holte den toten Vogel heraus und wickelte ihn in Zeitungspapier. »Ich geh dann mal.«

»Wohin?«

»Ich bringe Pupilek weg. Der fängt bei dieser Hitze ja schon an zu stinken.«

»Wohin?«

»Zur letzten Ruhe.« Magnus wunderte sich über den Ausdruck.

»Bis später.«

»Oma.«

»Ja?« Sie blieb an der Tür stehen, drehte sich aber nicht um.

»Deine Medikamente.«

»Später.« Den eingewickelten Vogel in der Hand, verließ sie das Zimmer. Die Tür klackte laut ins Schloss.

»Wie spät?« Es kam aus dem angrenzenden Schlafzimmer und klang kraftlos, aber nicht verschlafen. Magnus schaute auf die Uhr, stand auf, ging durchs Wohnzimmer und blieb in der offenen Tür zum Schlafzimmer stehen.

»Halb elf.«

Landolf lag im Bett, die weiße Decke bis zum Bauch hochgezogen, und gähnte.

»Wie lange habe ich geschlafen?«

»Zweiundzwanzig Stunden.«

»Wo sind wir?«

»Noch immer in Klaipėda.«

»Wo?«

»Im Hotel, im edelsten Schuppen der Stadt, Königliches Apartment. Kostet dreihundert Steine die Nacht.«

Landolf schien nicht beeindruckt. »Was ist passiert?«

Magnus verschwand ins Wohnzimmer und kam mit einer qualmenden Zigarette zurück, die lässig im Mundwinkel steckte. Ohne dass Landolf protestierte. »Du hast schlappgemacht. Schwächeanfall. Wir haben dich hierhergebracht. Der Arzt dieses Luxustempels hat dich untersucht. Du hast eine gebrochene Rippe, eine Muskelzerrung in der Wade, ein verstauchtes Fußgelenk und Blutergüsse am ganzen Körper. Dazu wahrscheinlich eine Gehirnerschütterung. Dein linker Unterarm hat auch was abbekommen. Ach ja, nicht zu vergessen dein blaues, zugeschwollenes Auge und die aufgeplatzte Braue, die er mit fünf Stichen genäht hat. Ansonsten aber scheint es dir bestens zu gehen.« Magnus lächelte in einer Mischung aus Erleichterung und Schadenfreude, nahm einen Zug von der Zigarette, ließ den Rauch in einem Stoß entweichen, prostete Landolf zu und trank.

Auch Landolf versuchte zu lächeln. Es misslang. Vor Schmerz verzog er das Gesicht.

»Und wie geht's jetzt weiter?«

»Wir bleiben so lange hier im Hotel, bist du wieder in Ordnung bist.« Magnus überlegte; dann sagte er, als wäre ihm soeben eine weitere Option eingefallen: »Oder du bleibst hier und kurierst dich aus, während Oma und ich weiterfahren und dich auf dem Rückweg hier abholen.«

»Spinnst du?«

Wieder zog Magnus an der Zigarette und ließ den Rauch während des Sprechens entweichen. »Du wolltest doch sowieso nicht mitfahren.«

»Du doch auch nicht.«

Magnus kicherte. »Jetzt sind wir beide hier.«

»Und bringen das gemeinsam zu Ende«, sagte Landolf.

»Idiot.«

»Selber.«

Magnus lachte wieder und verließ das Schlafzimmer, ging zum Kühlschrank und holte sich ein weiteres Bier. »Hast du Hunger?«, rief er durchs Wohnzimmer. Landolf schüttelte den Kopf, obwohl Magnus ihn gar nicht sehen konnte. »Du hast eine Ewigkeit nichts mehr gegessen.«

»Ich will nichts.«

Magnus war zurück im Schlafzimmer, stand nahe am Bett. »Hier gibt es alles, das Beste vom Besten, zum Beispiel …«

»Ich will nichts.«

»Ich mein ja nur.« Er setzte sich auf die Bettkante. Widerwillig rutschte Landolf ein Stück zur Seite, wobei er das Gesicht vor Schmerz verzog.

»Wo ist Terese?«

»Die beerdigt Pupilek.«

»Pupilek?«

»Den Papagei.« Magnus nahm einen Schluck. »Kannst du eigentlich noch zaubern?«

»Zaubern?« Landolf schien nur ungern daran erinnert zu werden.

»Du konntest doch immer zaubern.«

»Du meinst Papageien aus Tüchern, Jungfrauen aus Kartons oder weiße Tauben aus Zylindern.«

»Nein, ich meine Kaninchen aus Hüten.«

»Vergiss es.« Landolf wischte mit der Hand durch die Luft und versuchte sich von Magnus wegzudrehen. Was aber nur unter erheblichen Schmerzen möglich war, weshalb er darauf verzichtete.

»Aber ich kann zaubern.« Magnus stand auf und schob das Bett zu dem großen Panoramafenster mit Blick zum Horizont, auf das Wasser und die Kurische Nehrung, was Landolf überraschte und leise, aber erfolglos aufbegehren ließ.

»Das trägt bestimmt zur Genesung bei«, sagte Magnus.

»Danke, aber mit dem zugeschwollenen Auge sehe ich nicht, und mit dem anderen auch nicht viel.«

»Dann stell es dir vor, Mann.«

»Ein Frater hat keine Phantasie.«

»Willst du behaupten, du weißt nicht, wie das Himmelreich aussieht?« Magnus schien enttäuscht. »Wozu seid ihr Pfaffen überhaupt noch zu gebrauchen? Na los, schau wenigstens hin.« Er drehte Landolfs Kopf zum Fenster. »Das Himmelreich besteht aus Sanddünen und blaugrünem Wasser, saftigen Kiefernwäldern in flirrender Hitze und heißer Luft, in der sich selbige nach dem fermatschen Prinzip spiegelt und zu einer …« Er verharrte, um dann im selben Tonfall weiter zu beschreiben: »Zu einer alten Frau mit grauen Haaren und einer Halleluja-Zwiebel auf dem Kopf wird, die vor einem Blumenbeet kniet und ein Loch gräbt.«

»Was?«

»Sie sieht aus wie Terese.«

Landolf richtete sich im Bett auf. »Die spinnt doch.«

»Jetzt kommt ein junger Mann in einer Uniform hinzu, woraufhin die Frau mit den Armen in der Luft wedelt, als wollte sie ihm das fermatsche Prinzip um die Ohren hauen. Der Mann schüttelt den Kopf, woraufhin die Alte verharrt, in ihre Handtasche greift und ihm etwas gibt.«

»Geld?«

»Exakt. Auch im Himmel scheint Korruption ein gängiges Zahlungsmittel.«

»Was macht sie jetzt? Sie buddelt doch nicht etwa …«

»Der Mann geht schlendernd zum Hotel zurück, während er sich mehrmals umdreht. Terese beerdigt den Vogel im ausgehobenen Loch. Darüber pflanzt sie ein blaues Stiefmütterchen.«

Landolf ließ sich auf die Kissen sinken.

»Eigentlich hättest du die liturgische Trauerrede halten müssen«, sagte Magnus und nahm einen Schluck aus der Pulle, wobei er ein »Prost« Richtung Vogelgrab sandte.

»Ich bin kein Pater.« Landolf empörte sich, was er sofort mit Schmerzen bezahlen musste. »Aua.« Geschieht dir recht, dachte Magnus.

»Dann eben ich.«

»Ruhe in Frieden.« Magnus bekreuzigte sich.

»Amen.«

Beide lachten.

Am nächsten Morgen war Landolf wieder so weit hergestellt, behauptete er zumindest, dass er darauf bestand, gemeinsam weiterzufahren.

»Lass uns noch einen Tag hierbleiben«, schlug Magnus vor, der den Luxus im Hotel genoss.

»Auf keinen Fall.« Auch die Großmutter wollte unbedingt abreisen.

Mit dem linken Arm in einer Schlinge, einem Verband um den Kopf, einer Sonnenbrille wegen des zugeschwollenen Auges und einem bandagierten, angeschwollenen Fuß, der in keinen Schuh passte, saß Landolf im Rollstuhl, in dem Magnus ihn vom königlichen Apartment zum Aufzug chauffierte. Landolf sah aus wie ein schwer angeschlagener Boxer im Priestergewand. Ein serviler junger Mann in Uniform mit Akne im Gesicht – es war derselbe, dem die Großmutter bei Pupileks Beerdigung Geld zugesteckt hatte – schleppte das Gepäck.

Bevor sie Klaipėda verließen, machten sie auf Drängen Tereses einen letzten Besuch bei Zofia im Krankenhaus. Das Baby, ein Mädchen, war mittlerweile in einer zwölfstündigen Anstrengung geboren worden. Es lag auf der Brust seiner Mutter und schlief. Um das Bett herum befanden sich Magnus, Terese, Landolf und die ein paar Jahre ältere Schwester Zofias, die nicht nur aussah wie eine Diskuswerferin, sondern auch eine war. Und zwar eine höchst erfolgreiche. Nachdem sie vor Jahren schon, nach der Heirat mit einem Litauer, die litauische Staatsbürgerschaft angenommen hatte, war sie bereits zweimal Vizemeisterin des Landes. Hätten die anderen nicht gewusst, dass die beiden Frauen Schwestern waren, hätten sie es niemals geahnt. Unterschiedlicher konnten Schwestern kaum sein. War Zofia hübsch, klein und zart, mit feinen Gesichtszügen und langen, gesund aussehenden Haaren, war ihre Schwester groß, muskulös, mit einem maskulinen Gesicht und einer indisponierten Wischmobfrisur. Die Oberarme hatten den Umfang von Magnus' Schenkel, der Hals den Durchmesser eines Abflussrohrs, und ihre Finger erinnerten an Rostbratwürste. Das einzig Beruhigende an ihrer Figur war, dass Zofia bei ihr vollkommen sicher zu sein schien. Gegen die Schwester verkam Bata Illic zur Karikatur. Da würde ihm eine Makarov auch nicht weiterhelfen.

Landolf saß im Rollstuhl am Bett, nachdem er ausgiebig bemitleidet worden war, vor allem von Zofias Diskus werfender Schwester. »Wie heißt denn die Kleine?«, wollte er wissen. Sicher auch, um vom Mitleid abzulenken und sich der Diskuswerferin zu entziehen, die ihn immer wieder mit ihren Rostbratwurstfingern anfasste.

»Joanna.« Zofia strahlte. Die Großmutter strahlte. Und das Kind erwachte wie aufs Stichwort. Sogleich suchte es nach der mütterlichen Brust. Zofia schob das weiße Krankenhaushemdchen auf der rechten Seite nach unten, sodass eine dicke, pralle Brust mit einem zyklopischen Warzenhof und einer hervorstechenden Warze zum Vorschein kam. Fasziniert starrte Magnus, bei dem sich dabei der Mund leicht öffnete, magisch angezogen auf diesen gigantischen Busen. Er schien das Baby zu beneiden, das sich daran festbiss und saugte. Landolf wandte verschämt den Blick ab und beobachtete die Diskuswerferin, die mit angedeuteten Saugbewegungen ihres Mundes dem Baby bei dessen Nahrungsaufnahme beistand. Die Großmutter saß mit ihrem Hintern auf dem Bett; die Beine baumelten herunter. Sie strich dem Kind über den Kopf und sagte immer wieder zärtlich säuselnd, als wäre sie selbst noch ein Kind: »So ein schönes Baby.«

Was natürlich nicht stimmte. Es war ein hässliches Baby. Das weder Zofia glich noch Marek respektive Bata Illic. Vielmehr hatte es Ähnlichkeit mit der Diskuswerferin. Sogar die Finger sahen so aus wie die Würste der Schwester, nur im Miniaturformat.

»So ’ne schöne Titte«, hätte Magnus gerne dem Urteil der Großmutter hinzugefügt. Aber selbst wenn es ihm seine Schüchternheit erlaubt hätte – er hätte vor Verzückung kein Wort herausgebracht. Schweigend schaute Magnus dem Kind zu, wie es an der weißen Brust nuckelte, während seine Hose zu spannen anfing. Er dachte an Doris, an Svetlana, an seine ehemalige Therapeutin Dr. Siemens-Kauf, besser gesagt an deren Brüste, und entschwand in sein kleines Privathimmelreich aus dicken Möpsen, bis Landolf ihn unauffällig anstieß, als bereits ein feiner Speichelfaden aus seinem Mund baumelte, und ihn zurück in die stickige Luft des Krankenzimmers der Entbindungsstation holte.

Nachdem noch eine halbe Stunde über die Zukunft geredet worden war, vor allem die des Kindes, und Terese Zofia immer wieder die Versicherung abverlangte, »ja gut auf die Kleine aufzupassen«, verabschiedeten sich Magnus, Landolf und die Großmutter von den anderen. Hände wurden geschüttelt, Körper umarmten sich. Als die Diskuswerferin Magnus' Hand zum Abschied drückte, schrie er kurz auf. Ein stechender Schmerz punktierte seine Hand. Die Diskuswerferin lächelte, als wollte sie damit signalisieren, dass Zofia in sicheren, auch gewaltigen Händen sei, im wahrsten Sinne des Wortes. Landolf hatte sich nach Magnus' kurzem Schmerzensschrei bereits mit dem Rollstuhl auf dem Krankenhausflur davongemacht und winkte aus sicherer Entfernung vom Ende des Gangs.

»Was für eine tolle Frau.« Die Großmutter sagte es im Aufzug nach unten, wobei sich die Frage stellte, ob sie Zofia oder ihre Schwester meinte.

FELDPOST

Absender Grend. Anton Schmidle 3. Komp. Marschbatt. 4 Truppenübungspl. Nord Hammerstein in Pommern (4)

Hammerstein den 29.8.44

Meine liebe Frau, mein Kindlein!
Will Dir schnell noch ein paar Zeilen schreiben wir haben wenig Zeit. Ich will Dir auch mitteilen daß wir morgen oder übermorgen bestimmt hier wegkommen u. Du mir hierher nicht mehr schreiben kannst. Es ist traurig daß wir in den Einsatz kommen u. nicht einmal ein paar Tage Urlaub bekommen.

Der Spieß hat mir gesagt, vertraulich, daß ich kein Gesuch auf Urlaub mehr zu stellen brauch. Weil das nicht genehmigt wird. Als ich gefragt hab, warum, hat er gesagt, daß die Oberen daheim was dagegen hätten. Wer denn die Oberen wären, wollt ich wissen, da hat er nur gesagt, daß er das nicht sagen dürft. Aber wenn ich nachdenke, dann würd ich schon selbst draufkommen.

Seitdem denk ich ständig nach darüber.

Wir sollen nach Königsberg kommen u. von dort weiter wohin weiß ich nicht. Gestern sind wir wieder geimpft worden es war schon das 7. Mal.

Heute Nacht hatten wir Nachtdienst bis um 2 Uhr u. um 5 Uhr hieß es schon wieder aufstehen.

Liebe Terese, schreibe doch bitte bei Deinen Briefen oben das Datum hin wenn Du mir schreibst. Auf 2 Briefen ist kein Datum und ich weiß nicht wann sie geschrieben sind.

Soeben hat es geheißen daß wir morgen früh wegkommen um 1/2 4 Uhr ist schon wecken. Trinkt Johanna immer noch fest, verwehr ihr das nicht. Es ist jetzt 1/2 10 Uhr muß meine Sachen noch etwas richten u. will schließen.

In der Hoffnung u. mit Gotteshilfe ein gesundes Wiedersehen grüßt Euch alle recht herzlich Dein Mann.

Bitte nicht mehr schreiben bis Du Antwort hast von mir.

Wiedersehen.

Rückseite

Kalender für das Jahr 1944
Neujahr 1. Januar
Karfreitag 7. April
Ostern 9. u. 10. April
Führers Geburtstag 20. April
Nationaler Feiertag des Deutschen Volkes 1. Mai
Himmelfahrt 18. Mai
Pfingsten 28. u. 29. Mai
Gedenktag für die Gefallenen der Bewegung 9. Nov.
Weihnachten 25. u. 26. Dezember

DIE LOGIK DER KOHLEANZÜNDER

Die politische Szene ist gespalten. Die einen verlangen nach einer Radikalisierung. Worte, auch wenn sie gebrüllt werden, bezwecken nichts. Die anderen behaupten, Gewalt sei kontraproduktiv und bringe das eigentliche Anliegen und dessen Ansehen in Misskredit. Woraufhin die Befürworter einer Radikalisierung erklären, die Vokabeln *Ansehen* und *Misskredit* wären doch gerade die Koordinaten des bürgerlichen neoliberalen Gegners, den man abzulehnen habe.

Wer wie ein Spießer spricht, wird zu einem.

Sein macht nicht nur Bewusstsein, auch Sprache entlarvt den Geist.

Man müsse über die eigenen Konventionen hinausdenken und das Pferd nicht von hinten aufzäumen, sondern es schlachten, um damit die Münder der Hungernden zu stopfen. Was die Gemäßigteren zum Anlass nehmen, den Radikalen Polemik, Zynismus und verbrämte Ideologie vorzuwerfen.

Mit der Folge, dass jeder sein Ding macht.

Ich stehe irgendwo dazwischen und schwanke. Gewalt ist sicher nicht produktiv, bewirkt aber Aufmerksamkeit und verleiht dem Gedanken Dringlichkeit. Zersplitternde Schaufensterscheiben werden gehört. Brennende Autos qualmen, sodass der Rauch bis in die Tagespresse und die Regionalnachrichten vordringt. Manchmal sogar darüber hinaus. Bei brennenden Autos im dreistelligen Bereich wird die »nationale Sicherheitslage« diskutiert. Sonderkommissionen und der Einsatz von V-Leuten werden gefordert, um den »terroristischen Vereinigungen«, den »politischen Motivationen der Straftaten« gerecht zu werden. Hilflose Formulierungen, alberne Verbalaufrüstung für das Unvorstellbare, dass manche Menschen nicht mit dieser Welt und ihrer Politik einverstanden sind, sich sogar auf den Standpunkt stellen, dass eine andere Welt möglich sein müsse. Und dafür fackeln sie, falls nötig, auch Luxuskarossen ab, um ihren Widerstand sichtbar zu machen und ein Zeichen zu setzen gegen Neoliberalismus, Gentrifizierung, Segregation und Latte macchiato.

Vera-Rosa sieht das anders. Sie denunziert diese Ansichten als verquaste Rhetorik und Kader-Gesinnung und hält mit gemäßigten Appellen dagegen. Sie glaubt ernsthaft, alles mit friedlichen Mitteln erreichen zu können. Gandhi ist ihr Vorbild, der gewaltfreie Widerstand ihr Prinzip, die friedfertige Zivilcourage ihre Maxime.

»Hätte die Bastille 1789 mit einer Lichterkette erstürmt werden können?«, frage ich. »Ist die Oktoberrevolution von 1917 als gewaltfreie Sitzblockade denkbar? Die Befreiung vom Faschismus durch eine Love-Parade?« Gedanken, die die Zeit des Zorns provoziert.

Vera-Rosa lacht das Lachen der Sanftmütigen, Überheblichen, Beseelten.

Von Fahnenschwenken und Transparenten malen bleiben die Mieten aber nicht bezahlbar. Worte halten die Spekulanten nicht fern. Wenn aber ihre Luxuskarossen in Rauch aufgehen, kommt mancher ins Grübeln, ob es klug ist, in eine Gegend zu investieren, in der die anvisierte Klientel sich nicht sicher fühlen kann und womöglich ausbleibt.

Die Stadt ist nicht nur »arm und sexy«, wie ihr Oberhaupt gerne verkündet, um Touristen und Investoren zu ködern, sondern auch gefährlich. Was vor allem Investoren fernhalten könnte.

Dann ginge die Gleichung auf: Minus mal Minus gibt Plus. Die brennenden Autos der einen schaffen nicht nur Parkplätze für die anderen, sie sorgen auch für billigen Wohnraum. Freiraum. Freiheiten. Das ist die Logik der Kohleanzünder.

Ich schließe mich ihr an. Das viel gepriesene »Was ist ein Dietrich gegen eine Aktie? Was ist ein Einbruch in eine Bank gegen die Gründung einer Bank?« ist in der heutigen Zeit, in der Banken Insolvenz anmelden, obsolet.

Es ist einfach, eine Limousine in Brand zu stecken.

In der Nacht fahren wir zu zweit mit den Fahrrädern von Friedrichshain nach Mitte oder Prenzlauer Berg. Immer eine Frau und ein Mann. Meistens fahre ich mit Karla, manchmal mit Pauline. Wir stellen die Räder ab und gehen Arm in Arm durch die nächtlichen Straßen.

Auguststraße, Linienstraße, Gipsstraße.

Zehn Minuten, eine Viertelstunde. Wir simulieren ein Liebespaar auf dem Nachhauseweg von der gemeinsamen Zecherei, einer Party, einem Konzert, unterhalten uns, bleiben ab und zu stehen, küssen uns. Dabei sondieren wir die Lage, die Umgebung, halten Ausschau nach möglichst großen und teuren Autos.

Porsche, Mercedes, Jaguar, Geländewagen, Sportwagen, Spritfresser, Luxuskarossen.

Wir gehen weiter, rauchen, bleiben stehen. Klara oder Pauline blickt sich unauffällig um. Ich bücke mich. Es sieht aus, als würde ich mir die Schuhe binden. Ich stecke einen Kohleanzünder an, lege ihn auf den Hinterreifen eines BMW Z5 Cabrio und richte mich wieder auf. Flüchte mich in die Umarmung meiner Begleiterin. Mein Herz rast. Ihres auch. Es schlägt im Gleichtakt. Im Takt der »politisch motivierten Straftat«.

Wir gehen langsam weiter, ohne uns umzudrehen, Arm in Arm, halten uns aneinander fest, wechseln rasch die Straßenseite. Es dauert vielleicht drei Minuten, dann fängt der Wagen Feuer.

Wir sitzen schon wieder auf unseren Fahrrädern und sind unterwegs nach Hause. Wir sind euphorisiert, jauchzen in die Nacht, fühlen uns gut und stark, lachen.

Manchmal wiederholen wir das Ganze in einer Nacht zwei-, dreimal.

Einmal kommt uns ein Mann im Trainingsanzug mit einem kleinen Hund entgegen.

Ich sage zu Karla: »Ich liebe dich«, unser Codewort.

Ich drücke sie in den Hauseingang. Wir küssen uns heftig. Ich schiebe ihr T-Shirt hoch und lecke an ihren Brüsten. Sie öffnet meinen Gürtel, sodass mir die Hose bis zu den Knien rutscht. Sie greift mir in die Unterhose, dann an den Arsch. Ich bin erregt, mein Schwanz wird hart, ich drücke ihn fest an sie. Auch bei ihr scheint unser einstudierter und verabredeter Notfallplan Wirkung zu zeigen. Ihre Brustwarzen versteifen sich, ihr Becken stößt gegen meinen Unterleib, wobei sie leise stöhnt. Ich hebe ihren Rock hoch, drücke ihre Unterhose zur Seite und stecke meinen Schwanz in sie hinein. Sie schaut mich mit großen Augen an, küsst mich auf den Mund. Wir vögeln im Hauseingang, an die Wand gelehnt.

Der Mann bleibt stehen, der Hund winselt. Beide beobachten uns einen Moment lang fasziniert. Sie sind so abgelenkt, dass sie den qualmenden Kohleanzünder auf dem Hinterreifen des Mercedes auf der gegenüberliegenden Straßenseite nicht bemerken. Dann setzen sie ihren Spaziergang fort.

Wir ficken einfach weiter, während Karla leise flüstert:

»Schnell, komm, komm.« Dabei kommt sie selbst. Dann ich. Fast gleichzeitig.

Ich ziehe meine Hose hoch. Sie richtet ihren Rock, zieht das T-Shirt zurecht.

Beide gehen wir weiter, Arm in Arm, wobei Karla das Sperma über die Innenseite der Schenkel läuft. Auf der Straßenseite gegenüber fängt der Reifen des Mercedes zu kokeln an.

»Das war knapp«, sagt Karla und ich denke: Und total geil!

Danach thematisieren wir den Vorfall nicht mehr. Wir tun beide so, als sei nichts gewesen.

Von da an hoffe ich jedes Mal, dass uns ein Mann mit Hund entgegenkommt, wenn wir die Straßenseite wechseln.

Was leider nie mehr passiert.

KREUZWEG

Nach zwei Stunden Fahrt auf der staatlichen Hauptstraße A11 in Richtung Riga, auf der weder das Verschwinden von Artur noch der Tod Pupileks thematisiert wurde und Terese damit begann, den Tanga des Bikinis zu häkeln, gelangten sie zwanzig Kilometer nördlich von Šiauliai an einen Erdhügel, um den sich Hunderttausende von Kreuzen scharten und wie Fingerzeige in den Himmel stachen. Der Kreuzberg ragte in der flirrenden Hitze aus der Landschaft, als würde auch hier das fermatsche Prinzip sein Unwesen treiben.

»Was ist das denn?« Magnus traute seinen Augen nicht.

»Ein Wallfahrtsort.« Landolf kannte sich aus. Kein Wunder, es war sein Metier. »Und ein Ort litauischer Unabhängigkeitsbestrebungen.«

»Sieht eher aus wie die Kreuzabwurfhalde einer enttäuschten Gottheit.«

»Halt an.« Die Großmutter ließ das Häkelzeug achtlos sinken.

»Vierzehntes und fünfzehntes Jahrhundert«, sagte Landolf. »Mit dem Aufstellen der Kreuze begann man aber erst im neunzehnten Jahrhundert, zu Ehren der Opfer nach den Aufständen gegen die zaristische Herrschaft. Im zwanzigsten Jahrhundert versuchten die Sowjets dieses Denkmal zu vernichten und zerstörten dabei mehr als fünftausend der Kreuze. Sie haben sogar versucht, die Menschen davon abzuhalten, hierherzupilgern, indem sie vergammeltes Fleisch um den Berg herum auslegten. Vergeblich.«

»Der Glaube scheint nicht nur Berge zu versetzen, sondern auch durch Gammelfleisch zu waten.«

»Mach dich nur lustig. Die Litauer blieben hartnäckig und stellten immer wieder neue Kreuze auf.«

»Was sollen wir denn hier?« Magnus hielt den Audi auf dem Parkplatz am Fuß des Kreuzberges an.

»Vielleicht gehört das zum Plan?« Landolf zwinkerte mit seinem intakten Auge.

»Was für 'n Plan?«, kam missbilligend von der Großmutter und stieg aus dem Wagen.

Die Sonne hatte den höchsten Punkt erreicht und stand genau über dem Berg. Nachdem auch Magnus und Landolf ausgestiegen waren, fingen sie so heftig zu schwitzen an, als würden ihre Körper sich verflüssigen. Auf dem Parkplatz, auf dem auch ein paar Reisebusse standen, wurden auf Tapeziertischen und überdachten Marktständen allerhand Devotionalien und Andenken verhökert: Rosenkränze, Weihwasserkesselchen, Postkarten, Heiligenbildchen, Kerzen, Kreuze.

Landolf saß im Rollstuhl. Magnus schob ihn auf dem Kiesweg zum Berg. Am Fuße des Berges wurden sie überwältigt von der üppigen, wild wuchernden Gemengelage aus unterschiedlichsten Kreuzen. Es mussten Hunderttausende sein, denn die Kreuze, die in der Erde steckten, waren mit weiteren Kreuzen behangen.

»Irre.«

»Oder ein Denkmal für Leiden, Liebe und Hoffnung.« Landolf konnte seinen predigenden Tonfall nicht verbergen. »Hier können Menschen ihre Kreuze ablegen und damit für ihre privaten Anliegen und persönlichen Wünsche um göttlichen Beistand bitten.«

»Ein anachronistisches Wünsch-dir-was«, sagte Magnus, dem

dieser Tonfall zuwider war. »Du erinnerst dich doch an diese Unterhaltungsshow in den Siebzigern?«

»Deine blasphemischen Ausscheidungen können das Kreuz nicht besudeln.«

»Und das ist dann Dietmar Schönherr, was?« Magnus zeigte auf eine überlebensgroße Jesusstatue aus Holz, die weit die Arme ausbreitete. Landolf reagierte nicht.

Vor einem mehrere Meter hohen Kreuz am Fuß des Berges blieben sie stehen.

»Das hat Papst Johannes Paul II. aufstellen lassen.« Landolf zeigte auf das schlichte, ein wenig verlotterte und ausgebleichte Holzkreuz. »Der war Anfang der Neunzigerjahre hier.«

»Wo war der nicht?«

An dem rissigen Balken des Kreuzes fehlte die Jesusfigur.

»Geklaut.«

Landolf tippte sich an die bandagierte Stirn.

»Genau diegleiche Muttergottes steht auf dem Grab von Adele und Heinrich.« Die Großmutter zeigte auf eine lebensgroße Statue, die auf der gegenüberliegenden Seite des vom Papst gespendeten Kreuzes stand.

»Vivi Bach.« Magnus flüsterte es von hinten in Landolfs Ohr.

»Hör auf.« Magnus dachte nicht im Traum daran.

»Warum hat Heinrich sich eigentlich umgebracht?«

»Warum bringt man sich um?« Terese stand noch immer andächtig vor der Muttergottes, die Hände gefaltet.

Landolf sagte: »Aus Scham.«

Magnus: »Aus Verzweiflung.«

»Weil man sich nicht mehr zu helfen weiß«, kam abschließend von Terese.

Vor ihnen tauchte eine Holztreppe auf, die inmitten der Kreuze steil den Berg hinaufführte. Die unzähligen Rosenkränze und

Kreuzanhänger, in unterschiedlichen Materialien und Formen – Blech, Holz, Stoff, Glas, Plastik, Pappe –, die an den Kreuzen hingen, erfüllten die mittägliche Stille mit einem Klappern und Klimpern, Klirren und Knarren, das den Berg in ein unheimliches Windspiel hüllte.

»Willst du da hoch?«

»Ist das eine Sache des Wollens?«, fragte Landolf. »Oder des Könnens?«

»Ich könnte dich hochziehen. Oder du setzt dich auf meinen Rücken.«

»Das würdest du tun?«

»Auf keinen Fall.« Magnus lachte, zog den Rollstuhl nun rückwärts, Stufe für Stufe, die Treppe hoch, während nach der Hälfte, als wäre es eine Wegmarke, sein Mobiltelefon klingelte.

»Willst du nicht rangehen?«

»Nee.«

Oben angekommen, war das Telefon verstummt, Magnus völlig außer Atem. Auf seinem T-Shirt hatten sich große Schweißflecken gebildet, am Rücken, unter den Achseln und auf der Brust. Die Großmutter saß bereits auf einer schmalen Bank, unter einer überlebensgroßen, auffällig bunten Muttergottesstatue, inmitten der Kreuze, an denen die Rosenkränze und Kreuzanhänger noch immer im Wind klingelten. Es hörte sich an wie wispernde Stimmen, die vom Schicksal jener erzählen wollten, zu deren Gedenken die Kreuze aufgestellt worden waren.

»Er hat sich verspekuliert.« Tereses Stimme klang, als wollte auch sie in Gedenken ein Kreuz in den Boden rammen. Das Wispern erinnerte an Zischeln, dann an fernes Kichern. Als würde kein Kreuz mehr helfen.

»Nachdem der Bundeswehrauftrag weggefallen war und nur

mehr die Dessousproduktion übrig blieb, stürzte die Braun-Broich Trikotage ab. Die Umsätze brachen ein, die Produktion wurde zurückgefahren, und Arbeiter mussten entlassen werden. Aufgrund der schlechten Konjunktur Anfang der Neunzigerjahre wollte keiner mehr Dessous haben. Die Menschen hatten andere Sorgen, als mit Reizwäsche zu prahlen. Heinrich versuchte in anderen Tätigkeitsfeldern zu operieren. Er spekulierte mit Aktien und setzte auf das falsche Pferd. Am Ende war er hoch verschuldet und der Verkauf der Trikotage der einzige Ausweg, halbwegs heil aus dem Desaster herauszukommen. Das konnte er allerdings nicht mit ansehen. Er wollte nicht erleben, wie seine Firma zwangsweise verkauft wird. Er kapitulierte, zog den Freitod vor und legte sich auf die Schienen.«

Die Muttergottes schaute freundlich, die Sonne tauchte den Berg in flirrendes Licht, und die Kreuze klimperten wie Falschgeld. Die Großmutter schwieg. Magnus wollte sich eine Zigarette anzünden, was Landolf mit dem Hinweis auf die Holzkreuze unterband.

»Warum nennst du Landolf eigentlich ›mein Junge‹?« Magnus sagte es nüchtern, fast unbeteiligt, wie man sagt: »Ist noch Milch im Kühlschrank?«

Die Großmutter reagierte zunächst nicht. Erst als Magnus sah, wie sie nervös die Hände im Schoß knetete, wusste er, dass die Frage sehr wohl bei ihr angekommen war.

»Es ist – er ist auch mein …« Sie schien verwirrt, blickte Magnus erstaunt an, ohne den Kopf zu bewegen.

»Und warum ›Enkelchen‹?«, ging Magnus dazwischen.

Landolf war ebenfalls überrascht.

Terese knetete wieder, die Kreuze wisperten.

»Warum hast du Landolf ›mein Enkelchen‹ genannt, als er bewusstlos im Sand lag?« Magnus' Nüchternheit fiel von ihm ab.

In seiner Stimme schwang Forderndes, Unausweichliches mit. Die Großmutter schwieg, knetete weiter ihre Hände und starrte vor sich hin.

»Warum?«

»Ich – ich habe alles falsch gemacht.«

Sie sagte es ähnlich wispernd wie die Kreuze. Die Hände lagen jetzt ruhig im Schoß.

»Alles macht man nie falsch.«

»Oh, da spricht der erfahrene Seelsorger, die Geistlichkeit, spezialisiert auf Wald und Flur, wenn auch ein wenig derangiert«, höhnte Magnus.

»Könntest du deinen Zynismus mal kurze Zeit bei dir behalten?«, sagte Landolf.

»Was für 'n Zynismus?«

»Nicht streiten, bitte nicht streiten.« Die Worte der Großmutter klangen flehentlich.

»Haben wir doch gar nicht.«

»Es wurde lange genug und viel zu viel gestritten.« Sie hustete, zog das Taschentuch aus dem Ärmel, hielt es sich vor den Mund und ließ es dann in der Hand verschwinden. »Heinrich war nicht dein Vater!«

»WAS?«, kam es gleichzeitig aus Landolfs und Magnus' Mund.

»Und Adele war nicht deine Mutter.«

Die beiden schauten Terese an, offenen Mundes, als wäre sie die bunte Muttergottes in ihrem Rücken und würde ihnen soeben erscheinen, wie die Heilige Jungfrau von Fatima den kleinen portugiesischen Hirtenkindern erschienen war, um ihnen das Dritte Geheimnis zu offenbaren, das noch immer in den Geheimarchiven des Vatikans schlummert.

»Aber wer dann?«, fragte Magnus. Landolf hatte es die Sprache verschlagen.

»Heinrich und Adele haben dich kurz nach deiner Geburt adoptiert. Sie selbst konnten keine Kinder bekommen.«

»Aber warum haben sie es ihm nicht gesagt?«

»Sie konnten es ihm nicht sagen.«

Landolf schien seine Sprachlosigkeit abzuschütteln. »Warum nicht?«

»Wegen deiner Mutter.«

Schweigen und Klimpern der Kreuze.

»Wer ist meine Mutter?« Landolf fragte es zögernd, wobei offen blieb, ob er die Wahrheit bereits ahnte oder ob ihm die bevorstehende Gewissheit Angst machte.

»War. Sie ist tot.«

»Und wer?«

Tereses Zeigefinger zitterte, als spräche die Heilige Jungfrau aus ihm, als sie auf Magnus wies, der nicht begriff.

»Seine Mutter.«

»WAS?!«, kam es wieder gleichzeitig aus beiden Mündern. »Johanna?!«

»Ja.«

»Aber dann sind wir ja – sind wir ja –« Magnus flog mit der Eröffnung dieses Geheimnisses der ganze Vatikan mitsamt den hunderttausend Kreuzen dieses Berges um die Ohren.

Die Großmutter nickte.

»Nein!«, sagte Landolf, wie man »Scheiße!« sagt.

»Scheiße«, sagte Magnus.

Die Großmutter knetete wieder. »Es ist meine Schuld. Johanna war doch noch ein Mädchen, vierzehn, als sie schwanger wurde. Sie hat es mir und allen anderen lange verheimlicht, bis ihr Bauch zu dick wurde. Da war dann klar, was Sache ist. Wer der Vater war, wollte sie mir nicht sagen. Das war auch nicht wichtig. Wichtig war, dass Johanna ihr Leben unbehelligt weiterführen konnte. Und das wäre als allein erziehende Mutter nicht möglich gewesen, damals, Ende der Fünfzigerjahre. Sie war ja selbst noch ein Kind. Ich habe versucht, ihr das klarzumachen. Sie wollte das Kind aber nicht in eine fremde Familie weggeben. Adele kam dann auf die Idee. Ich habe alles organisiert, zusammen mit ihr. Johanna kam nach Stuttgart zu Adeles Schwester und hat bei ihr entbunden. Niemand in Zellingen hat etwas davon mitbekommen. Nicht einmal, dass Johanna schwanger war. ›Sie ist in Kur‹, habe ich jedes Mal gesagt, ›Luftveränderung, weil sie so blass ist.‹ Und keiner hat es hinterfragt. Es war Adeles Idee. Sie konnte keine Kinder kriegen und wollte doch so gerne welche haben. Was lag da näher? Auch Heinrich war begeistert von der Aussicht, einen Sohn zu bekommen, einen Stammhalter, einen Nachfolger für die Trikotage Braun-Broich. Woher dieser Sohn kam, musste ja niemand wissen.«

Die Großmutter sprach langsam, mit wohlüberlegten Worten, als hätte sie es lange geprobt. »Dank der Adoption blieb das Kind in der Familie, und Johanna konnte ihr Leben ganz normal weiterführen, die Schule beenden, eine Ausbildung machen. Es war für alle das Beste. Damals. Auch für dich.«

»Das habt ihr großartig eingefädelt. Herzlichen Glückwunsch!« Landolf wirkte benommen.

»Das Beste?«, sagte Magnus. »Ist das dein Ernst?«

Die Großmutter hustete, nahm das Taschentuch aus dem Ärmel und hielt es sich vor den Mund.

»Ich werd verrückt. Alle wollten das Beste, was letztendlich das Schlechteste für jeden zur Folge hatte. Johanna, meine leibliche Mutter, starb jung. Adele, meine Adoptivmutter, stand ihr Leben lang unter dem Pantoffel des Alten. Und meine Kindheit und Jugend waren für 'n Arsch, denn ich hatte einen Nazi-Vater, dem es nie um mich, sondern immer nur um sich selbst ging, bevor er mich dann doch noch an die frische Luft setzte.«

Magnus stimmte in den erbitterten Kanon Landolfs mit ein. »Da ist das Beste nicht nur nicht gut genug, da ist das Beste ziemlich beschissen.«

Landolf sah an einer Tafel an einem der Kreuze einen aufgemalten Jesus in einer Kreuzigungsszene hängen. Das ist die zwölfte Station der Passionsgeschichte, dachte er und glaubte, den Jesus am Kreuz zwinkern zu sehen. Er erschrak. Der gemalte Jesus schien auch noch zu pfeifen.

»Was war das?«, wollte Landolf wissen, als das Pfeifen verstummt war.

»SMS.« Magnus zog sein Handy aus der Hosentasche. Er las, leise zuerst; dann murmelte er vor sich hin: »Geblitzt! Bußgeldbescheid! Foto!!! Da bist du drauf!!! Was soll das? LITAUEN??? Liane.«

Er tippte auf Antworten, überlegte und ließ seinen Daumen über die Tasten fliegen. Alles ist anders. Melde mich bald. Kuss. Er schickte die SMS ab.

»Es ist alles meine Schuld«, sagte die Großmutter.

Dieses Mal widersprach Landolf nicht. Die Kreuze wisperten noch immer, und die drei schwiegen. Magnus holte doch noch seine Zigarettenschachtel aus der Tasche und bot der Großmutter und Landolf eine an. Beide griffen zu, was vor allem bei Landolf merkwürdig und erstaunlich zugleich war. Wallfahrer, die schnaufend die Treppe hoch- und an ihnen vorbeikamen, schüttelten den Kopf, bestürzt über das rauchende seltsame Trio; ein derangierter Mönch im Rollstuhl, eine Alte mit roten Turnschuhen und ein verschwitzter, verlottert wirkender Freak mit langen Haaren unter der bunten Muttergottes.

»Und jetzt?« Die Großmutter fragte es, als die Zigaretten schweigend aufgeraucht waren.

»Fahren wir weiter.«

Magnus packte den Rollstuhl, ließ ihn wieder Stufe für Stufe nach unten gleiten. Am Fuß der Treppe wurden sie von einer Deutsch respektive Schwäbisch sprechenden Reisegruppe empfangen, die sich sofort um den Mönch scharten. Der behinderte Gottesmann erschien ihnen an diesem Wallfahrtsort als Wink des Himmels. Ein im Rollstuhl sitzender Mönch, der aussah wie ein verprügelter Saufbold, musste zwangsläufig eine Attraktion sein. Mehr noch als der Berg mit den vielen Kreuzen selbst. Da wird die Spiritualität handgreiflich, das Himmelreich säkular. Zusammen waren Berg und Mönch »Subbr«, wie die schwäbischen Pilger vom katholischen Kirchenchor einer Ortschaft unweit Reutlingens unisono bezeugten. Alle wollten sich mit Landolf und den Kreuzen im Hintergrund fotografieren lassen. Manche der Damen, schon im reiferen Alter, setzten sich mit einer Pobacke auf die Lehne des Rollstuhls, was auch den Likören geschuldet war, die während der Reise im Bus zur Genüge gebechert worden waren. Die meisten wollten sich nur mit Landolf und nach Möglichkeit ohne Magnus fotografieren lassen. Der heruntergekommen wirkende Penner versaute ihnen das ehrwürdige Motiv.

»Jetzt gang halt a moal a bissle weg doa!«, sagten sie, bevor sie sich mit Landolf ablichten ließen.

»Warum?« Magnus wehrte sich und versuchte, den Schwaben die Fotos mit seiner bloßen Anwesenheit zu versauen. »Wir sind Brüder.«

»Ha noi, des glaub i net.«

»Doch, ist er.« Landolf nickte, sodass Magnus von da an nicht mehr aus dem Bild gescheucht werden konnte. Die Großmutter stand die ganze Zeit abseits und sah dabei so aus, als sei nun sie in völlig derangierter Verfassung.

Das Handy klingelte erneut.

»Himmel Herrgott.«

»Na los, geh schon ran.«

Auf dem Display stand: Nummer unbekannt.

»Hallo? Ach, Liane, du bist es.«

Liane schleuderte ein Feuerwerk an Worten in Magnus' Ohr, sodass er das Handy ein Stück von sich weg hielt. Wie so oft wusste er nicht, was er sagen sollte. Was konnte er diesem Redeschwall entgegensetzen? Er schwieg eine Zeit lang und gab dann ein albernes »Hallo, bist du noch dran?« von sich, was Liane offenbar dermaßen irritierte, dass sie für einen Moment die Klappe hielt, was Magnus nutzte und in die Pause hineinsprach wie in ein schwarzes Loch: »Tut mir leid, aber es haben sich dramatische Dinge zugetragen.«

Noch immer sagte Liane am anderen Ende der Leitung nichts.

»Artur ist tot.«

»Was?«

Landolf im Rollstuhl neben ihm tippte sich an die Stirn, was die schwäbischen Pilger in Verwirrung stürzte.

»Ja, überfahren. Außerdem habe ich einen Bruder bekommen.«

»Nein. In Litauen?«, kam aus dem Hörer.

»Ja, wir – wir – also ich und mein Bruder Landolf, der im Rollstuhl sitzt und Mönch ist, und meine – also unsere Großmutter, wir sind unterwegs …«

»Ich dachte, deine Großmutter ist sterbenskrank.«

»Was? Nein, nicht mehr. Sie ist wieder gesund, zumindest so, dass sie mit uns, also mir und Landolf, nach Narva fahren kann.«

»Narva?«

»Ach so, ja, Narva, das ist … das ist … in Estland.«

»Estland?«

»Ja, am finnischen Meerbusen, an der Grenze zu Russland, da liegt nämlich mein Großvater in einem Soldatengrab, seit langer, langer Zeit, und meine Großmutter will – das ist jetzt alles ein bisschen kompliziert – ich … ich … äh, erklär dir alles später, ich kann jetzt nicht mehr sprechen, weil … weil …«

»Wann bist du zurück?«

»Bald – ich meine, höchstens ein paar Tage, dann … dann bin ich wieder …«

»Und der Strafzettel?«

»Bezahl ich, natürlich, wenn ich zurück … also ich … ich rufe dich an, ja? Tschüss.«

Landolf lächelte.

»Was gibt's denn da zu grinsen?«

»Nichts. Warum hast du ihr eigentlich nicht erzählt, dass ihr Wagen Schrott ist?«

Wieder grinste er.

»Warum erzählst du nicht ein bisschen was über dich, jetzt, wo ich dein Bruder bin?«

»Vergiss es.«

Die schwäbischen Pilger hatten nun alle ihr Foto gemacht und bedankten sich artig, während Landolf und Magnus die Großmutter beobachteten, wie sie ihre Handtasche öffnete und etwas herausnahm, um es dann hinter dem Rücken der beiden dem Kreuzberg zu überantworten.

»Ein Kreuz vermutlich«, sagte Landolf.

»Oder die Makarov aus dem Handschuhfach!«

»Was?«

»War 'n Scherz.«

»Ha, ha.«

»Gehen wir.«

»Gehen wir.« Landolf wiederholte es, was im Rollstuhl sitzend deplatziert klang.

ES WIRD KALT BLEIBEN

Du zweifelst, du haderst, mit dir und deiner Wirklichkeit. Deinem Alltag. Dem Leben. Du sitzt hier in diesem Kloster fest, hinter dicken Mauern. Du betest zu einem Gott, an den du nicht glaubst. Gott! – Welche Provokation in deinen Augen. Welche Verachtung dem Schicksal gegenüber. Den unschuldigen Toten.

Marietta. Indem sie sterben musste, hat der Allmächtige sich um seine Existenz gebracht, geht es dir durch den Kopf, während du in der Nacht in deiner Zelle auf der Pritsche liegst.

Die ersten Jahre.

Dann immer weniger.

Irgendwann fügst du dich dem Trott. Dem Alltag. Der Routine. Deinem neuen Leben hier. Es ist ein eigenartiges Leben, findest du, dein Leben in dieser Ordensgemeinschaft, bei den Mönchen, im Kloster. Fernab der Gesellschaft, die du verändern wolltest. Mit Gewalt. Es ist ein Leben, das dich verändert, langsam, stetig, über die Jahre hinweg; kniend auf der kalten Kirchenbank, mit gefalteten Händen vor dem Habit und dem Bildnis, das dir zuerst völlig fremd war und dann immer vertrauter wird.

Der Schmerzensmann – gespiegelt in dir als Mann der Schmerzen. Der scheitert an sich und den eigenen Ansprüchen. Ein Gläubiger ohne Glauben. Ein Atemloser ohne Luft. Ein Anarchist ohne Freiheit. Ein Terrorist ohne Waffen. Ein Bewusstsein ohne Sein, dem der Mut fehlt, sein verpfuschtes Leben ein für alle Mal zu beenden.

Halleluja!

Wie oft hast du es dir schon vorgestellt und ausgemalt, dich auf den Fenstersims zu stellen in der Nacht, wenn alle Mönche schlafen, deinen Körper wegzuwerfen, dem Abgrund entgegenzuschleudern mit einem Halleluja.

Immer wieder hast du den Gedanken verworfen.

Aus einem Morgen wurde ein Übermorgen.

Eine nächste Woche.

Das nächste Jahr.

Aus jetzt, später; dann irgendwann.

Bis du schließlich die Vorstellung, dein Schicksal in die eigene Hand zu nehmen, im wahrsten Sinne, verbannt hast. Aus dir. Deiner Zelle. Deinem Leben. Einzig aus Angst, panischer Angst und unmündiger Abhängigkeit vom Leben.

An die Stelle der Suizidspielereien treten Gewaltphantasien. Jetzt stellst du dir vor, nicht dich selbst aus dem Fenster zu werfen, sondern alles andere, das dir das Leben vergällt und diese Abhängigkeit erst verursacht: die Vergangenheit.

Die ganze verfluchte deutsche Geschichte. Die Mörder Mariettas. Die Kugel im Kopf. Dein Nazivater. Die Heimlichtuerei. Die Angst. Gott!

Jede Nacht schmeißt du, schlaflos, alles aus dem Fenster. Während das eine hinausfliegt, kommt das andere wieder hinterrücks zur Tür herein. Es quält dich mit der hässlichen Fratze der Vergeblichkeit. Als wäre es ein Einschreiben, aufgegeben von der Vergangenheit. Der ganzen verfluchten deutschen Geschichte. Den Mördern Mariettas. Der Kugel im Kopf. Dem Toten selbst. Deinem Nazivater. Der Heimlichtuerei. Der Angst. Von Gott!

Als du Post bekommst, aus Zellingen, lässt du den Brief tagelang liegen. Als du ihn aufmachst, ist es zu spät. Deine Tante Terese fragt an, ob du zur Beerdigung deines Vaters Heinrich kommen willst. Er habe sich umgebracht, vor den Zug gelegt, und werde am Freitag auf dem Friedhof in Zellingen beigesetzt. Vielleicht gäbe es da die Möglichkeit, über vieles zu reden, einiges zu klären, schreibt sie und verbleibt mit einem schönen Frühjahrsgruß.

Jetzt ist Montag. Dein Vater ist seit zwei Tagen unter der Erde. Du ärgerst dich, den Brief aus der Vergangenheit, aus dem gottverlassenen Zellingen, überhaupt geöffnet zu haben. Du zerknüllst ihn, wirfst ihn ins Feuer, wo sich die Worte der Tante im Nu in Nichts auflösen.

Und doch schwirren sie von da an um dich herum. In der Luft deiner Klosterzelle, als sei das Nichts alles.

Du denkst an ihn, an deinen Vater, an Heinrich Braun-Broich, obgleich du es dir untersagt hast. Du denkst an sein Leben. Den Schrank auf dem Speicher der Villa. Die Hakenkreuzfahne. Die Fotos. An die ausgemergelten polnischen Arbeiter. Sein Leben und das deinige. In Zellingen. In der Villa.

Du siehst dich in kurzen Hosen und Pullunder auf dem Fahrrad, deinem Bonanzarad, durch Zellingen fahren, zur Siedlung. Du siehst Johanna auf der Hollywoodschaukel im Garten sitzen. Sie lacht, fragt, ob du eine Brause willst.

Du sagst ja und setzt dich zu ihr auf die Schaukel. Ihr schaukelt und du trinkst, ganz langsam, dass die Brause kaum weniger wird, dass du möglichst lange bei ihr sitzen kannst.

Sie fragt, ob du nicht was erzählen willst, und du erzählst von der Schule, von zu Hause, von Heinrich, Adele. Zuletzt davon, dass du gerne zwei Hasen hättest. Einen weißen und einen schwarzen.

Sie nimmt dich in den Arm, lächelt.

Sie sagt: »Mal sehen, was sich da machen lässt.«

Du trinkst wieder von der Brause. Jetzt alles in einem Schluck. Du drehst dich nach ihr um.

Sie ist weg. Tot.

Du weinst.

Du denkst an ihren Tod und an den Tod des Vaters. An Heinrichs Selbstmord. Die Tränen versiegen. Du denkst daran, wie er mit seinem Mercedes zum Bahngleis fährt. Vorher sich die Zugverbindung nach Stuttgart herausgeschrieben hat aus dem kleinen abgegriffenen Fahrplan. 23 Uhr 12 in Zellingen. Fünf Minuten später müsste er hier vorbeikommen, auf freiem Feld, denkt er, der Regionalexpress. Er trinkt vielleicht noch einen Kirschlikör, der den Entschluss leichter macht. Die Bedenken zerstreut, die Angst schwinden lässt. Noch einen.

Er hält an. Er stellt den Motor ab. Schaltet das Licht aus. Das Radio spielt leise weiter. SWR4. Melodien für Millionen. Bata Illic. *Solange ich lebe*, von 1972.

In den Wäldern voller Dunkelheit
in den Bergen
die so hoch und weit
in den Städten voller Glanz und Licht
ja
da such ich nur dich

1972 war seine Welt noch in Ordnung. Da war die Trikotage Braun-Broich ganz oben angekommen. Auch er. Seine Frau Adele lebte noch. Du, sein Sohn, warst noch nicht aus dem Haus gejagt. Er ein angesehener Fabrikant. Erfolgreich, wohlhabend, respektiert. Im Zellinger Gemeinderat. Vorsitzender des Schäferhundzuchtvereins. Bundesverdienstkreuzträger.

Er bleibt noch eine Minute sitzen, zwei, und schwelgt in Gedanken. Sein Leben läuft noch einmal vor ihm ab. Nicht im Augenblick des Todes, sondern kurz davor, von Bata Illic musikalisch eingerahmt. Die schwarzen Flecken klammert er aus. Die Zwangsarbeiter, die Denunziation Antons, dich.

Doch irgendwo werd' ich dich wiederseh'n
du wirst träumend am Rand der Straße steh'n
und ich seh' es deinen Augen an
dass ich bei dir bleiben kann!

Spätestens jetzt müsste er weinen, denkst du. Aber Heinrich weint nicht. Das hat er nie getan.

Er steigt aus dem Mercedes. Er lässt den Schlüssel stecken, das Radio laufen, und geht den Bahndamm hinauf. Rutscht aus, flucht, hält sich an den Sträuchern fest. Oben angekommen legt er sich auf das Gleis, quer, sodass die Lok ihn in der Mitte zerteilt.

Er schaut in den Himmel, sieht die Sterne leuchten. Den Großen Wagen, den Kleinen, eine Sternschnuppe. Er wünscht sich nichts mehr.

Es ist kalt. Er spürt auf den Schienen die Vibration. Den Zug, der näher kommt. Er zählt die Sterne am Himmel.

Eins, zwei, drei, vier, fünf, sechs …

Die Vibration wird stärker.

Sieben, acht, neun …

Der Zug kommt näher.

Zehn, elf …

Ist gleich da.

Zwölf …

Er schließt die Augen.

Jetzt.

Die Sterne sind verschwunden. Die Kälte ist weg. Das Radio singt noch immer leise vor sich hin:

Schuhe
so schwer wie Stein
immer Tag und Nacht allein.

Ich such' dich auf der ganzen Welt
mit Schuhen schwer wie Stein.

Seit dem Brief deiner Tante Terese mit der Nachricht vom Tod deines Vaters wirfst du alle anderen Briefe von ihr ungeöffnet weg. Am Anfang belastet es dich. Am Ende befreit es.

Jahre der Irrungen und Wirrungen, der Windungen und Wendungen hast du erlebt. Wirst du noch erleben. Nichts ist zu Ende, alles beginnt. Immer wieder.

Es ist kalt. Es wird kalt bleiben.

MENETEKEL AUF MAKRELENFILET

Am Abend trafen sie in Riga ein. Während der Fahrt wurde wenig geredet. Die Großmutter häkelte wieder, Landolf hatte meistens die Augen geschlossen und Magnus fuhr schweigend, ohne in die Außenspiegel zu blicken, auf der Hauptstraße A8. Alle schienen in Gedanken zu sein.

Erst als sie im luxuriösen Hotel eingecheckt hatten, die Zimmer bezogen waren – dieses Mal bekam jeder eines, groß, edel, für sich – und sie sich zum Essen, einem Mehrgangmenü, im Restaurant trafen, kam die Konversation wieder in Gang. Zunächst redeten sie über Belangloses: die Zimmer, die Einrichtung, die Stuckdecken, das Hotel, den Kellner, das Essen, die Vorspeise – glasierte Rinderfiletstreifen mit gebratenen Pilzen und Kräuterbandnudeln –, als wollten sie das eigentliche Thema umkreisen, sich über Umwege langsam annähern, um dann schließlich über die schwäbischen Pilger, die Kreuze und den Berg der Kreuze zum Wesentlichen, Prekären vorzustoßen.

Als Magnus schlussendlich fragte, als hätte er es satt, ständig um den heißen Brei herumzureden: »Wofür hast du das Kreuz eigentlich aufgehängt?«, brach das Eis.

»Das kann ich nicht sagen, sonst hilft es nicht.«

»Geheimnis, was?« Magnus legte sein Besteck zur Seite. Die Großmutter stocherte mit der Gabel im warm geräucherten Makrelenfilet mit Riesengarnele und dem Risotto mit Ruccola und Tomate. Offenbar war ihr der Appetit vergangen.

»Du weißt ja, wohin diese Geheimnisse führen. Also raus mit der Sprache.«

»Jetzt lass sie doch.« Landolf legte seinerseits das Besteck zur Seite und ergriff Tereses Hand. Es waren weniger die Worte Landolfs, die Magnus nicht behagten, sondern die Geste.

»Ach so, so ist das, ich soll sie also lassen, was? Eigentlich solltest *du* sie *nicht* lassen. Eigentlich geht es hier viel mehr um dich als um mich. Aber dazu bist du ja zu feige.«

»Was soll das heißen?« Landolf ließ die Hand der Großmutter los.

»Das kann ich dir sagen. Zuerst läufst du weg, haust einfach ab von zu Hause, versteckst dich dreißig Jahre lang in einem albernen Kloster, irgendwo in der deutschen Provinz, und kein Schwein weiß es, und jetzt, wo plötzlich alles anders ist als gedacht, nachdem das große Geheimnis gelüftet ist, das nur Unheil über die Familie gebracht hat, nimmst du alles so hin und tust so, als würde es dich überhaupt nichts angehen.«

»Ich nehme überhaupt nichts hin«, konterte Landolf genervt. »Außerdem habe ich mich nicht versteckt, schon gar nicht in einem albernen Kloster.«

»Dann mach endlich mal dein Maul auf«, platzte es aus Magnus heraus. »Sag, was Sache ist. Und tu nicht so selbstgefällig desinteressiert, so priesterlich verlogen.«

»Spinnst du!« Landolfs Tonfall wurde schärfer.

»Mann, kapierst du es denn nicht? Terese hat dich ein Leben lang verarscht. Merkst du das denn nicht? Sie hat dich jahrzehntelang an der Nase herumgeführt.«

»Hör auf.« Die Großmutter flehte, ohne den Blick vom Teller zu nehmen.

»Nein, ich fange erst an. *Sie* …« Er zeigte auf die Großmutter, die noch immer auf ihr zerklüftetes Makrelenfilet starrte. »… hat dir das alles eingebrockt, aus ihrer beschissenen Überheblichkeit heraus, weil sie anderen ihr Leben diktieren wollte und …«

»Halt's Maul!« Landolf schlug mit der Hand auf den Tisch, tumb, unbedacht; das Geschirr klirrte, eine Gabel fiel zu Boden.

Magnus sprang vom Stuhl auf; der Stuhl kippte polternd um. Er überlegte kurz, ob er seinem Bruder an den Hals springen oder doch eher kehrtmachen sollte. In Anbetracht des derangierten Mönchs mit gebrochener Rippe und geschwollenem Gesicht entschied er sich dann doch für den Rückzug. Er verließ mit schnellen Schritten und unter den fassungslosen Blicken der anderen Gäste das Lokal.

»Magnus!« Die Großmutter rief ihm hinterher, was er aber nicht mehr hören konnte.

Damit war das Essen beendet. Terese stand ebenfalls auf, verließ wortlos das Restaurant und zog sich in ihr Zimmer zurück. Landolf blieb noch kurze Zeit am Tisch sitzen, starrte auf das Essen, ein einziges Schlachtfeld, und schleppte sich, ebenfalls eskortiert von den Blicken der Restaurantbesucher, hinkend in die Hotelbar.

Der kühl wirkende Barmann mixte ein rot schäumendes Getränk, nachdem Landolf auf die Frage, was er wünsche, geantwortet hatte: »Was immer Sie mir anbieten.« Der Barmann servierte den Drink in einem bauchigen Glas, in dem eine Erdbeere schwamm, von einem Plastikstäbchen aufgespießt. Landolf nippte an der süß schmeckenden Flüssigkeit, während der Barmann auf der anderen Seite des Tresens gespannt auf eine Reaktion wartete.

»Gut«, sagte der Mönch, kühl, reserviert, was den Barmann für die noch folgenden Drinks enorm anspornen sollte.

Landolf saß auf dem Barhocker am Tresen und fühlte sich wie ein Cocktail trinkendes Häufchen Elend. Sein Fuß schmerzte, seine Brust stach, und im Kopf ging es drunter und drüber. Seine Gedanken kreisten immer um dasselbe Thema, wobei sie sich mit der Zeit und zunehmendem Alkoholkonsum kontinuierlich veränderten.

Zuerst regte er sich über Magnus' Vorwürfe auf, bezeichnete sie als unverschämt. Mit der Zeit gestand er sich ein, dass sein Bruder in manchem Punkt vielleicht gar nicht so Unrecht hatte. Bis er nach dem dritten Drink, der jetzt grün war und in einem Glas mit Zuckerrand serviert wurde, zu der Meinung gelangte, dass man tatsächlich behaupten konnte, er habe sich versteckt, und das nicht nur im augenscheinlichen, sondern auch im übertragenen Sinne.

Der Barmann stand gespannt am Tresen und schien sich von Getränk zu Getränk immer mehr dem Geschmack Landolfs anzunähern.

»Perfekt«, sagte der schon angetrunkene Mönch, als er an der grünen, nach Minze schmeckenden Flüssigkeit nippte. Als hätte er diese Reaktion erwartet, nickte der Barmann und widmete sich wieder den anderen Gästen. Unter diesen erblickte Landolf, als er gerade dabei war, sein vergangenes Verhältnis zu seiner neuen Mutter Johanna zu analysieren, eine Frau seines Alters. Sie saß am anderen Ende des Tresens und kam ihm bekannt vor. Auch die Frau schien ihn zu erkennen und winkte auffällig zu ihm hinüber. Landolf winkte zurück, was sicher dem Grad seiner Trunkenheit geschuldet war. Die Frau jedenfalls fasste es als Einladung auf, nahm ihr Glas und setzte sich neben ihn.

»Waren Sie nicht auch in Šiauliai, am Berg der Kreuze?« Sie fragte es, als sei sie längst davon überzeugt.

Landolf, von der Entschiedenheit der Frau überrumpelt,

nickte unsicher. Mit einem Mal bezweifelte er, jemals da gewesen zu sein.

»Ich bin die Reiseleiterin der Gruppe aus Deutschland, erinnern Sie sich?«

»Und wo ist Ihre Reisegruppe?«

»Im Bett. Gott sei Dank.«

»Alle miteinander?« Es rutschte Landolf so heraus, und sofort schämte er sich dafür. Drei Cocktails hinterließen Spuren bei ihm, dem ungeübten Trinker.

Die Reiseleiterin lachte. Ein wenig zu laut und zu schrill. Was auch bei ihr bestimmt auf den Alkohol zurückzuführen war.

»Was ist mit Ihnen? Können Sie nicht schlafen?«

Landolf hob die Schultern, nahm den letzten Schluck von seinem Getränk, verzog das Gesicht und merkte, dass die Schmerzen erheblich nachgelassen hatten.

»Darf ich Sie auf einen neuen Drink einladen?«

Der Barmann mixte ein anderes Getränk, das nun in blauer Farbe mit einer roten Kirsche am Plastikstängelchen daherkam. Die Reiseleiterin blieb bei ihrem Getränk, einer langweilig aussehenden, durchsichtigen Flüssigkeit in einem langstieligen Glas.

»Prost.«

Sie stießen an, tranken, woraufhin Landolf »Exzellent« sagte, was die Reiseleiterin verwunderte und der Barmann mit einer Kopfbewegung quittierte.

»Wo haben Sie denn Ihren Rollstuhl?«

»Schon mal was von Lazarus gehört? Von dem Blinden und dem Lahmen?«

Die Frau lachte befreiend, ansteckend, sodass Landolf sich ihr mit einem verschämten Schmunzeln anschloss.

»Was machen Sie hier?«

»Ich bin mit meiner Tante hier, meiner Großmutter, um genau zu sein. Und mit meinem …«, er zögerte kurz, »Bruder.« Er sagte es, als hätte das Wort sich noch nicht an seinen Mund gewöhnt. »Wir fahren nach Estland, Narva. Aber fragen Sie mich nicht warum.« Wieder nippte er an dem blauen Gesöff. »Vor ein paar Tagen wusste ich es noch, aber je länger wir unterwegs sind, umso absurder wird die ganze Reise.«

»Ich bin an absurde Reisen gewöhnt. Die Absurdeste habe ich als junge Frau gemacht, mit einem gestohlenen Wagen nach Jordanien. Kaum waren wir nach einer Odyssee voller Irrungen und Wirrungen endlich angekommen, wurde uns das Auto geklaut. Dagegen ist die Wallfahrt der Schwaben ein Zuckerschlecken!«

Sie tranken wieder, schwiegen eine Zeit lang vor sich hin, bis Landolf sagte: »Stellen Sie sich mal vor, Sie wären ich.«

»Geht gar nicht.« Die Reiseleiterin schüttelte den Kopf. »Allein schon was das Zölibat anbetrifft – undenkbar.«

»Gut, dann stellen Sie sich vor, Sie wären ich ohne Zölibat.«

Sie betrachtete ihn mit einem Blick, der hinter ihrer Brille tiefe erotische Abgründe offenbarte, von denen Landolf zuvor nichts geahnt hatte.

»Was würden Sie tun, wenn Sie erfahren würden, dass Sie gar nicht der sind, der Sie zu sein glaubten?«

»Herausfinden, wer ich bin.«

»Und wenn Sie dabei herausfänden, dass Sie jemand sind, der Ihnen total unsympathisch ist?«

»Dann würde ich versuchen, diesen Unsympathischen sympathischer werden zu lassen. Ich würde versuchen, ihn zu verändern. Damit ich es mit mir aushalten könnte.«

»Aber wie?«

»Autogenes Training? Jogging, Paragliding, Tai-Chi?«, sagte sie.

Landolf sah von seinem Glas auf, während sie kicherte.

»Das war ein Witz«, ergänzte sie und Landolf war erleichtert.

»Ich weiß es nicht. Ich bin ja Gott sei Dank nicht Sie.«

»Gott sei Dank.«

Ihr Blick in Richtung Abgrund war verschwunden.

Während Landolf sich volllaufen ließ und – die Reiseleiterin war irgendwann zu Bett gegangen – mit dem Kopf auf dem Tresen zu liegen kam und einschlief, bis der Barmann ihn weckte, gab Magnus sich in der Innenstadt ebenfalls dem Alkohol hin. Darin waren sie sich sehr ähnlich. In einem Striplokal mit dem schönen Namen *Monroe two* sah er den lettischen Schönheiten zu, die vermutlich gar nicht aus Lettland waren und überhaupt nichts mit Monroe one zu tun hatten, wie sie ihre makellosen nackten Körper ohne einen Hauch von Scham herzeigten. Sie drehten und wanden sich an der Metallstange auf der Bühne, als würden sie dabei selbst zur Stange, sahen mal verführerisch, mal kokett, dann vulgär oder auch kindlich-naiv aus. Dennoch war keine dabei, in deren Augen, über das Augenscheinliche hinaus, ein Geheimnis schimmerte. Alles war offensichtlich, durchschaubar, ohne Hintergrund und Tiefe, die reine Oberfläche, in der Magnus sich selbst spiegelte, drehte und wandte, als hinge auch er an der Stange, angezogen und doch durchsichtig, nackt und transparent wie ein Glas Wasser. Vielleicht fühlte er sich hier deswegen so wohl, so heimisch, weil es bei den Frauen an der Stange nur um den Schein ging, den vordergründigen Zauber, der bestenfalls, gegen ein bezahlbares Entgelt, zu einem Samenerguss führte, zu einem kurzen Augenblick der Befriedigung, ohne sich dabei dem Versprechen, der Absichtserklärung auf mehr zu unterwerfen, ohne sich an die Legende von der

Liebe und dem Glück zu verschwenden. Hier ging es nicht um Hunger, hier ging es um Appetit, um die geheime kleine Lust, sich ein heimliches Vergnügen zu gönnen, zu klaren Konditionen und festgeschriebenem Preis. Daran jedoch war Magnus, in Anbetracht der ausgestellten Makellosigkeit an der Stange, gar nicht interessiert. Ihm hatte es von jeher das Unvollkommene angetan. Das zu Große oder zu Kleine, zu Dicke, zu Dünne, das Verschrobene, das mit den weißen Tierchen auf der Haut. Er wandte sich von der Tanzenden ab, drehte sich auf dem Barhocker zur Schankanlage und den Spirituosenflaschen um, die auf einem Glasregal aufgereiht waren. Dort stand eine lächelnde, ebenfalls leicht bekleidete Dame und zapfte Bier. Sie war um einiges älter als die Tänzerinnen an der Stange und die anderen Frauen, die zum Teil ein und dieselben waren, die im Etablissement an kleinen Nierentischchen wie Hühner auf den Sesseln hockten und über die Oberschenkel der Gäste strichen, um dann mit den Freiern, deren Hosen bis zum Unerträglichen spannten, in einem Separee oder hinter einer plüschigen Tür zu verschwinden.

Die Frau hinter dem Tresen war nicht nur viel älter – sie hätte die Mutter der meisten anderen sein können –, an ihr hatte die Zeit auch Spuren hinterlassen, die sie notdürftig mit viel Schminke zu kaschieren versuchte. Das Beeindruckendste waren neben ihrer enormen Oberweite, die es locker mit der von Dr. Siemens-Kauf aufnehmen konnte – die gequetschten Brüste bildeten einen Grand Canyon aus Fleisch, in dem sie eine Zigarettenschachtel der Länge nach hätte verschwinden lassen können –, vor allem der stumpfe Glanz in den Augen, der Magnus an die Schauspielerin aus seiner Kindheit im DEFA-Film in der Nähe von Alt-Schönweide erinnerte.

»Kann tun ich was für dich, Darling?« Die Stimme klang nach

zu vielen Testosteron-Hormonen oder nach jahrelangem übermäßigen Zigaretten- und Alkoholkonsum.

Sie beugte sich über den Tresen, sodass die Schlucht ganz nahe vor Magnus' Gesicht gähnte. Aus den Tiefen der Kluft stieg eine feine Duftfahne auf. Magnus roch Engelwurz, Minze, Weihrauch, einen Hauch von Möbelpolitur, Haarfestiger und einen Spritzer abgestandenes Blumenwasser. Am liebsten hätte er sich in die Spalte hineingestürzt, hätte sich hineinfallen lassen, ohne Wenn und Aber, ohne nach den Konsequenzen zu fragen, und wenn sie noch so bitter gewesen wären.

»Du traurig?«

Er hob die Schultern und pendelte mit seinem Blick zwischen ihren Augen und dem Dekolleté.

»Du sage warum?«

»Nö.«

»Woher komme du?«

»Aus Berlin.«

»Berlin.« Sie sagte es wie »Himmel« oder »Hölle« oder beides.

»In Berlin, ich auch schon.«

»Ja?«

»Ja, in Sahara.«

»Sahara?«

»Puff. Friedenshain.«

»Den kenne ich.«

»Willst du? Nicht teuer.« Sie legte ihre Hand auf seine. Er sah die rot lackierten, womöglich künstlichen Fingernägel und die ältliche, gar nicht künstliche Haut.

»Du magst Titten groß.«

»Woher weißt du das?«

»Ich weiß.«

Sie lächelte. Auch den Zähnen war Künstliches fremd.

»Aber nur echte.«

Sie lachte, nahm seine Hand und legte sie auf ihre Brust. Sie fühlte sich weich an wie gut durchgekneteter Kuchenteig.

»Titten echt. Bei mir, alles echt.« Was mit Sicherheit eine Lüge war, zumindest was die Fingernägel, die blonde Prachtmähne und die Wimpern anbetraf.

»Komm.« Er hatte keine Wahl. Wollte auch keine mehr haben.

Sie kam hinter dem Tresen hervor und nahm ihn bei der Hand. Sie war einen Kopf kleiner als er, hatte einen dicken Hintern, der in eine Strumpfhose und ein Tangahöschen gepresst war, und dünne Beine mit Stiefeln bis zu den Knien. Sie führte ihn hinter sich her in eines der Separees. Das Licht war heruntergedimmt und rot, wie überhaupt im Separee alles rot war. So muss es in einer Vene aussehen, dachte Magnus. Sie setzten sich auf ein weiches Sofa, das unter ihrem Gewicht nachgab und sie sanft umschmiegte.

Die Brüste waren tatsächlich echt und hingen fast bis zum Bauchnabel, nachdem sie den Büstenhalter abgestreift hatte. Magnus vergrub den Kopf darin und atmete tief ein. Es war ein Geruch, der ihn betörte und den er so noch nie zuvor wahrgenommen hatte. Ein Geruch, von dem er gar nicht genug kriegen konnte. Während sein Gesicht in ihren Brüsten lag, penetrierte sie mit festem und geübtem Griff seinen Schwanz, bis er sich, beinahe hyperventilierend, in ihre Hand ergoss, dabei unbeabsichtigt vor Lust in ihre Brust biss. Was er anschließend durch einen Extraschein wiedergutmachte.

Entspannt und betrunken kehrte Magnus mitten in der Nacht ins Hotel zurück. Er ließ die Badewanne einlaufen, holte sich ein Bier aus der Minibar, stellte den Fernseher an, in dem lettische Talkshow-Wiederholungen liefen, und stürzte sich schließlich mit einem Joint in der Hand in die weißen Schaumberge des Wassers in dem vom Dampf mittlerweile eingenebelten Badezimmer. Er dämmerte vor sich hin, gedanklich noch immer bei den Brüsten der Prostituierten, dann bei der DEFA-Schauspielerin seiner Kindheit und deren Blick. Die Fliesen an der Wand des Bades zeigten lettische Landschaftsmotive, rustikale Holzhäuser, Gehöfte mit alten Bäumen, Leuchttürme, einen Wasserfall.

Er hielt die Luft an, tauchte den Kopf unter Wasser und ließ langsam den Atem entweichen, sodass sich Bläschen auf der Wasseroberfläche bildeten. Kurze Zeit später, als ihm die Luft auszugehen drohte, tauchte er auf. Er glaubte nun verschwommen, durch die Dampfschwaden im Badezimmer, jemanden an der Tür zu sehen. Er hätte geschworen, es wäre seine Mutter.

EINER WIE LANDOLF

Da steht sie an der Tür und glotzt mich an, als wäre es die Pforte zum Himmel. Das Himmelreich, in dem ich groß werde, die ersten Jahre. Behütet, verhätschelt.

Ich, der Engel, der Schatz, das Sternchen, beflügelt, erhöht, überhöht.

Erwartungen, die nicht einmal Engel erfüllen können.

Ich scheitere. Schon von Kindesbeinen an. Ich krabbele noch, wenn andere in meinem Alter schon lange laufen können und spreche spät, sehr spät, sodass meine Mutter sich Sorgen macht und schließlich sogar eine Störung im zerebralen Bereich vermutet.

Ob Magnus geistig vielleicht nicht ganz auf der Höhe sei, mutmaßt auch meine Großmutter, als ich mit drei Jahren noch immer nicht Oma sagen kann. Ich kann auch nicht Mama sagen, Papa auch nicht. Ich kann gar nichts sagen, nur brabbeln, was mir zu genügen scheint. Allen anderen nicht.

Der isch plemplem, heißt es in der Nachbarschaft. Meschugge. Gaga.

Der Kinderarzt behauptet, alles sei in Ordnung, der Junge brauche halt ein bisschen länger. Vor allem Zeit. Viel Zeit.

Ständig werden Vergleiche mit Landolf gezogen, aus denen ich jedes Mal als Verlierer hervorgehe. Landolf kann früher gehen, sprechen, ist schneller windelfrei und wird auch eher eingeschult. Landolf steht im Mittelpunkt, nicht nur bei Familienfeierlichkeiten. Landolf wird zur Aktivität angehalten, geradezu gedrängt, motiviert, während man mich zum Beobachter degradiert.

Landolf kann zaubern, Klavier und Geige spielen, ist ein guter Schüler, hat beste Noten und ist in allen Belangen mustergültig.

Außer Fußball spielen kann ich nichts. Ich bin meistens der Letzte, einer, der hinterherhinkt, auf den man hinunterblickt, der manchmal bemitleidet, manchmal gescholten wird. Es entgeht mir nicht, auch wenn meine Mutter es mich nicht merken lassen möchte. Nie erfülle ich ihre Erwartungen. Sie hat sich einen anderen Sohn gewünscht, einen wie Landolf. Neidisch, auch bewundernd schaue ich zu ihm auf, buhle um seine Aufmerksamkeit, versuche, witzig zu sein, was nur peinlich wirkt, lüge und erfinde Geschichten, die ihn begeistern sollen.

Sie begeistern nicht.

Er scheint mich nicht einmal zu beachten. Wenn doch, was selten genug vorkommt, hat seine Reaktion immer den schalen Geschmack von Mitleid. Ich werde und bin ein Einzelgänger mit autistischen Zügen, meistens mit mir selbst beschäftigt.

An Fasching bin ich Cowboy, Old Shatterhand, mit von Großmutter genähter Lederweste und Fransen an der Hose. Im Garten spiele ich Winnetou und Old Shatterhand im Tal der Toten nach. Die Gartenzwerge sind die Sioux-Indianer. Mit meinem Revolver schlage ich ihnen während eines atemberaubenden Gefechts Löcher in den Kopf. Was meine Mutter, als sie von der Arbeit in der Braun-Broich-Trikotage nach Hause kommt, weder begeistert noch goutiert. Es hagelt Stubenarrest. Vater versucht zu intervenieren, was wiederum zu Streitigkeiten mit Mutter führt. Zuerst sind es noch Meinungsverschiedenheiten, was meine Erziehung angeht, dann wird der Bogen vom Konkreten zum Allgemeinen gespannt, und Lebensentwürfe kommen auf den Prüfstand. Vater plädiert dafür, dass Mutter nur noch halbtags arbeitet, am liebsten gar nicht. Mutter scheint ganz anderer Meinung zu sein und behauptet, Kindererziehung sei auch Aufgabe des Mannes, und wenn, solle eben er von der Arbeit zu Hause bleiben.

Ich sitze im Bett meines Kinderzimmers, mit verheulten Augen und Rotznase, und wünsche mir beide tot. Als ob mein Wunsch in Erfüllung gehen wollte, entdeckt meine Mutter einen Knoten in ihrer Brust. Was sich anfänglich als harmlos tarnt, entpuppt sich als Metastasen, als bösartiger Knubbel, wie Mutter sagt.

Die Brust wird abgenommen. Danach arbeitet meine Mutter nicht mehr in der Trikotage, kann sich aber auch nicht um meine Erziehung kümmern. Sie liegt nur noch im Nachthemd im Bett, bei abgedunkelten Fenstern und ohne Haare auf dem Kopf, sieht, auch wenn sie geschlafen hatte, schläfrig aus, braucht ihre Ruhe, wie Vater sagt, und ist völlig verändert, nicht mehr wiederzuerkennen. Mama.

Früher als Kind denke ich immer, wenn ich einen Zwetschgenkern verschlucke, wächst mir ein Baum im Bauch, und wenn ich den Gartenzwergen ein Loch in den Kopf schlage, sterben sie. In Anwesenheit meiner kranken Mutter fürchte ich, ihr Krebs springe bei jeder Berührung auf mich über.

Ich meide sie. Meine Mutter.

Mama.

ZWEI BRÜDER, EIN TRAUM

»Mama«, sagte Magnus leise, wobei er kaum die Lippen bewegte. Es rutschte ihm heraus, einfach so, wie ein unbeabsichtigter Rülpser.

»Entschuldigung.« Eine Stimme, die nicht seine eigene war, drang von der Tür des Badezimmers zur Wanne. Magnus erschrak. In der Tür stand Landolf. Er hielt sich am Türrahmen fest und schwankte dennoch. Der Dampf hatte sich verzogen, das Wasser in der Wanne war kalt. Magnus' Haut war aufgeweicht und schrumpelig, vor allem an den Fingern. Der Joint in seiner Hand war erloschen.

»Es war auf.« Landolf stand noch immer in der Tür, unsicher, verlegen.

»Gib mir mal das Handtuch.«

Landolf griff nach dem weißen Badetuch, das am Waschbecken lag, und reichte es ihm. Magnus stieg aus der Wanne, wickelte das Tuch um den Bauch, ging an Landolf vorbei ins Zimmer, ohne ihn zu beachten. Landolf hinkte hinterher.

»Tut mir leid wegen vorhin.« Das Jungenhafte war noch immer in seiner Stimme, auch das Nuschelnde.

Magnus holte aus der Minibar zwei Flaschen Bier, öffnete sie, reichte eine davon Landolf und ließ sich mit großer Erleichterung – was er verdeutlichte, indem er laut die Luft ausstieß – aufs Bett fallen. Landolf setzte sich auf das Sofa am Fenster und nippte an der Flasche, als würde der Junge immer jünger und schließlich zum Baby. Magnus zündete den halb abgebrannten

Joint wieder an, nahm einen Zug, behielt den Rauch lange in der Lunge, bis er ihn langsam entweichen ließ. Er starrte zur Decke, an der frisch renovierter Stuck Wand und Decke voneinander absetzte. Landolf beobachtete ihn dabei.

»Ich glaube, du hast recht«, sagte er.

»Ist mir egal.« Magnus war noch immer beleidigt und viel weniger versöhnlich als Landolf. Er zog erneut an seinem Joint.

»Darf ich mal?«

Magnus nahm den Blick nicht von der Decke und streckte den Joint in Richtung Sofa, als wären Hand und Auge nicht miteinander verbunden. Landolf griff danach, hielt den Joint dann in der Hand und betrachtete ihn wie ein seltenes Insekt unter einem Mikroskop, wobei er ihn langsam zwischen drei Fingern drehte.

»Das letzte Mal habe ich einen Joint mit Marietta geraucht.« Er roch am aufsteigenden Rauch. »Das ist jetzt genau zweiunddreißig Jahre her. Wir lagen nackt auf dem Bett und träumten – sie von einer besseren Welt, ich von ihr, von einem Leben mit ihr. Und dann war sie tot.«

Noch immer klang die Stimme jung, nuschelnd und so, als spräche er mit sich selbst. Er schürzte die Lippen, zog am Joint und hustete.

Magnus riss den Blick von der Stuckdecke los. »Wie das denn?«

Landolf beugte sich vornüber, hustete noch immer, beobachtet von Magnus. Speichelfäden spannten sich von Landolfs Mund zur vorgehaltenen Hand.

»Sie wurde überfahren, von einem Polizeiauto, bei einer Demonstration während einer Bauplatzbesetzung in Brokdorf, im Herbst sechsundsiebzig. Wir sind extra da hingefahren, von Berlin aus, mit einem geliehenen VW-Bus, zu acht. Marietta wollte unbedingt hin. Ich habe sie nicht davon abgehalten, obwohl es ihr damals gar nicht gut ging. Im Gegenteil, ich habe den Gedanken, in den Westen zu fahren, sogar vorangetrieben und den VW organisiert. Ich Idiot.« Er zog wieder am Joint, hustete unmerklich und wischte die Hand mit der Spucke an seinem Habit ab.

»Es war ein Samstag. Es war neblig und kalt, und es nieselte. Wenige Tage zuvor hatte die Betreiberfirma des Atomkraftwerks ein Geländestück in der Nähe des Dorfes Brokdorf in Schleswig-Holstein in einer Nacht-und-Nebel-Aktion eingenommen. Werkschützer bewachten das Areal mit Reizgas und Natodraht. Es war eine Festung. Beide Seiten waren zu allem entschlossen. Wir, achttausend Demonstranten, unterstützt von Bauern und Anwohnern, knackten die Festung, mit Zangen, Bolzenschneidern, Metallscheren und eisernem Willen. Wir richteten uns mit Matratzen und Verpflegung ein. Alles schien gut zu sein. Die Polizei garantierte nach Vermittlung durch einen Pfarrer, den Status quo der Besetzung zu akzeptieren. Aber der Platz wurde trotzdem gestürmt und mit Knüppeln und Reizgas geräumt. Wasserwerfer schossen über den Natodraht hinweg auf die Menschenmenge. Es gab ein heilloses Chaos, Schlägereien, Schwerverletzte.«

Wieder zog er am Joint. Er hustete nur noch einmal. »Marietta wurde von einem Polizeifahrzeug überrollt und starb.«

Er betrachtete den rauchenden Joint in seiner Hand, drehte ihn zwischen den Fingern, zog ein letztes Mal daran, behielt den Rauch nun länger in der Lunge und ließ ihn langsam, stoßweise entweichen. Kleine Kringel entstanden in der Luft. Diesmal hustete er nicht mehr. Leise sang er vor sich hin, als sei es ein albernes Wiegenlied: »Wehrt euch, leistet Widerstand, gegen Atomkraft im Land, schließt euch fest zusammen …« Er lachte bitter und reichte den Joint an Magnus zurück.

»Wie geht's der Brust, dem Fuß?«
»Besser.«
»Dem Kopf?«
»Nicht so gut.«

Als die Vögel zu zwitschern anfingen und es hinter den Vorhängen hell wurde, waren Magnus auf dem Bett und Landolf auf dem Sofa eingeschlafen. Beide träumten denselben Traum von der Vergangenheit, von Zellingen, von den Hasen und von ihrer Mutter, bis das Zimmermädchen sie am Mittag durch lautes Klopfen weckte und hernach einfach das Zimmer betrat.

Die Großmutter saß noch beim Frühstück und wartete in bester Laune auf Magnus und Landolf, die verkatert, mit zerknautschten Gesichtern und roten Augen an den Tisch kamen. Landolfs blaues Auge war weitgehend abgeschwollen. Vom abendlichen Streit war Terese nichts anzumerken. Sie schien wieder die Alte zu sein. Entweder hatte sie die Auseinandersetzung bereits vergessen oder erfolgreich verdrängt. Die schwäbische Reisegruppe war gerade im Aufbruch. Die Reiseleiterin warf Landolf quer durch den Frühstücksraum einen auffallend theatralischen Kussmund zu und lachte, als würden sie sich schon ewig kennen, was Landolf verlegen, auch nachdenklich stimmte, die Reisegruppe grummeln ließ und Magnus beinahe wieder zu einem böswilligen Kommentar verleitete, den er sich im letzten Moment jedoch verkniff; stattdessen lächelte er wissend.

Während die beiden wie das personifizierte Leiden am Tisch saßen, wobei Magnus sich immer wieder an den Kopf griff und Landolf gähnen musste, rauchte die Großmutter, trank Kaffee und plauderte munter drauflos. Landolf und Magnus sagten nur wenig, was vor allem auf den Kater und die Kopfschmerzen zurückzuführen war. Nachdem beide keinen Bissen hinuntergebracht hatten, nur Kaffee und jeweils zwei Aspirin, aufgelöst im Glas, drängte Terese zur Weiterfahrt, als hätte sie es plötzlich ziemlich eilig. Stark angeschlagen, wie sie waren, vermochten Landolf und Magnus nicht zu widersprechen. Sie holten das Gepäck, den leeren Vogelkäfig und den Rollstuhl, checkten aus und waren zwanzig Minuten später mit der Großmutter auf dem Weg zum Auto.

»Der ist am Arsch.« Landolf sagte es, wie man sagt, wir brauchen einen neuen.

Der Audi wollte einfach nicht anspringen.

»Die Reifen sind auch platt.«

»Scheiße.« Magnus schlug wie immer auf das Lenkrad ein. »Aber was soll ich denn Liane ...«

»Wer ist Liane?«

»Vergiss es.«

»Wartet hier«, sagte die Großmutter und ließ die beiden einfach stehen.

»Wo willst du hin?«, rief ihr Landolf hinterher.

»Bin gleich wieder zurück.«

Das »gleich« dauerte fast eine Stunde. Magnus nutzte die Zeit, um den Anrufbeantworter von Liane vollzuquatschen, sagte etwas davon, dass ihr Wagen den Geist aufgegeben hätte und sie ihn als gestohlen melden solle, damit die Versicherung ... Als die beiden schon nicht mehr damit rechneten, hielt ein blauer Moskwitsch am Hotel. Ein Mann in kurzen Hosen, Sandalen und einem speckigen Jackett stieg aus, hüpfte um den Wagen herum und öffnete die Beifahrertür, aus der nun die Großmutter stieg, wobei sie sich am Türholm festhielt. Noch ehe Landolf und Magnus näher kommen konnten, verabschiedete sich der

Mann herzlich von Terese, rief Magnus und Landolf »Perfect car!« zu und machte sich davon. Offenbar hatte er allen Grund dazu. Der Moskwitsch sah alles andere als perfekt aus. Das Auto war steinalt, verbeult und mit unendlich vielen Dellen.

»Was ist das denn?« Magnus stand da, die Arme in die Hüfte gestemmt, und schüttelte den Kopf. Im Innern des Moskwitschs roch es, als hätte der Wagen seit der Unabhängigkeit Lettlands in einem feuchten Keller vor sich hin gemodert.

»Was sollen wir denn mit diesem Schrottkübel?«

»Weiterfahren.« Großmutters Optimismus war ungebrochen.

FELDPOST

Abs. Grend. Ant. Schmidle in Osten 56084
Meine Anschrift abwarten

Meine liebe Frau, mein Kindlein!
Bin noch ein paar Tage hier u. will Dir daher gleich noch mal schreiben. Will Dir über meine Seefahrt ein klein wenig berichten. Sonntag den 3.9.44 um 1/2 4 Uhr fuhren wir mit einem Frachter (8000 Tonnen) in Danzig ab. Der Frachter kann 22000 Zentner laden war 150m lang u. 18m breit ein schöner Kerl es waren 2000 Personen drauf. Mittwoch den 6. nachmittags 4 Uhr sind wir im Hafen von Reval eingetroffen. In Reval lagen wir 1 Tag dann fuhren wir mit der Bahn noch 10 Stunden auf Narva zu.

Liebe Terese mit der Ernte werdet Ihr wohl fertig sein u. wir bekommen keinen Urlaub. Ich bin in Gedanken ganz daheim und frag mich immer und immer wieder wer denn verhindern will daß mein Urlaubsgesuch durchgeht. Ein anderer Kamerad durft jetzt für eine Woch nach Hause, auch der hat Landwirtschaft. Nur ich darf nicht. Warum?

Liebe Terese, schreiben kannst Du mir hier her nicht mußt warten bis ich eine Feldpostnummer habe. Wie geht es Johanna kriegt sie schon Zähne?

Will für heute schließen in der Hoffnung auf ein gesundes Wiedersehen grüßt Dich sowie meine Johanna Dein Mann Anton.

Viele Grüße an Adele.

Auf Wiedersehen

Ich hab von Heinrich geträumt. Und Adele. Kommst du eigentlich mit Heinrich wieder gut aus? Unterstützt er dich, jetzt wo ich nicht mehr da bin. Redet ihr manchmal über mich.

PETROLBLAUER MOSKWITSCH UND SCHWARZER BALSAM

Landolf fuhr langsam und gemächlich, als müsse er sich erst noch an den Moskwitsch gewöhnen, oder der an ihn, und als verlange dieser russische Oldtimer die Ehrfurcht und Achtung vor dem Alter. Magnus saß als Fremdkörper auf dem Beifahrersitz, und die Großmutter häkelte wieder im Fond. Reden war nur mit Mühe möglich, da der Wagen ein lautes Motorgeräusch von sich gab, als spräche er mit ihnen. Was der Großmutter nicht unrecht war. Erst als sie Riga bereits verlassen hatten und auf der staatlichen Hauptstraße A1 Richtung Küste unterwegs waren, versuchte Magnus eine Unterhaltung, indem er den Kopf zu Terese drehte.

»Wie viel hast du für den Wagen bezahlt?«, rief er nach hinten.

»Nicht viel.« Die Großmutter sah nicht vom Garn auf.

»Wie viel?«

»Zweihundert.«

»Das geht ja eigentlich.«

»Am Tag.«

»Was?«

»Für zehn Tage.«

»Macht zweitausend«, kam von Landolf.

»Zweitausend?! Für diese Blechbüchse?« Magnus gab der Blechbüchse einen Klaps, woraufhin die Sonnenblende herunterfiel.

»Er wollte viertausend.«

»Viertausend?!«

»Ich habe ihn runtergehandelt.«

»Ja, aber nicht genug.« Magnus sah sich geringschätzig im Moskwitsch um, wagte es aber nicht, einen weiteren Seitenhieb auszuteilen.

»Dafür passt er sehr gut zum Bikini«, sagte Landolf und konzentrierte sich ganz auf den Wagen, den Verkehr und die Straße. Der Moskwitsch hatte exakt dieselbe Farbe wie das Garn.

»Da freut sich aber Schwester Ana.« Magnus versuchte sich die Schwester im petrolblauen Häkelbikini vorzustellen. Was ihm nicht gelang.

»Wer?«, wollte Landolf wissen.

»Ach, vergiss es.«

Nach dem kurzen Gespräch, was in eine Brüllerei ausartete, waren die Großmutter und Magnus ein wenig heiser. Terese hustete unentwegt und spuckte mehr als sonst ins Taschentuch, Magnus griff sich öfter an den Hals, und der Moskwitsch steuerte neben dem Motorgedröhn mit der Zeit auch andere Laute hinzu. Quietschen, Brummen, Scheppern. Woher diese Geräusche kamen, konnte nicht ermittelt werden. Als die drei nach einer Stunde die lettische Hafenstadt Lilaste erreichten und an der Küste entlang in Richtung Pärnu weiterfuhren, war es im Moskwitsch so laut, dass sie sich mit Spucke angefeuchtete Papierkügelchen in die Ohren stopften. Von da an war eine Konversation unmöglich.

Das mag auch der Grund gewesen sein, weshalb keiner der drei das neue, frisch hinzugekommene Geräusch bemerkte, ein ekelhaftes Klopfen, als ob jemand Einlass begehrte, das immer lauter wurde. Erst als aus der Motorhaube weiße Dampfwölkchen quollen, war klar, dass irgendwas nicht stimmte. Noch ehe

Landolf am Straßenrand anhalten konnte, ruckelte und zuckelte der Moskwitsch. Aus den weißen Wölkchen wurden schwarze, und der Motor ging aus.

»Perfect car!« Magnus sagte es spöttisch, worauf alle drei, als hätten sie es verabredet, einen Lachanfall erlitten. Als der Ernst der Lage wieder zurück war, öffnete Landolf die Motorhaube, und ein Himmel voller Wolken entwich.

»Sieht nicht gut aus.«

»Sieht ziemlich beschissen aus.« Was die Großmutter nicht daran hinderte, weiterhin im Moskwitsch sitzen zu bleiben und am Tanga zu häkeln.

Magnus versuchte mit beiden Armen eines der vorbeifahrenden Autos anzuhalten. Ohne die Geschwindigkeit im Mindesten zu verringern, fuhren die Wagen an ihm vorbei. Kein Wunder bei so einem Schrottkübel. Manche hupten sogar frech oder winkten schadenfroh zurück. Die Jugendlichen in einem Reisebus lachten, als wäre Magnus ein Witz und der Moskwitsch die Pointe. Er rannte ihnen ein paar Meter hinterher, warf ihnen die Faust und mehrere Stinkefinger nach.

Kaum stand Landolf winkend an der Straße, hielt ein Traktor. Ein Mann in einem verschlissenen Overall, mit Gummistiefeln und einem Bart wie der vom ehemaligen polnischen Ministerpräsidenten, stieg von der Zugmaschine, die aus demselben Jahrhundert wie der Moskwitsch zu stammen schien, und warf einen Blick in den Motorraum. Er schüttelte den Kopf, lachte und sagte dann etwas völlig Unverständliches, das aber umso überzeugender. Er nahm eine Kette, die um die Anhängerkupplung des Traktors gewickelt war, und befestigte sie am Abschlepphaken des Moskwitschs. Dann spuckte er in die grindigen Hände, rief erneut irgendetwas Rätselhaftes und sprang zurück auf den Traktor. Er fuhr los und zog den Moskwitsch langsam hinter sich her. Landolf, Magnus und die Großmutter saßen im abgeschleppten Auto und rauchten.

»Da haben wir aber wieder mal Glück gehabt.« Tereses Optimismus war ungebremst.

»Wenn es Glück ist, eine völlig überteuerte Schrottmühle von Lech Wałęsas Bruder an einem Haken durch Lettland schleppen zu lassen, hast du recht«, meinte Magnus, was einen neuerlichen Lachanfall hervorrief.

Der Traktor fuhr von der gut ausgebauten A1 ab und schleppte den Moskwitsch über schlecht befestigte, staubige Wege durch eine malerische Landschaft mit saftigen Wiesen, uralten Bäumen, Wasserfällen, malerischen Gehöften, kleinen Seen und Bächen.

»Schön«, sagte die Großmutter, was sich entschieden nach einer Scherbe vom Glück anhörte. Auch Landolf und Magnus wollten nicht mehr widersprechen und gaben sich andächtig dem Sinnestaumel hin, den die Naturschönheiten bei ihnen erweckten. Magnus integrierte in seine Betrachtungen einmal mehr Schwester Ana und die gemeinsame Zukunft auf dem Lande, mit selbst angebautem Gemüse, selbst gebackenem Brot, Kindern und Baden in dem Fluss, den sie gerade überquerten. Das erste Mal kam ihm der Gedanke, der Großstadt vielleicht doch einmal Adieu zu sagen und alles hinter sich zu lassen, was sich vor ihm stapelte wie ein Berg aus alten, vollgeschriebenen Schulheften, seit Jahrzehnten angesammelt, die ihn erdrückten und ihm die Luft zum Atmen nahmen. Ja, vielleicht sollte er mit einem entschlossenen Seitensprung heraustreten aus der Hektik, dem Überflüssigen, Belanglosen, den Drogen, der Vergeblichkeit des Lebens im Augenblick, der manischen Suche nach dem Sinn desselben, der ständigen Fahrt auf dem Fahrrad als Kurier gegen eine Zeit, die einen verschleißt und die Kanten des

Findlings abschleift, bis man ein glattpolierter, konfektionierter Kieselstein ist. Vielleicht sollte er heraustreten aus den brennenden Autos, aus Svetlana, Doris, Liane, aus youporn, und eintreten in ein neues Leben, zurücktreten, zurück zu den Wurzeln, zur Natur, dem Glück der Unerreichbarkeit, mit Schwester Ana im petrolblauen Bikini.

Landolf wiederum dachte beim Anblick einer hundertjährigen Eiche zum ersten Mal daran, dass dies hier eine Alternative zum Klosterleben sein könnte, zu seinem Versteckspiel, dem Habit, der vorlauten Kugel im Kopf, dem Beten und Arbeiten, dieser ganzen Simulation von Glück, Zufriedenheit, Leben.

Warum sollte er Gott hinter Mauern huldigen, wo das Leben auch in Eichen hockte wie der Teufel im Detail? In Wasserfällen, in einer saftigen Wiese, auf der eine lettische Kuh grast, in der lettischen Kuh selbst, in Traktoren der Marke Belarus aus der Produktionsvereinigung Minsker Traktorenwerke, der jetzt vor ihm her tuckerte und zu sehen und zu greifen nah war.

Landolf sah den Traktoristen auf dem Sitz des Belarus sich nach ihm umdrehen und lachen, als wollte er ihm bedeuten: »Mann, Mann, das hat jetzt aber lange gedauert.«

So lange, bis eine kleine Ortschaft, von bunten Holzhäusern geprägt, vor ihnen auftauchte. An einem dieser Häuser fuhr der Traktor, den Moskwitsch im Schlepp, auf den Hof, auf dem eine Flotte verrosteter Autos stand, vor allem russische Fabrikate. Bei genauer Betrachtung war es nur ein Fabrikat: Lada. Ein Hund bellte wie rasend und zerrte an der Kette. Der Mann mit dem polnischen Bart sprang vom Traktor und rief, als ginge es um Leben und Tod, bis ein junges Mädchen in einem knappen, leuchtend gelben Bikini und Badelatschen aus dem Haus gerannt kam. Das Mädchen redete mit dem Mann, oder er mit ihr, wobei er immer wieder auf die nun aussteigende Kleingruppe zeigte.

Das Mädchen näherte sich dem Moskwitsch, wie man sich einer ansteckenden Krankheit nähert, besah sich vorsichtig den Wagen und sagte dasselbe Unverständliche wie der Mann zuvor und ähnlich inbrünstig.

»Der Wagen …«, versuchte Landolf, »the car is …«

»Kaputt?«, sagte das Mädchen, wie man »am Arsch« sagt.

»Nee, der simuliert nur«, murmelte Magnus.

Das Mädchen lachte, war plötzlich so heiter, als seien der Moskwitsch und dessen Besatzung die lang erwarteten Erlöser von was auch immer in dieser verlassenen Provinz.

»Ich hole Papa, der kann machen gut.«

»Nice car.« Der polnische Bart dirigierte die anderen an den Ladas im Hof vorbei, hinter dem Mädchen her. Das Mädchen ging voraus, sich immer wieder umblickend, und winkte die Fremden entschlossen hinter sich her, nachdem die Aufforderung des Mannes nicht überzeugend genug wirken wollte. Hinter dem Haus schloss sich eine heruntergekommene Scheune an das Gebäude an, deren Tore offen standen. In der Scheune waren ebenfalls verrostete Autos zu sehen. Unter einem der Wagen, ein Lada in derselben Farbe wie der Bikini des Mädchens, lugten stark behaarte Beine aus einer kurzen Hose hervor. Das Mädchen rief etwas, woraufhin der Körper, der zu den Beinen gehörte, unter dem Wagen hervorkroch. Es war ein Mann in Landolfs Alter. Auch er trug einen buschigen Oberlippenbart – offenbar schien selbiger in diesen Breitengraden gerade in Mode zu sein –, hatte einen kugeligen Bauch, der unter dem Träger-Unterhemd spannte, eine Halbglatze und Spuren von Wagenschmiere im Gesicht. Auch an den Händen.

»Germany!« Das Mädchen zeigte auf die Großmutter, dann auf Landolf, wobei sie »Germany!« wiederholte, und zuletzt auf Magnus, um sogar ein drittes »Germany!« anzufügen. Sie strahlte, als hätten die Deutschen während ihrer unrühmlichen Vergangenheit die Letten nicht jahrelang drangsaliert, sondern als seien sie immer schon ein Herz und eine Seele gewesen.

Die mürrische Miene des Mannes hellte sich auf. Er grinste übers ganze Gesicht und griff mit seinen schwarzen Händen nach denen der Gäste, sodass auch diese hernach schwarz waren.

»Schöne Land, gute Spargel.«

Er rief nach seiner Frau, wie man nach einem Hund ruft. Woraufhin der im Hof verstummte. Sofort kam die Dame des Hauses mit einer Steingutflasche und einer Handvoll kleinen Gläsern angerannt, als hätte sie hinter der Tür gewartet. Der Mann schenkte eine schwarze Flüssigkeit in die Gläser.

»Medizin«, sagte er, nachdem Landolf mit skeptischen Blicken nicht geizte. »Rīgas Melnais balzams.«

»Schwarzer Balsam.« Das Mädchen übersetzte es und griff nach einem der vollen Gläser. Obwohl sie sicherlich noch nicht einmal volljährig war. Die Brüste in dem eng anliegenden Oberteil des Bikinis waren gerade mal walnussgroß. »Ist Getränk von Land.« Alle prosteten sich zu. Die Gläser wurden geleert. Es war ein likörartiges Gesöff, das besser schmeckte, als es aussah.

»Germany, ich gut kenne. Alle wir gut kenne.« Alle nickten. Auch der Traktorist, der es überhaupt nicht mehr eilig hatte.

»Wir im Jahr einmal in Germany.«

»Spargelernte«, mischte sich das Mädchen ein, dem der Schnaps die Zunge lockerte. »Die ganze Familie, das ganze Dorf fährt nach Germany. Seit Lettland in der EU.« Sie war die Einzige, die den Artikel verwendete.

»Lubeck, Travemunde«, sagte jetzt der Traktorist, dessen Deutsch wie Russisch klang. Die Frau des Mechanikers ergänzte:

»Wir fahre mit Schiff, Ostsee, Riga, Lubeck-Travemunde.« Der Mechaniker schenkte erneut ein. Der schwarze Schnaps blickte aus den Gläsern wie ein Abgesandter der Hölle.

»Grömitz«, sagte das Mädchen.

»Vier Woche. Gute Geld, nicht viel, aber, für uns viel.« Der Mechaniker redete munter drauflos. »Wir lebe lange von Geld. Ich viele Lada repariere, von Geld. Prost.« Der Mechaniker hob das Glas. Die anderen taten es ihm gleich. Sie tranken wieder.

»Unser Moskwitsch ist …«

»Moskwitsch!« Der Mechaniker ging mit einem Aufschrei dazwischen. »Gute Auto.«

»Ja, nur leider ist unseres am Arsch«, sagte Magnus. Nachdem der Ausdruck Verständigungsschwierigkeiten zur Folge hatte, außer bei dem Mädchen, das leise kicherte, vollführte er mit der Hand einen pantomimischen Schnitt an seiner Kehle. Der Mechaniker, seine Frau und der Traktorist zuckten zusammen.

»Ah, kaputt?«

Magnus und Landolf bestätigten mit überdeutlichem Kopfnicken.

»Kein Problem, ich mache gut.«

Der Mechaniker rannte aus der Scheune. Die anderen folgten mit den Gläsern in der Hand. Auf dem Hof knurrte der Hund, wagte es aber nicht zu bellen. Der Mechaniker beugte sich in den Motorraum des Moskwitschs und bat Landolf, den Wagen zu starten, was jedoch misslang und den Mechaniker zu bestätigen schien.

»Vergase«, sagte er, wie man »Schweinegrippe« sagt. Das Mädchen verbesserte vorlaut: »Vergaser.« Der Vater strafte sie mit einem bösen Blick.

»Und Kühlung«, fügte das Mädchen hinzu, was im Gesicht des Traktoristen tiefe Furchen hinterließ.

»Ich nix habe Vergase von Moskwitsch. Muss nehme von Lada. Aber, nix Problem. Und Kühlung, ich ficke.«

»Was?«

»Papa meint, er flickt die Kühlung.« Das Mädchen kicherte wieder.

»Ja, ich sage doch«, herrschte der Mechaniker seine Tochter an. Das Mädchen hielt sich die Hand vor den Mund und kicherte weiter.

»Wie lange?« Landolf drängte sich jetzt als Gesprächspartner des Mechanikers in den Vordergrund.

»Wie, wie lange?«

»Wie lange brauchen Sie dafür?«

Der Mechaniker dachte nach.

»Für die Reparatur«, konkretisierte Landolf.

Der Traktorist dachte ebenfalls nach. »Wenn gleich ich fange an, morge.«

»Sehr gut.«

Der Mechaniker machte auf dem Absatz kehrt, ging ein paar Schritte Richtung Scheune, blieb dann abrupt stehen. »Sie könne bleibe hier bei uns, wir froh, wenn Sie bei uns.«

Magnus, Landolf und die Großmutter saßen unter einem löchrigen Sonnenschirm im Hof und sahen dem Mechaniker – er hieß Karlis – beim Reparieren zu, während die Großmutter an ihrem Bikini weiterhäkelte, Magnus und Landolf lettisches Bier tranken. Das Mädchen, das Iveta hieß und, wie sich herausstellte, gerade siebzehn geworden war, schenkte immer wieder den Schwarzen Balsam nach.

Am Abend hatte Karlis den Vergaser ausgewechselt, sodass am nächsten Morgen nur noch der Kühler geflickt werden musste.

»Nix Problem«, sagte Karlis nach dem Abendessen, das im

Garten eingenommen wurde, zu dem auch der Traktorist Petris mit seiner Frau Diana und seinen zwei Söhnen, Zwillinge in Ivetas Alter, zu Besuch waren. Es gab lettische Spezialitäten, lettisches Bier und natürlich den Schwarzen Balsam.

Als es dunkel und ein wenig kühl wurde, gingen alle ins Haus, schon ziemlich angeheitert. Karlis und Petris bauten ein altes Diagerät auf, wobei sie sich ein bisschen in die Haare kriegten. Das Gerät wurde eingeschaltet, und der Deutsch-Lettische Dia-Abend, der nun ganz im Zeichen des Schwarzen Balsams stand, wurde mit großem Hallo eingeläutet. Als dann ausnahmslos Bilder von der Spargelernte in Grömitz auf die Wand projiziert wurden, riefen alle durcheinander, was zu sehen war. Es war fast immer dasselbe, nämlich Spargel stechende Letten. Nach den ersten Dias verabschiedete sich die Großmutter ins Bett; ihr war der Schnaps auf den Magen geschlagen. Man teilte ihr das Bett in Ivetas Zimmer zu.

Nachdem fünf Dia-Magazine durchgelaufen waren und Karlis von der ganzen Brüllerei heiser war, legte Iveta eine CD mit lettischer Popmusik in das Abspielgerät. Jetzt schoben Karlis und Petris den Tisch und die Sessel zur Seite, drehten den CD-Player auf. Alle fingen an zu tanzen. Karlis tanzte mit seiner Frau, Petris mit Diana, die Zwillinge tanzten lachend miteinander. Iveta tanzte mit Magnus und Landolf. Je länger alle tanzten, desto offener wurden die Formationen der Tanzenden. Am Ende tanzte jeder mit jedem, zuletzt der schwer betrunkene Traktorist Petris mit dem ebenso betrunkenen Mechaniker Karlis. Es sah aus, als hielten die beiden sich aneinander fest, um nicht umzufallen. Magnus tanzte mit Diana, der stämmigen Frau des Traktoristen, die ihn behände durch den Raum schleuderte und so fest an sich drückte, dass nach kurzer Zeit Rücken und Brust schmerzten. Landolf tanzte mit der Frau des Mechanikers, was weitaus eleganter aussah. Iveta hielt die beiden Jungs umarmt, was weniger an Tanzen als an eine Liebkosung erinnerte.

Als Petris und Karlis aus dem Tritt gerieten und über Magnus und Diana stolperten, wobei alle vier zu Boden gingen und übereinanderfielen, begleitet von Gelächter, war es Zeit – es war mittlerweile halb zwei in der Nacht –, den geselligen Abend zu beenden.

Nachdem Magnus das Licht ausgeschaltet hatte und noch am Fenster stand, um eine letzte Zigarette zu rauchen, sah er Iveta durch den Garten davonschleichen. Er überlegte, für welchen der Zwillinge sie sich wohl entscheiden würde, tippte auf beide und lächelte ihr hinterher, während Landolf auf der Couch schon wieder schnarchte.

Karlis hatte es tatsächlich geschafft. Ohne sichtbare Zeichen des nächtlichen Saufgelages war er nach wenigen Stunden Nachtruhe wieder auf den Beinen und bastelte am Moskwitsch herum, sodass er am Mittag, als Landolf und Magnus gerade aufstanden, mit der Reparatur fertig wurde. Auch Petris, ebenfalls ohne eine Spur der vergangenen Nacht, stand wieder neben dem Wagen und assistierte Karlis. Bei Landolf und Magnus saß der Schwarze Balsam nach dem Aufstehen tief in den Knochen, wobei Landolfs körperliche Blessuren stark zurückgegangen waren. Die Schwellung des Auges war fast verschwunden. Nur die Farben waren noch da, hatten sich jedoch leicht verändert. Kräftige Gelb-, Grün-, und Blautöne. Auch der Brustkorb mit der vermutlich gebrochenen Rippe war schneller geheilt als angenommen, sodass es nur noch selten und wenn, dann geringfügig schmerzte. Der verstauchte Fuß tat gar nicht mehr weh. Auch den Kopfverband nahm Landolf ab. Nicht nur, weil er ihn als albern erachtete, sondern weil er nach anfänglichen Schmerzen nur mehr einen leichten Druck an der Stirn spürte. Die aufgeplatzte Lippe war mittlerweile verschorft und die Braue mit den fünf Stichen verheilt.

Nach dem Mittagessen, das üppig ausfiel, drängte die Großmutter – sie hatte die ganze Zeit schweigsam am Tisch gesessen und nichts essen wollen – zur Weiterfahrt. Karlis schlug den Weg nach Narva über Tallinn vor. »Besser Straße, schneller, als durch Feld.«

Magnus und Landolf machten sich für den kürzeren Weg durch die Pampa stark, über Valga, Tartu und vorbei am estnischen Peipus-See, auf der Karte diagonal durch Lettland und Estland bis nach Narva. Die Großmutter sagte: »Egal, Hauptsache, wir fahren jetzt los. Die Zeit drängt.«

Ein letztes Mal wurde mit dem Schwarzen Balsam angestoßen und Brüderschaft getrunken. Man schwor einander ein baldiges Wiedersehen.

»Wenn Zeit für Spargel«, sagte Karlis. Petris fügte hinzu: »Lubeck-Travemunde.«

Die Großmutter bezahlte die Autoreparatur und ließ einen Batzen Geld zurück, den Karlis impulsiv ablehnte und der ihn, als die Großmutter mit ernster Miene darauf bestand, zu Tränen rührte.

Ehe sie mit dem Moskwitsch, dessen Motor jetzt schnurrte wie eine Katze, vom Hof fuhren, schlug Karlis noch einmal kräftig auf die Motorhaube. »Jetzt, du fahre mit Moskwitsch bis Ende Welt.«

Er lachte, jubelte wieder und klatschte sich mit Petris in die Hände. Iveta und die Mutter winkten, als wären die drei Reisenden Familienangehörige und zögen in den Krieg.

MENSCHENFREUNDLICHER SOZIALISMUS

Ich marschiere und singe. Alle anderen marschieren auch, singen. Das rote Pioniertuch liegt um meinen Hals. Das weiße Hemd ist frisch gewaschen und am Kragen gestärkt. Die Haare sind gescheitelt. Opa filmt. Ich schaue immer wieder zu ihm hinüber und kann mir ein Lachen nicht verkneifen. Ich bin Thälmannpionier und in der DDR angekommen, was Großvater mit der Super-8-Kamera für alle Ewigkeit dokumentiert und dabei, jetzt im Augenblick, ratternd meine Erinnerung wiederbelebt.

Ich habe Mutter durch ihren Tod eingebüßt und Vater durch sein plötzliches Verschwinden verloren, dafür aber ein ganzes Land neu hinzugewonnen. Und was für eins! Ein Land, das mir vorher völlig fremd war und danach, als ich ein Teil von ihm bin, ziemlich unheimlich anmutet. Es stinkt nach Zweitaktmotoren, nach Braunkohle und einem Putzmittel, das für mich berauschend und verwegen riecht. Die Autos sind aus Plaste. Südfrüchte und vieles andere sind Mangelware. Ich finde alles aufregend, anregend, weil es neu und ungewohnt ist. Es ist wie Urlaub für immer. Ich bekomme einen Großvater und eine Großmutter, die ich nie zuvor gesehen habe und die sofort versuchen, alles zu ersetzen, was mir in ihren Augen fehlen könnte. Vor allem den Vater und die Mutter. Was ihnen ziemlich gut gelingt. Ich bekomme gleich mehrere Hasen, ein Fahrrad, sogar einen Hund, der allerdings schon nach einem halben Jahr überfahren wird, eine Uniform, die ich auch außerhalb des Faschings tragen darf, und neue Freunde, von denen ich, der ich freiwillig aus dem Westen komme, vom kapitalistischen Feind, mit Hochachtung und Faszination bestaunt werde wie einer, der abwechselnd der Hölle entronnen war oder freiwillig den Himmel hinter sich gelassen hatte. Das muss ein interessanter Bursche sein, höre ich und kann mich über mangelnde Aufmerksamkeit nicht beklagen. In Zellingen war ich einer unter vielen, in Alt-Schönweide bin ich ein ganz Besonderer. Als Kind ist das eine vorteilhafte Position, der ich gerne zu entsprechen versuche.

Vielleicht ist der Westen ja doch nicht so wie im heimlich geschauten Westfernsehen, mögen einige denken. Vielleicht kann er die Sehnsucht nach all den Dingen, die es im Osten nicht gibt, ja doch nicht befriedigen. Ist der Westen vielleicht sogar noch grausamer? Wie sonst ist eine Republikflucht in entgegengesetzter Richtung zu erklären?

Mir verschaffen diese Fragen in den ersten Jahren eine herausragende Stellung in der Gesellschaft der deutschen demokratischen Republik.

Bald habe ich den Dreh heraus und erzähle, was die Neugierigen gerade hören wollen. Aufrechte Sozialisten bestätige ich in ihrer Meinung, dass der Westen mit allem Negativen und Grauenvollen behaftet ist. Was sie natürlich längst schon geahnt haben. Und noch mehr: Ich erfinde immer abstrusere Lügen, die als einzigen Kommentar ein entsetztes Kopfschütteln hervorrufen. Meine BRD-Schule wird zu einer Zuchtanstalt mit ungerechten Lehrern, unterdrückten Schülern und schallenden Ohrfeigen. Im Supermarkt gibt es nur künstliche, minderwertige Ware, die sich keiner leisten kann. Mit den Atomkraftwerken werden die Menschen zielgenau und absichtlich verstrahlt.

Ich lüge, was das Zeug hält.

Für meine Zuhörer bin ich das lebende Beispiel, dass die DDR der bessere deutsche Staat ist. Verhalte ich mich in der einen oder anderen Situation nicht regelkonform, wird mein Fehlverhalten nicht mir, sondern meinen ersten Jahren im Westen und der dortigen Sozialisation angelastet. Entspricht mein Verhalten hingegen den Erwartungen, wird es als unumstößlicher Beweis für die herausragende Funktionstüchtigkeit des sozialistischen Bildungs- und Erziehungssystems interpretiert.

Den wenigen Regimekritikern, mit denen ich zu tun habe, rede ich ebenfalls nach dem Mund und mache aus dem Westen, aus der BRD, aus Zellingen das Paradies, in dem Glück, Freiheit und Wohlstand auf den Bäumen wachsen und wo jeder sich alles und jederzeit kaufen kann. Und wenn nicht, geschenkt bekommt.

Da meine Großeltern nicht nur überzeugte Sozialisten sind, sondern natürlich auch in der Partei – Großvater hat zudem noch einen hohen Funktionärsjob inne, von dem er aber nie erzählt –, genieße ich alle Privilegien, die einem Heranwachsenden zuteilwerden können.

Anfangs, bevor ich mir meine eigenen Gedanken mache, ist das Leben als Kind in der DDR, in Alt-Schönweide, aufregend, schön und völlig unproblematisch für mich. Ich fühle mich in dieser Plaste- und Elastewelt aufgehoben, auch wenn ich Mutter, Vater und meine Großmutter Terese vermisse. Aber Mutter ist nun mal tot, wäre also auch für Zellingen verloren gewesen. Vater soll den Großeltern zufolge zurückkommen, und mit Großmutter hatte ich meistens nur mittwochnachmittags zu tun. Dieser für ein Kind erstaunliche Pragmatismus erleichtert mir mein Leben in Alt-Schönweide. Auch die Hoffnung, bald mal wieder in den Ferien auf die Schwäbische Alb zu fahren, mindert das Heimweh auf ein erträgliches Maß. Wenn ich Großvater in meinen wenigen sentimentalen Augenblicken frage, wann wir Zellingen besuchen, sagt er meistens mürrisch: »Bald.« Außerdem hat die Sehnsucht es schwer, gegen den immerwährenden Mittelpunkt anzukommen, in dem ich breitbeinig stehe und um den sich alles in der Familie und darüber hinaus während der ersten Zeit in Alt-Schönweide dreht.

Mit den eigenen Gedanken kommen dann, wie kann es anders sein, auch die vorwiegend selbstgemachten Schwierigkeiten. Je älter ich werde und umso mehr sich meine Position vom Mittelpunkt weg an den Rand verschiebt – bis ich, wie schon in Zellingen, meist unauffällig an der Peripherie der sozialistischen Gesellschaft lungere, nur argwöhnisch von Großvater beobachtet –, desto nachdenklicher und kritischer stehe ich meiner neuen, jetzt auch schon wieder alten Heimat Alt-Schönweide gegenüber und vor allem meiner Familie. Es ist gar nicht die Sehnsucht nach der alten Heimat, es ist vielmehr die Skepsis meiner neuen in Alt-Schönweide gegenüber, die mich grüblerisch werden lässt.

Meine erste sozialistische Liebe heißt Karin. Sie ist meine Nachbarin und geht mit mir in dieselbe Klasse. Auch bei ihr scheint der Westbonus anfänglich gut anzukommen. Ich bin dreizehn, bei den Thälmannpionieren und mit beiden Ohren in das gleichaltrige Mädchen verliebt, das schon damals große, gar nicht kindgerechte Brüste hat. Obgleich es noch Jahre dauern soll, bis ich diese Brüste endlich anfassen darf und Karin meiner Liebe für kurze Zeit ganz und gar entsprechen will, wird mein Leben um eine Sehnsucht mehr bereichert. Karins Eltern sind weder Sozialisten noch in der Partei. Dafür sind sie sehr gläubig. Alles, was in meiner Familie als gut und positiv im Arbeiter- und

Bauernstaat bewertet wird, kommt in Karins Zuhause ziemlich schlecht weg. So drängen sich auf engstem Raum, nur durch einen Gartenzaun getrennt, zwei Welten nebeneinander, die nicht zusammenpassen wollen. Ich stehe irgendwie dazwischen, hin und her gerissen zwischen Ablehnung und Bewunderung. Einerseits will ich meine Großeltern nicht enttäuschen, andererseits will ich nicht die Aussicht auf die alles erfüllende Berührung von Karins Brüsten verspielen. Und nicht nur der Brüste. Auch Karin scheint nicht ganz und gar verortet zu sein und hängt irgendwo zwischen der Meinung ihrer Eltern, die immer nur konspirativ geäußert werden darf, und der außerhalb ihres behüteten Elternhauses vermittelten Staatsdoktrin.

Als ihre Eltern das Land Mitte der Achtzigerjahre endgültig verlassen wollen, beschließt Karin, den Sozialismus in der DDR so zu reformieren, dass er menschenfreundlicher wird, wie sie sich ausdrückt.

Mir war der Sozialismus, menschenfreundlich oder nicht, ziemlich egal. Für mich zählte allein die Liebe zu Karin, und wenn ein menschenfreundlicher Sozialismus bewirkt, dass sie diese Liebe eher erhört, steht für mich unumstößlich fest, dass dieser menschenfreundliche Sozialismus zum Nonplusultra werden soll, zum Ultimativen, für dessen Umsetzung ich zu allen Mitteln greifen will, die mir zur Verfügung stehen.

Die Zeit, diese Mittel einzusetzen, die zwar beschränkt, aber nicht weniger effektiv zu sein scheinen, kommt dann auch.

Nach dem Abitur darf ich studieren, was niemand sonderlich überrascht. Ich muss sogar zur Uni. Großvater besteht darauf. Für den Wehrdienst bin ich nicht geeignet. Körperlich, psychisch, was weiß ich.

Das haben wir so entschieden, sagt Großvater. Ich frage mich zwar, wer »wir« ist, aber es soll mir recht sein. Vermutlich ahnt

Großvater da schon, dass wenig später der Wehrdienst überflüssig wird, da der Staat nicht mehr verteidigt werden kann, weil es ihn nicht mehr gibt.

»Am besten, du studierst Ökonomie«, sagt Großvater, was ich aber erfolgreich verhindern kann. Ich schreibe mich an der Hochschule für Film und Fernsehen in Babelsberg ein. Karin hingegen darf nicht studieren, was ebenfalls niemanden sonderlich verwundert, obgleich sie viel bessere Noten hat als ich, auch die viel erfolgreichere Schülerin ist. Sie ist ganz allgemein intelligenter als ich, in allem. Doch gegen den Ausreiseantrag ihrer Eltern kurz vor ihrem Abitur ist jegliche Intelligenz machtlos. Da ich Karin abgrundtief und bedingungslos zu lieben glaube, nein, tatsächlich liebe, finde ich das nicht nur ungerecht, sondern vor allem auch gemein und eine bodenlose Sauerei, gegen die mit allen Mitteln vorgegangen werden muss, auch von meiner Seite.

»Wenn Karin nicht studieren darf, studiere ich auch nicht«, sage ich trotzig, was meinen Großvater zunächst auf die Palme, dann schier zur Verzweiflung bringt. Schließlich setzt er alle Hebel in Bewegung, dass auch Karin zum Studium zugelassen wird. Wie er das hinbekommt, soll sein Geheimnis bleiben. Auf jeden Fall wird Karin zu einer mir nicht näher bekannten Gegenleistung verpflichtet, wie sie mir später gesteht.

»Alles hat seinen Preis«, sagt sie, »oder glaubst du vielleicht, die machen das mir gegenüber aus Menschenliebe?«

Nein, das glaube ich nicht. Die DDR ist nicht so freundlich, sonst hätte Karin sie ja nicht erst zum menschenfreundlichen Sozialismus verändern müssen. Die Gegenleistung Karins mir gegenüber zeigt sich darin, dass sie mich tatsächlich näher an sich ranlässt. Obgleich ich nie den Eindruck loswerde, dass meine Liebe ihr gegenüber auf wenig Resonanz stößt oder wenn, dann nur auf zurückhaltende Entgegnung, als wollte sie sagen: Ich bin noch nicht so weit.

Karins Eltern dürfen ausreisen, müssen ihre Tochter aber sozusagen als Pfand zurücklassen. Karin scheint gar nicht so unglücklich darüber zu sein und bleibt im Land. Wir ziehen beide in die Hauptstadt nach Berlin, Prenzlauer Berg, und ich habe das erste Mal Sex. Mit Karin. In ihrer Wohnung in der Choriner Straße. Was ziemlich ernüchternd ist. Für sie wohl auch. Ich glaube im Nachhinein, dass sie sich körperlich nur auf mich eingelassen hat, um für sich selbst die letzten Zweifel aus dem Weg zu räumen. Kurze Zeit später gesteht sie mir nämlich, sich in eine Frau verliebt zu haben. Das war für mich nicht nur eine Katastrophe, das war für mich der Supergau. Womöglich hat meine Beziehungsunfähigkeit hier seinen Ursprung. Meine nicht erwiderte Liebe sollte mich und mein Leben in Beziehungsfragen und im Verhältnis zum anderen Geschlecht prägen. Was blieb, ist die Gier nach großen Brüsten und der zynische Umgang mit dem anderen Geschlecht.

Von da an sehen wir uns nur noch sporadisch, wobei Karin jedes Mal eine andere Freundin an ihrer Seite hat, bis der Kontakt sich nach dem Fall der Mauer ganz verliert.

Ein paar Jahre später stoße ich durch Zufall wieder auf sie. Eine Akte über mich taucht bei der Gauck-Behörde auf. Ich nehme Einsicht, mehr widerwillig als erfreut, und erkenne Karin wieder, als IM Menschenfreund.

Vor ein paar Wochen treffe ich sie zufällig bei einer Vernissage in Lianes Galerie. Sie ist mittlerweile verheiratet, hat zwei Kinder, wohnt in einem fast ausschließlich mit Solarenergie belieferten Einfamilienhaus in Potsdam und arbeitet in irgendeinem Ministerium. Gesundheit, Soziales, Inneres oder dergleichen. Ihr Mann ist ein Freund von Lianes Ehemann. Sofort macht Karin auf mich den Eindruck, sich wieder für mich zu interessieren. Sie fragt mich aus, als säße ich bei Robert Lembke am Ratetisch. Ihr bisheriger Lebenslauf einerseits und das offensichtliche Interesse an mir andererseits wirken wie verletzende Messerstiche. Die alten Wunden der unerhörten Liebe scheinen wieder aufzureißen. Vielleicht ist es so zu erklären, dass ich mich zuerst wortkarg gebe; dann lüge ich wieder wie zu meinen besten DDR-Zeiten. Ich erzähle ihr von meiner erfolgreichen Filmkarriere, von der Zusammenarbeit mit den bedeutendsten Regisseuren von Dänemark bis Hollywood, von Stars und Sternchen, die ich ins richtige Licht setze und ins geeignete Bild rücke.

»Ohne mich sind die nichts«, sage ich, und Karin scheint ehrlich beeindruckt zu sein, während ich mich vor mir selbst ekle.

Auch meine Tätigkeit als Fahrradkurier, die ich nicht verleugnen kann, da auf der Tasche, die mir um die Schulter hängt, demonstrativ der Firmenname prangt, Velokurier, deute ich als Recherche für ein eigenes Dokumentarfilmprojekt um. Ich schwelge in Kameraeinstellungen und werfe mit Fachtermini um mich, dass Karin sichtlich eingeschüchtert wirkt. Es könnte natürlich auch sein, dass sie einfach nur ihrer Ehe überdrüssig ist und sich endlich mal wieder ein kleines erotisches Abenteuer auf ihrer Agenda wünscht, wofür sich ein Verflossener, also ich, bestens zu eignen scheint. Womöglich ist Karin gar nicht an meinen Worten, sondern eher an meinem Schwanz interessiert.

Je länger ich erzähle und je abstrusere Details ich erfinde, umso deutlicher wird mir mein verpfuschtes, armseliges Leben. Jeder hinzuerfundene Film, jeder neu ins Spiel gebrachte Name einer Berühmtheit hinterlassen ein noch tieferes schwarzes Loch in mir.

Am Ende bin ich leer. Am Ende ist da nichts mehr. Nur noch Hülle. Die absterbende Hülle des absoluten Nichts.

Überstürzt verlasse ich über den Hinterhof die Feier, indem ich mich kurz auf die Toilette verabschiede und nicht mehr wiederkomme.

Ich fahre mit dem Fahrrad im Regen von Berli-Mitte nach Hause, Richtung Friedrichshain; ich habe keine Ahnung mehr, wo dieses Zuhause überhaupt sein soll.

An der Jannowitzbrücke halte ich an, mittlerweile völlig durchnässt. Ich setze mich ans Ufer der Spree ins nasse Gras, schaue aufs Wasser, auf dem Regentropfen hüpfen, und bin ratlos.

Wie im Zeitraffer peitschen Bilder durch meinen Kopf, als seien es Dias oder überdrehte Filmschnipsel. Es heißt, das Leben eines Menschen zeige sich noch einmal im Schnelldurchlauf, im Bruchteil einer Sekunde, bevor man stirbt. So ähnlich fühlt es sich an.

Filmschnipsel. Schnipselbilder. Bildsplitter.

Beerdigung meiner Mutter auf dem Friedhof in Zellingen. Mein Vater, Heinrich, Terese, Adele, Landolf.

Meine Einschulung mit Schultüte und kurzen Hosen. Meine Mutter, mein Vater, Terese.

Ich an Fasching, verkleidet als Cowboy im Garten von Zellingen.

Dann Alt-Schönweide.

Karin.

Der Appell der Thälmannpioniere.

Der Augenblick im DEFA-Film im Kino in Dresden.

Brennende Autos in Berlin-Mitte.

Sex mit Karla. Sex mit Svetlana. Sex mit Doris. Sex mit Vera-Rosa. Sex mit Liane.

All die missglückten Beziehungen.

Kein Sex mit Dr. Siemens-Kauf.

Das abgebrochene Studium in Babelsberg.

Die Hassliebe gegenüber dem Vater, die Hassliebe gegenüber der Mutter.

Überall pralle Brüste.

Und all die Lügen.

Der Bruchteil wird immer länger, eine Endlosschleife aus Vergangenem und Vergeblichem. Als ob mein Leben mir eindrucksvoll und nachhaltig meine eigenen Versäumnisse und mein selbstverschuldetes Versagen demonstrieren will. Was ihm auch gelingt.

Perspektivlos, heimatlos, erfolglos, hoffnungslos türmt sich die Zukunft vor mir auf und spiegelt sich im Wasser. Ein paar schlaflose Enten schnattern dazu. Es hört sich an wie Gelächter.

Bei dieser aufgestellten, schonungslosen Rechnung bleiben mir unterm Strich nur zwei Möglichkeiten. Entweder ich springe in das kalte Spreewasser, oder irgendetwas muss sich ändern. Und zwar grundlegend.

Nur weiß ich leider nicht, wie ich das anstellen soll.

FELDPOST

Abs. Grenad. Anton Schmidle, im Osten 56 084
Meine Anschrift abwarten

Osten den 16.9.44

Meine Liebe Frau mit Kindlein!
Teile Dir mit, daß wir heute Nacht an die Front gekommen sind u. wir eine Feldpostnummer erhalten haben, will es nicht versäumen Dir sofort zu schreiben um auch mal wieder Post von zu Hause zu erhalten. Ich weiß ja seit 30. August nichts mehr von Euch u. bis ich Post von Dir erhalte steht es noch mal 5–6 Wochen an.

Meine liebe Frau bin bis jetzt noch halbwegs gesund u. es geht mir soweit gut u. hoffe auch dasselbe von Euch allen. Nur hab ich Läus und Flöh schon zur Genüge, kein Wunder das kannst du hier in der ersten Nacht im Unterstand zur Genüge erhalten. Das kannst Du dir ja denken daß das für mich eine große Plage ist. Habe auch noch die Scheißerei, nicht so arg aber auch nicht ohne. Ich habe Dir vom Narvalager aus 2 Briefe geschrieben u. Dir meine Seefahrt geschildert. Du hast sie wohl nicht erhalten.

Wenn es bei Euch auch so schönes Wetter ist wie zur Zeit hier habt Ihr eine schöne Kartoffelernte, schade daß ich Euch nicht helfen kann. Aber mit den Polen von Heinrich müsst du das alles hinkriegen.

Heinrich hat mir wieder geschrieben. Er sagt daß der Pole den er für dich abgestellt hat damit er dir hilft, daß er demgegenüber kein gutes Gefühl hätt. Aber du schon. Stimmt das?

Hab wieder von Zellingen geträumt und von Heinrich. Nichts gutes leider. Ich weiß nicht was mir die Träume sagen wollen.

Auf Wiedersehen es grüßt Dich und das Kindlein

Anton

DIE MORALISCHE FRAGE

Natürlich denkst auch du daran, das Kloster zu verlassen. Nach zehn Jahren scheint das Gras, das über die Angelegenheit gewachsen ist, hoch genug. Die Gefahr, entdeckt zu werden, ist mittlerweile gering. Es wäre Zeit, den Habit abzustreifen, denkst du.

Und traust dich doch nicht.

Nicht nur, weil dich nach wie vor die Angst plagt, entdeckt zu werden. Diese Angst ist immer da und wird nie ganz weichen. Nein, weil du nicht weißt, was du da draußen anfangen sollst. Mit dir. Deinem Leben. Nach der langen Zeit hier drinnen. Und dem, was dich da draußen erwartet.

Draußen bist du nichts.

Ohne Ausbildung, Studium, Beruf.

Ohne Perspektive. Hier drin scheinst du geborgen, aufgehoben zu sein. Mit einem Dach über dem Kopf. Verräumt. Zwar wie ein Möbelstück, aber immerhin.

Du zauderst, immer wieder. Je länger du hinter den Mauern in Obhut und Sicherheit lebst, immer heftiger.

1990 kommt noch einmal der Gedanke bei dir auf, alles hier, das Kloster, das Mönchsleben, ein für alle Mal hinter dir zu lassen. Damals, nach dem Fall der Mauer. Als bekannt wird, dass ehemalige RAF-Terroristen jahrelang in der DDR abgetaucht waren und ein bürgerliches, spießiges Leben unter neuer Identität führten. Da denkst auch du, es ist möglich. Auch für dich. Draußen wieder Fuß zu fassen. Ein Leben fernab dieser Mauern zu leben. Obgleich dich das Leben in einem Reihenhaus mit Buchsbaumhecke und englischem Rasen, VW Golf und Urlaub auf Mallorca oder in Italien, einmal im Jahr für zwei Wochen, mehr abschreckt als lockt.

Deine Mitbrüder, die Mönche, amüsieren sich köstlich über die Meldung der untergetauchten Terroristen im Osten. Sie mutmaßen augenzwinkernd, ob nicht vielleicht auch hier, im Kloster, der ein oder andere …

Sie lachen.

Du lachst mit. Und denkst ein weiteres und letztes Mal daran, diese beschützte Existenz hinter dir zu lassen. Draußen ein neues Leben anzufangen und aufzubauen. Auch ohne Reihenhaus und Urlaub. Aber mit Beziehung und vielleicht Kind.

Und dann denkst du an Marietta. Daran, ob ihr noch immer ein Paar wärt, wäre alles anders gekommen. Vielleicht mit Kindern und Reihenhaus, Eigentumswohnung in Berlin-Prenzlauer Berg oder Hamburg-Ottensen, Urlaub auf Mallorca, einmal im Jahr.

Dann ist sie wieder da, die Sehnsucht nach dem, was hätte sein können. Der Hass auf das, was sie zerstörte, was für den Verlust verantwortlich scheint.

Du wachst in der Nacht auf, gerädert, aufgedreht, wie ein Hamster im Rad. Du stellst dich ans Fenster und schaust hinunter auf die Stadt. Siehst die Lichter, dann eine Sternschnuppe, und denkst einen kurzen Augenblick daran, dir etwas zu wünschen. Verwirfst diesen Gedanken gleich wieder, zornig und bitter. Wünschst dir nichts. Wirst dir nie etwas wünschen. Du weißt, es wird niemals in Erfüllung gehen.

Du redest mit Pater Bernhard darüber, in vagen Andeutungen, im Konjunktiv. Von einer möglichen Zukunft mit möglicher

Frau, möglichem Kind und möglichem Einfamilienhaus oder Eigentumswohnung, möglicherweise, nur mal so, gesetzt den Fall, dass …

Natürlich findet er es nicht unmöglich, nicht ausgeschlossen, sogar nachvollziehbar, verständlich, ja; die Toleranz des Benediktiners erlaubt auch andere Ansichten, Einsichten, Aussichten. Und dennoch: Schuster bleib bei deinen Leisten, scheint er sagen zu wollen. Oder: Der Konjunktiv ist ein Konjunktiv ist ein Konjunktiv. Und mit Imperativen, außerhalb des Klosters, tut sich der Mönch für gewöhnlich schwer.

Natürlich stünde es jedem frei, das Kloster jederzeit zu verlassen, sagt er und lächelt, als verschweige er, dass jemand, der sich zu einem so einschneidenden Schritt entschließt, selten dämlich sein müsse.

Er will dich darin nicht unterstützen. Auch keine Steine in den Weg legen.

Um Gottes willen, nein.

Auch draußen sei es möglich, ein religiöses Leben zu führen, sagt er, immer, jederzeit und auf jeden Fall. Auch draußen gäbe es selbstverständlich Gläubige, Christen, religiöse Menschen und religiöses Leben. Und er weiß nicht, ahnt nicht einmal, dass dein Leben hier drin nichts mit der Religiosität zu tun hat, die er vermutet und dir unterstellt.

Dennoch kannst du dich nicht dazu entschließen. Nicht zu dem Schritt. Dem Sprung. Dem neuen Leben.

Du hast inzwischen die Reduktion, die Besinnung auf das Wesentliche oder die Ausklammerung des Überflüssigen während deiner Zeit hier im Kloster schätzen gelernt. Du nimmst es selten nur mehr als Entsagung, als Beschränkung, gar als Verzicht wahr. Öfter als Entfaltung, Bereicherung, sogar als Glück.

Das Glück der Unerreichbarkeit zum Beispiel. Du genießt es

mitunter, auf das meiste zu verzichten, nichts zu haben als das Notwendigste. Geld, persönliche Werte, pekuniäre Sicherheiten, Mode, Kleidung, Statussymbole spielen keine Rolle. Das befreit, macht frei. Es ist eine Option für dich, mit dir und der Situation, in der du lebst, zurechtzukommen. Das Mittel wird zum Zweck; es heiligt nicht nur denselben, sondern ist selbst einer. Der Zweck bezweckt sozusagen. Auch ohne Glaube und Gott.

Als zum Jahrestag des Mords der Tote mit deiner Kugel im Kopf noch einmal auf die mediale Agenda kommt, die Fernsehanstalten und Medienrepräsentanz die alte Sau wieder durchs Dorf treiben, als wär's ein Ferkel, und achtzig Millionen Metzger die Messer wetzen, als gäbe es beim Schlachtfest Würste für lau, bist du zwar weniger aufgeregt als noch Jahrzehnte zuvor, aber ganz lässt das Interesse dich nicht los.

Als du den Artikel auf der ersten Seite des Rhein-Sieg-Anzeigers vor dir siehst, elektrisiert es dich. Als schmeichelte eine scharfe Schneide deinem Hals. Plötzlich ist die Erinnerung wieder da. An damals, als wäre es heute, jetzt, im Volksgefängnis, der Gefangene, die Super-8-Aufnahme, achtzehn Bilder pro Sekunde.

»Was ist?«, fragt Bruder Bernhard. »Träumen Sie wieder?«

Du schüttelst den Kopf, tippst auf den Artikel und sagst »Schauen Sie.«

»Ja, und?«, sagt er und fragt, ob du noch einen Kaffee willst.

»Nein«, sagst du und liest leise, den Finger auf den Zeilen des Zeitschriftenmagazins, das dich in die Vergangenheit schickt: Noch immer gibt es Fragezeichen. Noch immer sind die Täter nicht ermittelt.

Du liest und weißt, dass sie nichts wissen. Gar nichts. Und auf keinen Fall etwas von dir.

Schweigen ist Pflicht. Schnauze halten schützt. Abtrünnige gibt es natürlich immer. Verräter. Überläufer. Welche, die nicht mehr nur mit sich selber reden, sondern nach all den Jahren einem Mitteilungsbedürfnis auch anderen gegenüber verfallen. Um von der alten Sau ganz egoistisch auch ein großes Stück Fleisch abzubekommen. Für den heimischen Grillabend auf der Terrasse, mit Frau und Kind, im Einfamilienhaus mit Buchsbaumhecke und englischem Rasen.

Ich ist alles. Das Kollektiv Geschichte.

Du verfolgst die Nachrichten genauer als sonst. Du liest mehr Zeitungen als bisher. Das scheint auch deinen Mitbrüdern aufzufallen.

»Was interessiert Sie daran?«, fragen sie.

»Die moralische Frage«, sagst du. »Die Täter.«

»Interessant«, sagen sie. »Das ist sehr interessant. Ja, ja, die Moral.« Sie lachen und fragen, ob du heute bei der Vesper auch im Chor singst.

Du schüttelst den Kopf. Und sagst: »Ja.«

FELDPOST

Abs. Grend. Ant. Schmidle in Osten 56 084

Osten den 19.9.44

Liebe Terese, ich habe seit Tagen die Scheißerei liege nur noch auf dem Feldbett u. zittere überall. Der Arzt sagt das geht wieder weg ist alles nicht so schlimm. Der hat gut reden ich find es schon schlimm. Andere haben auch die Scheißerei woher weiß niemand. Vielleicht haben Bazillen das schlechte Essen verdorben. Was wir da vorgesetzt bekommen kriegen bei uns nicht mal die Viecher. Läus und Flöh hab ich auch es beißt u. es juckt daß alles ganz rot ist u. blutig auch. Wenn ich hier heil raus komm mach ich drei Kreuz u. dank unserm Herrgott.

Seit gestern früh hab ich auch noch Blut in der Spucke irgendwas ist im Bauch kaputt oder hängt es vielleicht auch mit der Scheißerei zusammen ich weiß es nicht. Wenn schon der Arzt nicht sagen kann was es ist. Es sind auch wieder viele Kameraden gefallen u. verletzt die Lazarette sind voll. Da können sie sich wegen dem bißchen Blut in der Spucke nicht auch noch kümmern.

Liebe Terese, ich will heim, am liebsten sofort aber es geht leider nicht u. dann die Angst ist auch da immer die Angst daß ich Euch, Dich meine liebe Frau u. auch Johanna nicht mehr sehe.

Jetzt muß ich an die Front, der Gruppenleiter schreit schon wieder. Lebwohl Es grüßt Dich Anton.

Ich glaub ich weiß wer nicht will daß ich heim komm.

ALLES BLEIBT ANDERS

Nachdem sie die lettisch-estnische Grenze in Ainaži passiert hatten, während das Wetter wieder mit rekordverdächtigen Höchsttemperaturen prahlte, waren es noch ungefähr zweihundertfünfzig Kilometer auf der Via Baltica, der Europastraße 67, bis nach Tallinn. Der Moskwitsch war nicht wiederzuerkennen. Er fuhr, als käme er gerade frisch aus dem Werk, sprang jedes Mal sofort an und gab auch sonst keine seltsamen, Gehör und Gehirn malträtierenden Geräusche mehr von sich. Nur Sprit soff er in Unmengen wie die Russen Wodka. Nach zwei Stunden dröhnten ihnen wieder die Ohren, sodass sie erneut angefeuchtete Papierkügelchen – das hatte sich bewährt – in dieselben stopften. Die Großmutter schlief, Landolf fuhr. Auch Magnus fielen hin und wieder die Augen zu, der Kopf kippte auf die Brust.

In Pärnu legten sie das letzte Mal einen kurzen Zwischenstopp ein. Die Großmutter war erschöpft, vor allem durch die Hitze, und blieb lieber im Wagen sitzen, während Landolf und Magnus am Hafen kurz entspannten, die Füße ins Wasser hielten und eine Kleinigkeit im Stehen aßen. Als sie zurückkamen, hatte die Großmutter den Tanga des Bikinis fast fertiggehäkelt. Stolz hielt sie ihn in die Höhe.

»Schön.« Magnus versuchte erneut, sich Schwester Ana darin vorzustellen. Was ihm dieses Mal gelang. Landolf fuhr wieder. Magnus schloss die Augen und träumte davon, mit der Schwester gemeinsam im Peipus-See zu baden, während draußen langsam die Sonne unterging und Landolf die Scheinwerfer des Moskwitschs einschaltete.

»Aufwachen.« Landolf rüttelte Magnus an der Schulter, wie man ein Kind rüttelt, wenn man es nicht erschrecken will. »Wir sind gleich da.«

Es war dunkel. Sie hatten den Stadtrand von Tallinn erreicht und fuhren Richtung Zentrum. Überall waren Lichter zu sehen.

»Terese?«

Die Großmutter schien noch immer zu schlafen. Magnus drehte sich zu ihr um. Sie saß mit geschlossenen Augen, den Kopf an das Seitenfenster gelehnt, auf der Rückbank.

»He, Oma, aufwachen, wir sind in Tallinn.«

Als die Großmutter sich noch immer nicht rührte, griff Magnus zwischen den Sitzen hindurch und zog, ähnlich wie zuvor Landolf bei ihm, an ihrem Ärmel. Die Großmutter bewegte sich, schwankte langsam nach links und kippte schließlich auf die Rückbank.

»Halt an!«, rief Magnus.

Landolf fuhr über den Bordstein auf den breiten Gehweg neben der Straße und stoppte den Wagen. Magnus versuchte, die Großmutter aufzurichten, was ihm aber nicht gelingen wollte. Landolf stieg aus, öffnete die hintere Beifahrertür und hob die Großmutter in die Vertikale.

»Komm schon, Terese, wach auf.« Magnus rüttelte sie, schüttelte an ihrer Schulter, weniger behutsam als unbeholfen, als Landolf plötzlich innehielt und leise »Die schläft nicht« sagte.

»Was soll das, Oma?« Magnus ließ nicht locker. »Der Scherz ist dir gelungen, aber jetzt muss es gut sein.«

»Sie ist tot.« Es kam aus Landolfs Mund, sachlicher als noch zuvor und mit einer Stimme, die Angst machte.

Magnus zog die Hand zurück, als hätte die Leiche soeben danach gegriffen. Er und Landolf starrten auf die Großmutter. Die Hektik, die Entschlossenheit, der Nachdruck waren dahin. Großmutters Augen waren noch immer geschlossen, der Unterkiefer jedoch klappte nach unten, sodass jetzt das Gebiss zu sehen war.

»Die kann doch jetzt nicht einfach so … einfach so sterben.« Magnus sagte es matt und kraftlos, nach einer langen Pause, während sie der Großmutter beim Tot-sein zuschauten, ohne sich zu rühren. »Sie wollte doch von ihrem Mann … Sie wollte doch von Anton Abschied nehmen. Sie kann sich jetzt doch nicht einfach so … so …«

»Beruhige dich.«

»Verdammt.«

Landolf schaltete die Deckenleuchte des Wagens ein. Sie flackerte kurz auf und leuchtete dann zuverlässig. Er setzte sich neben die tote Großmutter auf die Rückbank und schloss die Tür hinter sich. Er legte Großmutters Kopf vorsichtig gegen das Seitenfenster.

»Sie fühlt sich kühl an.«

»Kühl?«

»Vermutlich ist sie schon länger tot.«

»Schon länger?« Magnus überlegte. »Das heißt, wir sind mit ihr, mit der toten Terese, mit unserer verstorbenen Großmutter, durch halb Estland gefahren?«

»Sieht so aus.«

»Scheiße. Während ich mich in Gedanken mit Schwester Ana vergnügt habe, ist sie abgekratzt.« Magnus lachte verzweifelt, was sich eher wie ein Schluchzen anhörte.

»Welche Schwester?«

»Für die Oma den Bikini …«

Landolf zog den Tanga und das Oberteil, auf das er sich gesetzt hatte, unter sich hervor und hob beides hoch. »Der Bikini ist fertig.«

Magnus registrierte es nicht, er betrachtete noch immer die Großmutter, deren Gesicht im Schein der Deckenlampe wächsern und unwirklich wirkte. »Ich bin schuld, verdammt, ich bin schuld, ich hätte ihr die Medizin geben müssen, verlässlich, die Medizin, ich hätte darauf bestehen müssen.«

»Hör auf.« Landolf legte seine Hand auf Magnus' Schulter. »Davon wird sie nicht wieder lebendig.«

Als ob Magnus dies erst jetzt, in diesem Moment realisieren würde, fing er an zu weinen. Auch Landolf brach in Tränen aus. Beide weinten still vor sich hin. Die Autos fuhren zischend an ihnen vorüber.

»Was machen wir jetzt?« Magnus fragte es wieder matt und kraftlos. Keiner der beiden wusste eine Antwort. Sie saßen im Auto, stierten vor sich hin, während es draußen immer dunkler wurde.

Landolf, der offenbar mehr Erfahrung mit dem Tod hatte, fand als Erster zu einer der Situation angemessenen Sachlichkeit zurück. »Wir können lamentieren, uns Vorwürfe machen, so viel wir wollen, sie wird tot bleiben. Lass uns überlegen, wie wir damit umgehen und was jetzt als Nächstes zu tun ist.«

Magnus' Kopf war leer. Er konnte keinen vernünftigen Gedanken fassen. Landolf hingegen wirkte konzentriert, überlegt, beinahe emotionslos. »Wir müssen zuerst mal ein Hotel finden. Da quartieren wir uns ein, für die Nacht, und können dann in Ruhe weiter darüber nachdenken. Kannst du fahren?«

»Was?«

»Ich bleib hier hinten sitzen.«

Magnus rutschte auf den Fahrersitz, startete den Wagen und fuhr los, während seine Blicke zwischen der Fahrbahn und dem Innenspiegel hin und her pendelten.

»Wir brauchen nach Möglichkeit ein großes, anonymes, teures Hotel.«

Magnus sah aus, als würde er kein Wort von dem verstehen, was Landolf gerade sagte.

»Halt da vorne mal an. Frag nach einem Luxushotel.«

Magnus stoppte an einer Bushaltestelle, an der eine Gruppe Jugendlicher stand und rauchte.

»Hey, we look for a hotel, a luxury hotel, very expensive.« Die Jugendlichen, alles Jungs, blickten sich an und versuchten, den heruntergekommenen Moskwitsch und das Luxushotel gedanklich zusammenzubringen, bis einer vergewissernd fragte: »Luxury class?«

»Yes.«

»Grandhotel?«

»Yes.«

Sie unterhielten sich auf Estnisch, woraufhin einer der Jungs »Conference Spa Hotel, Paldiski street« sagte und den Weg beschrieb, während die anderen sich hin und wieder einmischten und dabei mit den Armen fuchtelten.

Das Grandhotel war ein neumodischer, gigantischer Kasten aus Glas, der von außen betrachtet eher wie eine Sparkasse aussah, mit Hunderten von Zimmern, Suiten, Wellnessbereich, Saunen, Fitnessclub, Konferenzräumen, Restaurants und Bars. Eine kleine luxuriöse Welt in der großen.

Landolf und Magnus hielten an der Straße vor dem beleuchteten Hoteleingang, ließen die Großmutter im Wagen zurück und gingen zur Rezeption.

»Lass mich das machen«, sagte Landolf, dem Magnus' Nervosität nicht verborgen blieb.

In der Lobby, alles weiß, hell erleuchtet und transparent glänzend, mit zahllosen kleinen Strahlern an der Decke, empfing sie eine junge Frau, die aussah wie ein Model auf dem Laufsteg, das eine zweiteilige Uniform vorführte, oder wie eine Stewardess in der Business Class. Auf ihrem Gesicht lag dieses typische antrainierte Lächeln, das immer eine Spur zu freundlich wirkte. Landolf verhielt sich diametral entgegengesetzt: Je freundlicher die Frau lächelte, desto mürrischer gab er sich. Was noch mehr Gefälligkeit, geradezu Demut zur Folge hatte. An ihrem Blazer prangte ein goldenes Schildchen mit schwarzen Buchstaben, auf dem *Elis Pärt hotel lobby* stand. Während Magnus beim Blick auf das Namensschild kurz an den bedeutenden estnischen Komponisten Arvo Pärt dachte und daran, ob das womöglich seine Tochter sei oder vielleicht doch eher die Enkelin, fragte Landolf: »Can you speak English?«

Erst jetzt bemerkte er die leise Musik aus unsichtbaren Boxen, die sich über die Lobby legte wie ein warmer Sommerregen. Es war diese typische Dreiklangmusik von Arvo Pärt, die Landolf meistens beruhigte, jetzt aber aggressiv machte.

»English, German, French, Russian, Finnish and Estonian.« Elis Pärt lächelte. Was aber nur Magnus beeindruckte. Landolf ging darüber hinweg, als wundere er sich, dass sie die anderen baltischen Sprachen nicht beherrschte, und verlangte in kurzen, klaren, beinahe schroffen Anweisungen eine Suite und ein Standardzimmer.

»Die Zimmer sollten nebeneinander sein.«

Elis Pärt gab sich professionell unbeeindruckt, warf einen Blick in den Computer, entschuldigte sich tausendmal und sagte, dass Suite und Zimmer heute leider nur in unterschiedlichen Etagen zu haben wären.

»Verdammt.«

Frau Pärt erschrak. Sie wunderte sich doch ein wenig über die Ausdrucksweise des Mönchs. Landolf überlegte kurz, während Frau Pärt erklärte, es gäbe in der Suite auch zwei Schlafmöglichkeiten. Dabei lächelte sie wieder, als hätte sie es lange einstudieren müssen, unter Anleitung professioneller Administrative Coaches.

»Na und?«

»Sie könnten auch zu zweit in der ...«

»Wollen wir aber nicht«, unterbrach Landolf sie. Es hörte sich an wie: »Wir sind nicht schwul.« Kurzzeitig verschwand das Lachen aus dem Gesicht der jungen Frau. Plötzlich sah sie sogar sympathisch aus.

Landolf und Magnus füllten die Anmeldezettel aus, wobei Magnus vor Aufregung ein falsches Geburtsdatum einsetzte, auch mehrmals in den Zeilen verrutschte, sodass seine Anmeldung aussah, als hätte ein schweres Gefecht darauf stattgefunden. Als Frau Pärt nach einer EC-Karte fragte und dabei verschiedene Kreditkartennamen aufzählte, als wären es Fürbitten, blickte Landolf sie despektierlich an, als hätte sie von nichts eine Ahnung, schon gar nicht von Glaubensfragen. Natürlich hatte keiner von beiden eine Kreditkarte.

»Bar«, sagte Landolf. »Wir bezahlen bar.«

Elis Pärt war verdutzt, lächelte wieder, schien jedoch einverstanden zu sein. Sie händigte ihnen die Chipkarten aus, erklärte den Weg zur Tiefgarage, wünschte einen schönen Abend und sah ihnen unauffällig hinterher, als sie die hell erleuchtete Lobby durchquerten wie zwei Fremdkörper im Dreiklanguniversum und in der Drehtür des Eingangs verschwanden.

»Für wen ist die Suite?«, fragte Magnus.
»Für uns.«
»Und für Terese?«
»Das Zimmer.«

In der Tiefgarage setzten sie die Großmutter in den Rollstuhl, was nur mit vereinten Kräften gelingen wollte. Aufgrund der bereits langsam einsetzenden Leichenstarre rutschte die Tote immer wieder aus dem Stuhl, bis Landolf ihr die Koffer auf den Schoß legte, sodass sie nicht mehr herunterrutschen konnte; allerdings war jetzt kaum noch etwas von ihr zu sehen.

Magnus schob den Rollstuhl. Landolf ging voraus, die Lage sondierend. Mit dem Aufzug fuhren sie in den fünften Stock. Sie legten die Großmutter auf das Bett des Standardzimmers, über dem eine billige Reproduktion eines Modigliani-Gemäldes hing. Portrait of Jeanne Hébuterne. Der lange, wächserne Hals, der schief geneigte, linkische Kopf, die blauen Augen, die roten Haare, der arrogant-mitleidvolle Blick, der spöttisch auf das herunterschaute, was in seiner beschämenden Leblosigkeit vor ihm ausgebreitet lag. Magnus schien das Bild über dem Bett gar nicht aufzufallen. Sie deckten Terese mit der Bettdecke bis zum Hals zu, sodass es aussah, als würde sie schlafen. Nachdem sie von außen das Schild *Not disturb* an die Tür gehängt hatten, zogen sie sich mit den Koffern und dem Vogelkäfig einen Stock höher in ihre Suite zurück.

Völlig durchnässt ließ Magnus sich auf das grüne Designersofa fallen. Landolf, nicht minder erschöpft und verschwitzt, sank laut stöhnend auf einen der dazu passenden Sessel nieder. Beide schwiegen lange, starrten zur Decke, schienen sich von den Strapazen erholen zu müssen, bis Landolf schließlich, als kaum mehr damit zu rechnen war, sodass es reichlich anachronistisch anmutete, »Geschafft« sagte.

Dann stand er auf, öffnete den karierten Koffer der Großmutter und legte alles, was darin war, auf den roten, mit goldenen Streifen durchzogenen Teppichfußboden. Magnus beobachtete ihn dabei, unschlüssig, ob er es gutheißen oder doch eher beanstanden sollte.

»Was machst du?«

»Weiß nicht. Ich muss irgendwas tun. Ich kann nicht untätig herumsitzen.«

Im Koffer lag, neben einigen Kleidungsstücken, ein Stapel Postkarten, die von einem roten Einmachgummi zusammengehalten wurden. Landolf streifte den Gummi vom Kartenstoß. Auf sämtlichen Karten war dasselbe Motiv abgebildet, in unterschiedlichen Variationen: das Panorama von Berlin. Landolf drehte eine der Karten um, las und verharrte. »Die sind von dir.« Er reichte die Karte Magnus, nahm eine andere und las erneut. »Liebe Oma, viel Glück zum Geburtstag. Ich kann dieses Jahr leider nicht kommen, habe viel zu tun. Ich wünsche dir alles Gute und feiere schön. Bis bald, dein Magnus.«

Magnus war peinlich berührt. »Klingt nicht gerade originell, was? Ich habe ihr jedes Jahr zwei geschickt. Eine zu Weihnachten und eine zum Geburtstag.«

Landolf zählte die Karten. »Sechsunddreißig.«

»Stimmt.«

Auch Magnus ließ sich auf dem Boden nieder. Beide durchsuchten nun gemeinsam den Koffer.

»Was ist das denn?« Landolf hielt ein Foto in der Hand, auf dem zwei lachende Frauen in weißen Kitteln zu sehen waren. Die eine hielt eine Spritze hoch, die andere zeigte demonstrativ darauf.

»Das ist Schwester Ana.« Magnus war überrascht. »Und das …«

Er stockte, völlig verunsichert, und blickte erstaunt zu Landolf. Auch der war verwirrt und versuchte, das Gesehene zu begreifen.

»Sieht aus wie Ewa.« Es klang nicht wie eine Feststellung, eher wie eine Frage. »Ewa, jünger als heute, vor ein paar Jahren vielleicht.«

»Ich dachte, Ewa führt das Hotel mit ihrem Bruder seit dem Tod ihrer Mutter, seit Jahrzehnten.«

»Dachte ich auch, aber hier ist sie nun mal in einem Krankenschwesternkostüm zu sehen.« Landolf strich mit dem Finger über die Frau auf dem Foto.

»Neben Schwester Ana.«

»Komisch.«

»Was hat das zu bedeuten?«, fragte Magnus.

»Weiß nicht.« Landolf legte das Foto auf den Fußboden neben den Kartenstapel.

»Hier.« Magnus hielt eine abgegriffene Postkarte hoch, auf der das Kloster in Siegburg zu sehen war. »Die ist von dir.«

»Sie hat sie tatsächlich aufbewahrt. Es ist die einzige Karte, die ich ihr geschrieben habe.«

Magnus las. *Dritter Januar achtundsiebzig. Ich habe nach langer Suche endlich den Ort gefunden, an dem ich mich aufgehoben fühle. Der mir Glauben schenkt, mich beschützt und mir eine Perspektive bietet. Verzeih mir, dass ich mich so lange nicht gemeldet habe. Mach dir keine Sorgen. Mir geht es gut. Schönes neues Jahr. Landolf.* Magnus hob den Blick. »Originell.« Erstaunlicherweise klang es kein bisschen ironisch.

»Eindeutig zweideutig.« Landolf hob eine Plastiktüte aus dem Koffer. In der Tüte befanden sich ein Stapel vergilbter Briefumschläge und Postkarten, die ebenfalls von einem Einmachgummi, diesmal von blauer Farbe, zusammengehalten wurden.

»Was ist das denn?« Landolf zog einen vergilbten Brief aus einem der Umschläge und las: *Abs. Grend. Ant. Schmidle in Osten 56084, 23.9.44, Liebe T.*

Nur ganz kurz u. ganz schnell mir geht es schlecht. Läus Flöh nasse Füß nasse Uniform, alles. Wir sind jetzt im Gefecht sollen Absetzbewegungen sichern u. sitzen in der Scheiße im Schützengraben im Schlamm. Über mir Bomben. Überall zerfetzte Leichen wie Hackfleisch. Ich muß ständig husten u. Blut überall Blut. Ich weiß nicht ob die Post Dich noch erreicht ich weiß nicht ob ich hier noch mal rauskomme oder ob es das war für immer ich grüß Dich u. das Kind. A. Ich weiß es jetzt.

Landolf sah von dem Brief auf, blätterte die anderen durch und reichte sie Magnus. »Das sind alles Feldpostbriefe von Anton an Terese.«

Noch interessanter als die Feldpostbriefe war das große Kuvert, das in der Seitentasche des Koffers steckte. In dem Kuvert befanden sich mehrere Röntgenaufnahmen. Die eine zeigte eine Lunge, die anderen einen Magen und eine Brust. Das Auffällige waren die weißen, zum Teil geldstückgroßen Flecken darauf.

»Sind das Aufnahmen von Oma?«

»Von wem denn sonst.«

Sie hielten die Röntgenbilder gegen das Licht und betrachteten sie lange. Was nun die genaue Diagnose war, vermochten beide nicht zu beurteilen, doch dass es auf den Aufnahmen beunruhigend zuging, war schnell zu erkennen; dafür waren viel zu viele Unregelmäßigkeiten und weiße Flecken auf den Bildern, die wie Fremdkörper hervorstachen.

»Sieht auf jeden Fall nicht gut aus.« Landolf legte die Röntgenaufnahme zur Seite.

»Sieht verdammt beschissen aus.« Magnus tat es ihm gleich.

Als sie den Inhalt des Koffers sorgfältig auf dem Boden ausgelegt hatten, öffnete Magnus auch die Handtasche der Großmutter. Zuerst entdeckte er die Pillen, die lose auf dem Boden der Tasche lagen.

»Scheiße, sie hat keine einzige genommen.«

»Sie wollte sie nicht nehmen«, ergänzte Landolf. »Wahrscheinlich wusste sie, wie es um sie stand. Sie wusste, dass sie sterben würde.«

Anschließend entdeckten sie zwei Briefe. Auf dem einen stand als Absender *DRK-Suchdienst, München,* auf dem anderen als Empfänger *Für meine Enkel Landolf und Magnus.* Zuerst rissen sie den Brief vom Suchdienst auf. Sie mussten ihn zweimal lesen, bis sie den Inhalt verstanden.

Sehr geehrte Frau Schmidle,
zu unserem Bedauern müssen wir Ihnen mitteilen, dass wir Ihren Suchantrag nur zum Teil beantworten können. Aufgrund der Öffnung der russischen Archive konnten wir zwar feststellen, dass bei den Gefechten im September 1944 an der Lemmebrücke in Estland eine große Anzahl deutscher Soldaten gefallen waren, es war uns aber nicht möglich, die Namen dieser Soldaten im Einzelnen zu ermitteln, sodass nicht mit hundertprozentiger Sicherheit davon ausgegangen werden kann, dass auch Ihr Mann sich unter den Opfern befand. Sämtliche Gefallenen wurden auf dem Soldatenfriedhof in Narva begraben, wie aus den russischen Archivmaterialien hervorgeht. Die nicht identifizierten Toten wurden in einem Sammelgrab beigesetzt. Wir gehen davon aus, dass auch Ihr Mann sehr wahrscheinlich in einem dieser anonymen Sammelgräber bestattet wurde. Mit eindeutiger Sicherheit lässt sich dies jedoch nicht sagen. Da in Zukunft keine weiteren Er-

kenntnisse zu erwarten sind, betrachten wir Ihren Suchantrag als erledigt.
Mit freundlichen Grüßen
Bettina Groß (DRK-Suchdienst)

»Bedeutet das, Großmutter konnte gar nicht mit Sicherheit gewusst haben, dass Anton auf diesem Soldatenfriedhof in Narva liegt?«, fragte Landolf.

»Großmutter hat gar nichts gewusst, als ich ins Seniorenheim auf die Schwäbische Alb kam«, sagte Magnus. »Erst ich habe ihr gesagt, Anton läge in Narva.«

»Du?« Landolfs Verwirrung war vollständig.

»Ja, Schwester Ana hat in meinem Auftrag den Suchantrag gestellt und mir mitgeteilt, man habe Großvater gefunden.«

»Was?«

»Ich weiß, das ist alles sehr seltsam.« Endlich hatte er das Gefühl, als würde der Dunst sich langsam lichten. »Schwester Ana hat mir eine Kopie von diesem Schreiben hier geschickt.« Er hob den Brief hoch. »Nur stand da drin, dass Anton Schmidle mit absoluter Gewissheit in einem der Gräber liegt.«

Sie dachten nach.

»Weißt du, was ich glaube?«, fragte Magnus schließlich.

»Dasselbe wie ich.«

»Ja.«

Im zweiten Brief, der an die beiden adressiert war, konnten sie ihre Vermutung bestätigt finden.

Lieber Landolf, lieber Magnus, meine lieben Enkel,
schön, dass Ihr Euch wiedergefunden habt. Verzeiht mir. Ich wollte Euch schon lange zusammenbringen. Mit Euch reden. Über alles, was ich angerichtet habe. Mich entschuldigen.

Mich bei Euch entschuldigen. Aber ich habe es nicht geschafft. Ich wusste nicht wie. Ich wusste nicht, wie ich es anstellen sollte. Ich brachte es nicht übers Herz, Euch einfach anzurufen. Euch einfach zu sagen, Ihr seid Brüder! Dass Ihr das erst jetzt erfahrt, ist meine Schuld. Ich konnte es einfach nicht. All die Jahre nicht. Verzeiht mir. Erst als es mit mir zu Ende ging, musste ich endlich handeln. Ich musste es irgendwie hinbekommen, ein paar Tage mit Euch zusammen zu verbringen. Um endlich alles zu klären. Reinen Tisch zu machen. Ich wusste, es ist höchste Zeit. Ich wusste, dass es meine letzten Tage sein würden. Und selbst da war mir manchmal der Mund wie zugeklebt. Und hätte ich nicht Schwester Ana gehabt …

Es ist alles meine Schuld. So wollte ich das alles nicht. Verzeiht mir! Ich hoffe, einen Teil wiedergutgemacht zu haben. Das Geld im Vogelkäfig ist für Euch. (Schön teilen, klar?!) Der Rest auf dem Sparbuch ist auch für Euch, bis auf 5000 Euro, die gebt Ihr bitte Schwester Ana. Richtet ihr meinen Dank aus. Dem Brief liegt eine Vollmacht bei, mit der Ihr das Geld abheben und das Konto auflösen könnt, gemeinsam oder jeder für sich.

Landolf, ich hätte gern noch über so vieles mit Dir reden wollen. Über damals. Deine Postkarte. Auch über den Zeitungsartikel vor einem Jahr. Und mit Dir, Magnus. Über Deinen Vater. Ostdeutschland. Dein Leben.

Leider habe ich das alles nicht mehr geschafft. Vielleicht woanders. Ein anderes Mal. Passt auf Euch auf. Vertragt Euch. Ich liebe Euch. Eure Terese.

PS: Der Bikini ist auch für Schwester Ana. Ich hoffe, ich kriege ihn noch fertig.

Sie lasen den Brief mehrmals. Magnus holte das in Zeitungspapier eingewickelte Geld aus dem Vogelkäfig und packte es aus. Legte die vielen Scheine vor Landolf aus, der ganz bleich wurde.

»Was ist los?«

»Nichts.« Er starrte auf das Zeitungspapier wie auf ein Orakel.

Magnus strich die Zeitung glatt. Unter der Überschrift und dem Bild eines Mannes las er den Artikel, anfangs leise, dann laut.

»... noch immer gibt es Fragezeichen. Noch immer sind die Täter nicht ermittelt. Das BKA geht davon aus, dass am heimtückischen Mord mehr Täter beteiligt waren als bisher angenommen. Vermutlich gibt es eine weitere, unbekannte Person.«

»Ich.«

»Was du?«

Landolf zeigte auf den Artikel.

»Das ist jetzt nicht dein Ernst, oder?«

Landolf nickte und Magnus holte zwei Bier und zwei kleine, dunkelbraune Fläschchen aus der Minibar, schenkte deren Inhalt in zwei Schnapsgläser und reichte eines davon Landolf.

»Na los, trink.«

Und dann erzählte Landolf die ganze Geschichte. Von Zellingen, von dem Rauswurf durch seinen Vater, von Marietta und deren Tod, von seiner Hoffnungslosigkeit, der Wut und dem Fatalismus. Von der Entführung, von der Kugel im Kopf. Von den Jahren im Kloster mit all den Zweifeln, dem schlechtem Gewissen und den Stimmen, die zu ihm sprachen und ihn demütigten, als sei er ihr verfluchter Lakai.

Magnus hörte sich alles an, fragte nicht nach, bohrte nicht in der Vergangenheit. Landolf hatte genug gesagt, genug gebeichtet. Das reichte. Er hob sein Glas, sagte: »Auf die Zukunft.«

»Auf die Zukunft«, erwiderte Landolf, während die Blässe aus seinem Gesicht verschwand.

Anschließend lasen sie einander die Feldpostbriefe ihres Großvaters vor, die ganze Nacht hindurch. Als der letzte Brief gelesen war – die Mitteilung des SS-Obersturmführers an die Großmutter, die mit den Worten *Ich grüße Sie mit aufrechtem Mitgefühl* endete –, ging die Sonne vor den geöffneten Hotelfenstern auf, und der morgendliche Straßenverkehr schlich sich leise die Glasfassade hinauf ins Zimmer. Die Brüder saßen noch immer auf dem Teppichboden, inmitten der Hinterlassenschaft ihrer Großmutter, hatten mehrere Biere und Vana Tallinn getrunken, den estnischen Likör, der nach Vanille, Zimt, Zitrusölen und Rum schmeckte, und trotz des strikten Rauchverbots die Bude vollgequalmt.

Magnus, der mittlerweile rücklings auf dem Boden lag, fragte mehr an sich selbst als an Landolf gerichtet: »Was machen wir jetzt mit Oma?«

»Wir fahren nach Narva.«

»Und dann?«

»Begraben wir sie.«

»Wo?«

»Im Soldatengrab.«

Magnus richtete sich auf. »Was? Aber wir können doch nicht – das ist doch nicht erlaubt, dass wir …«

»Nee, erlaubt ist es nicht.«

»Außerdem wissen wir doch gar nicht, ob Anton da begraben ist.«

»Wir wissen es nicht ganz sicher. Aber was weiß man schon ganz sicher?« Landolf hielt den Brief des DRK-Suchdienstes hoch. »Oma ist offenbar nicht nur deswegen hierhergefahren.« Er zeigte auf den Fußboden. »Nach allem, was hier liegt. Aber jetzt ist sie nun mal hier. Und ich glaube, sie würde es begrüßen. Sie würde sagen: Also los, dann lass uns machen.«

Obwohl die Brüder in der Nacht eine beträchtliche Menge Alkohol konsumiert hatten, fühlten sie sich am Morgen klar und nüchtern. Da an Schlaf nicht zu denken war, beschlossen sie, nach dem Duschen und dem Frühstück sofort loszufahren. Vorher rief Magnus noch Schwester Ana an. Als der Anrufbeantworter sich meldete, war er anfangs verunsichert, wusste nicht, was er sagen sollte, wie so oft, und legte auf. Dann rief er noch einmal an, räusperte sich. »Ich bin's, Magnus.« Kurze Pause. »Oma ist tot.« Eine weitere Pause. Dann, schneller und aufgewühlter als zuvor: »Wir sind jetzt in Tallinn, fahren nach Narva weiter. Wir wissen noch nicht, was wir tun sollen. Vielleicht haben Sie ja eine Idee. Ich fürchte, Sie wissen besser Bescheid als wir. Ach so, ja – Terese hat Ihnen ein kleines Geschenk dagelassen. Steht Ihnen bestimmt ganz gut. Mal sehen, ich werd's Ihnen sicher bald zukommen lassen. Wenn Sie wollen, können Sie mich anrufen. Tschüss. Magnus.«

Als sie die Tür zum Zimmer öffneten, in dem Terese lag, schlug ihnen ein scheußlicher Gestank entgegen. Süßlich, faulig, eklig. Landolf riss die Fenster auf. Magnus nahm sein Deodorant und sprühte die halbe Flasche leer, sodass es im Zimmer nicht mehr nach Verwesung roch, sondern markant frisch nach herber Männlichkeit. Das Gesicht der Großmutter hatte sich über Nacht deutlich verändert, und nicht gerade zum Vorteil. Es zeigte jetzt die Farbe eines Zigarettenfilters. Vor allem an der Stirn und um den Mund, der anklagend offen stand, breiteten sich bläuliche Flecken aus. Es war kein schöner Anblick. Das Gebiss war herausgerutscht und lag auf der Brust. Landolf schloss Großmutters Mund und fixierte ihn mit dem Einmachgummi der Feldpostbriefe, den er um den Kopf der Leiche spannte. Dann hoben sie Großmutter, die mittlerweile noch schwerer geworden zu sein schien, aus dem Bett und setzten sie zurück in den Rollstuhl. Die Koffer auf dem Schoß der Toten verhinderten deren Herausfallen und tarnten sie vor neugierigen Blicken. Magnus setzte ihr einen Strohhut auf, den er aus ihrem Koffer nahm, und zog ihn ihr tief ins Gesicht.

Nachdem sie an der Rezeption die Zimmer bezahlt hatten, fuhren sie mit dem Aufzug in die Tiefgarage, legten die Großmutter quer über die Rückbank des Moskwitschs und deckten sie mit Kleidungsstücken ab.

Dann fuhren sie los.

UND DANN SCHWEIGEN

Du hast dich niemandem anvertraut. Nicht bei der Beichte. Keinem Mitbruder. In keinem persönlichen Gespräch. Nicht der Tante, die eigentlich deine Großmutter war. Niemandem. Auch Pater Bernhard hat nichts erfahren.

All die Jahre nicht.

Eisern hast du geschwiegen, immer nur mit dir selbst geredet, ohne dabei die Lippen zu bewegen. Es hat in dir gesprochen, ob du wolltest oder nicht.

Meistens nicht.

All die Jahre.

Jetzt ist Schluss. Der Hass ist dahin, die Angst auch. Nicht einmal die Furcht, entdeckt zu werden, ist geblieben. Es scheint, du hast deinen Frieden gefunden.

Für den es keiner Worte mehr bedarf.

Dein Reden verstummt.

Endlich.

Ab jetzt, nur noch Schweigen.

Schweigen.

FELDPOST

Absender: Dienststelle der Feldpostnr. 58547C.

Dienststelle der
Feldpostnr. 58547C. Im Felde, den 27.10.44

Sehr verehrte Frau Schmidle.

Als Kompanieführer erfülle ich heute die traurige Pflicht, Ihnen mitzuteilen, daß Ihr Gatte, SS-Panzergrenadier Anton Schmidle, seit dem 24. September 1944 vermisst wird. Die Kompanie hatte an dem betreffenden Tage den Auftrag, die Absetzbewegungen des Bataillons an der Lemmebrücke (Estland) zu sichern. Durch überraschend geführten feindlichen Angriff mit starken Panzer- und Infanteriekräften wurde die Kompanie abgeschnitten und versuchte sich zu Fuß zur eigenen Truppe durchzuschlagen. Ihr Gatte wurde dabei von der Kompanie getrennt und ist bis heute nicht zurückgekehrt. Die Dienststelle ist bemüht, weitere Einzelheiten über den Verbleib Ihres Gatten in Erfahrung zu bringen. Sobald die Nachforschungen Genaues ergeben, werden Sie umgehend von der Kompanie benachrichtigt.

Ich grüße Sie mit aufrechtem Mitgefühl
J. Hellmess
SS-Obersturmführer und Kompanieführer

HUNDE IM NEBEL

Als sie nachmittags in Narva ankamen, hatten sie sich zunächst in einem Hotel eingemietet. Die Großmutter ließen sie im Auto liegen. Sie besorgten zwei Spaten, Gummistiefel, Handschuhe, eine Plastikplane, vorsichtshalber auch eine große Taschenlampe, zwei XXL-Overalls und zwei Flaschen Wodka.

Den ganzen Nachmittag hatten sie die Gegend sondiert, den Friedhof besichtigt und einen Platz für Großmutters letzte Ruhestätte auskundschaftet. Der Friedhof war eine riesige, mehrere Hektar große Wiese außerhalb der Stadt Narva, auf einer Anhöhe mit Blick auf den Fluss gleichen Namens, der Estland von Russland trennt. Auf dem deutschen Soldatenfriedhof, der bereits 1943 von den Nazis angelegt worden war, standen vereinzelt Bäume; es gab einen Gedenkplatz mit einem fast fünf Meter hohen Natursteinkreuz, Gräberfelder mit Symbolkreuzen, in Abständen von vielleicht fünfzig Metern in Dreiergruppen, Inschrifttafeln aus Granit mit den Namen von Gefallenen sowie Kreuze in langen Reihen.

Sie brauchten die Taschenlampe nicht. Der beinahe volle Mond spendete genügend Licht. Sie hatten die Grasnarbe unweit eines Weidenbaums, wo die anonymen deutschen Soldaten begraben waren, vorsichtig ausgestochen, zur Seite gelegt und dann die Plastikplane ausgebreitet. Jetzt hoben sie das Grab aus. Zuerst gruben beide gleichzeitig. Als sie eine gewisse Tiefe erreicht hatten und in der Grube stehen mussten, um weitergraben zu können, wechselten sie sich ab. Während der eine buddelte, stand der andere daneben, rauchte und nahm einen Schluck Wodka. Nach einer Zigarettenlänge wechselten sie sich wieder ab.

Das Grab war ausgehoben. Ein kleiner Berg aus nassem Dreck türmte sich auf der Plane. Die Tiefe von knapp einem Meter musste reichen. Die Großmutter wartete, die ganze Zeit im Rollstuhl sitzend, unter dem Baum.

»Okay.« Magnus, völlig durchgeschwitzt, sprang aus dem Loch. »Na los, komm.«

Sie fuhren mit dem Rollstuhl zur Grube, hoben die Großmutter aus dem Stuhl und legten sie vorsichtig ins Grab. Die Grube war schmal, aber es reichte.

»Mit Blick zum Fluss«, sagte Landolf in einem Tonfall, als meinte er: »Mit beiden Beinen im Himmel.«

»Jetzt sind sie wieder zusammen.«

»Wer?«

»Anton und Terese.«

Beide blickten noch eine Zeit lang auf die Großmutter im Grab, bis Landolf schließlich fragte: »Und jetzt?«

»Zuschaufeln.«

Den Dreck, der übrig blieb, wickelten sie in die Plastikplane und verstreuten ihn auf der Friedhofswiese, in ausreichender Entfernung vom Grab der Großmutter. Zum Schluss setzten sie die ausgestochene Grasnarbe wieder ein und traten sie fest, sodass das Stück Rasen aussah wie zuvor und niemand Verdacht schöpfen konnte, dass hier eine Tote unrechtmäßigerweise ihre letzte Ruhestätte gefunden hatte.

Sie brachten die Spaten, die Plane und den Rollstuhl zum Auto, zogen die Overalls, Handschuhe und Gummistiefel aus und kehrten mit einer Flasche Wodka auf den Friedhof und zu Großmutters Grab zurück.

Landolf zündete ein rotes Grablicht an und stellte es auf die Grabstelle.

»Willst du was sagen?«, fragte Magnus.

»Was?«

»Ein paar fromme Worte. Ist doch dein Genre.«

»Ich bin nicht gläubig.«

»Ich auch nicht.«

»Ruhe in Frieden«, sagte Landolf.

»Mach's gut, Oma.« Magnus.

Sie setzten sich auf eine Parkbank, kaum fünf Meter vom Grab entfernt, mit Blick auf das leuchtende Grablicht, und tranken.

»Leichenschmaus ohne Essen«, sagte Magnus. »Prost.«

»Prost.«

»Was ich dir noch sagen wollte ...« Landolf verstummte.

»Was?«

»Ich war immer eifersüchtig auf dich. Wegen Johanna, deiner Mutter – jetzt unserer Mutter. Ich war eifersüchtig, weil du Johanna als Mutter hattest. Weil sie dir den Hasen geschenkt hatte und meine tot waren. Du hattest all das, was ich vermisst habe. Einen tollen Vater, eine tolle Mutter, eine tolle Kindheit.«

Magnus schüttelte den Kopf und griff sich an denselben. »Du hast ja keine Ahnung. Das ist doch alles – ach, vergiss es.«

Sie schwiegen wieder, rauchten, tranken.

»Das mit Lucky ...« Landolf sagte es nach einer langen Pause. »Du erinnerst dich?«

»Klar.«

»Ich habe ihn freigelassen.«

»Ich weiß.«

Es dämmerte. Beide dösten vor sich hin, wobei ihnen ab und zu die Augen zufielen. In der Flasche war nur noch ein kleiner Rest, und die Zigarettenkippen häuften sich neben der Bank. In der Ferne bellte leise ein Hund.

»Hörst du das?« Magnus schreckte hoch.

»Was?«

»Ein Hund.«

»Ich hör nichts.«

»Jetzt wieder. Noch einer.«

»Ich hör nichts.«

»Doch, ganz deutlich.« Magnus stand von der Bank auf, schaute zum Fluss hinunter und glaubte, im Morgennebel tatsächlich zwei Hunde zu sehen.

»Artur.«

»Was?«

»Das ist Artur.«

Auch Landolf erhob sich, schwankte ein wenig, sodass er sich an der Lehne der Bank festhalten musste. »Quatsch, Artur kann doch nicht …«

Das Bellen war nicht mehr zu hören.

»Jetzt ist er weg.«

Zurück im Hotel verabredeten sie sich für zehn Uhr zum Frühstück im Hotelrestaurant.

Als Magnus um kurz nach zehn an den Tisch kam, war Landolf noch nicht da. Magnus wartete zehn Minuten. Kein Landolf. Bestimmt war er eingeschlafen. Magnus wollte ihn gerade holen gehen, als ein Mann das Restaurant betrat, den er um ein Haar nicht erkannt hätte. Es war Landolf, völlig verändert. Er hatte seinen Habit abgelegt. Der Bart war abrasiert, die schütteren Haare millimeterkurz geschnitten. Nur das blaue Auge war dasselbe. Er trug Jeans und ein T-Shirt mit dem Motiv eines Sonnenaufgangs und der verschnörkelten Aufschrift *My Heart is in the Highlands*. Dazu Turnschuhe, die an die der Großmutter erinnerten. Die Ähnlichkeit zwischen Landolf und Magnus war jetzt durchaus zu erkennen.

Ohne ein Wort zu sagen, geschweige denn etwas zu erklären, setzte er sich an den Tisch. Auch Magnus sagte nichts. Sie frühstückten schweigend. Magnus betrachtete Landolf immer wieder mit ausgiebigen, grüblerischen Blicken, woraufhin Landolf seinen Bruder ebenso lange und innig musterte.

Nachdem der Kellner den Tisch abgeräumt hatte und beide schweigend eine Zigarette rauchten, fragte Landolf schließlich »Und jetzt?«, so wie man fragt: »Welche Richtung?«

»Fahren wir zurück.« Es war mehr Frage als Feststellung.

Landolf schüttelte den Kopf. »Ich nicht.« Er drückte die Zigarette im Aschenbecher aus. »Ich bringe dich zum Flughafen, nach Tallinn.«

Landolf fuhr, Magnus saß auf dem Beifahrersitz, beide Seitenfenster waren geöffnet. Am Innenspiegel hingen drei Duftbäume, in den Geschmacksrichtungen Vanille, Kiefernwald und Rosenblüten, die von dem Geruch ablenkten, den die Großmutter hinterlassen hatte, und die mit den Ausdünstungen des Moskwitschs eine atemberaubende Verbindung eingingen. Im Radio spielte wieder diese aufdringliche Dreiklangmusik, die auch schon die Hotellobby in Tallinn beschallt hatte, als gäbe es in Estland nur einen einzigen Komponisten.

»Hier.« Magnus reichte Landolf ein Bündel der hinterlassenen Geldscheine.

Landolf betrachtete sie, als seien sie ein Bestechungsversuch. »Lass mal, brauche ich nicht.«

»Aber …«

»Ich habe all die Jahre nichts gebraucht. Ich hab Übung darin.«

Magnus öffnete das Handschuhfach, ließ ein paar der Scheine darin verschwinden. »Für's Benzin.« Die anderen steckte er zurück in seine Jacke. »Den Rest hebe ich für dich auf.«

»Wenn du meinst.«

Am Schalter in der Flughafenhalle von Tallinn fragte Landolf: »Wo fliegst du eigentlich hin?«

»Zurück. Zunächst mal.« Es klang wenig begeistert. »Vielleicht fahre ich anschließend gleich zu Schwester Ana.«

»Den Bikini?«

»Auch.«

»Und du?«

»Weiß nicht, ich muss ein bisschen unterwegs sein. Saß ja lange genug auf einem Fleck. Ich fahre erstmal ein wenig durch die Gegend. Ich und der Moskwitsch.« Er lachte. »Vielleicht besuche ich irgendwann Ewa, in Danzig, in Gronow.« Er dachte nach. »Vielleicht auch nicht.« Wieder lachte er. »Ich glaube, ich bleib erstmal hier oben.«

»My Heart is in the Highlands.« Magnus klopfte ihm auf den Sonnenaufgang vor seiner Brust und lachte ebenfalls. Einen Hauch von Spott konnte er dann doch nicht verbergen.

»Irgendwann besuche ich dich bestimmt in Berlin.«

»Wenn ich dann noch da bin.«

»Klar, wenn du dann noch da bist.«